国家社科基金项目（08BZW025）最终成果

江苏高校社科重大项目（2010JDXM043）阶段成果

陈洪 著

中國早期小說生成史論

中华书局

图书在版编目(CIP)数据

中国早期小说生成史论/陈洪著. —北京:中华书局,2019.9
ISBN 978-7-101-14042-2

Ⅰ.中… Ⅱ.陈… Ⅲ.小说史-研究-中国 Ⅳ.I207.409

中国版本图书馆 CIP 数据核字(2019)第 158522 号

书　　名	中国早期小说生成史论
著　　者	陈　洪
责任编辑	王传龙
出版发行	中华书局
	(北京市丰台区太平桥西里 38 号　100073)
	http://www.zhbc.com.cn
	E-mail:zhbc@zhbc.com.cn
印　　刷	北京市白帆印务有限公司
版　　次	2019 年 9 月北京第 1 版
	2019 年 9 月北京第 1 次印刷
规　　格	开本/920×1250 毫米　1/32
	印张 11½　插页 2　字数 250 千字
印　　数	1-2000 册
国际书号	ISBN 978-7-101-14042-2
定　　价	58.00 元

目　　录

绪　　论

　　古小说又称早期小说,学术界通常用来指唐代以前的文言小说,是与宋元以来的通俗(白话)小说相对而言的。新世纪以来,随着出土文献的不断涌现,人文理论的不断本土化,重写中国学术史、重写中国文学史的热潮兴起,古小说研究与诗经学、诸子学研究一样,忽然又热闹起来。总体来说,学者们的眼光主要集中在古小说的定义、起源、作者和文体等四大问题上;研究的方法和依据也有很大的改观,即原生态、发生学等新方法的使用以及出土文献新材料的丰富。十多年来的研究成绩是斐然的。

　　但由于对古小说定义的分歧争论,古小说的研究没有走得更远,在即将突破的目标附近停滞了下来。许多研究者徘徊在古小说到底是"史之余"还是"子之流"的岔路口上。主张古小说为史书之余者,多参照西方小说的情节、人物形象、虚构和环境等特点,指认《山海经》、《穆天子传》乃至《左传》为小说,但同时又无法解释《汉书·艺文志》所列十五家小说;认为古小说为子书之流者,则说古小说可以没有情节,可以没有人物形象,可以不要虚构①,但同时又避而不谈《山海经》、《穆天子传》、《晏子春秋》。其

① 参见袁行霈:《〈汉书·艺文志〉小说家考辨》,《文史》第七辑,中华书局,1979年;李剑国:《小说的起源与小说独立文体的形成》,《锦州师范学院学报》2001年第3期。

实，这种子、史的纠结从《汉书·艺文志》开始，到《四库全书总目提要》以及今天，一直是矛盾地存在着的。"一种文体，它是归属于史部，还是归属于子部，不只是一个简单的分类问题，而是对其文体职能的不同确认。子部的核心职能是议论，史部的核心职能是叙事，两者的职能是大不一样的"①。在我们看来，无论是议论性的小说，还是叙事性的小说，它们之间有一点是共同的，即都有故事。有了故事这个共同点，子部小说与史部小说最终在文学的召唤下是可以走到一起的，但其代价是子部小说逐步弱化了其议论而趋于叙事，史部小说逐步抛弃了其"征实"而趋于虚构。描述子部小说如何摆脱其母体子书议论的职能，史部小说如何挣脱其母体史书"征实"叙事的职能，显然是构成本书的两条主要线索和重要内容。

故事本身虽然在历代公私目录、学术史上没有独立的地位，连一个文体的名分都没有，但其构建文体的功能却是巨大的。举凡经、史、子、集中，都少不了故事这种重要的构件。正如章学诚所言："六经皆史也。……古人未尝离事而言理"，"古人事见于言，言以为事，未尝分事言为二物也"②。在文史不分明的时代，言事与言理、记事与记言，并非泾渭分明。分门别类，是后来的事，到西汉末刘向父子整理文化时代，达到了空前的顶点。这种分类化整理，其实也湮灭了许多文化事物的本来面目。

与对古小说定义的模糊认识有关，古今论者对古小说的起源、起点和作者等问题也颇多争议。班固之出于稗官说，张衡之

---

① 陈文新：《"小说"与子、史——论"子部小说"共识的形成及其理论蕴涵》，《文艺研究》2012年第6期，第56页。
② ［清］章学诚著，仓修良编：《文史通义新编》，上海古籍出版社，1993年，第1、12页。

出于方士说,刘知几之源于史传说,胡应麟之源于诸子说,鲁迅之神话说,袁行霈之"多源共生"说,等等①,以及小说兴起于先秦、兴起于战国、兴起于汉代、兴起于魏晋,或兴起于唐宋等等意见②,都令人眼花缭乱,莫衷一是,但争论也深化了对某些问题的认知。比如关于稗官的讨论,余嘉锡遍考先秦典籍,认为稗官是"天子之士",其职责如采诗,是采言、传语者;袁行霈、潘建国从秦汉词语出发,认为稗官是"散居乡野的、没有正式爵秩的官职",如周代的土训、诵训、训方氏和汉代的待诏、方士侍郎之类无实职的小官;而饶宗颐、陈洪、王齐洲分别从秦汉出土文献和语音学的角度,考辨出稗官乃是县、乡级的属官,稗与俳优之俳音义相通,职责相似③。

　　至于古小说的文体问题,上一个世纪学者多关注古小说的文体特征,所以好指认某些先秦作品为小说。鲁迅、陈梦家认为《汲冢琐语》是小说,李剑国则进而论其为最早的志怪小说,胡念贻认为《逸周书》中的《王会》、《殷祝》和《太子晋》三篇都是短篇小说,赵逵夫以为《庄子》里的《说剑》、《盗跖》和《渔父》三篇也是小说④,陆永品说"庄子是中国小说之祖"⑤,近年马振方又通过系列考证,得出中国小说发轫时代的文体特征包含"自觉虚构性、完

---

① 详见庞金殿:《中国小说起源说概论》,《宁夏大学学报》2002 年第 3 期;张同胜:《关于中国小说起源的思考》,《汕头大学学报》2006 年第 6 期。

② 详见叶岗:《论中国小说发生期的期限》,《浙江社会科学》2004 年第 3 期。

③ 详见陈洪:《稗官说考辨》,《中华文学史料(第二辑)》,学苑出版社,2007 年;王齐洲、伍光辉:《"稗官"新诠》,《南京大学学报》2013 年第 3 期。

④ 参见赵逵夫:《论先秦时代的讲史、故事和小说》,《文史哲》2006 年第 1 期;董乃斌:《中国古典小说的文体独立》,中国社会科学出版社,1994 年。

⑤ 陆永品:《庄子是中国小说之祖》,《河北大学学报》1993 年第 3 期。

整叙事性和非寓言性等"的结论①。而新世纪以来,学者则多注目于古小说文体的发生,所以好讨论古小说文体的构成机制和发生过程。廖群认为先秦存在一种由"说"、"传"、"语"构成的讲故事的"说体",夏德靠则以为小说是先秦三种类型"说体"之一,段庸生承余嘉锡之绪,以为"采言"是古小说发生的成因②;俞志慧考证"语"是一种古老的文类,过常宝说"'小说家'的文献方式就是汇集某些'语'、史事和故事,并且指出它的游说意义"③。笔者认为"说"、"传"、"语"本身并不是小说,而只是子部小说的源头,子部小说的发生学模式是譬喻故事 + 论议。

从"说"、"传"、"语"等讨论古小说文体的生成,其实是偏重于子部小说的。而从"巫"、"史"等探究古小说体式的发生,则是偏重于史部小说的。二者不可偏废。当前,似乎对后者的研讨还比较薄弱,有待于进一步加强。《山海经》、《穆天子传》、《汲冢琐语》等与神话、仙话、志怪小说的形成,还有诸多探讨的空间。李剑国认为:"古小说的起源和形成,可以概括为这样一个小说发生学模式,即故事——史书——小说。从叙事意义上说小说起源于故事,而从小说的孕育母体上看也可以说小说起源于史书。从早期小说的类型、题材来分析,作为小说叙事源头的故事大体可以

① 马振方:《中国早期小说考辨》前言,北京大学出版社,2014 年,第 1 页。

② 廖群:《"说"、"传"、"语":先秦"说体"考索》,《文学遗产》2006 年第 6 期;夏德靠:《先秦"说体"的生成、类型及文体意义——兼论〈汉书·艺文志〉"小说"的观念与分类》,《河南师范大学学报》2013 年第 2 期;段庸生:《采:小说发生与古小说民族特征的文化成因》,《重庆师范大学学报》2009 年第 2 期。

③ 俞志慧:《语:一种古老的文类——以言类之语为例》,《文史哲》2007 年第 1 期;过常宝:《先秦散文研究——早期文体及话语方式的生成》,人民出版社,2009 年,第 395 页。

概括为五大类，即神话传说、地理博物传说、宗教迷信故事、历史遗闻、人物逸事。"① 这一发生学模式提出"故事"作为小说发生之要素，堪称卓识。不过笔者更倾向于把神话（巫话）与故事区别对待，把史部小说的发生学模式概括为神话、巫话、仙话——故事——史书、小说。史书与小说其实是"孪生"的，都具有故事的共同特征，其区别不过是"征实"与"凭虚"；这一环节在整体上要次生于神话、巫话和仙话。

从发生学探讨古小说，其实从鲁迅的休息讲故事说、余嘉锡的小说出于稗官说就开始了，但只有在出土文献达到一定的积累以后，发生学研究所需要的一些原始材料才能显示出研究对象（古小说）构成和生成的"原生态"。马王堆帛书《战国纵横家书》《春秋事语》，定县汉简《儒家者言》，银雀山汉简《晏子》，双古堆汉简《晏子》、木牍《家语》，王家台秦简《归藏》，慈利楚简《逸周书》《吴语》，尹湾汉简《神乌傅》，上博战国楚简《容成氏》，郭店战国楚简《语丛》②，清华简《赤鹄之集汤之屋》等，以及汉画像石中众多叙事性图像，都为重新建构中国古小说的生成史提供了极其珍贵的新材料，提供了若干重新审视传世古小说文献的"探点"。

文化阐释当然也是研究古代小说不可缺少的视角，近十余年的成果也颇为丰硕③。但本书不是讨论某些思想与古小说的具体

① 李剑国：《小说的起源与小说独立文体的形成》，《锦州师范学院学报》2001年第3期。可参看熊明：《汉魏六朝杂传研究》，中华书局，2014年。
② 详见胡平生、李天虹：《长江流域出土简牍与研究》，湖北教育出版社，2004年。
③ 例如程国赋：《唐五代小说的文化阐释》（人民文学出版社，2002年），王青：《西域文化影响下的中古小说》（中国社会科学出版社，2006年），万晴川：《巫文化视野中的中国古代小说》（中国社会科学出版社，2003年），丁敏：（转下页）

关联,而是试图从文化历史语境中去考察古小说生成的外部机制和动因。可以说,有什么样的思想,便会生成什么样的小说,思想的魔力是永远不可低估的。

从研究的性质而言,本书不属于理论体系的建构。目前的古小说研究还没有达到进行理论总结的阶段,但这无疑是许多论者(包括笔者)将来的期待。本书主要是就古小说生成史上的某些重要问题,进行"探点"式的考察,以期对这一领域的学术研究有些具体性的贡献。

(接上页)《佛教神通——汉译佛典神通故事叙事研究》(台湾法鼓文化事业股份有限公司,2007年),陈洪:《佛教与中古小说》(学林出版社,2007年),罗争鸣:《杜光庭道教小说研究》(巴蜀书社,2005年),俞晓红:《佛教与唐五代白话小说研究》(人民出版社,2006年)。较早的还有李丰楙:《六朝隋唐仙道类小说研究》(台湾学生书局,1986年)等。

第一章
"小说"、"稗官"及"小说家"

"小说"、"稗官"二词在先秦两汉的涵义是古小说研究中聚讼不已的热点。因为前者涉及到对古小说特征、性质等关键问题的判断,后者则关系到对小说家身份的认知。从词语本身对"小说"、"稗官"作微观、静态的考察,并不难得出言之有据的结论,但要从宏观、动态的考索中得出有说服力的论断,就显得十分困难了。也许将二者相结合的观照是一条可行的路径。

一、先秦两汉"小说"涵义的生成

概括而言,现当代学者对先秦"小说"的解释可以分为两派:一是指琐碎、浅薄的议论;二是指故事、民间传说等。前者以鲁迅为代表,他认为《庄子》中"小说"之名,"乃谓琐屑之言,非道术所在,与后来所谓小说者固不同"①。鲁迅的论断影响巨大,此后有关古小说的论著多祖述该说。侯忠义云:"从内容来说,'小说'即'小道';从形式来说,系'琐言碎语',即琐屑、浅薄的言辞。"杨义

---

① 鲁迅:《鲁迅全集》第九卷《中国小说史略》,人民文学出版社,1981年,第151页。

以为:"'饰小说以干县令,其于大达亦远矣',意思是粉饰琐碎浅陋的道理去求取高大的名声,离开明达远大的境地就很远了。这里的'小说'和作为文学样式的小说,不是一回事。"①此派主要着眼于古小说议论的功能,所以说它与后来的小说名同实非。关于后者,毕桂发、陆林、徐克谦、杜贵晨等学者较早论及②。毕桂发说:"庄子所谓小说具体指的就是寓言这种故事性文体,而不是只言片语的琐屑言论。"陆林认为,《庄子》"小说"之"说","是指故事性的叙事文体"。徐克谦指出:"先秦的'小说'或者'说',乃是一种说故事的文体。"杜贵晨以为,先秦"小说"一词在"小"的前提下,乃指故事的、寓意的、愉悦的谈说。此派偏重于古小说叙事的功能,并试图与后世文学性的小说沟通起来。其中,杜贵晨的说法还巧妙地把叙事性与论说结合了起来。这些新论都是富有启发意义的,近几年一些学者讨论先秦的"说体",盖沿承此派而成。

　　对先秦之"小说"无论采取哪种说法,都离不开对"小说"一词本身的解读和对其语境的考察。为论述方便,先录《庄子·外物》有关原文:

　　　　任公子为大钩巨缁,五十犗以为饵,蹲乎会稽,投竿东海,旦旦而钓,期年不得鱼。已而大鱼食之,牵巨钩,錎没而下,骛扬而奋鬐,白波若山,海水震荡,声侔鬼神,惮赫千里。任公子

①　侯忠义:《中国文言小说史稿》,北京大学出版社,1990年,第2页;杨义:《中国古典小说史论》,中国社会科学出版社,1995年,第10页。
②　毕桂发:《略论先秦两汉时期的小说理论》,《许昌学院学报》1986年第2期;陆林:《试论先秦小说观念》,《安徽大学学报》1996年第6期;徐克谦:《论先秦"小说"》,《社会科学研究》1998年第5期;杜贵晨:《先秦"小说"释义》,《泰安师专学报》2000年第2期。

得若鱼，离而腊之，自制河以东，苍梧已北，莫不厌若鱼者。已
而后世辁才讽说之徒，皆惊而相告也。夫揭竿累，趣灌渎，守
鲵鲋，其于得大鱼难矣，饰小说以干县令，其于大达亦远矣，是
以未尝闻任氏之风俗，其不可与经于世亦远矣。①

许多论者对这段话的理解存在着两点不同程度的偏差或误解。
唐人成玄英疏"后世辁才讽说之徒，皆惊而相告"云："末代季叶，
才智轻浮，讽诵词说，不敦玄道，闻得大鱼，惊而相语。"又疏"饰
小说以干县令，其于大达亦远矣"云："夫修饰小行，矜持言说，以
求高名令（问）［闻］者，必不能大通于至道。"② 这是将"小说"拆
解为不能通于大道的"小道"、"言说"。从文字本身看，成疏似无
问题，但结合当时语境看，成疏不无问题。

　　其一，"小说"不仅指小道理，也指故事。从《外物》篇上下
文意看，所谓"辁才讽说"、"饰小说"云云，正是就任公子东海钓
大鱼的寓言故事而生发的，即"说"的内容是大鱼、小鱼。从《外
物》篇产生时代讲，该篇出自庄子后学之手，其写成时代大约在战
国后期，大致与《韩非子》著述年代相当③。而产生于战国后期的
《荀子》、《韩非子》都更加自觉地运用了以譬喻说理的方法。《荀
子·非相》说："谈说之术：……分别以喻之，譬称以明之。"④ 韩非
子《说林》上下两篇、内外《储说》六篇，都汇集了大量的历史、名

① ［清］郭庆藩撰，王孝鱼点校：《庄子集释》，中华书局，1993年，第925页。
② 《庄子集释》，第926、927页。
③ 参见张恒寿：《庄子新探》，湖北人民出版社，1983年。
④ ［清］王先谦撰，沈啸寰、王星贤点校：《荀子集解》，中华书局，1988年，第86
　页。王念孙曰："分别"当在下句，"譬称"当在上句。今本多作"譬称以喻之，
　分别以明之"。

人逸事、民间传说、志怪和寓言等各类故事,并且明确将这些备用作譬喻的故事命名为"说"。因此,笔者认为《外物》篇所谓的"讽说"、"小说",都含有志怪、寓言等类型的譬喻故事在其中,而附着于这些譬喻故事的议论则是极为肤浅的①。用大量的譬喻故事来论理,正是整部《庄子》"说"的特色,《逍遥游》篇明确说鲲鹏故事是志怪者"齐谐"之言,而《说剑》篇堪称是说故事的代表。"说"之"小",不过是庄子后学对其他学术派别的一种贬称,一种学术价值判断。此与《荀子·正名》所谓"小家珍说"的用法一致(珍,怪的意思)。

其二,"县令"不是指"高名令闻",而是实指县官。南宋初马永卿已立"县官"新说。其《懒真子》卷三驳成玄英疏云:

> 盖"揭竿累"以譬"饰小说"也,"守鲵鲋"以譬"干县令"也。彼成玄英肤浅,不知庄子之时已有县令,故为是说。《史记·庄子列传》:庄子"与梁惠王、齐宣王同时"。《史记·年表》秦孝公十二年:"并诸小乡聚为大县,县一令"。是年乃梁惠王之二十二年也。且周尝往来于楚魏之间,所谓监河侯,乃西河上一县令也,时但以侯称之耳。……且监河侯云:"我得邑金",是以知为县令也。②

又南宋末褚伯秀撰《南华真经义海纂微》卷八七引林疑独注亦主此说:"鲵鲋,鱼之小。县令,官之卑。皆非远大之所也。"③此说可

---

① 陈洪:《古小说史三考》,《中国古代小说研究》(第二辑),人民文学出版社,2006年。
② [宋]马永卿:《懒真子》,明万历商濬刻稗海本,第31页。
③ [宋]褚伯秀:《南华真经义海纂微》,文渊阁四库全书本。

从。在战国中期以前的古籍中,如《左传》、《国语》等,很难见到"县令"、"令"的称呼。而在战国晚期的古籍中,如《韩非子》、《战国策》等,则大量出现了"县令"一词。而且,战国时期的县令(特别是一般的小县)是地位不高的小官 [1]。所以,晚出的《外物》篇有用鲵鲋小鱼来比喻县令卑官的说法,意谓修饰浅薄道理、讽说惊怪故事的人,只能求得县令之类的小官,成不了大气候。此为《汉志》"小说家者流,盖出于稗官"的说法提供了张本。

《庄子·外物》所谓"小说"作为学术价值的判断,以及其中所隐含的"说"的文体意义,是两汉具有文体意义之小说观形成的重要出发点。刘向、桓谭、班固(或刘歆)、张衡和徐干等所谓"小说"的要义有四:一是议论,二是故事,三是"不入流",四是娱乐。

西汉末刘向的小说论是隐含的,并没有直接表述(直接的表述也可能失传了)。刘向序整理本《说苑》云:

> 所校中书《说苑杂事》及臣向书、民间书,诬校雠。其事类众多,章句相溷,或上下谬乱,难分别次序。除去与《新序》复重者,其余者浅薄,不中义理,别集以为《百家》。后(复)令以类相从,一一条别篇目,更以造新事十万言以上,凡二十篇七百八十四章,号曰《新苑》,皆可观。 [2]

检《汉志·诸子略》,"可观"的《新序》、《说苑》被列入儒家,而《百家》则被打入小说家。由于班固的《诸子略》主要是依据刘向之

---

① 详细引证,参见陈洪《古小说史三考》一文。

② 邓骏捷校补:《七略别录佚文 七略佚文》,上海古籍出版社,2008年,第47页。也有学者认为这里的"百家"不是书名,只是百家之说的总称。然《汉志》中列有《百家》一书,其佚文也可证上述意见。

子刘歆的《七略》而来,所以将《百家》称为小说的依据应当是"浅薄,不中义理"、不"可观"。从今存《新序》、《说苑》的体例看,其用故事进行议论的方式与《百家》应当是一样的,只是《百家》的义理"浅薄"些。据此,则刘向是把那些既说故事而又"浅薄,不中义理"的言说当做"小说"的。从既说故事而又说理这两大特点看,刘向心目中的小说与《庄子·外物》篇所谓"小说",二者之间的渊源关系可谓一脉相承!

比较明确揭示"小说"文体特征的,恰恰是与刘向时代相接的桓谭。《新论》佚文曰:

> 若其小说家合丛残小语,近取譬论,以作短书,治身理家,有可观之辞。①

> 谭见刘向《新序》、陆贾《新语》,乃为《新论》。庄周寓言,乃云"尧问孔子";《淮南子》云"共工争帝地维绝",亦皆为妄作,故世人多云短书不可用。然论天间莫明于圣人,庄周等虽虚诞,故当采其善,何云尽弃邪?②

"丛残小语"也称"丛残小论"(《新论·正经》),虽包含古代的格言、警句、善言嘉语等,但主要是各种故事(如庄周寓言、淮南子神话);"譬论"是指用譬喻故事来议论;"短书"是指"妄作"、"虚诞"、近于小道的著述(如《庄子》、《淮南子》),并不仅仅是指形制长度为六寸、八寸的简书。王充《论衡·书虚》亦曰:"言聂政刺杀韩王,

---

① [南朝梁]萧统撰,[唐]李善注:《文选》卷三一江淹《李都尉(从军)陵》李注引,中华书局,1981年,第444页。

② [清]严可均:《全上古三代秦汉三国六朝文》卷一三,中华书局,1985年,第537页。

短书小传,竟虚不可信也。"又其《谢短》曰:"汉事未载于经,名为尺藉短书,比于小道,其能知,非儒者之贵也。"①如此看来,桓谭的"短书"论,明确地指出了古小说的文体特征:内容上是丛残小语,表达方式上是用故事来说理,而且好妄作、虚诞,"学术"品格上有可观、可采之辞,但只限于修身齐家而未臻于治国。此论与庄子后学之"小说"应有直接联系,因为其中"妄作"、"虚诞"说即缘于《庄子》而发;与刘向的小说观相比,在表达方式上指出了虚构问题,在"学术"品格上明确了"可观"的地位。鲁迅说桓谭所谓小说"始若与后之小说近似"②,正是着眼于虚构、寓言异记、不本经传而言。

《汉志·诸子略》来源于刘歆《七略》,其"小说家"小序曰:

> 小说家者流,盖出于稗官。街谈巷语,道听途说者之所造也。孔子曰:"虽小道,必有可观者焉,致远恐泥,是以君子弗为也。"然亦弗灭也。闾里小知者之所及,亦使缀而不忘。如或一言可采,此亦刍荛狂夫之议也。③

此中谓小说"可观"、"可采",与桓谭的意见基本一致。其新意有二:小说家出于稗官,小说作者是"闾里小知者";小说的内容为"街谈巷语"。前者容稍后讨论,这里先说后者。从语源考察,"街谈巷语"主要来自民间和士人两个阶层,其指向也有民间传闻琐事与关乎朝廷政事两种分别。民间传闻琐事之例书载众多,此胪

---

① 〔汉〕王充撰,黄晖校释:《论衡校释》,中华书局,1990年,第199、557—558页。
② 《中国小说史略》,第151页。
③ 〔汉〕班固撰,〔唐〕颜师古注:《汉书》,中华书局,1962年,第1745页。

列数条：

世俗言曰："飧大高者而羲为上牲，葬死人者裘不可以藏，相戏以刃者太祖軵其肘，枕户橉而卧者鬼神蹠其首。"此皆不著于法令，而圣人之所不口传也。(《淮南子·泛论训》)①

余小时闻间巷言，孔子东游，见两小儿辩斗，问其故。一儿曰："我以日始出时近，日中时远。"一儿以日初出远，日中时近。……(《新论》)②

俗说：鸡鸣将旦，为人起居；门亦昏闭晨开，扞难守固；礼贵报功，故门户用鸡也。(《风俗通义》卷八)③

关乎朝廷政事者，书载也不少，尤以《荀子》、《论衡》和《风俗通义》为多，此摘录几条：

世俗之为说者曰："桀、纣有天下，汤、武篡而夺之。"……世俗之为说者曰："治古无肉刑而有象刑：墨黥；慅婴；共，艾毕；菲，对屦；杀，赭衣而不纯。治古如是。"(《荀子·正论》)④

桓公朝诸侯之时，或南面坐，妇人立于后也。世俗传云，则曰负妇人于背矣。此则夔一足、宋丁公凿井得一人之语也。(《论衡·书虚》)⑤

---

① 刘文典撰，冯逸、乔华点校：《淮南鸿烈集解》，中华书局，1989年，第459页。
② 《全上古三代秦汉三国六朝文》，第549页。朱谦之校辑：《新辑本桓谭新论》，中华书局，2009年，第28页。
③ [汉]应劭撰，王利器校注：《风俗通义校注》，中华书局，1981年，第374页。
④ 《荀子集解》，第322-327页。
⑤ 《论衡校释》，第195页。

　　燕太子丹仰叹，天为雨粟，乌白头，马生角，厨中木象生肉足，井上株木跳度渎。俗说：燕太子丹为质于秦，始皇执欲杀之，言能致此瑞者，可得生活；丹有神灵，天为感应，于是遣使归国……原其所以有兹语者，丹实好士，无所爱吝也，故闾阎小论饰成之耳。（《风俗通义》卷二）①

　　（孝成帝）常见中垒校尉刘向，以世俗多传道：孝文皇帝，小生于军，及长大有识，不知父所在，日祭于代东门外；高帝数梦见一儿祭己，使使至代求之，果得文帝，立为代王。……治天下，致升平，断狱三百人，粟升一钱。（《风俗通义》卷二）②

　　这些街谈巷议者不一定都是平头百姓，往往也出自一些士人，甚至是朝廷官员，而且此风由来已久。《左传·襄公三十一年》所谓"子产不毁乡校"、《国语·周语》所记"邵公谏弭谤"，都是国人议论朝廷的著名故事。至若秦汉以来，中央集权日盛，而士民议政之情亦愈炽！《史记·秦始皇本纪》录李斯上书曰："私学而相与非法教，人闻令下，则各以其学议之，入则心非，出则巷议，夸主以为名，异取以为高，率群下以造谤。"③张衡《西京赋》写道："若其五县游丽辩论之士，街谈巷议，弹射臧否，剖析毫厘，擘肌分理。所好生毛羽，所恶成创痏。"④《意林》说："桓灵之际，阉寺专命于上，布衣横议于下；干禄者殚货以奉贵，要名者倾身以事势；位成乎私门，名定乎横巷。由是户异议，人殊论；论无常检，事无定价；

―――――――

① 《风俗通义校注》，第90—92页。

② 《风俗通义校注》，第93—94页。

③ ［汉］司马迁撰，［南朝宋］裴骃集解，［唐］司马贞索隐，［唐］张守节正义：《史记》，中华书局，1983年，第255页。

④ 《文选》，第43页。

长爱恶,兴朋党。"[1] 这里所谓入朝出巷者、游说辩论之士、横议之布衣,都不是普通百姓。

据上述可以认为,无论高贵、低贱,无论政事、风俗,凡是在朝廷、君王以外谈论事物,并在一定时期、地区流行的言论,都应当是班固所谓"街谈巷语"的所指。此与桓谭所谓"丛残小语"的内涵似乎不尽一致。有论者将班氏所说看做民间性的,又有学者说"是指与朝政得失相关的庶人言论,非指一般的闲言碎语"[2]。从上引史料所透露的情况来看,这两种说法恐怕都有道理,但都有失偏颇。

班固为何要强调"街谈巷语"是"道听途说者"制造的?一查语源,其用意就十分明白了。《论语·阳货》:"子曰:'道听而途说,德之弃也。'"《正义》曰:"言闻之于道路,则于道路传而说之,必多谬妄,为有德者所弃也。"[3] 显然,班固是借孔子的话来贬低"街谈巷语"的社会价值,与他借子夏的话斥"小说"为"小道"的用意是一致的[4],唯其如此,才能达到将小说家赶出"可观"九流之外的最终目的。个中班固儒家一统的思想立场昭然若揭!当然,这与刘向父子崇经尊儒的影响也不无关系。

---

① 《全上古三代秦汉三国六朝文》,第 1094 页。

② 王齐洲、伍光辉:《"稗官"新诠》,《南京大学学报》2013 年第 3 期。叶岗《中国小说发生期现象的理论总结》说:"《诸子略·小说序》为我们构筑了小说发生的民间空间和民间状貌,确立了小说内容源自民间的性质。"(《文艺研究》2006 年第 10 期)

③ [魏]何晏注,[宋]邢昺疏:《论语注疏》,《十三经注疏》本,中华书局,1980 年,第 2525 页。

④ 《论语注疏·子张》篇子夏曰:"虽小道,必有可观者焉,致远恐泥,是以君子不为也!"《正义》曰:"小道谓异端之说,百家语也。虽曰小道,亦必有小理可观览者焉,然致远经久,则恐泥难不通,是以君子不学也。"(第 2531 页)

　　班固既贬低"街谈巷语"的社会价值,另一方面为何又称之"可采"?这个问题还得从语源说起。"刍荛"是采薪者,语出《诗经·大雅·板》:"先民有言:'询于刍荛。'"郑笺:"古之贤者有言,有疑事当与薪采者谋之。"①"狂夫"出自古老的格言,《史记·淮阴侯列传》:"(广武君)曰:臣闻智者千虑,必有一失;愚者千虑,必有一得。故曰'狂夫之言,圣人择焉'。"②又《说苑·丛谈》:"狂夫之言,圣人择焉。"《汉书·爰盎晁错传》:"传曰'狂夫之言,而明主择焉'。"顾此,则班固所谓"刍荛狂夫之议",是特指"街谈巷语"中与朝政得失相关的言论,而非一般的民间传闻琐事。换言之,班固其实认为大部分的"街谈巷语"是没有什么政治价值的,"如或一言可采"的只是其中如"刍荛狂夫之议"的部分。《汉书》改"圣人择焉"为"明主择焉",虽两字之差,却也流露出班固的经学立场,他是从战国以前天子或君王广泛采言的听政制度角度而言的(详后再论)。此点又与桓谭的"可采"说有所区别。

　　从以上讨论看来,《汉志》"小说家序"并没有给出"小说"文体特征的全面界定,班固只是对小说的内容、品格及其作者有所说明,他的小说文体观其实还是隐含在所列的十五家小说作品和"其语浅薄,似依托也"、"古史官记事也"等注语中,但《汉志》强调小说内容出自"街谈巷语"的意义在于:小说既是讲故事的,又是讲议论的。

　　真正为"小说"之内容、功能和性质注入新意的当推东汉后期的张衡。其《西京赋》曰:

---

① [汉]毛亨传,郑玄笺,[唐]孔颖达疏:《毛诗正义》卷一七,《十三经注疏》本,中华书局,1980年,第281页。

② 《史记》,第2618页。

> 匪唯玩好，乃有秘书。小说九百，本自虞初。从容之求，
> 寔俟寔储。

三国吴人薛综注："小说，医巫厌祝之术，凡有九百四十三篇。言九百，举大数也……持此秘术，储以自随，待上所求问，皆常具也。"李善注曰："《汉书》曰：《虞初周说》九百四十三篇。初，河南人也。武帝时，以方士侍郎，乘马，衣黄衣，号黄车使者。小说家者流，盖出于稗官。应劭曰：其说以《周书》为本。"[1] 参考注释，可知此中新意有三：一是首倡小说的娱乐性，将小说与上林苑中珍草异木、奇禽怪兽、高馆长亭、翠羽华盖、豹车猎狗等"玩好"等量齐观，乃是愉心悦意的玩意；二是揭示小说的方士化，将小说看做是记载医、巫、厌、祝等方术的秘传之书；三是揭橥小说的俳优性，将小说进入宫廷、优侍天子的情形概括了出来。

关于第一点，汉末徐干传承了此说。其《中论·务本篇》说：

> 人君之大患也，莫大于详于小事而略于大道，……夫详于小事而察于近物者，谓耳听乎丝竹歌谣之和，目视乎琱琢采色之章，口给乎辩慧切对之辞，心通乎短言小说之文，手习乎射御书数之巧，体骜乎俯仰折旋之容。凡此者，观之足以尽人之心，学之足以动人之志，且先王之末教也，非有小才小智则亦不能为也。[2]

这里将小说与音乐、绘画、演讲、书法等艺术相提并论，无疑是进

---

① 《文选》，第 45 页。
② ［魏］徐干撰，孙启治解诂：《中论解诂》，中华书局，2014 年，第 288 页。

一步明确了小说足以"尽人之心"、"动人之志"的娱乐特征。有论者以为是徐干首倡娱乐说，是没有细读出张赋"玩好"的意蕴。

关于第二点，《西京赋》"寔侯寔储"下文紧接曰"于是蚩尤秉钺，奋鬣被般。禁御不若，以知神奸。螭魅魍魉，莫能逢旃"云云，即是夸张这种医巫厌祝秘术可以使御林军知神奸，而螭魅魍魉莫能逢挡的神勇。李善注尤能揭明这层含义，曰："《左氏传》曰：王孙满谓楚子曰：昔夏铸鼎象物，使人知神奸。故人入川泽，不逢不若，螭魅魍魉，莫能逢旃。"①如此，这里所谓小说的法力，不正如后世道教徒画的进山符箓？故王瑶认为："张衡所言小说本自虞初的说法，也就是说小说本自方士。证以汉志所列各家的名字和班固的注语，知汉人所谓小说家者，即指的是方士之言。"②仅就志怪小说而言，"小说本自方士"说不失为卓识之论。

至于第三点，小说作为帝王随从"从容之求，寔侯寔储"的"秘书"，其内容不仅包括三国薛综所谓"医巫厌祝之术"的方士故事，而且也应包含汉末应劭所谓"其说以《周书》为本"的历史故事，以及朝廷俳优的滑稽故事。这些以"秘书"侍奉帝王者，身份正类似俳优。《史记·滑稽列传》曰："褚先生曰：臣幸得以经术为郎，而好读外家传语。窃不逊让，复作故事滑稽之语六章，编之于左。可以览观扬意，以示后世好事者读之，以游心骇耳。"③其中记有汉武帝时倡优郭舍人、侍郎东方朔等人应武帝召问的滑稽之语。王齐洲以为唐宋人所引来历不明的《周书》，很可能就是《虞初周说》的佚文，而其内容多为具有传奇性和故事性的短篇④。其说很有道

---

① 《文选》，第 45 页。
② 王瑶：《中古文学史论集·小说与方术》，上海古籍出版社，1982 年，第 85 页。
③ 《史记》，第 3203 页。
④ 王齐洲：《〈汉书·艺文志〉著录之〈虞初周说〉探佚》，《南开学报》2005 年第 3 期。

理,不过还可以加上滑稽性的故事,如《太平御览》卷四五六载录不明来历之《周书》,或许是其佚文:

> 魏襄王欲为中天之台,诚曰:"敢谏者死。"绾乃负操捶而入曰:"臣闻大王将为中天之台,愿加一力焉。"王曰:"何也?"对曰:"臣闻天地相去万五千里,今王因而半之,当高七千五百里,基址当广八千里。尽王之地,不足以为。大王必欲为之,先起兵以伐诸侯,及四夷尽有,地乃足矣。然以林木之积,人徒之众,仓廪之输,当给其外,乃可以作。"襄王嘿然,无以应之,乃罢。①

如此,至三国时出现"俳优小说"《笑林》就毫不奇怪了②。

综上,先秦两汉时期"小说"的涵义,经历了由小说文体之名而至小说之实的发展过程。战国晚期出现的"小说"并不是一个常见、固定的词,其中心涵义的"说",可以指议论、学说,也可以指言说、故事,是一种可以称为"说体"的文体。两汉之际,"小说"一词固定了下来,并逐步具有了文学性的文体意义。其中,刘向的小说观隐含着"小说"的故事性,体现出自战国晚期以来子书故事化的趋向;桓谭的"短书"论明确了"小说"以譬喻、虚诞论理的言说方式,同时也明确了"小说"的可观、可采价值,是论缘于《庄子》"小说"而来;班固的"小说家序"则沿承刘向的"浅薄、不中义理"说,将"小说"的内容进而贬斥为"街谈巷语";张衡的"秘

---

① [宋]李昉等:《太平御览》,中华书局影印,1960年,第2096页。
② 详见陈洪、孟稚:《论汉魏六朝俳优小说》,《徐州师范大学学报》2005年第1期。

书"说隐括了"小说"方士化、娱乐性、俳优化的内容、性质和特征，为"小说"注入了新的涵义。

二、稗官、闾里小知与小说家

班固小说家序说"小说家者流，盖出于稗官"，"闾里小知者之所及，亦使缀而不忘"，其实是两个问题。前者是说小说家之来源，后者是讲小说之作者。

先讨论前一问题。班固论诸子，往往谓某某家出自司徒、史官、理官、礼官等等，后世学者认为这是"王官论"。十家中其他九家的出身官职都好理解，唯独"稗官"在传世文献中没有明确说明，遂成古今小说论者聚讼不已的话题。余嘉锡《小说家出于稗官说》一文遍考先秦典籍，认为稗官是"天子之士"，其职责如采诗，是采言、传语者[①]。袁行霈、潘建国从秦汉词语出发，认为稗官是"散居乡野的、没有正式爵秩的官职"，如周代的土训、诵训、训方氏以及汉代的待诏、方士侍郎之类无实职的小官都可以称作稗官[②]。而饶宗颐从秦汉出土文献和语音学的角度，认为《汉志》远有所本，稗官，秦时已有之"，稗与俳优之俳音义相通，职责相似[③]。其依据有二：（1）出土云梦秦简中"令与其稗官分如其事"一语；（2）《汉志》三国如淳注："稗音锻家排。《九章》'细米为稗'。街谈巷说，其细碎之言也。王者欲知闾巷风俗，故立稗官使称说

① 余嘉锡：《余嘉锡文史论集》，岳麓书社，1997年，第245—258页。
② 袁行霈：《〈汉书·艺文志〉小说家考辨》，文载《文史》第七辑，中华书局，1979年；潘建国：《"稗官"说》，《文学评论》1999年第2期。
③ 饶宗颐：《秦简中"稗官"及如淳称魏时谓"偶语为稗"说——论小说与稗官》，文载《饶宗颐二十世纪学术文集》，台湾新文丰出版公司，2004年，第59—67页。

之。今世亦谓偶语为稗。"近期王齐洲又在饶说基础上有进一步讨论①。

笔者认为：(1) 稗官在先秦两汉是县、乡以下各级属官的泛称。如淳、颜师古注说《汉志》中"稗官"是细吏、小官，大致不错。有四条出土文献可以证明：

> 官嗇夫免，效其官而有不备者，令与其稗官分，如其事。②
> 县、道官，其传□……。取传书乡部稗官。其［田］(?) 及□［作］务□……③
> 吏□□□□告官及归任行县道官者，若稗官有印者，听。④
> 都官之稗官及马苑有乘车者，秩各百六十石，有秩毋乘车者，各百廿石。⑤

(2) 如淳所谓稗音排、偶语为稗的注释，没有秦汉以前的文献支持，并不准确。此从略不论。(3) 稗官的职责是广泛的，并非专职称说闾巷风俗⑥。既然嗇夫、乡部、县、道和都官等都有稗官，而且有配官印的、有秩百六十石的，则其司职必然各不相同。如淳注所谓"王者欲知闾巷风俗，故立稗官使称说之"，可能是指稗官

---

① 王齐洲、伍光辉：《"稗官"新诠》，《南京大学学报》2013 年第 3 期。
② 睡虎地秦墓竹简整理小组：《睡虎地秦墓竹简》，文物出版社，1990 年，第 40 页。
③ 中国文物研究所、湖北省文物考古研究所：《龙岗秦简》，中华书局，2001 年，第 74 页。
④ 张家山二四七号汉墓竹简整理小组：《张家山汉墓竹简》，文物出版社，2001 年，第 190 页。该墓葬下葬年代约在吕后二年（前 186）或稍后，属西汉早期。
⑤ 《张家山汉墓竹简》，第 202 页。
⑥ 详见陈洪：《稗官说考辨》，文载《中华文学史料（第二辑）》，学苑出版社，2007 年，第 79-94 页。

中某些人,并非是专指,更不能据此推导出稗官即俳官、俳优的结论。《后汉书·蔡邕列传》说:

> 侍中祭酒乐松、贾护,多引无行趣埶之徒,并待制鸿都门下,憙陈方俗闾里小事,帝甚悦之,待以不次之位。[1]

这里为帝王陈说"方俗闾里小事"的鸿都门下待制者,似可理解为如淳所说的那种稗官。追溯上去,则汉武帝身边的待诏东方朔、方士侍郎虞初,《左传·襄公十四年》所谓"士传言"者,《国语·周语》所谓"庶人传语"者,也可以称之为稗官。这与中国古老的天子听政制度密切相关[2]。

次说后一问题。稗官既然是县乡以下细吏、属官的泛称,那么稗官也可以说是出自"闾里小知者"、"市贾小民"。县乡是社会下层,闾里是民间,其社会空间一样;稗官是小人,小知、小民也是小人,其社会群落也一样。其中"小知",盖语出《论语·卫灵公》:"子曰:'君子不可小知而可大受也;小人不可大受而可小知也。'"《正义》曰:"君子之道深远,仰之弥高,钻之弥坚,故不可小了知也,使人餍饫而已,是可大受也。小人之道浅近,易为穷竭,故不可大受,而可小了知也。"[3]据此,则浅薄的小说只能出自"小知者"之手了。这正是班固所谓"闾里小知者"是"街谈巷语"的缀合者,而"君子不为"此"小道"的真正意图。据此,则《庄子·外物》所谓"饰小说以干县令",不妨理解为:饰小说以干稗官;桓谭所谓

---

① [南朝宋]范晔撰,[唐]李贤等注:《后汉书》,中华书局,1965 年,第 1992 页。
② 详见余嘉锡《小说家出于稗官说》所论。
③ 《论语注疏》,第 2518 页。

"小说家合丛残小语",可以置换为:闾里小知者合丛残小语。

至此,我们可以把《汉志》"小说家序"的逻辑理解为这样的三层关系:

"街谈巷语"源自"道听途说者";

将"街谈巷语"缀合成小说的是"闾里小知者";

故"小说家"实源出"闾里小知者"、"稗官"。

按照这样三层关系来看,古小说的生成经过两个阶段,依赖于两个群体:"街谈巷语"只是小说的初始原料,是"道听途说者"所造;饰合小语、巷语而成的"譬论"、"短书"才是小说,是"闾里小知者"或"稗官"所作。这样理解的意义在于:对古小说的深入研究,应当指向"街谈巷语"的形成、类型及其发展,应当指向"譬论"、"短书"的构成与生成,应当指向"道听途说者"、"闾里小知者"或"稗官"的构成和职能。

前两层暂且不谈,后一层稍可申说。小说家既源出于闾里小知者、小官,则其构成必然十分混杂。闾里小知者,显然多来自民间,其中不乏小说作者。《庄子·逍遥游》所谓志怪的"齐谐",《孟子·万章》所谓"非君子之言"的"齐东野人",《列子·汤问》所谓闻奇事而志之的"夷坚",都是见诸记载的好作志怪、记录小语的闾里小知。稗官中小说家也比较复杂,但大多来自小官。《汉志》所列十五家小说,就有"古史记事"、"方士侍郎"虞初、"待诏臣"安成、诸子宋钘等各色人物。所以,不必将小说家圈定在方士、史官等小官中。《汉志》讲小说家源出于闾里小知者、稗官,其意图不过是说他们来自社会下层、出自民间,达到贬低小说的目的。

第二章
"语"、"说"：古小说的根源

　　"语"、"说"是两种古老的文体或文类,也是古小说生成的重要构件、根源。个中原因,在于"语"和"说"既有议论性,又有故事性;既来源于贤达知识阶层,又来源并流布于市井民间;是士人"立言"的结晶,也是士民"议政"的结果。

一、"语"类文体的形成

　　"语"的古字是吾,汉代释义分别是论、论难、叙说。汉许慎《说文解字》:"语,论也。从言吾声。""直言曰言,论难曰语。"①《诗经·公刘》:"于时言言,于时语语。"汉毛亨传曰:"直言曰言,论难曰语。"②汉刘熙《释名》:"语,叙也,叙己所欲说也。"③按照汉代学者对"语"的解释,由"语"所产生的文体应当有两种:即论述性的,叙事性的。考察春秋以来"语"的存在形态、类型及其文体的发展,也正是如此。

① ［汉］许慎:《说文解字》,中华书局,1979年,第51页。
② 《毛诗正义》,第542页。
③ ［汉］刘熙:《释名》,四部丛刊景明翻宋书棚本,第23页。

(一)

从现存资料看,"语"字的出现略晚于"言"字。甲骨文里有言而无语,《尚书》也有言而无语,至《逸周书》则言、语俱有。邱渊据徐中舒、陈梦家的考释说,甲骨文中的"言",在商代是祭名、告祭,例如"辛巳卜内言其有遘"、"贞言其有疾"、"贞言无遘"。这里的"言"既是人对神的"言说"即祷告,也是神对人的"言说"即"神示",是人神之间的相互沟通。在政教合一的时代,统治者在祷告祭祀或者占卜的时候,不仅扮演着与神沟通的角色,甚至扮演着神的角色。这样,"神示"就成了变相的"人示","鬼治"成了变相的"人治"①。因此,我们才能看到商周文献《尚书》里许多帝王的言说,充满着至高无上的神圣权威:

> 尔不从誓言,予则孥戮汝,罔有攸赦! (《商书·汤誓》)
> 王曰:格尔众庶,悉听朕言。非台小子,敢行称乱! (《商书·汤誓》)
> 明听朕言,无荒失朕命! (《商书·盘庚》)②

随着人性时代的逐步到来,贤哲、士人以及君子的言论逐渐占据了古史的一席之地:

> 古人有言曰:"抚我则后,虐我则仇。"(《周书·泰誓》)

① 邱渊:《"言""语""论""说"与先秦论说文体》,云南人民出版社,2009年,第75—78页。
② [汉]孔安国传,[唐]孔颖达疏:《尚书正义》,《十三经注疏》本,中华书局,1980年,第160、170页。

古人有言曰："牝鸡无晨；牝鸡之晨，惟家之索。"（《周书·牧誓》）

古人有言曰："人无于水监，当于民监。"（《周书·酒诰》）

古人有言曰："民讫自若是多盘。"（《周书·秦誓》）

迟任有言曰："人惟求旧，器非求旧，惟新。"（《商书·盘庚》，孔安国传："迟任，古贤。"）[1]

周任有言曰："为国家者，见恶如农夫之务去草焉，芟夷蕴崇之，绝其本根，勿使能殖，则善者信矣。"（《左传·隐公六年》，杜预注："周任，周大夫。"）

且史佚有言曰："无始祸，无怙乱，无重怒。"（《左传·僖公十五年》，杜预注："史佚，周武王时大史，名佚。"）

仲虺有言曰："取乱侮亡。"（《左传·宣公十二年》，杜预注："仲虺，汤左相，薛之祖奚仲之后。"）

叔向有言曰："怙乱灭国者无后。"（《左传·哀公十七年》，据孔颖达疏，叔向出身晋国贵族羊舌氏，晋大夫）[2]

在《尚书》里以"有言曰"引出的言论共5例，有姓名的仅有迟任1例；而《左传》中以"有言曰"引出的言论共22例，有姓名的则达13例。不过，这些"言"与帝王之"言"一样，仍然带有强烈的教训、教令、警句、格言、箴戒和垂告的色彩，这应该都源于甲骨文中之"言"的告祭原始底色。

春秋以降，"言"体文形成，具有独言而非对话、直言而非论

---

① 《尚书正义》，第182、183、207、256、169页。

② ［晋］杜预注，［唐］孔颖达疏：《春秋左传正义》，《十三经注疏》本，中华书局，1980年，第1731、1806、1879、2179页。

辩、论说而非叙事三个文体特征。其文本形态则有"格言警句型"、"专题议论型"二种。前者以《老子》首开其传统,《逸周书·周祝解》、《文子·符言》继踵其后;后者有《商君书·壹言》、《管子·枢言》、《管子·霸言》等①。不过,这个说法只是从现存文本而言的,若从失传的文献而言,在《老子》、《周祝解》之前,一定还存在着许多格言警句式的文献。如《老子》第四十一章有云:

> 故《建言》有之:明道若昧,进道若退,夷道若类,上德若谷,大白若辱,广德若不足,建德若偷,质真若渝,大方无隅,大器晚成,大音希声,大象无形。道隐无名。夫唯道,善贷且善。

《老子校释》:"奚侗曰:'《建言》',当是古载籍名。高亨曰:'《建言》',殆《老子》所称书名也。"②又《左传》四次引用"史佚有言曰",也应当是依据周武王时太史佚的某种"言"论集而来的。

(二)

稍晚于"言"而兴起的"语",与"言"体文既有分流之态,又有汇合之势。《尚书》中无"语"字,而《逸周书》"语"字凡五见,其中《太子晋解》有云:

> 师旷见太子,称曰:"吾闻王子之语高于泰山,夜寝不寐,

---

① 详见赵奉蓉:《〈逸周书〉文学研究》,中国社会科学出版社,2013年,第75—82页。邱渊《"言""语""论""说"与先秦论说文体》则认为,此时已形成还不成熟的"言体论说文"(第134页)。

② 朱谦之:《老子校释》,中华书局,1987年,第167—172、168页。

昼居不安，不远长道，而求一言。"①

这里"语"与"言"对称，似乎是颇有意味的一种暗示。

"语"在西周、春秋时期，既是贵族教育的技能之一，又是一种文体。《周礼·春官宗伯》云："以乐语教国子：兴、道、讽、诵、言、语。"郑玄注："兴者，以善物喻善事。道，读曰导。导者，言古以剀今也。倍文曰讽，以声节之曰诵，发端曰言，答述曰语。"②据郑注看，语是一种对答、论难性的说话，用来训练话语的文本，应当是一种有别于"兴、道、讽、诵、言"的文体，可惜今天我们已经难以看到这种"语"的训练教材了。《国语·楚语上》：

> （士亹）问于申叔时，叔时曰："教之《春秋》，而为之耸善而抑恶焉，以戒劝其心；教之《世》，而为之昭明德而废幽昏焉，以休惧其动；教之《诗》，而为之导广显德，以耀明其志；教之礼，使知上下之则；教之乐，以疏其秽而镇其浮；教之《令》，使访物官；教之《语》，使明其德，而知先王之务，用明德于民也；教之《故志》，使知废兴者而戒惧焉；教之《训典》，使知族类，行比义焉。"③

这里的令、语、故志、训典，显然都是具有特定内涵和功能的文体。韦昭解曰："《语》，治国之善言。"这种"语"体，是指与国家政治相

---

① 黄怀信、张懋镕、田旭东撰，李学勤审定：《逸周书汇校集注》，上海古籍出版社，1995年，第1084页。

② ［汉］郑玄注，［唐］贾公彦疏：《周礼注疏》，《十三经注疏》本，中华书局，1980年，第787页。

③ 徐元诰撰，王树民、沈长云点校：《国语集解》，中华书局，2002年，第485—487页。

关的言论或记载。王树民认为:"'语'是当时很受贵族统治者重视的一种记载,《国语》便是集合各国之'语'而编成的一部书,所以称为'《国语》'。"①

不过"语"的表现形式和存在形式是丰富多样的,不止政治言论一种。俞志慧说:"大致可分为重在记言和重在叙事两种,每一类又表现为散见的和结集(或成篇)的两种。"②所谓记言而散见的"语",宽泛地说,它可以包括记载于《尚书》、《左传》、《逸周书》等典籍中的众多格言、警句、训诫、谚语等,即上文讨论的"言"。如谚语,既可称作"言",也可叫做"语":

> 周谚有之曰:"山有木,工则度之;宾有礼,主则择之。"(《左传·隐公十一年》,杜预注:"谚,音彦,俗言也。")③
>
> 谚有之曰:"觥饭不及壶飧。"(《国语·越语》,韦昭注:"谚,俗之善语。")④
>
> 语言有之曰:"焉而晏日,焉而得罪,将恶避逃之?"(《墨子·天志上》)⑤
>
> 鄙谚曰:"莫众而迷。"……语曰:"莫三人而迷。"(《韩非子·内储说上》)⑥

---

① 王树民:《中国史学史纲要》,中华书局,1997年,第230页。

② 俞志慧:《语:一种古老的文类》,《文史哲》2007年第1期。

③ 《春秋左传正义》,第1735页。

④ 《国语集解》,第583页。

⑤ [清]孙诒让撰:《墨子间诂》,中华书局,2001年,第192页。

⑥ [战国]韩非著,陈奇猷校注:《韩非子新校注》,上海古籍出版社,2000年,第572—573页。

狭义地说，"语"主要散见于战国以来的史书与子书中，而且多见于《左传》、《国语》、《逸周书》中，多以"语曰"的形式引出：

> 是故子墨子言曰：古者有语曰："君子不镜于水，而镜于人。镜于水见面之容。镜于人则知吉与凶。"（《墨子·非攻中》）①
>
> 语曰："好女之色，恶者之孽也。公正之士，众人之痤也。循乎道之人，污邪之贼也。"（《荀子·君道》）②
>
> 语曰："恶紫之夺朱，恶利口之覆邦家。"（《尹文子·大道下》）③
>
> 语曰："其母好者其子抱。"（《韩非子·备内》）④
>
> 语曰："麒骥之衰也，驽马先之；孟贲之倦也，女子胜之。"（《战国策·齐五》）⑤

还有一些称之为民语、野语、鄙语、宋人语等：

> 野语有之曰："众人重利，廉士重名，贤士尚志，圣人贵精。"（《庄子·刻意》）
>
> 野语有之曰："闻道百以为莫己若者。"（《庄子·秋水》）⑥

---

① 《墨子间诂》，第 138 页。
② 《荀子集解》，第 240 页。
③ ［战国］尹文子著，王恺銮校正：《尹文子校正》，商务印书馆，1935 年，第 28 页。
④ 《韩非子新校注》，第 322 页。
⑤ ［汉］刘向集录，范祥雍笺证，范邦瑾协校：《战国策笺证》，上海古籍出版社，2006 年，第 672 页。
⑥ 《庄子集释》，第 546、561 页。

　　　民语曰:"欲富乎?忍耻矣,倾绝矣,绝故旧矣,与义分背矣。"(《荀子·大略》)①

　　　故宋人语曰:"一雀过羿,羿必得之,则羿诬矣。以天下为之罗,则雀不失矣。"(《韩非子·难三》)②

　　　臣闻鄙语曰:"宁为鸡口,无为牛后。"(《战国策·赵一》)③

　　　臣闻鄙语曰:"见菟而顾犬,未为晚也。亡羊而补牢,未为迟也。"(《战国策·楚四》)④

　　有论者以为,春秋以来"言"、"语"的大量产生是"君子立言"的结果⑤,是很有道理的,但就此看,市井民间产生的"言"、"语"也不少,其中乡野的趣味很浓郁,并非都来自古代贤哲的智慧。

　　至于结集或成篇的"言"、"语",则以《逸周书·周祝解》、《国语》、《老子》、《论语》、《文子·符言》等为代表,出土文献中则以《琐语》、《春秋事语》、郭店楚简《语丛》、长沙出土帛书《称》等著称。

　　《逸周书》成书时代说法不一,各篇产生时代亦不一。黄怀信认为其编定时间在公元前532－前339年之间⑥,即春秋末叶到战国中期,较为可信。《周祝解》,注家多认为是祝官所作。陈逢

---

① 《荀子集解》,第503页。

② 《韩非子新校注》,第914页。

③ 《战国策笺证》,第1480页。《颜氏家训·书证》:"案:延笃《战国策音义》曰:'尸,鸡中之主。从,牛子。'然则'口'当为'尸','后'当为'从',俗写误也。"([北齐]颜之推撰,王利器集解:《颜氏家训集解》,上海古籍出版社,1980年,第410－411页)

④ 《战国策笺证》,第871页。

⑤ 《先秦散文研究——早期文体及话语方式的生成》第四章第二节。

⑥ 黄怀信:《〈逸周书〉源流考辨》,西北大学出版社,1992年,第88－89页。

衡说"此周祝垂戒之语"，唐大沛云"此篇作于周祝。祝即春官太祝，掌王诰命者也。古人垂戒之文不一体，此篇似箴似铭，尤为奇绝"①。过常宝推定："祝有训诫之职责，而祝的权威来自文献，所以他的训诫主要以征引权威性的'语'来进行，故而很早就开始了搜集'善言'的工作，并形成职业性文献。这种职业文献最初就是具有教训意味的'语'的辑本。"②

故《周祝解》中保存了不少精彩经典的"语"录：

> 故曰文之美而以身剥，自谓智也者故不足。角之美杀其牛，荣华之言后有茅。凡彼济者必不怠，观彼圣人必趣时。石有玉伤其山，万民之患在口言。时之行也勤以徙，不知道者福为祸。时之徙也勤以行，不知道者以福亡。故曰肥豕必烹，甘泉必竭，直木必伐。
>
> 故狐有牙而不敢以噬，猨有蚤（爪）而不敢以撅。势居小者不能为大。……故木之伐也而木为斧，贼难而起者自近者。二人同术，谁昭谁暝，二虎同穴，谁死谁生。故虎之猛也而陷于获，人之智也而陷于诈。③

此中有些"语"还流传到后来的一些文献中。例如"文之美"几句，《文子·符言》："其文好者皮必剥，其角美者身必杀。甘井必竭，直木必伐。物有美而见害，人希名而召祸。华荣之言后为愆，先骋华辞，后招身祸。石有玉，伤其山，山若藏宝必见凿，人不慎言

---

① 《逸周书汇校集注》，第1120页。
② 《先秦散文研究——早期文体及话语方式的生成》，第219页。
③ 《逸周书汇校集注》，第1123—1126、1129—1132页

必招祸。黔首之患固在言。"①《墨子·亲士》："甘井近竭,招木近
伐。"《庄子·山木》："直木先伐,甘井先竭。"《范子》："直木先伐,
甘井先竭。"(《太平御览》卷一八九引)

　　《老子》可能也是一种职业文献,它"在一定程度上采用或汇
辑了一些'语'文献",并成为"一种以'语'为基础的阐释性的
文本"②。除上引《建言》"明道若昧"云云以外,又如《老子》第
五十七章:"故圣人云:'我无为,人自化;我好静,人自正;我无事,
人自富;我无欲,人自朴。'"第七十八章:"故圣人云:'受国之垢,
是谓社稷主;受国不祥,是谓天下王。'"而《老子》第二十二章所
引值得注意:

　　　　曲则全,枉则正;洼则盈,弊则新;少则得,多则或。是以
　　圣人抱一为天下式。不自见,故明;不自是,故彰;不自伐,故
　　有功;不自矜,故长。夫唯不争,故天下莫能与之争。古之所
　　谓"曲则全",岂虚语?故成全而归之。

显然,"曲则全"以下六句为古语,"是以圣人"以下则是阐述性的
文字。《老子》中到底还有多少这样隐含的古语,今天已经难以
一一指证了。不过还有些蛛丝马迹可寻,《老子》第三十六章所谓
"将欲翕之,必故张之;将欲弱之,必故强之;将欲废之,必固兴之;
将欲夺之,必固与之"数句③,疑缘自《逸周书》。《战国策·魏策》
任章引《周书》:"将欲败之,必姑辅之;将欲取之,必姑与之。"④《韩

---

① ［春秋］文子著,王利器疏:《文子疏义》,中华书局,2000年,第177页。
② 《先秦散文研究——早期文体及话语方式的生成》,第220页。
③ 《老子校释》,上四条依次为第232、302、91—93、142—143页。
④ 《战国策笺证》,第1243页。

非子·说林上》所引也出自《周书》。

　　在出土文献中，我们还能看到专门采集"语"而成篇的资料。郭店楚简《语丛四》可见其端倪，此摘录四条以窥一斑：

　　　　言以词，情以久。靡言不酬，靡德无报。言而苟，墙有耳。往言伤人，来言伤己。言之善，足以终世。三世之富，不足以出芒。

　　　　口不慎而户之不闭，恶言报己而死无日。

　　　　窃钩者诛，窃邦者为诸侯。诸侯之门，义士之所存。

　　　　虽勇力闻于邦，不如材；金银盈室不如谋；众强甚多不如时，故谋为可贵。①

这些都可以说是格言警句式的"语"。其中，"靡言不酬，靡德无报"，语出《诗经·大雅·抑》"无言不雠，无德不报"。"窃钩者诛"几句为《庄子·胠箧》篇所谓"彼窃钩者诛，窃国者为诸侯，诸侯之门而仁义存焉"所本。

　　刘钊认为，"本篇内容为汇集一些格言而成，体例与《说苑·谈丛》、《淮南子·说林》相类"②。李零则将《语丛四》命名为《说之道》，认为它是讲"谈话技巧的书"，"它利用的资料主要有两大类，一类是历史掌故（即故事性的资料），一类是著名言论（语言类的资料）。二者经常是混在一起，不能截然分开。……这种书，也叫'事'，也叫'语'，也叫'事语'"③。此二说颇有启发

---

① 刘钊：《郭店楚简校释》，福建人民出版社，2005 年，第 223-233 页。引文用宽式。
② 《郭店楚简校释》，第 223 页。
③ 李零：《郭店楚简校读记》，北京大学出版社，2002 年，第 51 页。

意义。

（三）

据上所论，就重在记言的来说，无论是散见的"言"、"语"，还是成篇成册的"语"录，都是具有议论性的言论，或者是议论文中的重要构件。而就重在叙事的来讲，"言"、"语"又往往与故事混在一起，成为所谓"事语"，并成为小说的构件。《国语》、《汲冢琐语》、《春秋事语》等具有很强的叙事性。

《国语》是春秋各国事语记载并编撰的结晶。在传统意义上，人们都将此书看做是历史著作，但也有学者认为其记言记事具有片段性，并没有构成完整的历史叙述，所以不能算是史书。陈桐生以为《国语》"是一部主要记载王侯卿士大夫治国言论的原始史料汇编"，它"保留了西周春秋不同时期不同地域的散文风貌"[①]；过常宝则说："《国语》是一部载录君子'善言嘉语'的史家著作"，"它本身不是原始资料"[②]。这种争议的存在至少说明，《国语》或中国早期史书的书写体例不那么"纯粹"，它既近于史书，又近于子书。

俞志慧指出，在"周、鲁、郑、楚、晋语"中，存在着一种固定的三段式结构模式：其一，嘉言善语的背景或缘起；其二，嘉言善语；其三，言的结果。其中第二段为主，第一、三段只是陪衬，时或缺失[③]。这一分析大抵可信，但就语的方式而言，各语之间还有不小的差别。比如《周语》多是独言，《鲁语》、《齐语》多是对话，而《晋

---

① 陈桐生：《〈国语〉的性质和文学价值》，《文学遗产》2007年第4期。

② 《先秦散文研究——早期文体及话语方式的生成》，第192、198页。

③ 俞志慧：《〈国语〉"周、鲁、郑、楚、晋语"的结构模式及相关问题研究》，台北《汉学研究》第23卷第2期（2005年12月）。

语》多记事，大致呈现出由言到语、由语到事语的演进趋势，这可能与陈桐生推测《国语》各篇分别产生于西周、春秋不同时期有关。更为重要的是，在《周语》、《鲁语》中，记言的性质多是劝谏或告诫式的，如"穆王将征犬戎，祭公谋父谏曰……"，"厉王虐，国人谤王……邵公曰：'是障之也……'"（《周语上》），"庄公如齐观社。曹刿谏曰：'不可……'"，"晋人杀厉公，边人以告，成公在朝。公曰：'臣杀其君，谁之过也？'大夫莫对，里革曰：'君之过也……'"（《鲁语上》），但《晋语》记言中劝谏、告诫的意味则淡薄得多，有不少对话已经变成了故事情节的重要部分。《晋语一》记载：

> 公之优曰施，通于骊姬。骊姬问焉，曰："吾欲作大事，而难三公子之徒，如何？"对曰："早处之，使知其极。夫人知极，鲜有慢心，虽其慢，乃易残也。"骊姬曰："吾欲为难，安始而可？"优施曰："必于申生。其为人也，小心精洁，而大志重，又不忍人。精洁易辱，重偾可疾，不忍人，必自忍也。辱之近行。"骊姬曰："重，无乃难迁乎！"优施曰："知辱可辱，可辱迁重，若不知辱，亦必不知固秉常矣。今子内固而外宠，且善否莫不信。若外殚善而内辱之，无不迁矣。且吾闻之，甚精必愚。精为易辱，愚不知避难，虽欲无迁，其得之乎？"是故先施谗于申生。[1]

不仅骊姬淫乱谋立的故事如此，晋文公重耳十九年流亡而返国执政的故事也是如此。又《晋语二》记载：

> 伐虢之役，师出于虞。宫之奇谏而不听，出，谓其子曰："虞

将亡矣……夫国非忠不立，非信不固。既不忠信，而留外寇，寇知其衅而归图焉。已自拔其本矣，何以能久？吾不去，惧及焉。"以其孥适西山。三月，虞乃亡。①

　　宫之奇的谏语，《左传·僖公五年》、《公羊传》与《穀梁传·僖公二年》均有详细记载，按照《国语》的体例，《晋语》本该详细载录，但这里偏偏记载了他关于"虞将亡"的一番议论和预见。这种写法就接近于子书了(如《春秋繁露》卷四所载)。

　　另外，在一段事语记载之后加上"君子曰"的笔法，《晋语》凡九次、《楚语》凡二次。这种普遍见于《左传》的现象出现在《国语》中，是否意味着《晋语》、《楚语》的创作意识更接近于史书？是否意味着"语"体向历史故事体的转变？

　　过常宝说："《国语》虽为'语'体集大成者，但随着训诫意味的减弱和就事论理的加强，记言体文献对事实本身的关注也越来越多，有言事合一的倾向。其实发展到《战国策》时，就已经很难从形式上区分记言和记事了。"②此论堪为卓识，深得吾心。进而言之，记言与记事的难分其实在《晋语》的骊姬故事、重耳故事中就已经存在了。

　　《汲冢琐语》是西晋出土的战国中后期魏王墓"汲冢书"之一。《晋书·束皙传》说："初，太康二年，汲郡人不准盗发魏襄王墓，或言安釐王冢，得竹书数十车……《琐语》十一篇，诸国卜梦妖怪相书也。"③廖群认为："该书并非志怪专书，亦不等同于后世纯文艺

①《国语集解》，第284—285页。
②《先秦散文研究——早期文体及话语方式的生成》，第206页。
③〔唐〕房玄龄等撰：《晋书·束皙传》，中华书局，1974年，第1432—1433页。

性的小说作品,实属先秦多以'说'、'传'、'语'相称的'说体'文本,相当于目录书中所列的杂史杂传。"①

　　该书约在唐代就已散佚不全了,严可均《全上古三代秦汉三国六朝文》共辑录二十余则,完整的仅十五六条。其中有怪异之事,也有普通的历史逸事,记事的色彩鲜明,但极少议论。如"周王欲杀王子宜咎"条说：

　　　　周王欲杀王子宜咎,立伯服。释虎,将执之,宜咎叱之,虎弭耳而服。②

该故事说周幽王宠爱褒姒,欲废太子宜咎而立褒姒之子伯服,放虎去扑杀宜咎,他一声大吼,老虎竟帖耳俯首了。故事的前半平常,又见于《国语·晋语一》、《史记·周本纪》和《毛诗》卷一二等;后半奇异,未见其他典籍记载,是典型的志怪之笔。又"师旷御晋平公"条记载：

　　　　师旷御晋平公,鼓瑟,辍而笑曰："齐君与其嬖人戏,坠于床而伤其臂。"平公命人书之曰：某月某日,齐君戏而伤。问之于齐侯,齐侯笑曰："然,有之。"③

师旷在晋国而能遥知齐国之事,是师旷诸多神异事迹之一,此无疑也是志怪之笔,两笑,颇有文学意味。至于"周宣王夜卧而晏起"

① 廖群：《〈汲冢琐语〉与先秦"说体"考察》,《理论学刊》2012 年第 4 期。
② 《全上古三代秦汉三国六朝文》,第 107 页。
③ 《全上古三代秦汉三国六朝文》,第 108 页。

条所记：

> 周宣王夜卧而晏起，后夫人不出于房。其后既出，乃脱簪珥，待罪于永巷，使其傅母通言于宣王曰："妾之淫心见矣，至使君王失礼而晏起，以见君王之乐色而忘德也。乱之兴，从婢子起，敢请罪。"王曰："寡人不德，实自生过，非夫人之罪也。"遂复姜后也。勤于政事，早朝晏退，卒成中兴之名。①

此中则褪尽志异色彩而近逸史杂传了。而"齐景公伐宋"条两见而内容稍有出入，则又见其传说的性质：

> 齐景公伐宋，至曲陵，梦见大君子，甚长而大，大下而小上，其言甚怒，好仰。晏子曰："若是，则盘庚也。夫盘庚之长九尺有余，大下小上，白色而髯，其言好仰而声上。"公曰："是也。""是怒君师，不如违之。"遂不伐宋也。
>
> 齐景公伐宋，至曲陵，梦见有短丈夫宾于前。晏子曰："君所梦何如哉？"公曰："其宾者甚短，大上而小下，其言甚怒，好俯。"晏子曰："如是，则伊尹也。伊尹甚大而短，大上小下，赤色而髯，其言好俯而下声。"公曰："是矣。"晏子曰："是怒君师，不如违之。"遂不果伐宋。②

文字基本相同，但一梦盘庚，一梦伊尹，显然是一事异传。至《晏子春秋》则又谓过泰山而梦商汤和伊尹，向"事语"乃至小说演变

---

① 《全上古三代秦汉三国六朝文》，第107页。
② 《全上古三代秦汉三国六朝文》，第108页。

的痕迹十分明显。

上引数条最可注意者，其中纪事性明显增强，议论性基本消失。正如邱渊所说：《汲冢琐语》的出现，"标志语类文体由记言为主变为记言记事并重；另一方面，其中的记言不再偏重议论，语类文体论说性质开始消解，叙事性质得到加强"①。就此而言，明人胡应麟在《少室山房笔丛》中称之为"古今小说之祖"，良是。

《春秋事语》是长沙马王堆出土的古佚帛书之一。原书无题，内容是记载春秋一段历史（前712– 前453），残存十六章，所记事件多见于《左传》。张政烺认为该书"当是战国时期的作品"，其性质是春秋时教育贵族子弟的"教科书"②。文体上该书多是先述简短的故事，再记时人或后人的评论，与《汲冢琐语》偏重记事不同，而与《国语》偏重议论相近。

学界今多聚讼于《春秋事语》与《左传》的关系。李学勤、裘锡圭等以为《春秋事语》是《左传》学的产物，徐仁甫等以为《春秋事语》是《左传》参考的原始材料之一③。如《宋荆战泓水之上章》：

> 宋荆战弘（泓）水之上，宋人□□陈（阵）矣。荆人未济，宋司马请曰："宋人寡而荆人众，及未济，击之，可破也。"宋君曰："吾闻［之］，君子不击不成之列，不童（重）伤，不禽（擒）二毛。"士匽为鲁君橐（犒）师，曰："宋必败。吾闻之，兵□三用，不当名则不克。邦治适（敌）乱，兵之所迹〈迹〉也。小邦□大邦，

① 《"言""语""论""说"与先秦论说文体》，第210页。
② 张政烺：《春秋事语解题》，《文物》1977年第1期。
③ 李学勤：《〈春秋事语〉与〈左传〉的传流》，文载《简帛佚籍与学术史》，江西教育出版社，2001年。

邪以(攘)之,兵之所□也。诸侯失礼,天子诛之,兵□□□也。故□□□□□□□于百姓,上下无邻,然后可以济。伐,深入多杀者为上,所以除害也。今宋用兵而不□,见间而弗从,非德伐回,陈(阵)何为?且宋君不佴(耻)不全宋人之腹脛(颈),而佴(耻)不全荆陈(阵)之义,逆矣。以逆使民,其何以济之?"战而宋人果大败。①

整理小组说:此事又见于《左传·僖公二十二年》,也见于《公羊传》、《穀梁传》和《韩非子》,但士匄的评论为各书所无。郑良树认为这一记事与《左传》有两点不同:一是楚人未渡河前和未列阵前,司马两次请求出兵,而非一次;二是《春秋事语》宋君说"不重伤,不禽二毛"云云,是战败前之语,而《左传》则是战败后之语。这显示《事语》与《左传》依据的不是同一来源的材料,而与《韩非子》记事甚近,"盖同一材料来源也"②。郑先生的判断有道理。《韩非子·外储说左上》载该故事说:

　　　宋襄公与楚人战于涿谷上。宋人既成列矣,楚人未及济。右司马购强趋而谏□:"楚人众而宋人寡,请使楚人半涉未成列而击之,必败。"襄公曰:"寡人闻君子曰:'不重伤,不擒二毛,不推人于险,不迫人于厄,不鼓不成列。'今楚未济而击之,害义。请使楚人毕涉成阵而后鼓士进之。"右司马曰:"君不爱宋民,腹心不完,特为义耳。"公曰:"不反列,且行法。"右司马

---

① 马王堆汉墓帛书整理小组:《马王堆汉墓帛书》(叁)《春秋事语释文》,文物出版社,1985年,第17页。另参考裘锡圭、郑良树的校释。
② 郑良树:《竹简帛书论文集·〈春秋事语〉校释》,中华书局,1982年,第38-39页。

> 反列。楚人已成列撰阵矣，公乃鼓之。宋人大败，公伤股，三
> 日而死。此乃慕(自亲)仁义之祸。①

这一记载的顺序、文字最接近《春秋事语》，但仍有地点、右司马言
论、作者议论等不同。

又《齐桓公与蔡夫人乘舟章》云：

> 齐亘(桓)公与蔡夫人乘周(舟)。夫人汤(荡)周(舟)，禁
> 之，不可，怒而归之，未之绝，蔡人嫁之。士说曰："蔡其亡乎。
> 夫女制不逆夫，天之道也。事大不报怒，小之利也。说之□小
> 邦□大邦之□亡将□□□则□□□□是故养之以□(玩)好，申
> 之以子□，尊以□□……今蔡之女齐也，为□以为此，今听女辞
> 而嫁之，以绝齐，是□(怨)以□也。□□□□□恶角矣而力
> □□□□乎。"亘(桓)公(率)币(师)以侵蔡，蔡人遂溃。②

整理小组原注：此章事见《左传·僖公三年》及《四年》。《左传》
只有叙事，没有士说的议论。其他又见于《韩非子》、《史记》。比
较起来，《左传》的记叙文字精简，而《韩非子》的记载则偏重议论：

> 齐侯与蔡姬乘舟于囿，荡公。公惧，变色。禁之，不可。
> 公怒，归之，未绝之也。蔡人嫁之……齐侯以诸侯之师侵蔡。
> 蔡溃。(《僖公三、四年》)③

---

① 《韩非子新校注》，第704页。王先谦认为"自亲"二字涉下而衍。
② 《马王堆汉墓帛书》(叁)《春秋事语释文》，第10页。另参考裘锡圭、郑良树
   的校释。
③ 《春秋左传正义》，第1792页。

　　蔡女为桓公妻,桓公与之乘舟,夫人荡舟,桓公大惧,禁之不止,怒而出之。乃且复召之,因复更嫁之。桓公大怒,将伐蔡。仲父谏曰:"夫以寝席之戏,不足以伐人之国,功业不可冀也,请无以此为稽也。"桓公不听。仲父曰:"必不得已,楚之菁茅不贡于天子三年矣,君不如举兵为天子伐楚。楚服,因还袭蔡曰:'余为天子伐楚,而蔡不以兵听从',因遂灭之。此义于名而利于实,故必有为天子诛之名,而有报仇之实。"(《外储说左上》)①

管仲(仲父)之谏,与《春秋事语》中的士说之谏都是议论,唯内容上有很大差别,似乎是韩非取材于《春秋事语》而又改造的结果。然《史记·齐太公世家》记载说:"桓公与夫人蔡姬戏船中。蔡姬习水,荡公,公惧,止之,不止,出船,怒,归蔡姬,弗绝。蔡亦怒,嫁其女。桓公闻而怒,兴师往伐。三十年春,齐桓公率诸侯伐蔡,蔡溃。遂伐楚。楚成王兴师问曰:'何故涉吾地?'管仲对曰:'昔召康公命我先君太公曰:'五侯九伯,若实征之,以夹辅周室。'赐我先君履,东至海,西至河,南至穆陵,北至无棣。楚贡包茅不入,王祭不具,是以来责。昭王南征不复,是以来问。'……"② 根据这里管仲的话,则《韩非子》与《史记》的故事又有同一个材料来源,而与《左传》、《春秋事语》取材不同。

　　因此,现在还不能贸然判断《春秋事语》与《左传》的确切关系。不过可以明了的是,《春秋事语》在文体上与《国语》的叙述模式是相近的,是"语"的一种重要类型,即记事与记语结合的

---

① 《韩非子新校注》,第 686 页。
② 《史记》,第 1489 页。

"事语"。

二、"说"类文体的形成

"说"在先秦既是重要的言语行为，也是一类常见的文体。有论者将这类文章概括为"说体"或"说体文"，并进而讨论它与小说的生成关系①。虽然目前对"说"类文体的研究不如对"语"类文体那么广泛、深入，但就言语行为和对小说生成而言，"说"与"语"以及"传"、"记"等在先秦具有同样重要的作用。

（一）

"说"是"兑"后出的异体字。甲骨文、西周彝器铭文中有"兑"而无"说"。东汉许慎《说文》云："兑，说也。从儿合声。"段玉裁注："说者，今之悦字。其义见《易》。《大雅》：'行道兑矣。'"②从《古文字诂林》所列诸家意见看，甲骨文、金文研究者于"兑"字并无统一解释。林义光说："合非声，兑即悦之本字。古作兑，从人口八，八分也。人笑故口分开。"高田忠周也说："盖人心喜乐，口气舒散，此谓之兑。字当从人口八为是。……谈说亦其转义耳，兑说实同。故以说解兑，以今字解古字也。"鲁实先认为："兑于卜辞有二义：

---

① 参见王齐洲：《说体文的产生及其对中国传统小说观念的影响》，《中国文学观念论稿》，湖北教育出版社，2004 年；廖群：《"说"、"传"、"语"：先秦"说体"考索》，《文学遗产》2006 年第 6 期；夏德靠：《先秦"说体"的生成、类型及文体意义——兼论〈汉书·艺文志〉"小说"的观念与分类》，《河南师范大学学报》2013 年第 2 期。

② ［汉］许慎撰，［清］段玉裁注：《说文解字注》，浙江古籍出版社，1998 年，第 405 页。

其一为阅之初文，……第二义乃锐之初文。"①综合古今研究，可知兑是悦、锐、阅的本字，有喜悦、急速、锐利、检阅等基本义，谈说之说是兑后出的异体字。

"说"字约晚出于西周春秋时期。《说文》解"说"云："说，释也。从言兑声。"段玉裁注："说释，即悦怿。说、悦、释、怿，皆古今字……说释者，开解之意，故为喜悦。"②据《尚书》、《诗经》、《周易》、《周礼》和《国语》等典籍之用例看，"说"字有喜悦、解脱、谈说、祭祀等基本语义。此援引五例：

1. 王曰：封，予惟不可不监，告汝德之说，于罚之行。(《尚书·康诰》，孔颖达疏："德由说而罚须行，故德之言说而罚言行也。")③

2. 未见君子，忧心弈弈；既见君子，庶几说怿。(《诗经·小雅·頍弁》，孔颖达疏："意解怿，言当开解而怿，悦也。")

3. 此宜无罪，女反收之。彼宜有罪，女覆说之。(《诗经·大雅·瞻卬》，郑玄笺："说，赦也。说音税。")④

4. 初六：发蒙，利用刑人，用说桎梏。(《周易·蒙卦》，说即脱)⑤

5. 夫差将死，使人说于子胥曰："使死者无知，则已矣；若其有知，君何面目以见员也！"遂自杀。(《国语·吴语》，韦昭注："说，告也。"宋庠《国语补音》："说，如字，陈说也。"此时

---

① 李圃：《古文字诂林》(第七册)，上海教育出版社，2002 年，第 738–739 页。

② 《说文解字注》，第 93 页。

③ 《尚书正义》，《十三经注疏》本，第 205 页。

④ 《毛诗正义》，《十三经注疏》本，第 481、577 页。

⑤ 《周易正义》，《十三经注疏》本，第 20 页。

子胥已冤死,说当是告祭的意思)①

其他几例意思明显,例5犹需申说。《周礼·春官宗伯·大祝》记载:"(大祝)掌六祈,以同鬼神示,一曰类,二曰造,三曰禬,四曰禜,五曰攻,六曰说。作六辞以通上下亲疏远近,一曰祠,二曰命,三曰诰,四曰会,五曰祷,六曰诔。"郑众注:"类、造、禬、禜、攻、说,皆祭名也。类祭于上帝。"郑玄注:"攻、说,则以辞责之。"②又《上海博物馆藏战国楚竹书(二)·鲁邦大旱》记载鲁邦大旱,哀公欲以圭璧币帛祭祀求雨,孔子说:"庶民知说之事。"《淮南子·泰族训》:"夫鬼神视之无形,听之无声,然而郊天、望山川,祷祠而求福,雩兑而请雨,卜筮而决事。"高诱注:"兑,说也。"其中"说",均当解作祭祈③。

战国时期诸子兴起,著书立说盛行,故"说"字又多有学说、道理(故事)、劝谏、解说、游说之义。例如:

1. 子曰:"君子易事而难说也。说之不以道,不说也;及其使人也,器之。"(《论语·子路》,邢昺疏:"言君子有正德,若人说己不以道而妄说,则不喜说也,是以难说。度人才器而官之,不责备,故易事。")

2. 子曰:"回也非助我者也,于吾言无所不说。"(《论语·先

---

① 《国语集解》,第561-562页。俞志慧:《〈国语〉韦昭注辨正》,中华书局,2009年,第244-245页。
② [清]孙诒让撰,王文锦、陈玉霞点校:《周礼正义》,中华书局,1987年,第1986-1992页。
③ 《〈国语〉韦昭注辨正》,第244页。

进》，邢昺疏："说，解也。"）①

3. 杨墨之道不息，孔子之道不著，是邪说诬民，充塞仁义也。（《孟子·滕文公下》，说，学说）

4. 故说诗者，不以文害辞，不以辞害志。（《孟子·万章上》，说，解说）②

5. 桓公曰："寡人读书，轮人安得议乎！有说则可，无说则死。"轮扁曰："臣也以臣之事观之……"（《庄子·天道》，说，道理、故事）③

6. 一听则愚智不分，责下则人臣不参。其说在"索郑"与"吹竽"。（《韩非子·内储说上》，说，解说的故事）④

其中例 5、例 6 稍可延说。在《战国策》中，以"有说"、"愿闻其说"、"请闻其说"引出故事或某种道理的写法有十多处，形成了一种叙述套路。由此可见"说"的内容向议论和叙事发展的两种趋向。在《韩非子》中，以"其说在"引出的精悍故事也形成了固定的路数，更显示出解说言语行为向文学叙事发展的趋势。如"吹竽"、"昭侯握一爪"之两"说"就十分精彩：

> 齐宣王使人吹竽，必三百人。南郭处士请为王吹竽，宣王说之。廪食以数百人。宣王死，湣王立，好一一听之，处士逃。
> 韩昭侯握爪而佯亡一爪，求之甚急，左右因割其爪而效

---

① 《论语注疏》，第 2508、2498 页。
② 杨伯峻：《孟子译注》，中华书局，1984 年，第 155、215 页。
③ 《庄子集释》，第 491 页。
④ 《韩非子新校注》，第 566 页。

之。昭侯以此察左右之诚不。①

（二）

"说"作为西周春秋战国以来的言语行为，也导致了相关文本和文体的形成。有论者认为："说"有三种言语方式，即祝官之"说"、解释之"说"和规谏之"说"，由此生成三种文本，即仪式文本、解经文本和语类文本②。这一说法很有道理，这里在此基础上再作申说。

祝官之"说"，实质是上述"六祈"祭祀的仪式行为之一，也是古人对神灵各种言说方式之一。据上引《周礼·春官宗伯》郑玄注："攻、说，则以辞责之"，则"攻、说"均当有文本（辞）。《国语·楚语下》："又有左史倚相，能道训典以叙百物，以朝夕献善败于寡君，使寡君无忘先王之业；又能上下说于鬼神，顺道其欲恶，使神无有怨痛于楚国。"韦昭注"说，媚也"③，近是而非。说，当是以祈祭取媚鬼神的意思。左史倚相之所以能祭媚鬼神，是因为他"能道训典"。《左传》称他是"良史"，"能读《三坟》、《五典》、《八索》、《九丘》"④。

那么"说"之辞是什么样子的文本？以下两段记载或许能让我们看到这种文本的依稀面貌：

昔者汤克夏而正天下。天大旱，五年不收，汤乃以身祷于

① 《韩非子新校注》，第 602、609 页。
② 夏德靠：《先秦"说体"的生成、类型及文体意义——兼论〈汉书·艺文志〉"小说"的观念与分类》，《河南师范大学学报》2013 年第 2 期。
③ 《国语集解》，第 526 页。
④ 《春秋左传正义》，《十三经注疏》本，第 2064 页。

桑林,曰:"余一人有罪,无及万夫。万夫有罪,在余一人。无以一人之不敏,使上帝鬼神伤民之命。"于是翦其发,䥽其手,以身为牺牲,用祈福于上帝。民乃甚说,雨乃大至。(《吕氏春秋·季秋纪》)①

虽《汤说》即亦犹是也。汤曰:"惟予小子履,敢用玄牡,告于上天后曰:今天大旱,即当朕身履,未知得罪于上下。有善不敢蔽,有罪不敢赦,简在帝心。万方有罪,即当朕身。朕身有罪,无及万方。"即此言汤贵为天子,富有天下,然且不惮以身为牺牲,以祠说于上帝鬼神,即此汤兼也。(《墨子·兼爱下》)②

此告祭天帝之文而称为"说",应当是从"说"祭仪式行为而生成的一种文体。尽管这类由祈祷仪式而形成的文体种类很多,传世也很多③,然而以"说"为名的祝祷文似乎唯见此《汤说》一篇的片断,故这条材料显得弥足珍贵④。

但如果我们不局限于这些有限的资料,转而从宗教仪式与文本,或人神沟通与文本的视野去审视这些"残编断简",那么向前,可以发现甲骨卜辞中的叙事,《尚书·金縢》里的小说笔法,《周

---

① [战国]吕不韦著,陈奇猷校释:《吕氏春秋校释》,学林出版社,1995 年,第479 页。

② 《墨子间诂》,第 121—123 页。

③ 详参吴承学、刘湘兰《祝祷类文体》(《古典文学知识》2009 年第 5 期)、董芬芬《先秦的策祝仪式及文体特点——兼谈对〈左传〉中两篇祝辞的看法》(《阅江学刊》2009 年第 3 期)等论文。

④ 另《庄子·达生》曰:"祝宗人玄端以临牢策,说彘曰:'汝奚恶死?吾将三月豢汝,十日戒,三日齐,藉白茅,加汝肩尻乎雕俎之上,则汝为之乎?'"其中的"说",也是祈祝的意思。唯其为寓言,故此"说"文不能算正式的祝文。

易》里面的故事;向后,则可以看到很多方士小说和佛道"辅教小说"(详后章讨论)①。

规谏意义的"说"来源于巫史文化中的神示和君子文化里的训诫,更是春秋战国以来士文化的产物②。君子辅政,士人游说,都离不开规谏、说服这种言语行为。《战国策》是策士说辞的集成之作,是战国时代舌上风云的充分展示:

1. (苏秦) 说秦王书十上,而说不行。黑貂之裘弊,黄金百斤尽,资用乏绝,去秦而归。……读书欲睡,引锥自刺其股,血流至足。曰:"安有说人主不能出其金玉锦绣,取卿相之尊者乎?"期年,揣摩成,曰:"此真可以说当世之君矣。"(《战国策·秦一》)

2. 齐宣王见颜斶,曰:"斶前!"斶亦曰:"王前!"宣王不悦。……王忿然作色曰:"王者贵乎,士贵乎?"对曰:"士贵耳,王者不贵。"王曰:"有说乎?"斶曰:"有。昔者秦攻齐,令曰:'有敢去柳下季垄五十步而樵采者,死不赦。'令曰:'有能得齐王头者,封万户侯,赐金千镒。'由是观之,生王之头,曾不若死士之垄也。"宣王默然不悦。(《战国策·齐四》)

3. (陈轸曰:)"王不闻夫管与之说乎?有两虎诤人而斗者,管庄子将刺之,管与止之曰:'虎者,戾虫;人者,甘饵也。今两虎诤人而斗,小者必死,大者必伤,子待伤虎而刺之,则是一举而兼两虎也。无刺一虎之劳,而有刺两虎之名。'齐、楚今战,

---

① 大致情况可参看董乃斌《中国古典小说的文体独立》、傅修延《先秦叙事研究——关于中国叙事传统的形成》(东方出版社,1999年)等。
② 关于巫史文化、君子文化和士文化与文献的关系,参看过常宝《先秦散文研究——早期文体及话语方式的生成》专著。

战必败,败,王起兵救之,有救齐之利,而无伐楚之害。"(《战国策·秦二》)

4. 苏代为燕说齐,未见齐王,先说淳于髡曰:"人有卖骏马者,比三旦立市,人莫之知。往见伯乐曰:'臣有骏马,欲卖之,比三旦立于市,人莫与言。愿子还而视之,去而顾之,臣请献一朝之贾。'伯乐乃还而视之,去而顾之,一旦而马价十倍。今臣欲以骏马见于王,莫为臣先后者,足下有意为臣伯乐乎?臣请献白璧一双,黄金千(十)镒,以为马食!"淳于髡曰:"谨闻命矣!"入言之王而见之,齐王大说苏子。(《战国策·燕二》)①

劝谏之言和劝谏之文都称为"说","有说"、"愿闻其说"、"某之说"已成为引出谏辞的熟套。更值得注意的是,劝说的方式和内容由《国语》所载春秋时代普遍的议论,转变成战国时代较为普遍的譬论。如例3、例4都是用生动的寓言故事作譬喻和议论。

但仔细分辨起来,例3、例4之间还有所差别。苏代之说,是伯乐使"马价十倍"之譬,再加上"骏马"和"马食"之喻,议论被隐含了,管与的"说"也是这样的纯譬喻。而陈轸之说,则是在譬喻故事之后,又加了关于利害的议论,从而形成了"譬论"。无论是隐性的譬论,还是显性的譬论,都是《战国策》中拥有众多寓言故事的重要原因,更是"说"向"小说"生成的重要契机。

由议论之说向譬论之说转变的时代,大约是在战国中期由《庄子》开启的。请看下面二例:

夜半,髑髅见梦曰:"子之谈者似辩士。视子所言,皆生人

---

① 《战国策笺证》,第 142、639—640、239、1731—1732 页。

之累也，死则无此矣。子欲闻死之说乎？"庄子曰："然。"髑髅曰："死，无君于上，无臣于下；亦无四时之事，从然以天地为春秋，虽南面王乐，不能过也。"庄子不信，曰："吾使司命复生子形，反子骨肉肌肤，反子父母妻子闾里知识，子欲之乎？"髑髅深矉蹙额曰："吾安能弃南面王乐而复为人间之劳乎！"（《庄子·至乐》）

桓公曰："寡人读书，轮人安得议乎！有说则可，无说则死。"轮扁曰："臣也以臣之事观之。斫轮，徐则甘而不固，疾则苦而不入。不徐不疾，得之于手而应于心，口不能言，有数存焉于其间。臣不能以喻臣之子，臣之子亦不能受之于臣，是以行年七十而老斫轮。古之人与其不可传也死矣，然则君之所读者，古人之糟魄已夫！"（《庄子·天道》）[1]

髑髅谈死是议论，却又被包裹在庄子遇见髑髅的寓言里，正如唐人成玄英所疏："寄髑髅寓言答问也。"后者亦是寓言，成玄英疏得好："欲明至道深玄，不可传［说］，故寄桓公匠者，略显忘言之致也。"[2] 此二"说"表明，《庄子》之寓言是譬喻与议论的天然结合，而《战国策》之寓言则是譬喻与议论的巧妙集合。前者是自然时代的产物，后者是造作时代的产品。二者之间的演进痕迹是可以品味出来的。

解释之"说"，是中国古代文化传承中最为重要的言语行为之一。它既对应于君子立言，又对应于传道授业。过常宝认为："我们可以将格言看做是《老子》的核心文本，而将其他两部分（笔者

---

① 《庄子集释》，第 618–619、491 页。

② 《庄子集释》，第 617、490 页。

注:指解释和训诫)看做是格言的阐释和发挥,……《老子》文本基本上是一个阐释式的复式结构。"①与此相似,《逸周书》之《周祝》篇、《论语》、《庄子》、《文子》以及"春秋三传"等,都有不同程度的这种阐释式的立言。个中存在着一个非常古老的传统。

体现在注释古书的方式上,有所谓"故"、"传"、"说"、"解"、"疏"、"诂"和"注"等诸多差别。由于经学的兴盛,诸子学派的活跃,传道中的这个传统也同样悠久。有论者认为:

> 在中国,所有不同的阐释方式都是由"解喻结合"的阐释方式派生出来的。"解"即解说式阐释方式,主要通过字句的训释解说文本原意;"喻"即譬喻式阐释方式,主要通过提供不同的语境显示文本用心。②

例如《韩非子》中的《解老》篇主要是通过对字、词和篇章大意的疏通来阐释《老子》,而《喻老》篇则主要是引用史实典故来阐发《老子》。其他如《易传》之于《易》,《墨子》之《经说》上下之于《经》上下,也是如此。

如果从思想表达的层面看,所谓"解喻结合"的阐释方式,用徐复观的话来说,就是哲学家的抽象语言表达和历史学家的具体语言显示,而且"由先秦以及西汉,思想家表达自己的思想,概略言之",不出此二种方式。此二者又往往纠结在一起,偏重不一:

> 《说林》上下,则全由故事所构成。而《内储》、《外储》,则

---

① 《先秦散文研究——早期文体及话语方式的生成》,第210-211页。
② 李清良:《中国阐释学》之导论、第十五章,湖南师范大学出版社,2001年。

有计划地以简单的抽象语言，提挈后面的故事；以后面的故事，证明前面抽象的语言。大约成书与《韩非子》相先后的《晏子春秋》，则主要由晏子的故事以构成全书的结构。……（《吕氏春秋》中的）《八览》、《六论》，则几乎是以历史故事为主。……西汉著作，除扬雄的《太玄》、《法言》外，几无一不受此种体裁的影响，其中最为突出的则是韩婴的《韩诗外传》。而刘向的《新序》、《说苑》、《列女传》，则又是承《韩诗外传》之风而兴起的。①

按照这一说法，则自《庄子》好以"三言"立说以来，这种以"以故事为主的著作体裁"就形成了，至战国中晚期之《战国策》、《韩非子》、《吕氏春秋》而成熟，至两汉而广泛兴起。

不过仔细分辨，这种"以故事为主的著作体裁"，或王齐洲所谓"说体文"，或廖群、夏德靠所谓先秦之"说体"，虽然讲故事的篇幅远远大于"抽象语言"，但其核心仍然是论理，其实质乃是"譬喻式"的"说"。这正是以"譬论"为主要特征的古小说赖以生成的温床。

---

① 徐复观：《两汉思想史》第三卷，华东师范大学出版社，2001 年，第 3—4 页。

第三章
故事：古小说的母体

故事对于中国早期文化浸润最为深广。故事之于古小说的诞生犹如母与子，之于巫书、史书及子书也如此。中国文化如缺少了故事，就如中国大地上缺少了黄河和长江。

故事的发生依赖于人类的语言和文字，植根于人类叙事的需要和欲望。幸运的是，中国有世界最古老的文字之一甲骨文，记录了人类最悠久的种种叙述，中国又有人类最早期的巫卜活动和史官制度，这为我们思考故事的种种文化功能提供了广阔的空间。

一、叙述的故事

在先秦两汉，"故事"的涵义比较复杂，并非是指我们今天所说的有情节、有形象的文学性的叙述。早期故事的叙述方式及其存在形态，都值得再深入研究。

（一）

甲骨文没有"故"而有"古"字，但卜辞之"古"字有贞人名、人名和方国名等释义①,与后出之"故"字无关。"故"与"古"字相通,大约是西周以后的事情。《尔雅》:"治、肆、古,故也。"邢昺疏:"古之为故,谓旧故也。"②《说文》:"古,故也。从十口,识前言者也。"段注:"故者,凡事之所以然。而所以然皆备于古,故曰古,故也。……识前言者口也。至于十则辗转因袭,是为自古在昔矣。"③据此,则"故"有古旧、传言等基本释义。

甲骨文中"事"与"史"本为一字。徐中玉说:"史从又持中(丫),以搏取野兽。中象干形,乃上端有权之捕猎器具……古以捕猎生产为事,故从又持干即会事意。史实为事之初文。"卜辞"史"字有事业、任事者、灵、贞人名等释义④。至于"史"、"事"有记事、作策意思,当是后起的字义。《说文》:"史,记事者也。从又持中。中,正也。"⑤江永、王国维认为史"义为持书之人",所持之"中"是书简⑥,当是受史官之职和许慎解字的误导。

"故事"作为偏义词,约出现于战国时期。《管子·度地》:"故事已,新事未起,草木萌生可食。"⑦义为旧农事,与新农事相对。《商君书·垦令》:"农民无所闻变见方,则知农无从离其故事,而愚农不知,不好学问。愚农不知,不好学问,则务疾农。知农不离

① 徐中玉:《甲骨文字典》,四川辞书出版社,2003 年,第 217 页。
② [晋]郭璞注,[宋]邢昺疏:《尔雅注疏》,《十三经注疏》本,中华书局,1980 年,第 2575 页。
③ 《说文解字注》,第 88 页。
④ 《甲骨文字典》,第 316–318 页。
⑤ 《说文解字注》,第 116 页。
⑥ 王国维:《观堂集林·释史》,中华书局,1961 年,第 263–267 页。
⑦ 黎翔凤撰,梁运华整理:《管子校注》,中华书局,2004 年,第 1063 页。

其故事,则草必垦矣。"①意思是旧方法、旧业。又,张衡《西京赋》:"自君作故,何礼之拘?"李善注曰:"《国语》鲁侯曰:'君作故事。'韦昭曰:'君所作则为故事也。'"②此当作旧事解。这都是从故事二字的本义衍生而来的。

至汉代,"故事"通常是指先例、旧的典章制度,但受故事二字传言、记事之义的影响,同时又出现往事、传说故事等词义:

　　1. 臣请令史官择吉日,具礼仪上,御史奏舆地图,他皆如前故事。(《史记·三王世家》)

　　2. 余所谓述故事,整齐其世传,非所谓作也,而君比之于《春秋》,谬矣。(《史记·太史公自序》)

　　3. 褚先生曰:臣为郎时,问习汉家故事者锺离生。曰:王太后在民间时所生[一]女者,父为金王孙。……(《史记·外戚世家》)

　　4. 褚先生曰:臣幸得以经术为郎,而好读外家传语。窃不逊让,复作故事滑稽之语六章,编之于左。可以览观扬意,以示后世好事者读之,以游心骇耳,以附益上方太史公之三章。(《史记·滑稽列传》)③

例1是指先例、旧的典章制度,例2是指旧事、历史往事,其中也包含一些虚构的故事,例3、例4则分明是指传说性的故事,特别

①　蒋礼鸿:《商君书锥指》,中华书局,1986年,第15页。关于此书成书年代,俞樾《诸子平议》以为出于汉代,蒋礼鸿则认为虽非商鞅自作,然"其书必汉以前人所造"(《商君书锥指·序》)。此据蒋说。

②　《文选》卷二,第50页。案:李注所引,不见今本《国语》,当是古本的佚文。

③　《史记》,第2110、3299—3300、1981、3203页。

是例 4,是带有"滑稽"、"游心骇耳"等文学色彩的故事,也可以称之为俳优小说了①。此录褚氏所作"滑稽之语六章"之一,以窥一斑:

> 昔者,齐王使淳于髡献鹄于楚。出邑门,道飞其鹄,徒揭空笼,造诈成辞,往见楚王曰:"齐王使臣来献鹄,过于水上,不忍鹄之渴,出而饮之,去我飞亡。吾欲刺腹绞颈而死,恐人之议吾王以鸟兽之故令士自伤杀也。鹄,毛物,多相类者,吾欲买而代之,是不信而欺吾王也。欲赴佗国奔亡,痛吾两主使不通。故来服过,叩头受罪大王。"楚王曰:"善,齐王有信士若此哉!"厚赐之,财倍鹄在也。②

唐人司马贞《索引》案:"《韩诗外传》齐使人献鹄于楚,不言髡。又《说苑》云魏文侯使舍人无择献鸿于齐,皆略同而事异,殆相适乱也。"从司马贞所引来看,这的确是一则广为流传的滑稽而又生动的故事。

(二)

不仅如此,汉代还出现了以"故事"命名的故事集,如《汉武故事》。该书又称《汉武帝故事》、《汉孝武故事》。关于此书由来,汉末《三辅黄图》卷五已征引,并指出其作者:"班固《汉武故事》

---

① 关于俳优小说,参看陈洪、孟稚《论汉魏六朝俳优小说》(《徐州师范大学学报》2005 年第 1 期)。
② 《史记》,第 3209—3210 页。

曰：公孙卿言神人见于东莱山……"[①]但晋人葛洪《西京杂记题辞》说："洪家复有《汉武帝禁中起居注》一卷，《汉武故事》四卷，世人稀有之者，今并五卷为一秩，庶免沦没焉。"[②]未提撰人。《隋书·经籍志》旧事类著录"《汉武帝故事》二卷"，新旧《唐志》起居类也著录二卷，都未提撰者，卷数也由五卷变成了二卷，或是其文散佚，或是重新分卷。

唐宋以后，该书作者又有葛洪造、王俭造、六朝人作、汉成帝时人作等说法。清人俞樾、今人李剑国等据传世本《汉武故事》所谓"惟一女子，长陵徐氏，号仪君，善传朔术。至今上元延中，已百三十七岁"云云，推测是汉成帝元延年间（前 12–前 9）人作[③]。此说有道理，但没有给出有力证据。今再稍作考证。笔者复检，所谓传世本的这段文字不见于鲁迅《古小说钩沉》本，也不见于《艺文类聚》《太平御览》等类书，但存于明陶宗仪纂《说郛》卷五二《汉孝武故事》、明陆楫《古今说海》卷一〇七。那么这段文字是否可靠？梁僧祐撰《弘明集》卷八引释玄光《辨惑论》所引可证"仪君"事由来已久：

> 汉时仪君，行此为道，魑魅乱俗，被斥燉煌。[④]

---

① 何清谷：《三辅黄图校注》，三秦出版社，1998 年，第 314–315 页。关于此书原本成书年代，陈直考证为汉末魏初，但今传本有六朝文羼入者。此说可信。参见《三辅黄图校注·前言》。

② 《全上古三代秦汉三国六朝文》，第 2125 页。不少论者引作"《汉武故事》二卷"，似误。

③ 李剑国：《唐前志怪小说史》，南开大学出版社，1984 年，第 172–173 页。

④ ［梁］释僧祐撰，李小荣校笺：《弘明集》卷八，上海古籍出版社，2013 年，第 405 页。

这几句当是概括仪君淫乱故事而来，释玄光为南朝宋齐时代高僧。因此，这个"汉时仪君"的故事应出自汉代原本《汉武故事》，并非出自六朝人的手笔。

另外，还有些表明《汉武故事》出自汉代或葛洪之前的证据：

1. 卫后兴于鬓发，飞燕宠于体轻。（善曰：《汉书》曰：孝武卫皇后，字子夫。《汉武故事》曰：子夫得幸，头解，上见其美发，悦之。……荀悦《汉纪》曰：赵氏善舞，号曰飞燕。上说之，事由体轻，而封皇后也。）（《文选》卷二张衡《西京赋》）

2. 尉龙眉而郎潜兮，逮三叶而遘武。（善曰：《汉武故事》曰：颜驷，不知何许人，汉文帝时为郎，至武帝，尝辇过郎署，见驷龙眉皓发。上问曰：叟何时为郎，何其老也？答曰：臣文帝时为郎，文帝好文，而臣好武。至景帝好美，而臣貌丑。陛下即位，好少，而臣已老，是以三世不遇，故老于郎署。上感其言，擢拜会稽都尉。）（《文选》卷一五张衡《思玄赋》）

3. 厌紫极之闲敞，甘微行以游盘。长傲宾于柏谷，妻睹貌而献餐；畴匹妇其已泰，胡厥夫之缪官！（原注：《汉武帝故事》曰：帝即位，为微行，尝至柏谷，夜投亭长宿。亭长不纳，乃宿逆旅。逆旅翁要少年十余人，皆持弓矢刀剑，令主人妪出遇客。妇谓其翁曰：吾观此丈夫，非常人也，且有备，不可图也。天寒，妪酌酒，多与其夫。夫醉，妪自缚其夫，诸少年皆走。妪出谢客，杀鸡作食。平旦，上去还宫，乃召逆旅夫妻见之，赐妪金千斤，擢其夫为羽林郎。）（《文选》卷一〇潘岳《西征赋》）

4. 卫鬓发以光鉴，赵轻体之纤丽。（原注：《汉武故事》曰：卫子夫得幸，头解，上见其美发，悦之。……荀悦《汉纪》曰：赵

氏善舞,上悦之,事由体轻。)(《文选》卷一〇潘岳《西征赋》)[①]

张衡(78—139)去汉成帝元延年间不足百年。据李善注看,张衡写卫子夫、颜驷二典所依据之《汉武故事》应当是汉代的原本。潘岳(247—300)早生葛洪(284—364)三十余年,他写汉武微行于柏谷的故事,所依据的肯定不是葛洪造的《汉武故事》,而很可能是汉代的传本。

至于"飞燕宠于体轻"的典故,李善在《西京赋》、《西征赋》中两次都注引汉末荀悦《汉纪》而非《汉武故事》,此可见飞燕体轻故事在汉代可能还没有融入《汉武故事》中,故知《太平御览》卷八〇八所引"汉成帝为赵飞燕造服汤殿,绿琉璃为户"一条,应当是汉代以后才羼入传本的。同理,《草堂诗笺》卷一一所引"高皇庙中御衣,自箧中出,舞于殿上,冬衣自下在席上。平帝时,哀帝庙衣自在柙外"一条,也极有可能是汉代以后混编进传本的[②]。

判断以上"仪君"等四个故事的真实与否,不仅可以确定《汉武故事》的形成年代,还有助我们弄清其编撰的性质。它到底是围绕汉武一个人而写的故事专集,还是围绕几个汉帝而写的故事杂集?从宋《续谈助》卷三、明《说郛》卷五二和明《古今说海》说纂部等所收《汉武故事》辑本来看,它只写汉武帝一人生平诸逸事,不涉及其他汉帝,但从唐宋以来各种类书、注书所引来看,它

---

① 《文选》,第 49—50、217、151—152、156 页。

② 《文选》李注几条材料,刘化晶《〈汉武故事〉的作者与成书时代考》(《沈阳师范大学学报》2006 年第 2 期)一文也引用到了。笔者成文后,方才发现刘文,特此补记,以示不敢掠美。但笔者观点与刘文不太相同,又关于《弘明集》"仪君"材料,似为笔者首次使用。

似乎又是叙写武、宣、昭、成、哀、平诸汉帝逸事的杂集，鲁迅《古小说钩沉》之辑本《汉武故事》即如此。其中写成帝、平帝和哀帝的如上述《太平御览》卷八〇八、《草堂诗笺》卷一一所引，写宣帝、昭帝的则有以下几处：

　　1.（武帝）为起通灵台于甘泉。常有一青鸟集台上往来，至宣帝时乃止。（《太平御览》卷一三六）

　　2. 始元二年，吏告民盗用乘舆御物者，案其题，乃茂陵中明器也，民别买得，……甘泉宫恒自然有钟鼓声，候者时见从官卤簿似天子[仪卫]，自后转稀，至宣帝世乃绝。（《太平御览》卷八八）①

　　3.《汉武故事》云：宣帝于河东立孝武庙，告祠之日，白虎衔肉置殿前。（《北堂书钞》卷八七）

　　4.《汉武故事》云：宣帝于河莱立孝武庙，有大鸟迹，白龙夜见。（《北堂书钞》卷八七）②

例 1 是写武帝之钩弋夫人死后的神异；例 2 中的"始元"是武帝之后昭帝时的年号，"茂陵"是武帝的葬所，故该条与例 3、例 4 一样，都是写武帝死后的灵异。

　　如此说来，《汉武故事》实际上是围绕武帝一个人身前的逸事和崩后的神异而写的专集，并没有写其他汉帝的逸事。其中提到昭帝、宣帝，只是因为要宣扬武帝死后的神异而不得不涉及的。例 3、例 4 还表明，在初唐虞世南编撰《北堂书钞》以前，《汉武故

---

① 《太平御览》，第 661、421 页。
② ［唐］虞世南：《北堂书钞》卷八七，中国书店，1989 年，第 324 页。

事》的传本就已经是如此了。从这个角度看,前引"仪君,善传朔术,至今上元延中,已百三十七岁"的话出现在《汉武故事》中就好解释了:因为"仪君"是汉武帝赐给东方朔并得其"交接之道"的宫女。

这种围绕一个人收集逸事的故事专集,在存在形态上,有《晏子春秋》故事集作为它的编排榜样;在文体上,则有开启于《左传》、成熟于《史记》的纪传体作为它的叙述标本;在创作动机上,则是汉代神仙学说泛滥、道教酝酿将兴的刺激。正是因为有了后两点,才会出现继《汉武故事》之后,又先后产生《武帝内传》、《汉武洞冥记》等系列故事集的现象。这是后面的话题。

二、故事的文化功能

对中国早期文化而言,故事扮演着多面的角色。它在巫卜、史传、子论、经传、谶纬和宣教等活动中,都闪现活跃的身影。考察故事在巫书、史书、子书、经书、纬书中的文本存在形态,不仅可以了解故事的娱乐、述史、辨理、占卜和信仰等多重文化功能,还有助于对各种古小说样态生成的理解。

(一)

巫史活动的悠久和强劲,给中国古代文化留下了丰富的遗产。《汉书·艺文志》"六艺略"和"数术略"著录的"易"、"五行"、"蓍龟"、"杂占"以及"形法"等类文献,只是这份遗产中的一小部分。翻检幸存之《周易》、《归藏》、《山海经》以及新出土之《五行》、《相马经》、《日书》等,都能发现故事的存在。

　　《周易》本是产生于西周初的筮占书①，后来逐渐被推崇为经书。与商代的龟卜不同，《周易》是通过蓍草组合成的卦象来推断吉凶的，其主要部分是卦爻辞。高亨将卦爻辞分为四类："曰记事之辞，曰取象之辞，曰说事之辞，曰断占之辞。"②李镜池则将卜辞分为二类："一为卜吉凶的贞兆之辞，一为记事实的叙事之辞。"③无论是记事之辞、说事之辞，还是叙事之辞，都必然与故事分不开。顾颉刚《周易卦爻辞中的故事》一文，揭示出《卦爻辞》中的五则故事。

　　其一，"王亥丧牛羊于有易的故事"："丧羊于易，无悔。"（《大壮》六五）"鸟焚其巢，旅人先笑后号咷。丧牛于易，凶。"（《旅》上九）。据王国维《殷卜辞所见先公先王考》，王亥是殷先王，有易是有扈。爻辞大意是说殷朝的先王亥做客并放牧于有易之国，因安逸而至于淫放，被有易之君绵臣杀害，夺去了牛羊。就占卜的意义讲，是丧羊还无所谓，到了丧牛那就很危险了。李镜池别解曰："丧羊牛于易，以属于周人之故事为当，不必附会于王亥也。"④

　　其二，"高宗伐鬼方的故事"："高宗伐鬼方，三年克之，小人勿用。"（《既济》九三）"震用伐鬼方，三年有赏于大国。"（《未济》九四）这是说殷高宗讨伐西北的鬼方，周人名震者助之，打了多年

---

① 关于《周易》编纂年代，李镜池《周易筮辞续考》下篇"周易构成之时代"列举三派：作于西周初，以余永梁、顾颉刚为代表；作于战国时代，以郭沫若、日本学者本田成之为代表；折中派认为编著始于周初，而写定于西周晚期，以李镜池、陆侃如、陈梦家为代表。文载李镜池：《周易探源》，中华书局，1991年，第130—150页。

② 高亨：《周易古经今注》，中华书局，1984年，第46页。

③ 《周易探源》，第73页。

④ 《周易探源》，第97页。

才取胜。据王国维《鬼方昆夷玁狁考》，鬼方即犬戎的异称。但其中"小人勿用"、"三年有赏于大国"所指，仍然不清楚。

其三，"帝乙归妹的故事"："帝乙归妹，以祉，元吉。"（《泰》六五）"帝乙归妹，其君之袂不如其娣之袂良。月几望，吉。"（《归妹》六五）是说殷帝乙嫁妹给周文王。据《诗经·大明》，是说周文王娶了帝乙的妹妹。

其四，"箕子明夷的故事"："箕子之明夷，利贞。"（《明夷》六五）箕子是殷末的仁人，因不忍殷亡而"为奴"、"佯狂"；"明夷"是当时的成语，《明夷》之《象》传说："晦其明也，内难而能正其志，箕子以之。"

其五，"康侯用锡马蕃庶的故事"："康侯用锡马蕃庶，昼日三接。"（《晋》之《象》）是说周康叔封战胜敌人，献马于周王的故事①。

这些都是用已经失载的历史故事来解说卦象，指示凶吉，是"其事甚明，其人可指者"。另有"其事甚明，其人不可指者"，如《解》上六："公用射隼于高墉之上，获之，无不利。"公为何人不详。还有"其事隐约可知，其人仿佛可指者"，如《比》云："不宁方来，后夫凶。"似禹诛防风氏之事②。这后二类在《周易》中还有不少，顾颉刚曾列举十二条，以为其中"似乎是称说故事"，此摘录数条：

1.《升》六四："王用亨于岐山，吉，无咎。"

2.《随》上六："拘系之，乃从维之，王用亨于西山。"

3.《既济》九五："东邻杀牛，不如西邻之禴祭，实受其福。"

---

① 此五条均据顾颉刚《周易卦爻辞中的故事》引述，《燕京学报》第六期单行本，北平燕京大学出版，1929 年 12 月。

② 参见《周易古经今注》，第 47 页。

4.《同人》九三:"伏戎于莽,升其高陵,三岁不兴。"

5.《坎》上六:"系用徽纆,置于丛棘,三岁不得,凶。"

6.《震》六二:"震来厉,亿丧贝,跻于九陵,勿逐,七日得。"

7.《睽》上九:"睽孤,见豕负途,载鬼一车,先张之弧,后说之弧,匪寇婚媾,往遇雨则吉。"

8.《比》九五:"显比,王用三驱,失前禽,邑人不诫,吉。"

所谓"说事之辞","乃直说人之行事以指示休咎也"①。这里的事不是历史故事,而只是日常生活中的事件。如《乾》九三:"君子终日乾乾,夕惕若,厉无咎。"②君子昼而努力,夕而警惕,其结果自然是"厉无咎"了。但"说事之辞"中也有些有情节、有主题的叙事,可以称之为日常故事。如《中孚》六三:"得敌,或鼓或罢,或泣或歌。"③所言是对战后胜利鼓舞、疲惫、哭泣或高歌种种情形的叙说。类似者又如《屯》六二:"屯如邅如,乘马班如,匪寇婚媾。"④《贲》六四:"贲如皤如,白马翰如,匪寇婚媾。"⑤这二条都是写古代掠婚的事。

所谓"取象之辞","乃采取一种事物以为人事之象征而指示休咎也"。其中也有些"近于散文中之寓言"者⑥:

　　　　眇能视,跛能履,履虎尾,咥人凶,武人为于大君。(《履》六三)

①《周易古经今注》,第 53 页。

②《周易古经今注》,第 163 页。

③《周易古经今注》,第 340 页。

④《周易古经今注》,第 170 页。

⑤《周易古经今注》,第 225 页。

⑥《周易古经今注》,第 49 页。

困于石，据于蒺藜，入于其宫，不见其妻，凶。（《困》六三）

见舆曳，其牛掣，其人天且劓，无初有终。（《睽》六三）

改邑不改井。无丧无得。往来井。井汔至。亦未繘井。赢其瓶。凶。（《井》）①

（二）

《归藏》是古代所谓"三易"之一。过去学界多认为是伪书，所以对残存的《归藏》资料不甚重视。1993年江陵王家台秦墓出土《归藏》残简以来，该书的学术研究价值得到迅速提高。作为筮书，其占卜的手法与《周易》颇为相似，但故事在文本中的作用却大不相同。简言之，《周易》中的故事本身是卦爻辞，是作为判断凶吉的"象"而出现的，如上引《履》六三；而《归藏》中的故事本身不是筮辞，而是作为枚占的背景、境况而出现的，此如《左传》中的许多大战前的占卜。此摘录与历史故事、神话故事相关者以见一斑。

1. 昔者穆天子卜出师而枚占□□［禺强］□□（439）□龙降于天，而□□［道里修?］远，飞而中（冲）天，苍□［苍其羽］。②

《庄子·大宗师》陆德明《释文》引《归藏》："昔穆王筮卦于禺强。"又《太平御览》卷八五引《归藏》："昔穆王天子筮，出于西征，不

---

① 《周易古经今注》，第189、294、270、298页。

② 王辉：《王家台秦简〈归藏〉校释（28则）》，《江汉考古》2003年第1期，个别文字有改动。下同，不一一详注。又秦简《归藏》引文，参看王明钦《王家台秦墓竹简概述》，载［美］艾兰、邢文：《新出简帛研究》，文物出版社，2004年，第26—49页。

吉。曰:龙降于天,而道里修远,飞而冲天,苍苍其羽。"①据《山海经·大荒东经》说,禺强是北海"海神"。所言乃是《穆天子传》西征前向海神问卦的神话故事。

2.同人曰:昔者黄啻(帝)与炎啻(帝)战□[涿鹿之野,而枚占]巫咸(182)。[巫]咸占之曰:果哉而有咎□□(189)。

《太平御览》卷七九引《归藏》佚文:"昔黄帝与炎神争斗涿鹿之野,将占,筮于巫咸。曰:果哉而有咎。"②《史记·五帝本纪》:"蚩尤作乱,不用帝命。于是黄帝乃征师诸侯,与蚩尤战于涿鹿之野,遂禽杀蚩尤。"③又《新书》云:"炎帝者,黄帝同父母兄弟也,各有天下之半。黄帝行道,而炎帝不听,故战涿鹿之野,血流漂杵。"④炎帝与蚩尤的差别,可能是传说记载差异造成的。所言乃是黄帝与炎帝或蚩尤大战于涿鹿的神话故事。

3.归妹曰:昔者恒我(嫦娥)窃毋(不)死之□[药]□[于西王母](307)□□□奔月,而枚占□□□□[有黄,有黄占之曰:吉。翩翩归妹,独将西行](201)。

《淮南子·览冥训》:"譬若羿请不死之药于西王母,姮娥窃以奔月。"⑤《后汉书·天文志》上注引张衡《灵宪》:"羿请无死之药于

----

① 《太平御览》,第401页。
② 《太平御览》,第367—368页。
③ 《史记》,第3页。
④ [汉]贾谊撰,阎振益、钟夏校注:《新书校注》,中华书局,2000年,第70页。
⑤ 《淮南鸿烈集解》,第217页。

西王母，姮娥窃之以奔月。将往，枚筮之于有黄，有黄占之曰："吉。翩翩归妹，独将西行，逢天晦芒，毋惊毋恐，后其大昌。"[①] 严可均《全上古三代秦汉三国六朝文》卷一五以为此条"当是《归藏》之文"[②]。《北堂书钞》卷一五"奔月"条曰："杨藏经云：昔姮娥以无死之药奔月。"[③] 秦简与《北堂书钞》都说是嫦娥直接窃药（请药）于西王母而奔月；《淮南子》与《灵宪》则说是羿请药于西王母，嫦娥是从羿那儿窃药的。这种差异之间隐含着一个重要的演变：在先秦时代，羿与嫦娥没有被牵涉到一起，更谈不上是夫妻；到秦汉以后，羿神话与嫦娥神话才被凑合在一起[④]。

4. 明夷曰：昔夏后启筮，乘飞龙而登于天，而枚占□□□于皋陶，陶曰："吉。[吉而必同，与神交通，以身为帝，以王四乡]。"

《博物志》卷九《杂说上》："明夷曰：昔者夏后荃乘飞龙而登于天，而牧（枚）占四华陶，陶曰：'吉。……'"[⑤] 郭璞《山海经·海外西经》注引《归藏郑母经》："夏后启筮：御飞龙登于天，吉。"[⑥] 所言是夏后乘飞龙登天的神话故事。

---

① 《后汉书》，第 3216 页。
② 《全上古三代秦汉三国六朝文》，第 104 页。
③ 《北堂书钞》，第 637 页。今案：杨藏经三字，王石华疑误，盖杨（楊）是归（歸）字之误。四库本《北堂书钞》引奔月故事同《淮南子》，不可信（第 775 页）。
④ 孙文起、陈洪：《嫦娥奔月故事探源》，《徐州师范大学学报》2009 年第 6 期。
⑤ ［晋］张华撰，范宁校证：《博物志校证》，中华书局，1980 年，第 105 页。荃，或是启之误。
⑥ 袁轲：《山海经校注》，上海古籍出版社，1980 年，第 210 页。

　　5.右(有)曰:昔者平公卜其邦尚毋[有]咎而枚占神老。神老占曰:吉。有子,其□埒四旁敬□风雷不□(302)。

东周诸侯之君,陈、宋、齐皆有平公。王葆玹说第214简还提到"宋君",《归藏》为殷筮书,故宋为殷后,"平公"当为宋平公①。所说大约是春秋宋平公(前575-前532在位)治国的历史故事。

　　6.节曰:昔者武王卜伐殷而枚占老(耆?)考(老),老考占曰:吉□(194)□。

《博物志》卷九引《归藏》:"武王伐纣牧(枚)占耆老,耆老曰:'吉。'"②《路史·后纪五》注引《归藏》:"武王伐商枚占耆老,曰:'不吉。'"③二者与简文应为同条,而一曰"吉",一曰"不吉"。《论衡·卜筮篇》曰:"周武王伐纣,卜筮之,逆,占曰:'大凶。'太公推蓍蹈龟而曰:'枯骨死草,何知吉凶?'"所言是武王伐纣的历史故事。
　　比较而言,《周易》中事与理的结合程度较高,体现出的抽象色彩较强;而《归藏》中事与理之间几乎没有结合,体现出的感性程度明显高于《周易》。换言之,《归藏》的神话故事显然超过历史故事,显示出"原始思维"的色彩④,而《周易》中极少有神话故事,更多体现出理性思维的色彩。就思维特点说,《归藏》产生的时代似应早于《周易》,正如东汉王充所说:夏《连山》、殷《归藏》、

---

① 王葆玹:《从王家台秦简看〈归藏〉与孔子的关系》,新出简帛国际学术研讨会论文,2000年。
② 《博物志校证》,第105页。
③ [宋]罗泌撰,罗苹注:《路史》,四部备要本,中华书局,1936年,第85页。
④ 参见[法]列维-布留尔著,丁由译:《原始思维》,商务印书馆,1995年。

周《易》①。

当然,这种说法也只是推论,目前还没有更进一步出土文献的确证。按照顾颉刚的"层累说",在中国古史中,"时代愈后,传说的古史期愈长","时代愈后,传说中的中心人物愈放愈大"②。列维-斯特劳斯的"野性思维"说也很有启发意义,正如中译者李幼蒸所概括:

> 未开化人的具体性思维与开化人的抽象性思维不是分属"原始"与"现代"或"初级"与"高级"这种等级不同的思维方式,而是人类历史上始终存在的两种互相平行发展、各司不同文化职能、互相补充互相渗透的思维方式。③

(三)

这种"具体性思维"与"抽象性思维"相互渗透的现象,在经学时代产生的占卜书《易林》中同样也有鲜明的体现④,只不过《易

---

① 《论衡·正说篇》曰:"古者烈山氏之王得《河图》,夏后因之曰《连山》;烈山氏之王得《河图》,殷人因之曰《归藏》;伏羲氏之王得《河图》,周人[因之]曰《周易》。"(《论衡校释》,第 1133 页)

② 顾颉刚:《古史辨》第一册,上海古籍出版社,1982 年,第 60 页。

③ [法]列维-斯特劳斯著,李幼蒸译:《野性的思维》中译者序,商务印书馆,1987 年,第 5 页。

④ 《易林》产生时代主要有西汉中后期焦延寿作、东汉初崔篆作两说,参见赵逵夫:《有关"牛郎织女"的一首诗与〈易林〉的作者问题》,《古籍整理研究学刊》2010 年第 4 期。陈良运《论〈焦氏易林〉的文学价值》说是焦延寿作,以为"观历代书目,撰《易林》者非止一家两家",文载《上海社会科学院学术季刊》1993 年第 2 期。笔者基本同意陈说,但认为今本之《焦氏易林》可能有崔篆,甚至费直、许峻所撰的《易林》羼入。将另文详论。

林》所引述的各种故事是用诗歌而非散文。其今存四千多首诗歌或谣辞中,广泛涉及到先秦和东汉以往的经、史、子、集中的故事。尚秉和《焦氏易林注·例言》云:

> 《易林》所据之书,如《左》、《国》、《诗》、《书》、《尚》、《易》,研讨最难者,谈妖异,说鬼怪,其详尽在《虞初志》诸小说部中,而其书久佚。故明知有故实而不得其详。[①]

此据尚氏注引述神话、传说、史传等各种故事数条,稍作申论,以窥取象运事之深宏。

西王母神话最早见载于《山海经》,是"豹尾虎齿"的怪神。自《穆天子传》记西王母与周穆王瑶池相会以来,西王母被逐步仙话化了。至汉代《汉武故事》、《洞冥记》等,西王母之仙话更是迭出。故《易林》歌咏西王母神话、仙事颇多。

> 弱水之西,有西王母。生不知老,与天相保。(《讼·泰》)

元本注云:"柳宗元曰:'西海之山有王母,神仙所居,其下有水,散涣无力,不能负芥。'"[②] 柳注似据《山海经·大荒西经》所谓"西海之南"云云以及郭璞所注"其水不胜鸿毛"[③]。

> 驾龙骑虎,周遍天下,为神人使。西见王母,不忧危殆。

---

① [汉]焦延寿著,[清]尚秉和注,常秉义点校:《焦氏易林注》例言,光明日报出版社,2005年,第4页。
② 《焦氏易林注》,第66页。
③ 《山海经校注》,第407—408页

（《临·履》）

尚注说"此用穆王西巡狩事"[1]，准确。该卦当从《穆天子传》中化出。

> 戴尧扶禹，松乔彭祖。西遇王母，道路夷易，无敢难者。

（《讼·家人》，又《师·离》）

尚注："震为帝，故曰尧、禹。……赤松子、王子乔，皆仙人。彭祖名籛，寿八百岁"，事出《穆天子传》[2]。检今本《列仙传》卷上，正有赤松子、王子乔、彭祖等仙事，但首句之"戴"、"扶"用意不详。后三句当是隐括《穆天子传》中"天子觞西王母于瑶池之上，西王母为天子谣曰：'……道里悠远，山川间之。将子无死，尚能复来'"云云[3]。

羿的神话也由来很早，王家台秦简《归藏》461号简有"履曰昔者羿射陼比庄石上羿果射之"云云[4]，《易林》同卦也曰：

> 十乌俱飞，羿射九雌。雄得独全，虽惊不危。（《履·履》）

元刊《易林》旧注云："尧时十日并出，羿射其九日，九乌皆死。"[5] "十日并出"已见于《庄子·齐物论》；羿射日，《春秋左传

---

① 《焦氏易林注》，第191页。
② 《焦氏易林注》，第71页。
③ 《太平御览》卷八五，第402页。
④ 王明钦：《王家台秦墓竹简概述》，《新出简帛研究》，第30页。
⑤ 《焦氏易林注》，第112页。

正义》襄公四年孔疏:"《楚辞·天问》云'羿彃日,乌焉解羽'?《归藏易》亦云'羿彃十日'也。"① 《易林》之射日,或是本《归藏》而来。又《噬嗑·旅》云:"羿张乌号,縠射天狼。"射天狼,或是传闻异词。

《易林》还引用了不少传说故事。

> 二女宝珠,误郑大夫。交父无礼,自为作笑。(《噬嗑》之《困》)②

这是广为流传的郑交甫遇女仙的仙话故事。《文选》卷四张衡《南都赋》:"耕父扬光于清泠之渊,游女弄珠于汉皋之曲。"李善注:"《韩诗外传》曰:郑交甫将南适楚,遵彼汉皋台下,乃遇二女,佩两珠,大如荆鸡之卵。"③ 《初学记》卷七所引较此稍详:"《韩诗》曰:郑交甫过汉皋,遇二女,妖服佩两珠。交甫与之言曰:'愿请子之佩。'二女解佩与交甫,而怀之。去十步,探之则亡矣。回顾二女亦不见。"④

有趣的是,该故事的不同版本又见于《易林·萃·渐》:

> 乔木无息,汉女难得。橘柚请佩,反手难悔。⑤

---

① 《春秋左传正义》,第 1933 页。
② 《焦氏易林注》,第 232 页。
③ 《文选》,第 69 页。今本《韩诗外传》无此条。清人陈乔枞说此条当出自《韩诗内传》,屈守元说,此事诸书所引"内"、"外"传错出,是此条不能定为《韩诗外传》。参见屈守元:《韩诗外传笺疏》,巴蜀书社,2012 年,第 480 页。
④ [唐]徐坚等撰:《初学记》,中华书局,1962 年,第 143 页。
⑤ 《焦氏易林注》,第 484 页。

《列仙传》卷上："江妃二女者，不知何所人也。出游于江汉之湄，逢郑交甫，见而悦之，不知其神人也。谓其仆曰：'我欲下请其佩。'仆曰：'此间之人皆习于辞，不得，恐罹悔焉。'交甫不听，遂下与之言曰：'二女劳矣。'二女曰：'客子有劳，妾何劳之有！'交甫曰：'橘是柚也。我盛之以筥，令附汉水，将流而下。我遵其傍，采其芝而茹之。以知吾为不逊也，愿请子之佩。'二女曰：'橘是柚也。我盛之以莒，令附汉水，将流而下。我遵其旁，采其芝而茹之。'遂手解佩与交甫。交甫悦，受而怀之，中当心，趋去数十步，视佩，空怀无佩。顾二女，忽然不见。《诗》曰：'汉有游女，不可求思。'此之谓也。"① 故事与诗之"橘柚"细节，二者丝丝入扣，当是《易林》据《韩诗内传》或《韩诗外传》写成的②。

　　　天女踞床，不成文章。南箕无舌，饭多沙糠。虐众盗名，雄鸡折颈。（《大畜·益》）
　　　夹河为婚，期至无船。摇心失望，不见所欢。（《屯·小畜》）③

赵逵夫考证，以为前一条是写"织女"神话，后一条是援引牛郎织女的传说故事，与《古诗十九首》"迢迢牵牛星，皎皎河汉女"意

---

① 王叔岷：《列仙传校笺》，中华书局，2007年，第52页。
② 该条故事结尾引《诗经》之体例，与《韩诗》内传、外传相同，而迥异于《列仙传》；又《列仙传》成书在东汉末年，《易林》不得而引。故该条故事应是《韩诗》内传或外传的佚文。参见本书附录《〈列仙传〉成书年代及其小说史意义考论》一文。
③ 《焦氏易林注》，第283、27页。

旨相同①。尚注前者引《诗·小雅》:"跂彼织女,终日七襄。虽则七襄,不成报章。"又"维南有箕,不可以簸扬"。尚注对后者并没有注引故事。

赵说或许有道理。《诗·小雅·大东》中已有"睆彼牵牛,不以服箱"之句,故言天女,必牵涉到牛郎,但以星辰而形成的天上神话又从何时演变成人间传说故事的呢? 睡虎地出土秦墓竹简《日书》(甲种)有云:"戊申、己酉,牵牛以取织女而不果,不出三岁,弃若亡。"②据此知,自战国以来,牛郎织女故事已广泛流行,渗透到占卜、算日历等活动中了。故《易林》之《中孚·益》有云:

久鳏无偶,思配织女。求其非望,自令寡居。③

高不可攀的织女已经成为民间理想眷属的代称。

《易林》中引述《左传》、《史记》故事很多,除去重复者,也不下百条。此胪列数条:

1. 骊姬谗喜,与二嬖谋。谮杀恭子,贼害忠孝。申生以缢,重耳奔逃。(《比·履》)

2. 重耳恭敏,遇谗出处。北奔戎狄,经涉齐楚。以秦伐怀,诛杀子圉,身为伯主。(《坎·屯》)

3. 员怨之吴,画策阖闾。鞭平服荆,除大咎殃。威振敌国,

---

① 赵逵夫:《有关"牛郎织女"的一首诗与〈易林〉的作者问题》,《古籍整理研究学刊》2010 年第 4 期。

② 《睡虎地秦墓竹简》,第 208 页。释文参见王子今:《睡虎地秦简〈日书〉甲种书证》,湖北教育出版社,2003 年,第 293—294 页。

③ 《焦氏易林注》,第 639 页。

还受上卿。(《临·泰》)

　　4.信谲龙且，塞水上流。半渡决囊，楚师覆亡。(《大
壮·豫》)

前两条显然用《左传》骊姬阴谋乱晋、重耳流亡称霸故事。例1
尚注:《左传·庄公二十八年》:骊姬嬖,(欲立其子,)赂外嬖梁
五,与东关嬖五,使谮太子于公而杀之①。例2则据《左传》僖公
四年到僖公三十一年概括了重耳流亡十九年而称霸的一生经历。
后两条显然是写伍子胥复仇、韩信战龙且的故事。例3见于《史
记·伍子胥列传》,尚注:伍子胥名员,平王既杀其父兄,员奔吴,
佐吴王阖闾伐楚,鞭平王之尸②。例4尚注:《史记·淮阴侯列传》:
韩信与项羽将龙且战于潍水,"韩信乃夜令人为万余囊,满盛沙,
壅水上流,引军半渡,击龙且,详不胜,还走。……遂追信渡水。
信使人决壅囊,水大至。龙且军大半不得渡,即急击,杀龙且"③。

　　《易林》还援用了一些子书、杂传、野史。《讼·否》:"数穷廓
落,困于历室。幸登玉堂,与尧侑食。"《观·观》云:"历山之下,
虞舜所处。躬耕致孝,名闻四海。为尧所荐,缵位天子。"④此二条
略见于《孟子·万章上》,详见于《史记·五帝本纪》。所言舜耕
于历山,其民皆让畔,其父瞽瞍、弟象用纵火、落井下石等杀舜,舜
逃生而孝悌如初,终为尧推荐为天子。

　　《姤·震》:"二桃三口,莫适所与。"用《晏子春秋》"二桃杀

①　《焦氏易林注》,第89、309页。

②　《焦氏易林注》,第205页。

③　《焦氏易林注》,第368页。《史记》,第2621页。

④　《焦氏易林注》,第66、214页。

三士”故事^①。

《同人·丰》："长孟病足，倩季负粮。柳下之宝，不失我邦。"
前二句典出《孔子家语》，是说孔子之兄孟皮有足病，子路为亲负
米百里之外；后二句典出《吕氏春秋·季秋纪》，是说柳下季谏送
岑鼎而存鲁国^②。《姤·革》："苏秦发言，韩魏无患。张子驰说，燕
齐以安。"当是概述《战国策》所载苏秦合纵六国，张仪连横东西
的故事^③。

可以说，《焦氏易林》是用诗写成的"故事海"。舍去故事的
支撑，则《易林》只会留下一堆乏味的筮草而已！比较而言，《归
藏》、《周易》之叙事多是"含事"，而《焦氏易林》之叙事则有"含
事"、"咏事"、"述事"和"演事"等多样性的变化^④。其中述事者屡
见不绝，或概述情节，或推敲细节，如上引重耳被馋、出奔北狄、居
齐入秦、拥秦师、伐怀王、杀子圉等流亡兴霸的过程（《坎·屯》），
撮述遒劲；伍子胥故事怨楚之吴，谋于吴王、鞭平王尸之情节
（《临·泰》），以及韩信与龙且隔潍水列阵，壅水上游、半渡决囊

---

① 《焦氏易林注》，第 474 页。
② 《焦氏易林注》，第 151 页。案：《孔子家语》过去多认为是三国王肃等所作伪
　书。河北定县八角廊汉简《儒家者言》，安徽阜阳双古堆汉墓 1 号木牍，上博
　简《民之父母》等文献出土以来，学界遂成新的共识：《孔子家语》之材料来源
　很早，汉初孔安国作后序时即有该书传本形成。又子路为亲负米百里之逸事，
　又载《说苑·建本》。
③ 《焦氏易林注》，第 474 页；《史记》，第 2241–2305 页。
④ 参见董乃斌：《中国古典小说的文体独立》，第 13 页。文章说："大致可以把文
　学与'事'的关系概括为含事、咏事、述事和演事四种，也可以说是四个层次，
　四个阶段。"又云："'含事'之作是那些虽然所写人物面目不清楚，所写事实
　简陋不明，缺乏完整过程，没有来龙去脉，却毫无疑问包含着某件或某种'事'
　的文学作品。"（第 18 页）

（《大壮·豫》）之细节，均叙说宛然。

　　同样是占筮之作，《易林》之"述事"远胜于《归藏》、《周易》之"含事"是显然的。在这些易书中，故事扮演巫者之神秘言说的功能亦愈来愈强烈。

（四）

　　在经学时代，经传活动随着战国以来"譬喻式阐释方式"的兴起，其传承的方式也在悄然生变。换言之，故事正在成规模地侵入经传的苑囿中。《韩诗外传》是其中的翘楚者。

　　《韩诗外传》是汉初燕人韩婴所作。司马迁说："韩生推《诗》之意而作《内外传》数万言，其语颇与齐鲁间殊，然其归一也。"[①]《汉书·艺文志》著录"《韩故》三十六卷、《韩内传》四卷、《韩外传》六卷、《韩说》四十一卷"[②]。至《隋书·经籍志》则只著录"《韩诗》二十二卷"、"《韩诗外传》十卷"，不录其余二种。

　　司马迁说《外传》"语颇殊"是指什么？《汉志》诗略序说：

　　　　汉兴，鲁申公为《诗》训故，而齐辕固、燕韩生皆为之传。或取《春秋》，采杂说，咸非其本义。与不得已，鲁最为近之。[③]

此将之落实到"取《春秋》，采杂说"上，并打上了"非其本义"的烙印。这种门户之见使《外传》的经学地位跌落到谷底。宋陈振孙说："所存惟《外传》，而卷多于旧，盖多记杂说，不专解《诗》。

---

① 《史记·儒林传》，第3124页。又《汉书·儒林传》基本同此，第3613页。
② 《汉书》，第1708页。
③ 《汉书》，第1706页。

果当时本书否也？"① 明王世贞直接说《外传》"大抵引《诗》以证事，而非引事以明《诗》，……说《诗》之旨微矣"②。

但高度赞赏《外传》者也不绝如缕。唐皮日休感叹："呜呼！韩氏之书，抑百家，崇吾道，至矣！"③ 元钱惟善说："观《外传》虽非其解经之详，断章取义，要有合于孔门商、赐言《诗》之旨。"④ 屈守元认为"《韩故》和《韩说》都属于章句训诂，是讲解《诗经》正文的字义，注明正文字音的著作"，"'传'的著述在推衍诗义"，"《韩诗外传》是孔门传《诗》的正宗"⑤。徐复观推崇说："以前言往行的故事，发明《诗》的微言大义。此时《诗》与故事的结合，皆是象征层次上的结合"，而不是"就诗的文义以言诗"。这种"思想表达的另一方式"，"除继承《春秋》以事明义的传统外，……亦由《荀子》发展而来"⑥。屈徐二家卓识正可相互发明。

《汉志》与《隋志》著录《外传》卷数的差异，也引起后世内外传之别与真伪之辨。除了陈振孙的"果当时本书否"的怀疑，沈家本以为韩诗"虽分内外，体例则同"，但又推测说"《内传》则与《外传》并为一编，故其卷适与《汉志》同，非无《内传》也"。屈守元据汉《白虎通》、唐《群书治要》等引内、外传之例，辩驳沈说云："隋唐时代，《内传》、《外传》固各自为书也。"⑦ 汪祚民说今本《外

---

① ［宋］陈振孙撰，徐小蛮、顾美华点校：《直斋书录解题》卷二，上海古籍出版社，1987年，第35页。

② ［明］王世贞：《弇州山人四部稿》卷一一二，文渊阁四库全书本。

③ ［唐］皮日休：《皮子文薮·读韩诗外传》，上海古籍出版社，1981年，第75页。

④ 转引自屈守元《韩诗外传笺疏》，第533页。

⑤ 《韩诗外传笺疏》前言，第1—2页。

⑥ 《两汉思想史》第三卷，第5—6页。

⑦ 《韩诗外传笺疏》附录三引沈家本《世说注所引书目经部》，第530—531页。

传》十卷的编排大致是按照《诗经》先后顺序进行的,认为原来六卷《外传》保存在今本十卷《外传》中,其大致卷次是今本的卷一、二、七或四、十、六、三,其余几卷则是后人仿补的。王培友同意汪说,并进而认为今存十卷本《外传》是唐代之前析分或重编的,其中七卷比较接近原本面貌,余三卷(五、八、九)不可靠①。此二说值得参考,但后人仿补之论还值得商量(详下论)。

今本《外传》十卷,约三百一十章,佚文约二十条。在三百多章中,用故事解《诗》者一百五十余条,与以言论说《诗》者数量相当,故有论者称之为"小说集",并从叙事成熟程度、故事完整性、叙事形态多样性等角度,讨论了这些叙事性文字的故事类型②。有论者则从小说虚构的品格特征,考察了《外传》中的"自觉虚构"之作③。这些意见对于从叙事文学角度研究《外传》无疑具有一定的推动作用,但笔者更倾向于从小说生成的视角来讨论《外传》中的故事。

《外传》的性质首先是"引事以明《诗》"的经学之作。检索《外传》,可以看到几组很有意味的数据(尽管有点粗略)。

第一组有关引《诗》和儒学:全书提到"诗曰"或"诗云"共298次,"礼"153次,"仁"94次。这表明《外传》无论是以议论解诗,还是以故事解诗,都贯穿着一条儒家核心思想(礼、仁)的主线。卷一有云:"人之命在天,国之命在礼";"国政无礼则不行,王事无礼则不成,国无礼则不宁,王无礼则死亡无日矣。《诗》曰:'人

---

① 汪祚民:《〈韩诗外传〉编排体例考》,《陕西师范大学学报》2003年第3期;王培友:《〈韩诗外传〉的文本特征及其认识价值》,《孔子研究》2008年第4期。
② 艾春明:《〈韩诗外传〉研究》,东北师范大学博士学位论文,2008年,第39—42页。
③ 马振方:《〈韩诗外传〉之小说考辨》,《北京大学学报》2007年第3期。

而无礼,胡不遄死！’”① 礼被提到了空前的高度。在这种思想驱动下,其叙事也必然多涉及到礼,例如卷三第十四章云:

> 孟尝君请学于闵子,使车往迎闵子。闵子曰:“礼有来学,无往教。致师而学不能礼,往教则不能化君也。君所谓不能学者也,臣所谓不能化者也。”于是孟尝君曰:“敬闻命矣。”明日祛衣请受业。《诗》曰:“日就月将。”

这是说求学当以礼,其义如《礼记·曲礼》所谓“礼闻来学,不闻往教”,《吕氏春秋·劝学篇》所谓“往教者不化,召师者不化”,即就师而学,而非召师而学。往论旧注多认为这是一个不考时代而编造的故事,如《日知录》卷二五说“闵子、孟尝君,相去几二百岁”。屈守元辩解说:“此但云闵子,未必指闵子骞。凡此传闻之辞,无庸斤斤考其时代也。”② 其实,《外传》中的闵子与闵子骞应当是指一个人,其卷二第五章即有二者并称的例子。韩婴编造这个故事的用意,恐怕主要是强调礼之于学的重要性。至于这种虚构对于小说生成的意义,容下文讨论。

仁,无疑是孔子学说的核心理念,但孔子从来没有明确说过仁的具体内涵。《外传》既强调仁,又区分了仁的等级,这是韩婴对儒学的发展。卷一第二十五章议论说:“仁道有四:礒为下。有圣仁者,有智仁者,有德仁者,有礒仁者。”其中“礒”为“廉”的借字,又有“厉石”之义。廉仁的内涵是:“廉洁直方;疾乱不治,恶邪不匡;虽居乡里,若坐涂炭,命入朝廷,如赴汤火,非其民不使,

---

① 《韩诗外传笺疏》,第 12、14 页。
② 《韩诗外传笺疏》,第 141 页。

非其食弗尝;疾乱世而轻死,弗顾弟兄,以法度之,比于不详。"如伯夷、叔齐、卞随、介子推、原宪、鲍焦、袁旌目、申徒狄之行也①。紧接的第二十六至二十八章连续讲述了申徒狄、鲍焦、召伯三个故事,其中申徒狄故事说:

> 申徒狄非其世,将自投于河。崔嘉闻而止之,曰:"吾闻圣人仁士之于天地之间也,民之父母也。今为儒雅之故,不救溺人,可乎?"申徒狄曰:"不然。桀杀关龙逢、纣杀王子比干,而亡天下;吴杀子胥,陈杀泄冶,而灭其国。故亡国残家,非无圣智也,不用故也。"遂抱石而沉于河。君子闻之,曰:"廉矣!如仁欤?则吾未之见也。"《诗》曰:"天实为之,谓之何哉!"

无论是申徒氏的抱石沉于河,鲍焦的抱木枯死于洛水边,还是召伯的"暴处远野,庐于树下"②,其实都是为"廉仁"作注脚。

　　《外传》卷一从第二十五章到二十八章的这种先议论、后总提、最后以"说"解释的体例,正是《韩非子》内外储说体例的延续,同时也是《说苑》在每篇同一个主题下列举若干故事解说之体例的先导。这正是从《韩非子》、《外传》到《说苑》同题故事以"类同"方式生成的内在机制和承传脉络!

　　艾春明曾举《外传》卷一〇之第六、七、八章的三个故事,以为"都是讲通过机智、灵利、得体的言辞对答而化险为夷,变被动为主动,博得实利或美誉",都援引《诗》"辞之怿矣",是一种"以

---

① 《韩诗外传笺疏》,第45页。
② 《韩诗外传笺疏》,第47—54页。

类相从"的编排体例①。所论很有道理,遗憾的是他没有为三个故事找到其议论、总提的"帽子"。

《外传》又是半部仿《论语》之作。其第二组数据即是有关孔门师徒:全书提及"孔子"133次,"夫子"35次,"子贡"52次,"子路"25次,"子夏"23次,"曾子"17次,"颜渊"16次。在相关的叙事中,生动地展现了孔子及其弟子的风采,从中也可见韩婴的倾慕之情。卷一第十二章云:

> 荆伐陈,陈西门坏(燔),因其降民使修之。孔子过而不式。子贡执辔而问曰:"礼:过三人则下,二人则式。今陈之修门者众矣,夫子不为式,何也?"孔子曰:"国亡而弗知,不智也;知而不争,非忠也;亡而不死,非勇也。修门者虽众,不能行一于此,吾故弗式也。"《诗》曰:"忧心悄悄,愠于群小。"小人成群,何足礼哉!②

式通轼,是古代凭轼致敬的一种礼节。故事能小中见大,写出了孔子恪守礼仪的精神。"礼"是孔子思想的核心理念之一,韩婴既敬重孔子,必然会对孔子守礼的品格加以描述。卷一第四、五、六、七章连续解说《诗》之"人而无仪,不死何为"、"人而无礼,胡不遄死",说"国之命在礼"等等,都是印证。

《外传》卷八第十四章一段故事最见对孔子崇敬之情:

---

① 《〈韩诗外传〉研究》,第66—68页。
② 《韩诗外传笺疏》,第25页。屈案:定县八角廊汉墓竹简有此文。今案:《说苑·立节》存此文,另阜阳双古堆汉墓出土1号木牍也存此标题,故此条之真实性断无可疑。

　　齐景公谓子贡曰："先生何师？"对曰："鲁仲尼。"曰："仲尼贤乎？"曰："圣人也，岂直贤哉！"景公嘻然而笑曰："其圣何如？"子贡曰："不知也。"景公悖然作色曰："始言圣人，今言不知，何也？"子贡曰："臣终身戴天，不知天之高也。终身践地，不知地之厚也。若臣之事仲尼，譬犹渴操壶杓就江海而饮之，腹满而去，又安知江海之深乎？"景公曰："先生之誉，得无太甚乎？"子贡曰："臣赐何敢甚言，尚虑不及耳。臣誉仲尼，譬犹两手捧土而附泰山，其无益亦明矣。使臣不誉仲尼，譬犹两手杷泰山，无损亦明矣。"景公曰："善，岂其然！善，岂其然！"《诗》曰："绵绵翼翼，不测不克。"①

　　这个故事虽出自旧认为不可靠的第八卷，但其为原本文字的真实性却不容置疑（见上引汪氏、王氏所疑）。阜阳双古堆汉墓1号木牍《儒家者言》、定县八角廊汉简《儒家者言》均有该故事之章题、残文记载②，又见刘向《说苑·善说篇》、桓谭《新论》。此中景公"嘻然而笑"、"勃然作色"之言情描写，子贡先谓"圣人"、又说"不知"其圣如何、最后逗出江海之妙喻的抑扬手法，都是对话体小说的精彩之笔，也是刻画人物性情的入木之笔。

　　至于卷三第十七章"宋大水"的故事，则是对孔子之德行颂扬的神话：

　　　　传曰：宋大水，鲁人吊之曰："天降淫雨，害于粢盛，延及君

① 《韩诗外传笺疏》，第368页。
② 韩自强：《阜阳汉简〈周易〉研究》附录，上海古籍出版社，2004年，第157页；定县汉墓竹简整理组：《〈儒家者言〉释文》，《文物》1981年第8期。

地,以忧执政,使臣敬吊。"宋人应之曰:"寡人不仁,斋戒不修,使民不时,天加以灾,又遗君忧,拜命之辱。"孔子闻之曰:"宋国其庶几矣。"弟子曰:"何谓?"孔子曰:"昔桀纣不任其过,其亡也忽焉。成汤文王知任其过,其兴也勃焉。过而改之,是不过也。"宋人闻之,乃夙兴夜寐,吊死问疾,戮力宇内。三岁,年丰政平。向使宋人不闻孔子之言,则年谷未丰,而国家未宁。《诗》曰:"弗时仔肩,示我显德行。"①

据《左传》记载,"宋大水"及鲁人吊问事情发生在鲁庄公十一年(前 683)秋,称"宋其兴乎"的是鲁大夫臧文仲,评论宋公子"是宜为君"的是其父臧孙达,孔子出生在此事一百多年后。刘向看出了这个问题,所以在《说苑·君道篇》采用《外传》这个故事时,将"孔子闻之曰"改成了"君子闻之曰"②。马振方认为这也是"一篇通体虚构的小说",《说苑》的改写虽消除了时代的印迹,"成为一篇半真半假之作,也还是小说"③。

　　根据《说苑》"宋大水"的文本来判断,该条故事应当是采自《外传》原本,不会是后人仿写的伪作。那么由此产生的问题是,韩婴为什么要虚构这样一个故事?答案恐怕还是和他强烈的尊孔思想有关。换言之,史书中的"宋大水"故事在《外传》中变成了小说,其生成原因是观念使韩婴刻意或"自觉"来虚构了这篇作品。刘向既看出了《外传》的纰漏,还要坚持采用并改写此事,显然也是为了宣扬"君道"的需要。这正是思想与文学能够结为

---

① 《韩诗外传笺疏》,第 144 页。
② 参见《韩诗外传笺疏》第 144-145 页引诸家旧注。
③ 马振方:《〈韩诗外传〉之小说考辨》,《北京大学学报》2007 年第 3 期。

姻缘的重要根源。

从文体上看,《外传》涉及孔子师徒事迹的,多采用对话体的形式,此与《论语》的格局相侔。然而《外传》注意加强了对话的情境描写,从而使其中的不少篇章转化成了对话体小说,如上引卷八齐景公问子贡之师章。《外传》中模仿《论语》的痕迹,在孔子登景山或戎山时与其弟子的言志中表现得最为明显。卷七第二十五章曰:

> 孔子游于景山之上,子路、子贡、颜渊从。孔子曰:"君子登高必赋。小子愿者何期? 丘将启汝。"子路曰:"由愿奋长戟,荡(扬)三军,乳虎在后,仇敌在前,蠡跃蛟奋,进救两国之患。"孔子曰:"勇士哉!"子贡曰:"两国构难,壮士列阵,尘埃张天。赐不持一尺之兵,一斗之粮,解两国之难。用赐者存,不用赐者亡。"孔子曰:"辩士哉!"颜回不愿。孔子曰:"回何不愿?"颜渊曰:"二子已愿,故不敢愿。"孔子曰:"不同,意各有事焉。回其愿,丘将启汝。"颜渊曰:"愿得小国而相之。主以道制,臣以德化。君臣同心,外内相应。列国诸侯,莫不从义向风。壮者趋而进,老者扶而至,教行乎百姓,德施乎四蛮,莫不释兵,辐辏乎四门,天下咸获永宁,蜎飞蠕动,各乐其性。进贤使能,各任其事。于是君绥于上,臣和于下,垂拱无为,动作中道,从容得礼。言仁义者赏,言战斗者死。则由何进而救? 赐何难之解?"孔子曰:"圣士哉! 大人出,小子匿。圣者起,贤者伏。回与执政,则由、赐焉施其能哉?"《诗》曰:"雨雪瀌瀌,见晛曰消。"①

---

① 《韩诗外传笺疏》,第 343 页,标点、文字有所改动。孔子登戎山事,见卷九第十五章。

显然，此与《论语·先进篇》"子路、曾晳、冉有、公西华侍坐"章极为相似，但其中言志之辞的夸张、协韵，如"蠡跃蛟奋"、"尘埃张天"、"莫不从义向风"等，则又是小说化的笔法。

《外传》还是一部以儒学为主，又与杂家《吕氏春秋》相似的子书。《外传》第三组数据有关"取《春秋》，采杂说"：全书引用《荀子》约54次①，《吕氏春秋》约17次，《晏子春秋》约12次，《韩非子》约6次，《左传》约9次；提到"圣人"37次，"君子"127次，"士"156次；其他引用《老子》、《庄子》、《管子》、《文子》、《国语》、《公羊传》、《穀梁传》等2—4次不等。这组数据表明，《外传》并非是先秦资料的沉积和杂抄，其选材的目的性是十分鲜明的。仔细辨析韩氏的取材，可见其思想和胸臆。正如徐复观所论：《外传》的故事、杂说在思想上有二端：一是重言礼，二是重言仁；在现实问题上则突出四点：一是士问题的突出，二是"士节"的强调，三是养亲及君亲之间的矛盾，四是妇女地位的重视②。

就叙事性选材来说，韩婴在"取《春秋》"的时候，其着眼点主要在于选取故事性强的史事来进行改造，以便达到抒发胸臆的目的，他并不关心史实的真实与否。

卷八第六章云：

---

① 《外传》很少直接提"荀子"名称，只有一次提到"孙卿"。皮锡瑞《经学历史》说，《外传》"引《荀子》以说《诗》者，四十有四"（中华书局，1959年，第55页），徐复观说"《外传》中共引《荀子》凡五十四次，其深受荀子影响，无可疑问"（《两汉思想史》第三卷，第4页）。统计的差异是由一从说《诗》言、一从所有引《荀子》而造成的。其实所有关于《外传》引文、提及的统计数据，各家都不一样，但可见大概意趣。笔者的统计亦然。

② 《两汉思想史》第三卷，第14—28页。

宋万与庄公战,获乎庄公。庄公散舍诸宫中,数月,然后归之。反为大夫于宋。宋万与闵公博,妇人皆在侧。万曰:"甚矣!鲁侯之淑,鲁侯之美也。天下诸侯宜为君者,惟鲁侯耳。"闵公矜此妇人,妒其言,顾曰:"尔虏焉知鲁侯之美恶乎?"宋万怒,博(搏)闵公,绝脰。仇牧闻君弑,趋而至,遇之于门中。手剑而叱之。万臂揲仇牧,碎其首,齿著乎门阖。仇牧可谓不畏强御矣!《诗》曰:"惟仲山甫,柔亦不茹,刚亦不吐。"[①]

这个故事除个别文字有差异外,几乎照抄《公羊传·庄公十二年》原文,连"搏闵公,绝其脰"、"碎其首,齿著乎门阖"的细节都完全一致。而《左传·庄公十二年》记此事则非常简略:"宋万弑闵公于蒙泽。遇仇牧于门,批而杀之。"[②]宋万为何杀闵公、仇牧,如何杀的,都没有交代。显然,韩婴的这种选择不是看重史实,而是看重故事。

但是更多的情况是,韩婴对采用的故事进行了改造。卷八第十七章云:

梁山崩,晋君召大夫伯宗,道逢辇者,以其辇服其道。伯宗使其右下,欲鞭之。辇者曰:"君趋道岂不远矣?不知事而行,可乎?"伯宗喜,问其居。曰:"绛人也。"伯宗曰:"子亦有闻乎?"曰:"梁山崩壅河,顾三日不流。是以召子。"伯宗曰:"如之何?"曰:"天有山,天崩之。天有河,天壅之。伯宗将如之何?"伯宗私问之。曰:"君其率群臣素服而哭之,既而祠焉,

---

① 《韩诗外传笺疏》,第355页。博,当从《韩诗外传集释》作"搏",第276页。
② 《春秋左传正义》,第1770页。

河斯流矣。"伯宗问其姓名，弗告。伯宗到，君问，伯宗以其言
对。于是君素服率群臣而哭之。既而祠焉，河斯流矣。君问
伯宗："何以知之？"伯宗不言受辇者，诈以自知。孔子闻之，
曰："伯宗其无后，攘人之善。"《诗》曰："天降丧乱，灭我立王。"
又曰："畏天之威，于时保之。"①

梁山崩之史实，《春秋》三传、《国语·晋语》均有记载，但《公羊传》
只是简要记录，《左传》、《国语》记载较为详细，却没有孔子的评
价，唯《穀梁传·成公五年》所载与《外传》最为接近，而且记载了
孔子的评论，所以，《外传》选择的蓝本主要是《穀梁传》。其文略云：

　　梁山崩，雍遏河三日不流。晋君召伯尊而问焉。伯尊来
遇辇者，辇者不辟，使车右下而鞭之。辇者曰："所以鞭我者，
其取道远矣。"伯尊下车而问焉，曰："子有闻乎？"对曰："梁山
崩，雍遏河三日不流。"……②

比较而言，《外传》的故事有所改动：一是人物名称改为通行的"伯
宗"，二是"欲鞭之"细节的改动更合情理，三是将前面的"雍遏河
三日不流"删去，使得语言更紧凑，情节具有了悬念。这样的改动
不是无意识的，而是"自觉"的、追求"故事性"的行为。
　　《外传》有些改动甚至违背了史实，使历史叙事变成了小说叙
事。卷三第八章的例子颇为典型：

①《韩诗外传笺疏》，第371页。
②［晋］范甯集解，［唐］杨士勋疏：《春秋穀梁传注疏》，《十三经注疏》本，第
　2419页。

　　　　楚庄王寝疾,卜之,曰:"河为崇。"大夫曰:"请用牲。"庄
　　王曰:"止! 古者圣王制祭不过望,濉、漳、江、汉,楚之望也。
　　寡人虽不德,河非所获罪也。"遂不祭,三日而疾有瘳。孔子闻
　　之,曰:"楚庄王之霸,其有方矣。制节守职,反身不贰,其霸不
　　亦宜乎?"《诗》曰:"嗟嗟保介。"庄王之谓也。①

这个不祭河的故事,《左传·哀公六年》记载在楚昭王的名下,文
字也极为相同,故注家都以为《外传》是采自《左传》。周廷寀《韩
诗外传校注》:"《春秋》哀六年《左传》及《说苑·君道篇》、《家
语·正论》并作'昭王',此云'庄王',误。"赵怀玉注也同②。所谓
"误",是说楚庄王(前 613-前 590 在位)与孔子不同时代(前 551
生),而楚昭王即位(前 515)则是在孔子成名以后。还有一"误"
是,改《左传》中孔子赞语"楚昭王知大道矣"为"楚庄王之霸,其
有方矣"。

　　《外传》改"昭王"为"庄王",又改"知大道"为"宜霸",不仅
把时代改了,实际上把这个故事的性质也改了。王天下和霸天下,
是春秋战国时期诸侯国发展战略的分水岭,也是判别儒家与法
家、纵横家的分水岭。楚庄王是"春秋五霸"之一,以孟子所谓"仲
尼之徒无道桓文之事者,是以后世无传"的态度看③,孔子是不可
能称赞楚庄王的"霸道"的。因此,判断《外传》这个故事的性质
可能有三个途径:当做虚构的小说看,或当做韩婴思想的譬论小
说看,或当做后人续作看。当续作看,目前证据不足,暂可排除。

――――――――――

① 《韩诗外传笺疏》,第 132 页。
② 转引自《韩诗外传笺疏》,第 132 页。
③ 《孟子译注》,第 14 页。

当虚构的小说看,则有上述"宋大水"小说可以支持,似可以成立。笔者认为,此篇当譬论小说读最贴近《外传》本意。韩婴既"深受荀子影响"(前引皮、徐说),则其叙事策略也应当如影随形、如响应声。卷一第六章略云:

> 传曰:在天者莫明乎日月,在地者莫明于水火,在人者莫明乎礼义。……故人之命在天,国之命在礼。君人者降礼尊贤而王,重法爱民而霸,好利多诈而危,权谋倾覆而亡。①

《外传》凡用"传曰"都有来历。这里讲隆礼、重法爱民而霸,系抄自《荀子·天论篇》。由此可知,《外传》高度强调"礼",又"重法"、"言霸",应来自荀学。所以,《外传》才会多次褒扬春秋霸主楚庄王,如卷二"楚庄王围宋"、"楚庄王听朝罢晏",卷六"古之谓知道者曰先生"等章,当然也包括楚庄王知霸之方的这篇。只是让孔子来称赞楚庄王之宜霸,显得有些滑稽,但这的确像是韩婴学舌的口吻。

不仅如此,如果我们把有关楚庄王这四个故事联系起来考虑就会发现,楚庄王恰恰是作者隆礼、重法、兴霸思想表达的形象标本!其叙事策略的深意也在于此。通过故事表达思想,或用譬喻故事(不祭河)加上议论(孔子曰),这正是古小说诞生于史书、子书的重要理由②。

徐复观说"《韩诗传》中两引《左传》,两引《公羊》,两引《毅

---

① 《韩诗外传笺疏》,第12—13页。
② 笔者认为,古小说的重要特征之一是"譬论",即譬喻故事 + 议论。虚构倒是次要的。参见前引。

梁》……由此可知《春秋》三传,在汉初皆自由传习,毫无家法的限制"①。就上引《公羊》、《穀梁》、《左传》情况看,徐氏的说法似有拔高之嫌,《外传》看重的不是三传的家法,而是三传的故事性。

所谓《外传》"采杂说",主要是采各种子书,有故事,也有议论。向来文学史研究者多关注《外传》中的故事,而很少关心其议论;而治思想史者则反过来。笔者以为,无论讨论其文学史还是讨论其思想史,二者的关系都值得注意。

《外传》中与故事相关的议论通常有三种方式。

其一,以"传曰"直接引出单纯的议论,作为叙说故事的指导思想。上述卷一第六章引《荀子》关于"君人者降礼尊贤而王,重法爱民而霸"等言论,表面看是纯议论,与故事无关,但其骨子里却与几篇楚庄王故事的叙事直接关联。这种议论非常重要,它们往往是解开《外传》如何选取故事之谜的关键线索。

其二,夹叙夹议,如子书。卷一第二十五章:"传曰:山兑则不高,水径则不深,仁碨则其德不厚,志与天地拟者其人不祥,是伯夷、叔齐、卞随、介子推、原宪、鲍焦、袁旌目、申徒狄之行也。"② 上已阐述,廉仁者鲍焦、申徒狄,正是后面第二十六、二十七两章故事的提示,原宪,恐怕也是对前面第九章"原宪居鲁"故事的提示。这时,议论与故事的关系是显豁的,是子书达到"譬论"高级阶段的产物,如《韩非子》、《吕氏春秋》。

其三,在故事中插入议论(通常是在结尾处),揭示故事的意义。上引"梁山崩"故事后,插入议论:"孔子闻之,曰:'伯宗其无

---

① 《两汉思想史》第三卷,第14页。《外传》全篇或部分引用《左传》远不止两次,可能全篇引用的只有两次。

② 《韩诗外传笺疏》,第45页。

后,攘人之善。'"又上引楚庄王病而不祭河的故事后有云:"孔子闻之,曰:'楚庄王之霸,其有方矣。制节守职,反身不贰,其霸不亦宜乎?'"这时,古小说的篇章就诞生了。这些议论虽然简短,却是故事的内核。

议论之于故事的这三种关系,在一定程度上显示了古小说"譬论"特征形成的过程。这些议论的来源是古老的"语"、春秋以来的"说"(如前所论)以及子书、史书中记载的圣贤者的评论。

孔子弟子原宪、曾子的故事在现存文献中最早见于《庄子·让王》,《外传》卷一第九章一并采来,组合成了一个故事:

> 原宪居鲁,环堵之室,茨以蒿莱。蓬户瓮牖,桷桑而为枢。上漏下湿,匡坐而弦歌。子贡乘肥马,衣轻裘,中绀而表素,轩不容巷,而往见之。原宪楮冠黎杖而应门。正冠则缨绝,振襟则肘见,纳履则踵决。子贡曰:"嘻!先生何病也!"原宪仰而应之曰:"宪闻之:无财之谓贫,学而不能行之谓病。宪贫也,非病也。若夫希世而行,比周而友,学以为人,教以为己,仁义之匿,车马之饰,衣裘之丽,宪不忍为之也。"子贡逡巡,面有惭色,不辞而去。原宪乃徐步曳杖,歌《商颂》而反,声沦于天地,如出金石。天子不得而臣也,诸侯不得而友也。故养身者忘家,养志者忘身。身且不爱,孰能忝之?[1]

"不辞而去"以下,《庄子》原文是写曾子居卫国故事。结尾之议论,《庄子》作"故养志者忘形,养形者忘利,致道者忘心矣"[2]。庄子借

----

① 《韩诗外传笺疏》,第19页。
② 《庄子集释》,第977页。

用原宪、曾子的守贫乐道故事讲"致道忘心",韩婴则将之合并起来谈"养志忘身"。庄子用两个故事再议论,是子书的写法;韩婴就一个故事发议论,则是小说家的笔法了。刘向《新序》沿袭了《外传》的写法。就思想而言,庄子的"忘心"比"忘身"讲得透彻,但就故事来讲,韩婴的故事比庄子的故事编得圆。

　　士是《外传》中非常突出的一个话题,所谓勇士、忠士、廉士、辩士等各种士的故事遍布全书。卷七第十一章云:

> 卫懿公之时,有臣曰弘演者,受命而使未反,而狄人攻卫。于是懿公欲兴师迎之。其民皆曰:"君之所贵而有禄位者鹤也。所爱者宫人也。亦使鹤与宫人战,余安能战!"遂溃而皆去。狄人至,攻懿公于荥泽,杀之,尽食其肉,独舍其肝。弘演至,报使于肝。辞毕,呼天而号。哀止,曰:"若臣者,独死可耳。"于是遂自刳,出腹实,内懿公之肝,乃死。桓公闻之曰:"卫之亡也,以无道也。今有臣若此,不可不存。"于是复立卫于楚丘。如弘演,可谓忠士矣。杀身以捷其君,非徒捷其君,又令卫之宗庙复立,祭祀不绝,可谓有大功矣。[①]

此出自《吕氏春秋·忠廉》。"如弘演,可谓忠士矣"云云,为点睛之议论。是为忠士之代表。其他叙述精彩者,如卷一〇之蔺丘诉、要离,则是传奇式的勇士;晏子,被称为"天下之辩士";又如卷六之公孙悁与卜商,则是勇士与辩士的交锋。凡此不胜枚举。

　　如《外传》以解《诗经》之作而又"取《春秋》,采杂说",其实是在经、史、子、集之间架起了互通的桥梁,为历史故事、诸子议

---

① 《韩诗外传笺疏》,第 324—325 页。

论、诗歌与小说的融通提供了基础。同时,由于《外传》处于先秦到两汉的特定时代,这种融通也为我们进一步追溯先秦子、史与小说之关联,进一步探索《说苑》、《新序》、《列仙传》、《汉武故事》等汉代小说的生成,提供了明确的路标。

第四章
子书之流:古小说譬论的渊薮

　　关于小说的起源,向有子书之流别、史书之流别的说法。《汉书·艺文志》"诸子略"将小说家编于九流十家之末,即已判别小说为子书之流的属性。明胡应麟说得明白:"小说,子书流也。然谈说理道或近于经。"①袁行霈考辨《汉志》所录十五家小说,认为其中《伊尹说》、《鬻子说》、《宋子》等近于子书②。

　　其实,子书与小说都是论说道理之作,二者只有大道、小道的分别,并无本质的区别。班固判小说不入流,是固守经学正统的做法。胡应麟的看法比班固开放,以为小说不仅是子书之流,而且有的近于经书。《汉志》"儒家"中有《晏子》、《孟子》、《新序》、《说苑》、《世说》,其中《孟子》后来被奉为十三经之一,而《晏子》、《新序》、《说苑》等则被许多今人看成了故事集或小说集;《汉志》"六艺略"中有《韩诗外传》,今人也有将之视为小说集的。

　　从叙事与议论而言,小说与子书、经书既无实质分别,则讨论小说之溯源不能舍弃子书,乃至于经书。然而从故事性的强弱而

———————————

① [明]胡应麟:《少室山房笔丛·九流绪论下》,中华书局,1958年,第374页。
② 袁行霈:《〈汉书·艺文志〉小说家考辨》,《文史》第七辑,中华书局,1979年。

言,则并非所有子书、经书都可以看做小说的前身或小说的本身。如此,故事性比较强的《晏子春秋》、《庄子》、《韩非子》、《吕氏春秋》、《说苑》等,便成为本章的题中应有之义了。

一、出入子史的《晏子春秋》

在先秦诸子中,故事性最强、小说味最浓的,首推《晏子春秋》。然而关于此书的性质、成书年代、作者等问题也形成一个巨大而有趣的谜团,引起历代学者纷纷瞩目①。这些问题有待专家进一步研究解决,笔者主要从《晏子》文本体制的形成、文本构成和流传的多样性来讨论其与故事、小说的关系。

(一)

对《晏子》文本体制的认识,历来有四次大的变化。其一,司马迁《管晏列传》首先提及《晏子春秋》书名,并说"至其书,世多有之,是以不论,论其轶事"②。太史公称之为"春秋",并记载了晏子赎越石父、御者偷窥二逸事,应当是把它看做史书的。其二,西汉末至宋元公私目录均将之列入子部儒家(刘向、班固等)或墨家(柳宗元、晁公武、马端临等)。其三,清人多将《晏子》入史部。如纪昀等《四库全书总目提要》卷五七将之列入史部"传记类名人之属",又称其为"家传"。张之洞《书目答问》卷二则将《晏子》列于史部"古史"中,与《逸周书》、《国语》、《战国策》等同列。其

---

① 参见骈宇骞:《银雀山竹简〈晏子春秋〉校释》序言、附录高亨《〈晏子春秋〉真伪考辨及成书年代》等文,(台北)万卷楼图书有限公司,2000年。

② 《史记》,第2136页。

四，现代论者多将之看作小说集或故事集。高亨说："这部书所记故事，有真的史实，也有夸大和虚构，性质接近历史小说。"①吴则虞说："《晏子春秋》是一部富有政治思想性的古典文学作品，也是我国最早的一部短篇小说集，也可以说是一部最早的'外传''外史'。"②

　　从先秦古书的体例看，《晏子》文体显得"不子不史"，而又"似子似史"。它不像编年的"春秋"，没有年月日的时间记载；也不像"国别史"，记某个国家的兴亡；以专记一个人的事迹而言，它比较接近纪传体，如《左传》写晋公子(文公)重耳的流亡、兴霸小史，也如战国策士苏秦的游说史③。说《晏子》像史，它在记载晏子众多逸事的同时，又记载了晏子的许多言论，故其体例更接近于《国语》、《论语》以及东汉的《孔子家语》，但它不是"家传"，也不像门徒弟子所记，而且言论也不成体系、不够深刻。如此讲，《晏子》入"小说家"恐怕比较合适。它入子出史，或出子入史，正表明它既有子书议论的品格，又有史书叙事的风骨，是"譬论"的结合，体例正如古小说的早期形态。

　　出土文献表明，《晏子》亦史亦子亦小说的特点形成于战国时期，并非是汉代或六朝所谓"伪作"才有的。山东银雀山汉简《晏子春秋》，河北定县汉简《晏子》残文，安徽阜阳双古堆汉墓《晏子》残文木牍，以及甘肃居延《晏子》残文木牍等出土文献证明：《晏子》的成书时代是在战国时期。对比出土简牍文本与传世文本，可以发现，二者文体的基本形式差别不大。先看银雀山竹简中与

---

① 《银雀山竹简〈晏子春秋〉校释》，第 240 页。
② 吴则虞：《晏子春秋集释》序言，中华书局，1982 年，第 30 页。
③ 《马王堆汉墓帛书》(叁)之《战国纵横家书》中有专记苏秦故事的十四章，可参见。文物出版社，1983 年。

今本俱有的几章①。

> 景公饮酒，醒，三日而后发。晏子见曰："君病酒乎？"公曰："然。"晏子曰："古之饮酒也，足以通气合好而已矣。故男不群乐以妨事，女不群乐以妨功。男女群乐者，周觞五献，过之者诛。君身服之，故外无怨治，内无乱行。今一日饮酒，而三日寝之，国治怨乎外，左右乱乎内。以刑罚自防者，劝乎为非；以赏誉自劝者，惰乎为善；上离德行，民轻赏罚，失所以为国矣。愿君节之也！"②

简本此章残存文字与上引基本相同。此条叙事简短，而以议论为主，谓君主当以礼节制饮酒。

> 翟王子羡臣于景公，以重驾［八］，公观之而不说也。嬖人婴子欲观之，公曰："及晏子寝病也。"居图中台上以观之，婴子说之，因为之请曰："厚禄之！"公许诺。晏子起病而见公，公曰："翟王子羡之驾，寡人甚说之，请使之示乎？"晏子曰："驾御之事，臣无职焉。"公曰："寡人一乐之，是欲禄之以万钟，其足乎？"对曰："昔卫士东野之驾也，公说之，婴子不说，公因不说，遂不观。今翟王子羡之驾也，公不说，婴子说，公因说之；为请，公许之，则是妇人为制也。且不乐治人，而乐治马，不厚禄贤人，而厚禄御夫。昔者先君桓公之地狭于今，修法治，广政教，以霸诸侯。……《诗》曰：'哲夫成城，哲妇倾城。'今君

---

① 本章所引银雀山汉简文本，均据《银雀山竹简〈晏子春秋〉校释》。
② 《晏子春秋集释》，第 9—10 页。

不免成城之求,而惟倾城之务,国之亡日至矣,君其图之!"公曰:"善。"遂不复观,乃罢归翟王子羡,而疏嬖人婴子。[①]

竹简本此章残损虽严重,但仍可以见到首、中、尾基本骨架,与今本文字稍异,整体相同。其叙事完整,议论也较长,但二者分量大致相当,且议论中也注意援引善御者"东野子"、善霸者齐桓公等史实,使之不过于抽象。总体比上章故事性增强了。

景公举兵将伐宋,师过泰山,公曾见二丈夫立而怒,其怒甚盛。公恐,觉,辟门召占曾者,至。公曰:"今夕吾曾二丈夫立而怒,不知其所言,其怒甚盛,吾犹识其状,识其声。"占曾者曰:"师过泰山而不用事,故泰山之神怒也。请趣召祝史祠乎泰山则可。"公曰:"诺。"明日,晏子朝见,公告之如占曾之言也。公曰:"占曾者之言曰:'师过泰山而不用事,故泰山之神怒也。'今使人召祝史祠之。"晏子俯有间,对曰:"占曾者不识也,此非泰山之神,是宋之先汤与伊尹也。"公疑,以为泰山神。晏子曰:"公疑之,则婴请言汤、伊尹之状也。汤质皙而长,颜以髯,兑上丰下,倨身而扬声。"公曰:"然,是已。""伊尹黑而短,蓬而髯,丰上兑下,偻身而下声。"公曰:"然,是已。今若何?"晏子曰:"夫汤、太甲、武丁、祖乙,天下之盛君也,不宜无后。今惟宋耳,而公伐之,故汤、伊尹怒,请散师以平宋。"景公不用,终伐宋。晏子曰:"伐无罪之国,以怒明神,不易行以续蓄,进师以近过,非婴所知也。师若果进,军必有殃。"军进再

---

① 《晏子春秋集释》,第32—33页。于鬯云:"驾"下当有"八"字,"重驾八",谓十六马。可从。免,作勉力解,或作"思"字。

舍，鼓毁将毕。公乃辞乎晏子，散师，不果伐宋。①

竹简本与今传本文字稍异，总体相同。孙星衍注引《古文琐语》"齐景公伐宋"故事（见前论《汲冢琐语》引），与此章故事情节相同，唯文字略少，细节稍异。由此可见该条资料来源颇早。此章全为记事，几乎没有议论，与上两章偏重记言又有明显差别。

> 景公之时，雨雪三日而不霁。公被狐白之裘，坐堂侧陛。晏子入见，立有间，公曰："怪哉！雨雪三日而天不寒。"晏子对曰："天不寒乎？"公笑。晏子曰："婴闻古之贤君，饱而知人之饥，温而知人之寒，逸而知人之劳，今君不知也。"公曰："善，寡人闻命矣。"乃令出裘发粟，与饥寒。令所睹于途者，无问其乡；所睹于里者，无问其家；循国计数，无言其名。士既事者兼月，疾者兼岁。孔子闻之曰："晏子能明其所欲，景公能行其所善也。"②

竹简本虽残存三小片二十余字，但足以证明此章早有。这段文字以叙事为主，中间谏言简明，结尾用孔子评议亦简要。全章因此成为"譬论"式的小说。上述四章综合起来看，第一、二章近子，第三章近史，第四章则近小说了。联系今本《晏子》看，全书共八篇215章，其中偏重言论者约占三分之一，偏重故事者约占三分

---

① 《晏子春秋集释》，第79—80页。孙星衍注："《说文》：'瞢，目不明也'，古借为'梦'字。""髣"当为"髳"。于鬯：续蓄，续好。陶鸿庆："近过"二字，文义难通。"过"当为"祸"●。第82—83页。今案：竹简本作"进师以战，祸非婴之所智（知）也"（《银雀山竹简〈晏子春秋〉校释》，第68—69页），较今传本义长。

② 《晏子春秋集释》，第74页。

之二。故有学者称之为短篇小说集或故事集，是很有道理的。

（二）

但问题并非这么简单，仅凭几篇文本的静态比较是不足以分析出《晏子》的文体特征、文本性质的，更深入的理解还必须结合《晏子》的成书过程及其材料来源等问题的剖析。关于这方面，幸有前贤时彦的诸多研究成果可资借鉴。

今传世本的基本格局是西汉末刘向奠定的。司马迁《管晏列传》说：《晏子春秋》，"世多有之"。到刘向校定《晏子》时，该书流传的确广泛，但情况也很混乱，他在《晏子叙录》中指出：当时中书、太史、刘向、杜参等公私藏本"凡中外书三十篇，为八百三十八章。除重复二十二篇六百三十八章，定著八篇二百一十五章。外书无有三十六章，中书无有七十一章，中外皆有以相定"。由此可见《晏子》各种版本的复杂、重复程度。刘向最后定的篇章是"合六经之义"者六篇：内篇谏上、下各二十五章，内篇问上、下各三十章，内篇杂上、下各三十章；"外篇重而异者"二十七章，"外篇不合经术者"十八章 [1]。今本篇章即如此。

前述出土四种汉代简牍则确证，西汉时期《晏子》已经广泛流布了；在刘向校定《晏子》以前，已经有人做过编纂工作了。银雀山竹简《晏子春秋》是较为完整的一种，分为十六章，其内容"散见于今本《晏子春秋》八篇之中的十八章" [2]。见于《内篇》的不用说，而对应于《外篇》的值得注意。如简本第十四章，对应今本"外篇重而异者"第十九章；简本第十五、十六章，对应"外篇不合经

---

① 《七略别录佚文　七略佚文》，第39—40页。
② 骈宇骞：《对〈晏子春秋〉的再认识》，《银雀山竹简〈晏子春秋〉校释》，第15页。

术者"第一、十八章。这种分布情况表明银雀山竹简本似乎是一个摘抄本,它依据的原本数量应当比较大,以至于"重而异者"、"不合经术"的、反对孔子的内容(如外篇第一章)都被抄进去了。又简本的分章与今传本不太一致。如简本第十章,在今本分为《内篇问上》第二十、二十一两章;简本第十一章,在今本分为《内篇问下》第二十二、二十三两章。这种分章的差异显示出简本与刘向的校定本不是同一种版本。

　　八角廊汉简《儒家者言》有"崔杼杀庄公"(十九),见于《晏子·内篇杂上》第三章、《吕氏春秋·知分》等;又"晏子聘鲁"(二十一),见于《晏子·内篇杂上》第二十一章、《韩诗外传》卷四①。阜阳汉墓一号木牍《儒家者言》也有"晏子聘于鲁"条(四十三),见于《晏子·内篇杂上》第二十一章②。这两种儒家信徒的抄本所含三条资料似乎印证了一个现象,对《晏子》的儒家化改造,并不是从刘向才开始的,至少不晚于西汉初《韩诗外传》的时代,甚至可能从战国后期荀子时期就开始了。另外,阜阳汉简的标题方法也与今本迥异。

　　近年出土文献中与《晏子》直接有关的还有上博简中的《竞(景)公疟》。该篇整理者濮茅左说:简本内容与《晏子·外篇谏上》"景公有疾"第七章为同一故事,又与《内篇谏上》"景公病久"第十二章接近,还见于《左传·昭公二十年》③。董珊认为其中又有部分与《晏子·内篇谏上》"景公信用谗佞赏罚失中晏子谏第八"

① 定县汉墓竹简整理小组:《〈儒家者言〉释文》,《文物》1981年第8期。
② 《阜阳汉简〈周易〉研究》附录一《一号木牍〈儒家者言〉释文》,第161—162页。
③ 马承源:《上海博物馆藏战国楚竹书》(六),上海古籍出版社,2007年,第159—161页。

相同①。不妨对读一下简本"景公有疾"、"景公病久"的故事开头部分：

> 齐竞(景)公疥且疟，逾岁不已，会谴与梁丘据言于公曰：吾币帛甚熮于吾先君之量矣，吾珪璧大于吾先君之□(第一简)。公疥且疟，逾岁不已，是吾无良祝史也，吾欲诛诸祝史，公举首答之：伻然，是吾所望汝也，盍殊之。二子急，将……(第二简)是言也，国子、高子答曰："身为薪，或可禱焉，是信吾无良祝史，公盍诛之？"晏子惜二夫，退。公入，晏子而告之，若其告高子……(第三简)②

> 景公疥遂痁，期而不瘳。诸侯之宾，问疾者多在。梁丘据、裔款言于公曰："吾事鬼神，丰于先君有加矣。今君疾病，为诸侯忧，是祝史之罪也。诸侯不知，其谓我不敬。君盍诛于祝固史嚚以辞宾。"公说，告晏子。晏子对曰："日宋之盟……"③

> 景公疥且疟，期年不已，召会谴、梁丘据、晏子而问焉，曰："寡人之病病矣，使史固与祝佗巡山川宗庙，牺牲珪璧，莫不备具，数其常多先君桓公，桓公一则寡人再。病不已，滋甚，予欲杀二子者以说于上帝，其可乎？"会谴、梁丘据曰："可。"晏子不对。公曰："晏子何如？"晏子曰："君以祝为有益乎？"公曰："然。"④

---

① 董珊：《读〈上博简六〉杂记(续二)》，简帛网，2007 年 7 月 11 日。
② 《上海博物馆藏战国楚竹书》(六)，第 162—169 页。引文据濮茅左拟定，又参见梁静：《〈景公疟〉与〈晏子春秋〉的对比研究》，简帛网，2007 年 7 月 28 日。
③ 《晏子春秋集释》，第 446 页。
④ 《晏子春秋集释》，第 42—43 页。

不难看出，三个故事同中有异。同在都是围绕景公久病，景公与会、梁、晏三人讨论是否杀史、祝问题，人物一致；异在前二者是内嬖会、梁劝杀，而后者是景公想杀史、祝，人物角色不同，而且简本又多出高子、国子两个新人物（第三简以下的差异更多）。三个版本显示出从同一个故事衍生的迹象。对这种异同迹象可以有两种解释：一是简本与今本所依据的原始材料不同，二是对传闻异词的不同记录。简本杂糅今本内外篇三个部分的情况也表明，它至少来源于战国中期的古老文本或传说，上博简的抄写时代通常被认为是在战国中晚期。

　　这个判断也得到了《左传》与《晏子》的对比研究的支持。上引《晏子·外篇》"景公疥遂痁"整个故事与《左传·昭公二十年》所记"齐侯疥"故事几乎完全一致，请对读下引开头一段：

　　　齐侯疥，遂痁，期而不瘳，诸侯之宾问疾者多在。梁丘据与裔款言于公曰："吾事鬼神丰，于先君有加矣。今君疾病，为诸侯忧，是祝史之罪也。诸侯不知，其谓我不敬。君盍诛于祝固史嚚以辞宾？"公说，告晏子。晏子曰："日宋之盟……"①

据郑良树的考查，该条与外篇的关系属于"难断"的一类，即无法判断谁抄谁。不仅如此，郑良树还指出：《左传》采录的二十几则晏子故事中，与《晏子》有关的有 14 则，涉及到《晏子》17 章；其中可以明确《左传》抄《晏子》的有 6 条，《晏子》抄《左传》的 2 条，

---

① 《春秋左传正义》卷四九，《十三经注疏》本，第 2092 页。今案，"丰"字或当属下，作丰于。二者的比较，可参看刘娇《从出土相关材料看晏子书的流传》（《中国典籍与文化》2008 年第 3 期）。

其余"难断"的 4 条、"各有源头"的 4 条①。这些大多出自"合六经之义"的《内篇》，似乎《左传》的抄写也有原则。无论结果如何，《晏子》的资料来源与"齐春秋"、《左传》等的深刻关系是可以明确的，《晏子》具有史传之品格并被称为"春秋"也由此可以得到理解。

（三）

讨论《晏子》成书及其流传，其"重言重意"问题值得高度重视。刘向《晏子叙录》说，他校定《晏子》时搜集到四种版本 30 篇838 章，其中重复的高达 22 篇 628 章。这一方面是由于当时各种流行的本子大同小异，另一方面是由于同一个故事有多种叙说。即使刘向已经做过删重的工作，但他还是保留了《外篇》"重而异者"的 27 章。吴则虞注释该书时，对校出"重言重意"的 127章②，占今本 215 章的近 60%！这在先秦古籍中是罕见的。如此迹象，暗示出该书的作者或编者非一人，如出自一人之手，不可能有这么严重的重复；显示出流传的方式是书面与口头混合的，如最初有稳定、成规模的书面文本流传，则不可能在同一种书中出现如此集中的重复，只有口头流传才会造成如此现象；显现出成书的过程比较长，有不断增饰、衍生的现象。

这些迹象体现在文本上，便出现了郑良树所谓的一些"故事串"③。例如晏子一心事三君故事：

① 郑良树：《论〈晏子春秋〉的编写及成书过程（下）》，《管子学刊》2000 年第 2期。又陈瑞庚《晏子考辨》第八章第一、二节也有详细讨论（台湾长安出版社，1980 年，第 127–154 页）。
② 参见《晏子春秋集释》附录《晏子春秋重言重意篇目表》，第 658–667 页。
③ 参见《论〈晏子春秋〉的编写及成书过程（上）》，《管子学刊》2000 年第 1 期。

1. 梁丘据问晏子曰："子事三君，君不同心，而子俱顺焉，仁人固多心乎？"晏子对曰："婴闻之，顺爱不懈，可以使百姓，强暴不忠，不可以使一人。一心可以事百君，三心不可以事一君。"仲尼闻之曰："小子识之！晏子以一心事百君者也。"①

2. 高子问晏子曰："子事灵公、庄公、景公，皆敬子，三君之心一耶？夫子之心三也？"晏子对曰："善哉！问事君，婴闻一心可以事百君，三心不可以事一君……"②

3. 仲尼游齐，见景公。景公曰："先生奚不见寡人宰乎？"仲尼对曰："臣闻晏子事三君而得顺焉，是有三心，所以不见也。"仲尼出，景公以其言告晏子，晏子对曰："不然！婴［非］为三心，三君为一心故，三君皆欲其国之安，是以婴得顺也。婴闻之，是而非之，非而是之，犹非也。孔丘必(据)处此一(心)矣。"③

4. 仲尼之齐，见景公而不见晏子。子贡曰："见君不见其从政者，可乎？"仲尼曰："吾闻晏子事三君而顺焉，吾疑其为人。"晏子闻之，曰："……婴闻之，以一心事三君者，听以顺焉；以三心事一君者，不顺焉……"④

这是因主题相同形成的故事串。其中第一、二个故事产生时代应早些，二者必有一个为孳乳。梁丘据是齐景公的宠臣，《晏子》八篇中多次涉及其言行。高子问事君虽在外篇上，属于"重而异者"，

---

① 《晏子春秋集释》，第 290 页。
② 《晏子春秋集释》，第 476 页。
③ 《晏子春秋集释》，第 500 页。据吴引注，"非"字当脱，"据"、"心"字当衍。
④ 《晏子春秋集释》，第 500—501 页。

但银雀山汉简本已记有此事①，而且文字非常接近，故知该条产生时代也不会晚于汉初。第三、四个故事显然是从第一或第二个故事衍生出来的，而且第四个也必是孳乳。晏子生卒年约为公元前586－前507年，享年约八十岁②。孔子生于公元前550年，子贡小孔子三十一岁，约生于公元前519年。《史记·孔子世家》记载孔子游齐在鲁昭公二十五年(前517)，故子孔子游齐说晏子故事可能发生，而子贡从游之事则是不可能发生的编造。

郑良树所列举类似的"故事串"，还有晏子更宅故事，景公饮酒引发晏子劝谏的故事等等，《晏子》中俯拾皆是。其形成的方式有"异录"、"增删"、"交叉采用"、"浅化的改写"等等③。上文所引"景公疟"故事的三个文本，就包含了郑氏所说的几种方式。

如果把这种"故事串"放大到不同古籍中去考查，则会发现不少关于故事、小说形成和传承的有趣现象。所谓"社鼠"、"狗猛"故事即如此：

> 景公问于晏子曰："治国何患？"晏子对曰："患夫社鼠。"公曰："何谓也？"对曰："夫社，束木而涂之，鼠因往托焉，熏之则恐烧其木，灌之则恐败其涂，此鼠所以不可得杀者，以社故也。夫国亦有焉，人主左右是也。内则蔽善恶于君上，外则卖权重于百姓，不诛之则为乱，诛之则为人主所案据，腹而有之，此亦国之社鼠也。人有酤酒者，为器甚洁清，置表甚长，而酒

---

① 见《银雀山竹简〈晏子春秋〉校释》，第170－174页。

② 王绪霞：《〈晏子春秋〉成书考论》，西北师范大学博士学位论文，2006年，第15－16页。

③ 参见郑良树：《论〈晏子春秋〉的编写及成书过程(上)》，《管子学刊》2000年第1期。

酸不售。问之里人其故，里人曰：'公之狗猛，人挈器而入，且酤公酒，狗迎而噬之，此酒所以酸而不售也。'夫国亦有猛狗，用事者是也。有道术之士，欲干万乘之主，而用事者迎而龁之，此亦国之猛狗也。左右为社鼠，用事者为猛狗，主安得无壅？国安得无患乎？"[1]

《晏子》中齐景公问晏子"治国何患"故事又见于《外篇上》第十四章："景公问晏子曰：'治国之患亦有常乎？'对曰：'谗人谀夫之在君侧者，好恶良臣，而行与小人，此国之常患也。'……对曰：'谗夫佞人之在君侧者，若社之有鼠也，谚言有之曰："社鼠不可熏去。"谗佞之人，隐君之威以自守也，是故难去焉。'"卢文弨注："元刻末注云：'此章与《景公问佞人之事君何如》、《景公问治国何患》三章大旨同而辞少异。'"[2]此三章本身已构成了一个"故事串"，特别是《外篇上》也提到了"社鼠"。不仅如此，它们还与《韩非子·外储说右上》所载故事也串了起来，其文云：

> 宋人有酤酒者，升概甚平，遇客甚谨，为酒甚美，县帜甚高。著然不售，酒酸。怪其故，问其所知。问长者杨倩。倩曰："汝狗猛耶。"曰："狗猛则酒何故而不售？"曰："人畏焉。或令孺子怀钱挈壶瓮而往酤，而狗迓而龁之，此酒所以酸而不售也。"夫国亦有狗，有道之士怀其术而欲以明万乘之主，大臣为猛狗迎而龁之，此人主之所以蔽胁，而有道之士所以不用也。故桓公问管仲曰："治国最奚患？"对曰："最患社鼠矣。"公曰："何

① 《晏子春秋集释》，第 196—197 页。
② 《晏子春秋集释》，第 466—467 页。

患社鼠哉?"对曰:"君亦见夫为社者乎? 树木而涂之,鼠穿其间,掘穴托其中。熏之则恐焚木,灌之则恐涂阤,此社鼠之所以不得也。今人君之左右,出则为势重而收利于民,入则比周而蔽恶于君。内间主之情以告外,外内为重,诸臣百吏以为富。吏不诛则乱法,诛之则君不安,据而有之,此亦国之社鼠也。"故人臣执柄而擅禁,明为己者必利,而不为己者必害,此亦猛狗也。夫大臣为猛狗而龁有道之士矣,左右又为社鼠而间主之情,人主不觉。如此,主焉得无壅,国焉得无亡乎?

　　一曰:宋之酤酒者有庄氏者,其酒常美。或使仆往酤庄氏之酒,其狗龁人,使者不敢往,乃酤佗家之酒。问曰:"何为不酤庄氏之酒?"对曰:"今日庄氏之酒酸。"故曰:不杀其狗则酒酸。(一曰)桓公问管仲曰:"治国何患?"对曰:"最苦社鼠。……据而有之,此亦社鼠也。"故人臣执柄擅禁,明为己者必利,不为己者必害,亦猛狗也。故左右为社鼠,用事者为猛狗,则术不行矣。

王先慎曰:"说本《晏子春秋·内篇问上》,桓公、管仲作景公、晏子。"[①] 陈瑞庚的意见与此相反,认为"这必然是《晏子春秋》抄《韩非子》的文字"[②]。陈说似过于绝对。笔者曾考证《韩非子》中"一曰"为韩非子自作,非后人补写。这是韩非子为论说或讲学的需要而收集的资料(详下文)[③]。在目前还没有确凿证据时,此处至少还存

---

① 《韩非子新校注》,第784—787页。今案:今本在"桓公问"前还有"一曰"并提行,见括号。

② 《晏子考辨》,第170—171页。

③ 陈洪:《譬论:先秦诸子言说方式的转变——以〈韩非子·内外储说〉之异闻为例》,《南京师范大学学报》2009年第3期。

在另一种可能：《晏子》与《韩非子》所依据的材料各有来源，韩非子自己就搜集了不同的资料。根据上述出土《晏子》文献的时代，笔者倾向于王先慎的说法。

这个"故事串"还串到了《韩诗外传》、《说苑》：

> 传曰：齐景公问晏子为人何患。晏子对曰："患夫社鼠。"景公曰："何谓社鼠？"晏子曰："社鼠出窃于外，入托于社。灌之恐坏墙，熏之恐烧木。此鼠之患。今君之左右，出则卖君以要利，入则托君不罪乎乱法，君又并覆而育之，此社鼠之患也。"景公曰："呜呼！岂其然！""人有市酒而甚美者，置表甚长，然至酒酸而不售。问里人其故。里人曰：'公之狗甚猛，而人有持器而欲往者，狗辄迎而啮之，是以酒酸不售也。'士欲白万乘之主，用事者迎而啮之，亦国之恶狗也。左右者为社鼠，用事者为恶狗，此国之大患也。"①
>
> 齐桓公问管仲曰："国何患？"管仲对曰："患夫社鼠。"桓公曰："何谓也？"管仲对曰："夫社束木而涂之，鼠因往托焉，熏之则恐烧其木，灌之则恐败其涂，此鼠所以不可得杀者，以社故也。夫国亦有社鼠，人主左右是也；……人有酤酒者，为器甚洁清，置表甚长，而酒酸不售，问之里人其故，里人云：'公之狗猛，人挈器而入，且酤公酒，狗迎而噬之，此酒所以酸不售之故也。'夫国亦有猛狗，用事者是也；……左右为社鼠，用事者为猛狗，则道术之士不得用矣，此治国之所患也。"②

---

① 《韩诗外传笺疏》，第322页。
② 向宗鲁：《说苑校证》，中华书局，2000年，第166—167页。

《外传》去《韩非子》时代不远,其采用《晏子》而不用《韩非子》自有其道理。其文用"传曰",也多表示其说有自,并非乱抄。

从这个"故事串",我们似乎可以看出从《晏子》到《韩非子》、《韩诗外传》《说苑》几个故事集的发展脉络,可以理解从故事到"譬论式"古小说生成的必然趋势。

二、"譬论"的形成:以《韩非子》为例

春秋战国,百家争鸣。诸子言说方式,至战国中期而一变:从早期至理、名言之语录,一变为充满譬喻故事之论辩,《庄子》"三言"之形成,《韩非子》之《说林》篇、《内外储说》篇的产生,不过是这种演变的极至化结果。中国早期小说之"譬论"的重要文体特征,正是在先秦子书这种演进过程中生成的。

(一)

从来研究《韩非子》寓言者,都会把目光聚焦到《说林》篇上,但是对其性质、特征的认识却又有一些模糊。弄清《说林》相关问题,是认清故事与古小说之分水岭的一个重要观测点。

诸家对《说林》性质的看法主要有两派。一派是备用资料说。唐司马贞《史记索隐》云:"《说林》者,广说诸事,其多若林,故曰《说林》也。"此只涉及篇名。梁启超云:"《说林》二篇似是预备作《内外储说》之资料。"陈奇猷注引两家并案曰:"《索隐》说是。梁说误,此盖韩非搜集之史料备著书及游说之用。"①周勋初认为:"《说林》中的材料是没有经过处理的,它们是一些平时积累下来

① 《韩非子新校注》,第 461 页。

备用的原始资料。"①梁、陈、周三家意见其实大同小异。另一派是有思想寓意说。谭家健认为:"《说林》上篇主要讲政治上的权术计谋,下篇侧重从哲学上总结经验教训,并不是杂乱无章的随意堆积物。"②郑良树仔细分析《说林》中被《韩非子》其他文章所引用的4则故事,以及16则有作者批加"案语"的材料,认为《说林》在《韩非子》全书中不是"第二级"的"原始资料",而是"拥有作者主观思想的作品,与全书其他篇章的价值相等"③。谭、郑的说法实质相近。

笔者认为上述两派的意见都有道理,但又都有失偏颇。准确地说,《说林》上下篇70余则故事或"语"中主要是未加工过的原始资料,但又有近20则故事或"语"是经过作者批加"论议"或概括出来的资料。这两类资料都是作者预备著书或作游说之用的。客观地说,这些论议很可能是韩非随手记录的思想火花,至多算是"半成品",但还谈不上有什么观点、理论、学说。这可以从韩非加工过的资料的特征看出来。

郑良树细心爬梳出16则有作者批加"案语"的材料④,颇见功力。不过还可以补充3则,其一见《说林上》:

> 乐羊为魏将而攻中山,其子在中山。中山之君烹其子而

---

① 周勋初:《韩非子札记》,江苏人民出版社,1980年,第165页。

② 谭家健:《〈韩非子〉寓言故事的特色》,《河北学刊》1986年第1期。

③ 郑良树:《韩非之著述及思想》,台湾学生书局,1993年,第252—254页。

④ 这16则的首句是:"管仲、隰朋从桓公伐孤竹"、"纣为象箸而箕子怖"、"卫人嫁其子"、"伯乐教二人"、"鸟有翢翢者"、"鳝似蛇"、"伯乐教其所憎者"、"桓赫曰"、"崇侯、恶来知不适纣之诛"、"宋之富贾"、"尧以天下让许由"、"虫有虺者"、"宫有垩"、"有与悍者邻"、"孔子谓弟子曰"、"管仲、鲍叔相谓曰"。

遗之羹,乐羊坐于幕下而啜之,尽一杯。文侯谓堵师赞曰:"乐羊以我故而食其子之肉。"答曰:"其子而食之,且谁不食?"乐羊罢中山,文侯赏其功而疑其心。孟孙猎得麑,使秦西巴持之归,其母随之而啼。秦西巴弗忍而与之。孟孙归,至而求麑。答曰:"余弗忍而与其母。"孟孙大怒,逐之。居三月,复召以为其子傅。其御曰:"曩将罪之,今召以为子傅,何也?"孟孙曰:"夫不忍麑,又且忍吾子乎?"故曰:"巧诈不如拙诚。"乐羊以有功见疑,秦西巴以有罪益信。①

该条不是原始资料。一是它本身是由乐羊食子肉羹和秦西巴放麑两个故事组合而成,前者见于《战国策》之《魏策一》《中山策》,后者先秦典籍无载,可能是传闻逸事,但见于汉代《淮南子·人间》《说苑·贵德》《风俗通义》等,并与乐羊事合写。二是这种组合应当是韩非为了下文的论议(加横线部分)而拼合的,论议也正是针对二故事而发的。据前文考论,秦汉以往典籍中的"故曰"多与古"语"有关,各有来历。此条"故曰"当是古谚语,《三国志·魏书》卷一四《刘晔传》裴注引《傅子》:"谚曰'巧诈不如拙诚。'"②

其二也见《说林上》:

田伯鼎好士而存其君,白公好士而乱荆。其好士则同,其所以为则异。公孙友自刖而尊百里,竖刁自宫而谄桓公。其

---

① 《韩非子新校注》,第478—479页。标点参见《韩非子》校注组编写,周勋初修订:《韩非子校注》,凤凰出版社,2009年,第199页。
② [晋]陈寿撰,陈乃乾校点:《三国志》,中华书局,1982年,第449页。

自刑则同,其所以自刑之为则异。慧子曰:"狂者东走,逐者亦东走。其东走则同,其所以东走之为则异。"故曰:"同事之人,不可不审察也。"①

显然这是由四个故事浓缩而成的非原始资料,韩非以前的典籍中没有这样的文本。虽然田伯鼎事迹不详,但其他三位都是春秋时人物,其中白公胜与伍子胥同时,《左传·哀公十六年》、《国语·楚语》等多载其事;公孙友应是公孙枝,百里即百里奚,其事见《左传·僖公九年》、《十三年》、《十五年》、《文公三年》,公孙与百里事,又见《吕氏春秋》之《孝行》、《不苟论》篇;竖刁事,《公羊传·僖公十八年》提及,其详则见于《管子·小称》、《说苑·权谋》等。"慧子"即惠施,诸家注无异议,战国中期人,与庄子同时而与白公胜等不同时代,故此处慧子之论和"故曰"都是韩非引用来论议的。

其三见《说林下》:

> 惠子曰:"羿执鞅持扞,操弓关机,越人争为持的。弱子扞弓,慈母入室闭户。"故曰:"可必,则越人不疑羿;不可必,则慈母逃弱子。"②

该条议论有两种理解:一是以"故曰"等文字为韩非后加,《韩非子校注》在"闭户"后、"可必"前分别加单双引号③,如此标点表

---

① 《韩非子新校注》,第488页;《韩非子校注》,第203页。
② 《韩非子新校注》,第498页。扞,各本作"扞",但都注明应作"扞"。
③ 《韩非子校注》,第209页。

明是将"故曰"看成是古语,非惠子所说;二是将这段话都看成是惠子所说。以《说林》中"故曰"使用的习惯方式而言,这里的"故曰"云云应当不是惠子的话①。其实无论哪种理解,都改变不了"故曰"以下的议论性质,只是议论的主体有惠施所作或韩非所引的区别。

如上所论,则《说林》中至少有 19 则是带有"论议"的非原始资料,占总数 71 则的近三分之一。因此,认为《说林》是"原始资料"汇集的说法不够准确。

就《说林》中论议的方式而言,主要有两种。一种是韩非自己直接评论,如"虫有虺者,一身两口,争食相龁,遂相杀,因自杀。人臣之争事而亡其国者,皆虺类也"②。一种是引用贤者之言或古语来论议,如上引慧子曰:"狂者东走,逐者亦东走。其东走则同,其所以东走之为则异。"故曰:"同事之人,不可不审察也。"

就《说林》中论议的性质而言,主要也有两种。一种是就事论普通事理,如下两条:

> 宋之富贾有监止子者,与人争买百金之璞玉,因佯失而毁之,负其百金,而理其踦瑕,得千溢焉。事有举之而有败,而贤其毋举之者,负之时也。
>
> 尧以天下让许由,许由逃之,舍于家人,家人藏其皮冠。夫弃天下而家人藏其皮冠,是不知许由者也。③

---

① 如"故曰:物之几者,非所靡也";"故曰:直于行者曲于欲";"故谚曰:巫咸虽善祝,不能自祓也……"。
② 《韩非子新校注》,第 503 页。
③ 《韩非子新校注》,第 500、501 页;《韩非子校注》,第 210、211 页。

一种是即事抽绎出哲理,如下两则:

> 有与悍者邻,欲卖宅而避之。人曰:"是其贯将满矣,子姑
> 待之。"答曰:"吾恐其以我满贯也。"遂去之。故曰:"物之几者,
> 非所靡也。"
>
> 管仲、隰朋从于桓公而伐孤竹,春往冬反,迷惑失道。管
> 仲曰:"老马之智可用也。"乃放老马而随之,遂得道。行山中
> 无水,隰朋曰:"蚁冬居山之阳,夏居山之阴,蚁壤一寸而仞有
> 水。"乃掘地,遂得水。以管仲之圣而隰朋之智,至其所不知,
> 不难师于老马与蚁。今人不知以其愚心而师圣人之智,不亦
> 过乎?①

后一条分为两层,前半就事论事,后半论哲理。就 19 条带有论议
的文字而言,谈事理者多,言哲理者少,故认为《说林》中故事或
"语"有多少"主观思想",并与其他篇章的价值相同,的确又有拔
高之嫌。

又有不少论者以为《说林》是故事集或寓言集,也不够准确。
《说林》还有一部分不是故事或寓言,而只是"语"的记录。例如
下列四条:

> 1. 陈轸贵于魏王。惠子曰:"必善事左右。夫杨,横树之
> 即生,倒树之即生,折而树之又生。然使十人树之而一人拔之,
> 则毋生杨。至以十人之众,树易生之物而不胜一人者,何也?
> 树之难而去之易也。子虽工自树于王,而欲去子者众,子必危

①《韩非子新校注》,第 505、474 页;《韩非子校注》,第 212、196—197 页。

矣。"

2. 桓赫曰："刻削之道,鼻莫如大,目莫如小。鼻大可小,小不可大也。目小可大,大不可小也。"

3. 惠子曰："羿执鞅持扞,操弓关机,越人争为持的。弱子扞弓,慈母入室闭户。"

4. 宫有垩,器有涤,则洁矣。①

前三条其实是语录,末一条则是格言式的"语",其中都没有什么故事性。参见上文所论,则不难理解这四条材料的性质。

分辨《说林》中资料之是否原始,有助于我们分清《韩非子》之"说"的两种涵义。一是原始的故事或"语";二是带有论议的故事或"语",亦即"譬论"。《说林》中故事与小说的分水岭正在于此,进而言之,子书中故事与小说的分水岭在于此,子书之所以能生成小说的奥秘亦在于此!

此中的"论议"犹可申说。先秦诸子和史书之论理,战国以前分别称作"论"或"议"。到战国中晚期,二者开始合称,通常称作"论议",而极少用"议论",并且又将"论议"与"说"、"辩"联系起来。《庄子·胠箧》曰："殚残天下之圣法,而民始可与论议。"②《韩非子·八奸》云："人主者,固壅其言谈,希于听论议,易移以辩说。"③《荀子·非相》说："是非容貌之患也,闻见之不众,论议之卑尔。"④《吕氏春秋·孝行览》有段话值得深味:

① 《韩非子新校注》,第484、496、498、504页。标点参见《韩非子校注》第201、208、209、211页。

② 《庄子集释》,第353页。

③ 《韩非子新校注》,第182页。

④ 《荀子集解》,第76页。

凡能听说者,必达乎论议者也。世主之能识论议者寡,所
遇恶得不苟? 凡能听音者,必达于五声。人之能知五声者寡,
所善恶得不苟? 客有以吹籁见越王者,羽角宫徵商不谬,越王
不善,为野音而反善之。说之道亦有如此者也。①

"必达乎论议者",显示出对"论议"的一种自觉追求,正如听音乐
的妙境在于能听出"五声"的变化。遗憾的是,君王在倾听游说、
音乐时能领会"论议"、"五声"的很少,而只能欣赏故事、野音,正
如买椟还珠。吕氏此"说之道"与韩非之《说难》,正是异曲同工。

(二)

《内外储说》篇无疑是韩非写作的重要篇章,其中"一曰"所
记载的异闻传说,都是与其相对应的经文、说的正文故事同时写
作而成的,并非是后人添加进去的。"一曰"之异闻作为"未完之
稿"而产生、存在的意义,不仅体现了韩非对于譬喻故事的特殊兴
趣,体现出传说故事的丰富性、口传性,而且还是"譬论"文体(早
期小说)诞生的重要根源。

先看"一曰"之异闻的内证考察。

《韩非子·内外储说》有记载同一个故事的几种传闻的特点。
其做法是在某个故事正文之后,又用"一曰"的方式记载与该故
事相似或相近的异闻,而且这种记载方式只见于《内外储说》六
篇,不见于其他各篇。对于这些异闻的作年、作者和性质等问题,
学者们多有探讨,主要有四种说法:

一是刘向之校语。顾广圻曰:"按'一曰'者,刘向叙录时所下

---

① 《吕氏春秋校释》,第815页。

校语也。"①

　　二是六朝人所作。陈奇猷认为："必是出于魏、晋、南北朝时如陆机、李先之流，读《内外储说》时记录之异闻，以备参考者。"②

　　三是韩非后学所作。陈启天认为："皆系后人所加而混入正文者，或出于刘向之前，或出于刘向之后。"又说："所谓'一曰'云云者，则为出于韩子后学所为，殆无疑义也。"马世年推测："这些'一曰'都是韩非平素所搜集到的各类逸闻，韩非在教授门徒时，广采众说，而当其著书定稿时则采用一说，并未在文章中全部罗列出来。至其门徒整理师作时，则将这些逸闻补充进去，或详其事，或补异说，又以'一曰'别之，遂成今日之貌。"③

　　四是韩非所作。日本学者太田方说："韩子记异闻也。"④梁启雄亦倾向于韩非所作，认为是"用'一曰'的体裁作补充叙说，或保存不同的异说"⑤。郑良树则通过对"一曰"与《战国策》等古籍的比勘、辨析，认为是韩非之作⑥。周勋初说："这些'一曰'，夹杂着大量的议论，表达了韩非对这些事件的看法，纯属法家之言，不可能是刘向所引用的其他典籍中的文字。"⑦

　　以上各家意见对《内外储说》之异闻诸问题都作出了宝贵的探索，但多是从文气、文体和旁证等角度来推断的，故尚有再进一

---

① 《韩非子新校注》，第 573 页。
② 《韩非子新校注》，第 1206 页。
③ 马世年：《〈韩非子·储说〉的题意、分篇与性质》，《甘肃社会科学》2004 年第 5 期。
④ 《韩非子新校注》注引《韩非子翼毳》，第 573 页。
⑤ 梁启雄：《韩子浅解》，中华书局，1982 年，第 226 页。
⑥ 《韩非之著述及思想》，第 303 页。
⑦ 《韩非子札记》，第 283 页。

步讨论的余地。如陈奇猷说："《韩非子·内外储说》为连珠体之始祖，魏、晋文士多仿效而为之……以此推之，《内外储说》中之异闻，必是出于魏、晋、南北朝时如陆机、李先之流……"①而郑良树通过"一曰"与《战国策》等古籍的比勘、辨析的方法，来判断这些异闻作者的归属，属于从《韩非子》外部进行的旁证，因此所得出的结论带有一定的或然性。周勋初则是从"王良、造父之共车，田连、成窍之共琴"故事与以下四个"一曰"的比较，虞庆造屋故事与"一曰"故事和论议的比较中得出判断的，因此属于内证方法。这是一条切实可行的研究路径，遗憾的是，周勋初只是一笔带过，没有深入讨论，因此所举的两例并不具有代表性，得出的结论亦不太确切。

笔者认为，用内证与旁证相互参照的方法，可以较好地解决《韩非子·内外储说》之异闻诸问题。具体来说，所谓内证方法有二：一是根据《内外储说》都是由"经"、"说"两部分构成的连珠体结构，从"经"与"说"之间的对应关系上，考辨出某些"一曰"之异闻属于《内外储说》中原有；二是考察《内外储说》故事在《韩非子》其他篇目中的应用情况，进而推断全部"一曰"之异闻属于《韩非子》书中原有。所谓旁证方法，是考察"一曰"之异闻与《韩非子》以外古籍的比勘情况，即郑良树所采用的方法。

《韩非子·内外储说》六篇用"一曰"共记载了49则异闻故事。其分布情况如下：

《内储说上》5则；《内储说下》6则；

《外储说左上》6则；《外储说左下》6则；

《外储说右上》12则；《外储说右下》14则。

从分布情况看，内、外《储说》在用"一曰"记载异闻的体例上

_____

① 《韩非子新校注》，第1205—1206页。

似乎没有什么区别,因此,可以暂时不考虑《内储说》与《外储说》在写作和编集上孰先孰后的问题。仔细分辨这49则异闻故事在"经"与"说"之间的对应关系,可以发现对应关系非常紧密的有3则,比较紧密的亦有4则。先看对应关系非常紧密的3则。

第一则,《外储说左上》经五云:"《诗》曰:'不躬不亲,庶民不信。'傅说之以无衣紫……"下文"说五"中有云:

> 一曰。齐王好衣紫,齐人皆好也。齐国五素不得一紫。齐王患紫贵。傅说王曰:"《诗》云:'不躬不亲,庶民不信。'今王欲民无衣紫者,王请自解紫衣而朝。群臣有紫衣进者,曰'益远! 寡人恶臭'。"[①]

"经"中所隐括齐王好紫衣故事,与下面"说"中两条齐王好紫衣故事相对应,但正文的故事里没有引《诗经》,而"一曰"里引有《诗经》,故"说五"此条"一曰"的故事应当与经五同时写成,二者的关系十分紧密,不会是后人添加的。

第二则,《外储说右上》经二云:"人主者,利害之辐辏也,射者众,故人主共矣……明之以靖郭氏之献十珥也。"下"说二"之正文故事和"一曰"分别云:

> 靖郭君之相齐也,王后死,未知所置,乃献玉珥以知之。
> 一曰。薛公相齐,齐威王夫人死,中有十孺子皆贵于王,薛公欲知王所欲立而请置一人以为夫人。王听之,则是说行于王,而重于置夫人也;王不听,是说不行而轻于置夫人也。

---

① 《韩非子新校注》,第665、702页。

欲先知王之所欲置以劝王置之,于是为十玉珥而美其一而献
之。王以赋十孺子。明日坐,视美珥之所在而劝王以为夫人。①

田婴号靖郭君,曾封薛,故又称薛公。经二中所谓"靖郭氏"当对
应于正文故事的称呼,而"献十珥"则又明显对应于"一曰"故事
中的"十孺子"、"为十玉珥而美其一而献之"的说法,故这两条故
事都是与经二同时写成的,"一曰"云云当非后人手笔。

第三则,《外储说右下》经三有云:"人主鉴于士也,而居者不
适不显,故潘寿言禹情。"下文"说三"之正文故事只记载潘寿以
尧禅让天下之事劝说好虚名的燕王让国家于大臣子之,没有提到
大禹的事情,但下面两条"一曰"故事却都提到了大禹故事:

　　一曰。潘寿,阘者。燕使人聘之。潘寿见燕王曰:"臣恐
子之之如益也。"王曰:"何益哉?"对曰:"古者禹死,将传天下
于益,启之人因相与攻益而立启。今王信爱子之,将传国子之,
太子之人尽怀印,为子之之人无一人在朝廷者。王不幸弃群
臣,则子之亦益也。"王因收吏玺,自三百石以上皆效之子之,
子之大重。
　　一曰。燕王欲传国于子之也,问之潘寿。对曰:"禹爱益,
而任天下于益,已而以启人为吏。及老,而以启为不足任天下,
故传天下于益,而势重尽在启也。已而启与友党攻益而夺之
天下,是禹名传天下于益,而实令启自取之也。……"②

---

① 《韩非子新校注》,第 759、779 页。
② 《韩非子新校注》,第 804、824、826 页。

显然,经三所谓"潘寿言禹情"与两个"一曰"的故事都有紧密的对应关系,但与正文故事的关系却不够紧密,故两条"一曰"的故事都是与经二同时写成的。

再看"经"与"说"对应关系比较密切的 4 则事例。这几条分别是《外储说右上》经二与"说二"的申子言"六慎",经三与"说三"的"薄媪之决蔡妪"、"教歌之法",《外储说右下》经二与"说二"的"田鲋教子"。说这 4 则的对应关系比较紧密,主要是从"经"与"说"之间的文字对应程度而言的。如《外储说右上》经三有云:"知贵不能以教歌之法先揆之。""说三"对应两事全文云:

> 夫教歌者,使先呼而诎之,其声反清徵者乃教之。
> 一曰。教歌者,先揆以法,疾呼中宫,徐呼中徵。疾不中宫,徐不中徵,不可谓教。①

比较而言,"一曰"中"教歌者,先揆以法"更贴近经文"以教歌之法先揆之"。

又如《外储说右下》经二云:"田鲋知臣情,故教田章。""说二"对应两事全文云:

> 田鲋教其子田章曰:"欲利而身,先利而君;欲富而家,先富而国。"
> 一曰。田鲋教其子田章曰:"主卖官爵,臣卖智力,故自恃无恃人。"②

---

① 《韩非子新校注》,第 761、794、795 页。
② 《韩非子新校注》,第 803、820 页。

其中,"一曰"中的"臣卖智力"与经文"知臣情"更接近;同时,"自恃无恃人"的话又见于紧接的下一条公仪休辞鱼正文故事:"恃人不如自恃也。"

由于体例上的相同,故以上五则用内证方法考察的结果可以证明,《内外储说》中"一曰"所记载的异闻传说,都是与与其相对应的经文、说的正文故事同时写作而成的,并非是后人添加进去的。因此,以往所谓刘向校语说,陆机、李先记录之异闻说,是值得商榷的。至于是韩非子作,抑或是韩非子后学作,还应再作讨论。

另外,有论者统计,《内外储说》中故事被《韩非子》其他各篇以及内、外《储说》篇互相引用的共有 5 则:

《内储说上》1 则:弥子瑕有宠,又见《难四》篇;

《内储说下》1 则:晋献公伐虞,又见《十过》篇;

《外储说左上》3 则:文公反国,又见《十过》篇;有相与讼者,又见《内储说上·七术》篇;惠嗣公使人,又见《内储说上·七术》篇①。

这个统计可能不够精确,如果按照对故事的全部引用和浓缩引用统计,至少可以补充以下 3 则:

《外储说左下》1 则:管仲建三归之家,又见《难一》篇;

《外储说右下》2 则:司城子罕谓宋君,又见《二柄》篇;李兑、淖齿之事,又见《奸劫弑臣》篇、《难一》篇。

以上 8 则故事在内、外《储说》内部和其他各篇之间相互引用的情况,正可以看做是《内外储说》全篇的形成时间亦不晚于其

---

① 蒋振江:《〈韩非子〉"说林""储说"研究》,南京师范大学硕士学位论文,2007年,第 33 页。

他各篇的有力内证。

次说"一曰"之异闻是韩非的"未完之稿"。

"一曰"逸闻既与《内外储说》的写作时间一致,故可以反过来从某些"一曰"之异闻的形成年代来推论《内外储说》的形成年代。这需要用旁证的方法来讨论。上述"靖郭氏之献十珥"、"潘寿言禹情"两则"一曰"故事,以及《外储说左上》的"虞庆为屋"故事,正是绝好的例证。

《外储说右上》"说二"中"靖郭氏之献十珥"的正文故事(上引),过于简略,语意不详。比如,所谓"献玉珥以知之"的方法、对象都不得而知。这应当是一种概括的笔法,重在说事。而"一曰"的故事则详细、曲折得多,重在叙事。检索其来龙去脉,则该故事似首见于《战国策·齐三》:

> 齐王夫人死,有七孺子,皆近。薛公欲知王所欲立,乃献七珥,美其一。明日,视美珥所在,劝王立为夫人。①

马王堆帛书《战国纵横家书》的出土表明,"《战国策》原本是战国时代或秦汉之际的作品"②。《外储说右上》之"一曰",或是据此而成。《北堂书钞》卷一三五、《太平御览》卷七一八引作"七美珥",是知原文"七珥"不误。《外储说右上》作"十孺子"、"献十玉珥",或是将"七"误作"十"了,古文"七"、"十"两字的写法极易互误③。其后,《淮南子·道应训》又引该故事说:

---

① 《战国策笺证》,第587页。
② 《战国策笺证》,第5页。
③ 《战国策笺证》,第588页。

> 齐王后死，王欲置后而未定，使群臣议。薛公欲中王之意，
> 因献十珥而美其一。旦日，因问美珥之所在，因劝立以为王后。
> 齐王大说，遂尊重薛公。[①]

从"献十珥"这个特殊的细节看，《道应训》故事当是依据《外储说右上》而非《战国策》抄写的。据此，则《外储说右上》"一曰"之异闻的形成时间应不晚于《淮南子》成书时代（前140）。

《外储说右下》"说三"中的"潘寿言禹情"两则"一曰"故事，大同小异，当来源于《战国策·燕一》。其文云：

> 鹿毛寿谓燕王曰："不如以国让子之。人谓尧贤者，以其让天下于许由，由必不受，有让天下之名，实不失天下。今王以国让相子之，子之必不敢受，是王与尧同行也。"燕王因举国属子之，子之大重。或曰："禹授益，而以启（人）为吏。及老，而以启为不足任天下，传之益也。启与支党攻益而夺之天下。是禹名传天下于益，其实令启自取之。今王言属国子之，而吏无非太子人者，是名属子之，而太子用事。"[②]

有趣的是，此中"或曰"以上故事基本同于《外储说右下》"说三"的正文故事，"或曰"以下故事也大致同于"说三"的两则"一曰"故事，显然是《外储说右下》参考了《战国策》的记载，甚至连两说并存的情况也一致（今本《战国策》亦仅见此一例）。其后，《史记·燕召公世家》也记载了与《战国策》如出一辙的故事。考虑

---

① 《淮南鸿烈集解》，第405页。
② 《战国策笺证》，第1675页。

到《史记》多参考《战国策》的背景①，故可认为"潘寿言禹情"故事的形成时间当不晚于《战国策》祖本的成书时代（战国晚期至秦汉之际）。

《外储说左上》"说二"中的"虞庆为屋"故事，亦有正文故事与"一曰"记录的传闻故事。分析对话的次序，比勘文字内容，"一曰"的传闻更接近《吕氏春秋·似顺论》中引用的故事：

> 高阳应将为室家，匠对曰："未可也。木尚生，加涂其上，必将挠。以生为室，今虽善，后将必败。"高阳应曰："缘子之言，则室不败也。木益枯则劲，涂益干则轻，以益劲任益轻则不败。"匠人无辞而对，受令而为之。室之始成也善，其后果败。②

其后《淮南子·人间训》几乎照抄了这个故事，唯有人名写作"高阳魋"等细微差别。三书的记载其实是同一个故事。对故事中人名的差异，陈奇猷综合诸家意见作过精辟的解释："應"字当是"雁"字的形误，雁、魋二字同音通假；《韩非子》作虞庆，虞庆即虞卿，古卿、庆同；高阳魋可能是虞卿的姓名，《史记·平原君虞卿列传》只记其号而失其名③。据马王堆出土帛书《战国纵横家书·虞卿谓春申君章》记载，虞卿至少活到楚考烈王四年（前259）④，此年距《吕氏春秋》成书（前248，孙星衍说）仅有十来年，距出土帛书的抄写年代（约前195）还不足七十年，同时亦在韩非的生活时

---

① ［美］王靖宇：《中国早期叙事文研究》，上海古籍出版社，2003年，第190页。
② 《吕氏春秋校释》，第1643页。
③ 《吕氏春秋校释》，第1649页。
④ 马王堆汉墓帛书整理小组：《马王堆汉墓帛书》（肆），文物出版社，1985年，第73页。

期内(约前280-前233),因此,这个故事很可能是韩非从《吕氏春秋》中抄出此传说故事,又依据《战国策》原本改称高阳魋为虞庆的。

　　结合上文的内证,这三个例证有力表明,《内外储说》的形成年代至迟应不晚于公元前140年,其上限则推至韩非在世的公元前248年。据此进而言之,如果我们相信《史记·老子韩非列传》关于韩非"作《孤愤》、《五蠹》、《内外储》、《说林》、《说难》十余万言"的记载不错,则司马迁所见之《韩子》一书已大致编成了①,《内外储说》不仅亦在其中,而且还是韩非写作的重要篇章。

　　与这个结论相关而需要解释的两个问题是,"一曰"的独特体例和"一曰"的性质。从《韩非子》全书的体例看,用"一曰"记载逸闻的做法只见于《内外储说》,而不见于其他各篇,特别是不见于性质与之相近的《说林》,这似乎表明"一曰"故事是后人添加的。从《内外储说》自身的体例看,《内储说》之《七术》、《六微》的"经"文部分理论系统完整,与《外储说》的"经"文部分理论比较零碎显然不同,故有学者认为:《外储说》是尚未组织的零散札记或抽缀成《内储说》后所剩余的"原始材料",也即二者在写作与整理上有时间的先后。"一曰"体例上这两方面的问题都与"一

---

① 关于《史记》中提到的"韩子",论者有不同看法。周勋初说:"《史记》从不把'韩子'作为书名来看,说明当时尚无《韩子》这样一部完整的本子。"(《周勋初文集·韩非子札记》,江苏古籍出版社,2000年,第179页)张觉则说:《史记》中提到的"韩子""并不都是指韩非其人,而大多是指《韩子》这本书。如《秦始皇本纪》、《李斯列传》、《范雎蔡泽列传》、《游侠列传》、《韩长孺列传》等篇中"韩子"的引文,都出自《韩非子》的《五蠹》与《显学》。这说明《韩子》书在当时已经编成并流行了(《〈韩非子〉编集探讨》,《贵州文史丛刊》1990年第3期)。笔者采用张说。

曰"的性质有关。若谓其性质是刘向"校语"说,陆机等读书"记录异闻"说,"韩非门徒记录师"说,"韩子记异闻"说(均见上文),都不能解释上述体例上的抵牾之处。倒是《四库》馆臣在子部提要中的说法颇有启发性:

> 今书冠以《初见秦》,次以《存韩》,皆入秦后事,……疑非所著书本各自为篇,非殁之后,其徒收拾编次,以成一帙。故在韩在秦之作,均为收录,并其私记未完之稿亦收入书中。名为非撰,实非非所手定也。①

《韩非子》是否由韩非之徒"收拾编次"还可再讨论,但如果把《内外储说》理解为韩非的"私记未完之稿",则上述问题似可涣然冰释了。

再次说"一曰"之异闻与譬论之形成。

对《内外储说》中"一曰"之异闻的形成年代、作者归属以及性质的考察,有助于我们进一步认识这些传说故事与先秦子书之关系,加深对中国早期小说之文体特征的了解。如前所说,先秦诸子言说方式,至战国中期而一变:从早期至理、名言之语录,一变为充满历史故事、寓言故事之论辩。诸子言说方式的这种转变,大致以《庄子》为分水岭。《庄子·寓言》所谓"寓言十九,重言十七,卮言日出,和以天倪",标志着寻求言说新方式的自觉意识。其核心,乃是"藉外论之",以达到"十言而九见信"、"虽出吾口,皆彼言"的目的②。然而对所谓"藉外论之",自晋人郭象以来,大多解作"寄之他人"、"假托外人论说之"等,而常森的理解颇有胜义:

---

① [清]永瑢等:《四库全书总目》,中华书局,1992年,第848页。
② 《庄子集释》,第947、948—950页。

　　所谓"藉外论之"，其实就是把意义的陈说寄托在对写作主体身外之物、事、人的叙述当中，而不是直接陈述、展开之。寓言就是指这种表达方式。春秋战国时期，诸子直接陈述思想和情感本来是一种常态。[①]

这种寄托陈述，乃是一种类似于"兴"的诗意化言说，是庄子有感于"天下为沉浊，不可与庄语"而寄情于"谬悠之说，荒唐之言，无端崖之辞"的产物[②]。

　　而直接陈述，的确是《论语》、《老子》、《墨子》等先秦诸子的言说常态，但处于百家争鸣的背景下，这种常态并非是一成不变的。湖北郭店出土的战国中期偏晚的楚墓竹简《语丛四》有云：

　　　凡说之道，急者为首。既得其急言，必有及之。及之而不可，必文以过，毋令知我。彼邦亡将，流泽而行。[③]

李零认为，整个《语丛四》的性质是讲"游说的技巧"以及游说的资料；研究古代的谈话技巧，战国晚期的《韩非子》、《吕氏春秋》很值得注意[④]。《语丛四》所透露的，是战国诸子游说四方、博取执

① 常森：《先秦文学专题讲义》，山西教育出版社，2005年，第309页。

② 《庄子集释》，第1098页。

③ 此采用李零先生《郭店楚简校读记》的释文和翻译。简文大意是说："大凡游说之道，先要抓住对方急迫的话题谈。一旦得到这种话题，要紧紧围绕着它谈。如没有机会谈到，一定要巧妙掩饰。如该国将衰亡，应当及时离开。"（北京大学出版社，2002年，第44页）原始释文见荆门市博物馆编《郭店楚墓竹简》（文物出版社，1998年，第217页）。

④ 《郭店楚简校读记》，第51—52页。

政者采纳的时代风气下对言论技巧的自觉追求。这种追求的结果,乃是类似于"比"的诗意化表达,即先秦子书语言的譬喻化,论说的故事化、寓言化。

孟子"好辩"的有力武器是譬喻故事。其《梁惠王上》记孟子对梁惠王说"王好战,请以战喻",是喻之以"五十步笑一百步"的寓言。又《梁惠王上》齐桓晋文之事章中的"以羊易牛"、"挟太山以超北海"、"缘木求鱼",则是譬喻化、故事化的生动展示[①]。

荀子既以理论的形态总结言说的时代困境,又以实践的形态探索言说的新出路。荀子论述的拿手好戏是大量运用比喻。其《劝学》篇之"青蓝"、"冰水"、"绳墨"、"金砺"、"登高而望"等层出不穷的比喻,令人印象深刻。其《非相》篇明确地交代了对"说之难"的认识以及自己的谈说之术:"矜庄以莅之,端诚以处之,坚强以持之,分别以喻之,譬称以明之,欣欢芬芗以送之,宝之珍之,贵之神之,如是则说常无不受。"[②]此中譬喻正是其突出强调的言说方式。

纵横家出入王庭,驰骋游说的法宝是巧用譬喻故事,在本质上亦是子书的《战国策》记录了诸多策士的风采。《齐二》记齐使陈轸谓:"臣窃为公譬可也?"是譬之以"画蛇添足"寓言;《楚四》记赵使魏加见楚春申君曰:"臣少之时好射,臣愿以射譬之,可乎?"是譬之以"引弓虚发而下鸟"的历史故事;《燕一》有云:"(燕)王曰:'安有为人臣尽其力,竭其能,而得罪者乎?'对曰:'臣请为王譬!'"是譬之以"妾救夫而蒙冤"的民间故事[③]。这些以譬喻方

---

① 《孟子译注》,第5、15页。
② 《荀子集解》,第86页。
③ 《战国策笺证》,第565、905、1699页。

式进行的劝说、游说，正是战国诸子对"直接陈述"常态的一种自觉变革，而且其中有不少变革已经逼近了庄子"藉外论之"式的寓言化。这种态势，正如吕思勉先生精辟的概括：

> 诸子之记事，十之七八为寓言；即或实有其事，人名地名及年代等，亦多不可据；彼其意，固亦当作寓言用也。①

处于战国末世的韩非，发挥师说，在《难言》、《说难》中从多角度阐述了游说的困难艰险。《难言》所谓"多言繁称"、"总微说约"、"家计小谈"、"言而近世"、"言而远俗"、"繁于文采"、"以质性言"、"时称诗书"等等②，从方法的角度说，其实亦提示了当时游说、著述的种种技巧。同时，在论述实践中，韩非更将荀子博喻的言说方式一变为丛集譬喻故事的言说方式。大致而言，《韩非子》运用譬喻故事的方式主要有三：一是在论说中穿插少量的譬喻故事。《五蠹》是篇幅较长的名篇，但其中只援用了"守株待兔"、"尧、禹王天下"、"徐偃王行仁义而丧其国"、"子贡辩智而鲁削"、"直躬直于君而曲于父"、"鲁人从君战"等少量较完整的寓言故事、历史故事③。二是直接用譬喻故事解说某些道理。《喻老》堪称其代表。如以南方之鸟三年不飞，"一鸣惊人"的寓言，解说老子"大器晚成，大音希声"之明言；以"郑君不礼重耳"、"唇亡而齿寒"两个历史故事，揭示老子"其安易持也，其未兆易谋也"之名理④。三是创造丛集譬喻故事的言说方式来服务于讲述的需要。《说林》

① 吕思勉：《先秦学术概论》，东方出版中心，2008 年，第 15 页。
② 《韩非子新校注》，第 47—48 页。
③ 《韩非子新校注》，第 1085—1123 页。
④ 《韩非子新校注》，第 431—460 页。

上下篇,规模庞大的《内外储说》六篇,都是各种短小精悍故事汇集的渊薮。其中《说林》所汇集的大多数是保持原汁原味的故事,少量是带有议论的故事。而《内外储说》所聚集的则都是被议论"连珠"起来的故事。

《韩非子》运用譬喻故事的方式,尤其是第三种,是与韩非对游说艰难的认识,对游说技巧的把握,以及各篇写作的目的密切相关的。《说林》写作之目的是为了积累论述的素材,故多不加议论;而《内外储说》写作之目的是直接针对诸侯君主讲述南面之术的,故既要简约明了,又要生动翔实。《内储说》上篇劈头第一句话说"主之所用也'七术',所察也'六微'",就将上下篇的读者或听者的对象限定好了,《外储说》四篇写作之目的亦应如此。而《难言》所谓"多言繁称,连类比物,则见以为虚而无用;总微说约,径省而不饰,则见以为刿而不辩",早已把君主对繁称与微约的不同心理反应都估计到了。《说难》称"(君主)有欲矜以智能,则为之举异事之同类者,多为之地;使之资说于我,而佯不知也,以资其智"。《外储说左上》说"明主之听言也美其辩",《五蠹》以为"今人主之于言也,说其辩而不求其当焉"①,都是作者采用"经说"体例来构建《内外储说》的原因:先在"经"的部分用高度概括的典故来辅助说理,以求喜好"总微说约"的人主采纳;然后在"说"的部分"举异事之同类者,多为之地",即罗列各种同类的传说、故事,以迎合喜爱"美其辩"、"矜以智能"的君主的口味②。

如果说第一、二种运用譬喻故事的方式仍然是许多先秦子书的常态,那么第三种用丛集譬喻故事的言说方式则是从"比"转

① 《韩非子新校注》,第 48、261、657、1110 页。
② 《韩非子新校注》,第 261 页。

向"兴"的变态。《内外储说》中 49 则"一曰"之异闻故事,便是在这种从"直接陈述"转向"寄托陈述"的背景下产生的。尽管韩非清楚地明白自己这样做,会导致"人主览其文而忘有用"、"与楚人鬻珠、秦伯嫁女同类"的不良后果①,但为了使"矜以智能"的人主"资说于我",也就在所不辞了。

《内外储说》中"一曰"之异闻作为"未完之稿"而产生、存在的意义,不仅体现了韩非对于譬喻故事的特殊兴趣,体现出传说故事的丰富性、口传性,而且还透露出譬论文体(古小说)诞生的重要根源。前两点自不待冗言,后一点稍可置论。《内外储说》中记载的故事大多是历史故事,但同一事件而有"一曰"之异闻,这在无形中消解了历史故事的真实性,使历史故事变成了带有虚构色彩的传说故事、街谈巷语。例如《外储说右下》"王良、造父之共车"故事后竟附录了 4 则"一曰"之异闻,读者很难分清哪则故事是真实的,哪则故事是虚假的,于是读者自然只将它们当传说故事而非历史看待了。用这种传说故事、街谈巷语加以理论的论述,无疑是小说家的作风,正如桓谭所说:"小说家合丛残小语,近取譬论,以作短书。"②"譬论"即用譬喻故事(丛残小语)论议,这正是古小说的基本特征③。从这一角度说,进入子书的各种故事,在本质上都变成了譬喻故事;被赋予了论议的譬喻故事,在本质上都变成了寓言故事——古小说。例如,《说林》篇只能叫做故事集,因为其中的故事大多数没有被附加论议;而《内外储说》诸篇则可以称作寓言故事集,因为里面的故事都被"经"文寄寓了论

① 《韩非子新校注》,第 668 页。
② 《文选》,第 444 页。
③ 《古小说三考》,载《中国古代小说研究》,第 18 页。

议。至西汉末刘向编著的小说《说苑》、《新序》,则已大规模地呈现出这种"譬论"的标准模式了。

三、"譬论"的定型:以《说苑》为例

不妨以《说苑》为标本,再仔细解剖一下"譬论"的形态,以便清晰地了解古小说的生成。

屈守元概括《说苑》特点最为精当。"它是刘向校书时根据皇家所藏和民间流行的书册资料加以选择、整理的具有故事性、多为对话体的杂著的类编";虽入《汉志》子部儒家类,但其内容却近乎"杂家和小说家";体例上广搜博采,"以类相从",像是"类书";形式上大多"具有一定的故事性"[①]。这里主要讨论故事性与论议性的问题。

(一)

刘向《序奏》称《说苑》有 20 篇 784 章,今本存 20 篇 734 章[②],有所散佚。其故事形式大致有三类。一类是比较普遍的对话体,又可细分为带情境的对话、纯对话和含有情节的对话三种。

其一,带有情境的对话:

> 师经鼓琴,魏文侯起舞,赋曰:"使我言而无见违。"师经援琴而撞文侯,不中,中旒,溃之。文侯顾谓左右曰:"为人臣而

---

① 《说苑校证》序言(屈守元作),第 1—4 页。
② 梅军《〈说苑〉研究》据《说苑校证》本统计,不包含佚文。武汉大学硕士学位论文,2004 年,第 10 页。

撞其君,其罪如何?"左右曰:"罪当烹。"提师经下堂一等,师经曰:"臣可一言而死乎?"文侯曰:"可。"师经曰:"昔尧、舜之为君也,唯恐言而人不违,桀、纣之为君也,唯恐言而人违之;臣撞桀、纣,非撞吾君也。"文侯曰:"释之,是寡人之过也。悬琴于城门,以为寡人符,不补瓶,以为寡人戒。"①

该故事又见《韩非子·难一》、《淮南子·齐俗训》,均作晋平公、师旷事,《太平御览》卷五七四引《史记》:"师经鼓琴,魏文侯耽之起舞,经怒,以琴撞文侯,文侯大怒,经曰:'臣撞桀、纣之主,不撞尧、舜之君。'文侯悦,挂琴于室为戒。"又《太平御览》卷五七九引《十二国史》,略同《史记》②。今本《史记》无此文,盖为佚文,但与《说苑》文本较为接近。比较而言,师经或师旷以琴撞国君的理由都不如《说苑》所谓贤君"唯恐言而人不违"。

其二,纯对话:

> 陈成子谓鸱夷子皮曰:"何与常也?"对曰:"君死吾不死,君亡吾不亡。"陈成子曰:"然。子何以与常?"对曰:"未死去死,未亡去亡,其有何死亡矣!"③

陈成子,即田成子、田常,齐国权臣,曾为乱,子皮是其死党。《淮南子·泛论训》曰:"故使陈成田常、鸱夷子皮得成其难。"《韩非子·说林上》也载二人事迹。该条向宗鲁谓"未详所出",赵善诒

---

① 《说苑校证》,第 27—28 页。

② 参见《说苑校证》第 28 页引证。

③ 《说苑校证》,第 50 页。

《说苑疏证》也无注。检阜阳汉简有"陈成子谓鸱夷子皮曰……谓鸱夷子皮"两行残文①，当为该条所本。

其三，含有情节的对话：

> 晋平公问于师旷曰："吾年七十，欲学，恐已暮矣。"师旷曰："暮何不炳烛乎？"平公曰："安有为人臣而戏其君乎？"师旷曰："盲臣安敢戏其君乎？臣闻之，少而好学，如日出之阳；壮而好学，如日中之光；老而好学，如炳烛之明。炳烛之明，孰与昧行乎？"平公曰："善哉！"②

向宗鲁谓此本汉初伏生《尚书大传》（《艺文类聚》卷八〇引），又见南朝《金楼子·立言》。

上引三条分别代表了三种情况：其一是以鼓琴、起舞、撞君等为对话的情境，富有故事性；其二属纯粹的对话，如不知二人的身份、关系，则不知所云；其三则因日出、日中、炳烛之喻，以及戏君之责问等而形成有情节（情趣）的对话。

从生成的角度说，对话体的最初级形式是单纯的语录，例如《建本》篇云："子思曰：'学所以益才也，砺所以致刃也。吾尝幽处而深思，不若学之速；吾尝跂而望，不若登高之博见。故顺风而呼，声不加疾而闻者众；登丘而招，臂不加长而见者远。故鱼乘于水，鸟乘于风，草木乘于时。'"③向注谓此是《子思子》佚文，又广泛见于《大戴礼记·劝学》、《孔丛子·杂训》、《荀子·劝学》、《韩诗外

---

① 《阜阳汉简〈周易〉研究》附录二《春秋事语》，第 191 页。
② 《说苑校证》，第 69 页。
③ 《说苑校证》，第 67 页。

传》卷五、《吕氏春秋·顺说》等。显然，从子思子之语到《荀子》之《劝学》是"语"发展到"论议"的必由路径。沿此路径，则有各式对话体的论议和故事之必然生成。

　　第二类是各种譬喻性的故事，主要有历史故事、人物轶事、寓言故事、民间故事等。首先看历史故事。《贵德》云：

　　　　郑伐宋。宋人将与战，华元杀羊食士，其御羊斟不与焉。及战，曰："畴昔之羊羹，子为政，今日之事，我为政。"与华元驰入郑师，宋人败绩。①

该故事见于《左传·宣公二年》、《吕氏春秋·察微》、《史记·郑世家》，文本也近似，如《左传》云："郑公子归生受命于楚，伐宋。……将战，华元杀羊食士，其御羊斟不与。及战，曰：'畴昔之羊，子为政，今日之事，我为政。'与入郑师，故败。"②这个故事采入故事书，又见于阜阳汉简《春秋事语》，残文虽仅"安轼冲入郑师华元"数字③，也可确证其由来已早。

　　又《复恩》篇有云：

　　　　秦缪公尝出而亡其骏马，自往求之，见人已杀其马，方共食其肉，缪公谓曰："是吾骏马也。"诸人皆惧而起。缪公曰："吾闻食骏马肉不饮酒者杀人。"即以次饮之酒。杀马者皆惭而去。居三年，晋攻秦缪公围之，往时食马肉者相谓曰："可以出死报

---

① 《说苑校证》，第 107—108 页。
② 《春秋左传正义》，第 1866 页。
③ 《阜阳汉简〈周易〉研究》附录二《春秋事语》，第 192 页。

食马得酒之恩矣。"遂溃围,缪公卒得以解难胜晋,获惠公以归。此德出而福反也。①

向注谓该条故事又见于《吕氏春秋·爱士》、《韩诗外传》卷一○、《淮南子·泛论训》、《史记·秦本纪》,而文字各异。其本事见于《左传·僖公十五年》,但无野人食马肉细事,盖《吕氏春秋》、《韩诗外传》等所记传闻异事在先,《史记》掇入史书在后。由此也可见历史故事衍变之一路。

其次看人物轶事。《贵德》有云:

景公探爵鷇,鷇弱,故反之。晏子闻之,不待请而入见。景公汗出惕然。晏子曰:"君胡为者也?"景公曰:"我探爵鷇,鷇弱,故反之。"晏子逡巡北面再拜而贺曰:"吾君有圣王之道矣。"景公曰:"寡人入探爵鷇,鷇弱,故反之,其当圣王之道者何也?"晏子对曰:"君探爵鷇,鷇弱故反之,是长幼也。吾君仁爱,禽兽之加焉,而况于人乎?此圣王之道也。"②

该条当抄自《晏子春秋·内篇杂上》,文字也几乎相同,唯"爵"作"雀"、无三个"故"字等细微差别。《能改斋漫录》卷一四说:"此与《孟子》所载齐宣王以羊易牛之事同。盖孟子以宣王是心足以王者矣,其说本于《晏子》也。"③揭示该故事题旨尤为卓识。果如此说,则对《晏子》的儒家化从孟子就开始了,而不待于《说苑》。

① 《说苑校证》,第 125 页。
② 《说苑校证》,第 101 页。
③ [宋]吴曾:《能改斋漫录》,上海古籍出版社,1979 年,第 427 页。

又《杂言》记载：

> 孔子之宋，匡简子将杀阳虎，孔子似之，甲士以围孔子之
> 舍。子路怒，奋戟将下斗。孔子止之曰："何仁义之不免俗也！
> 夫《诗》、《书》之不习，《礼》、《乐》之不修也，是丘之过也。若
> 似阳虎，则非丘之罪也。命也夫！由歌，予和汝。"子路歌，孔
> 子和之，三终而甲罢。[①]

该故事又见于《韩诗外传》卷六、《孔子家语·困誓》、《庄子·秋水》、
《史记·孔子世家》，也见于八角廊汉简《儒家者言》、阜阳汉墓一号
木牍《春秋事语》章题。其中开头，《韩诗外传》作"孔子行，简子将
杀阳虎"，《庄子》作"孔子游于匡，宋人围之数匝"，《家语》作"孔子
之宋，匡人简子以甲士围之"，《史记》作"(孔子) 将适陈，过匡……
匡人闻之，以为鲁之阳虎"，各家文本均有不同，但阜阳木牍章题作
"孔子之匡"，八角廊汉简残文作"之匡间(简) 子欲杀阳虎"。有论
者认为"之匡"应为故事的原貌，《说苑》的"之宋"很可能是依据
"之"前有脱漏的文本而误抄的，《家语》又据《说苑》而误改[②]。

再次说寓言故事。《谈丛》云：

> 枭逢鸠，鸠曰："子将安之！"枭曰："我将东徙。"鸠曰："何
> 故？"枭曰："乡人皆恶我鸣，以故东徙。"鸠曰："子能更鸣可矣；

---

① 《说苑校证》，第 424 页。
② 参见宁镇疆：《八角廊汉简〈儒家者言〉与〈孔子家语〉相关章次疏证》，《古籍
　整理研究学刊》2004 年第 5 期。向宗鲁认为"此文本《韩诗外传》卷六"（《说
　苑校证》第 424 页）。

不能更鸣，东徙，犹恶子之声。"①

该条故事不详出处，向注以为曹植《令禽恶论》本此文。又《反质》篇云：

> 卫有五丈夫，俱负缶而入井，灌韭，终日一区。邓析过，下车为教之曰："为机，重其后，轻其前，命曰桥。终日灌韭百区，不倦。"五丈夫曰："吾师言曰：'有机知之巧，必有机知之败。'我非不知也，不欲为也。子其往矣，我一心溉之，不知改已。"邓析去，行数十里，颜色不悦怿，自病。弟子曰："是何人也？而恨我君，请为君杀之。"邓析曰："释之。是所谓真人者也，可令守国。"②

《能改斋漫录》卷一四、向注以为此似《庄子·天地篇》汉阴丈人事，有道理。唯人物作子贡、孔子等，与此异，《说苑》似另有所本。

最后看民间故事。《贵德》记载：

> 东海有孝妇，无子，少寡，养其姑甚谨，其姑欲嫁之，终不肯。其姑告邻之人曰："孝妇养我甚谨，我哀其无子，守寡日久，我老，久累丁壮奈何？"其后，母自经死。母女告吏曰："孝妇杀我母。"吏捕孝妇，孝妇辞不杀姑，吏欲毒治，孝妇自诬服，具狱以上府。于公以为养姑十年之孝闻，此不杀姑也。太守不听。数争不能得，于是于公辞疾去吏。太守竟杀孝妇。郡中枯旱

---

① 《说苑校证》，第401页。
② 《说苑校证》，第513—514页。

三年。后太守至,卜求其故,于公曰:"孝妇不当死,前太守强杀之,咎当在此。"于是杀牛祭孝妇冢,太守以下自至焉,天立大雨,岁丰熟。郡中以此益敬重于公。[①]

此事后又载入《汉书·于定国传》、《搜神记》卷一一,情节基本一致,但《搜神记》结尾又多出一段:"长老传云:'孝妇名周青。青将死,车载十丈竹竿,以悬五幡。立誓于众曰:"青若有罪,愿杀,血当顺下;青若枉死,血当逆流。"既行刑已,其血青黄,缘幡竹而上标,又缘幡而下云尔。'"[②]这一记载表明该故事民间久久流传,而又不断衍化,为后来的《窦娥冤》戏剧作了张本。

　　这个故事发生在西汉中后期。据《汉书》本传,于定国约卒于西汉永光四年(前40),年七十余,与刘向曾同朝;其父于公做狱吏当在汉武帝末年或昭帝时期。故东海孝妇故事应发生在刘向出仕的稍前时代,他很可能是该故事的第一个记录者。顾颉刚、李传江等认为这个传说的原型可以追溯到齐景公时代(前547-前490)的"庶女叫天"故事[③],似乎是个误解。脚注引录所谓原型故事以便读者比较。

---

① 《说苑校证》,第109页。

② [晋]干宝撰,汪绍楹校注:《搜神记》,中华书局,1979年,第139页。

③ 顾颉刚:《〈六月雪〉故事的演变》,《民间文化论坛》1983年第1期;李传江:《东海孝妇故事主题功能的演变》,《名作欣赏》2012年第7期。《淮南子》:"庶女叫天,雷电下击,景公台陨,支体伤折,海水大出。"高诱注:"庶贱之女,齐之寡妇。无子,不嫁,事姑谨敬。姑无男有女,女利母财,令母嫁妇。妇益不肯,女杀母以诬寡妇。妇不能自明,冤结叫天,天为作雷电下击景公之台。陨,坏也。毁景公之支体,海水为之大溢出也。"(《淮南鸿烈集解》,第191页)

（二）

　　由于《说苑》具有编撰性质，其中编排了很多先秦古籍的资料，所以有许多论者往往用统计的办法来探究其材料来源、编写意图和思想。徐复观曾详细统计了《说苑》和《新序》引用《荀子》、《韩非子》、《吕氏春秋》、《韩诗外传》、《淮南子》、《论语》、《春秋》等材料情况，得出了许多富有启发性的见解，例如：

　　　　《韩传》几全为两书所吸收。由此可以断言《新序》、《说苑》之作，盖承《韩传》之统叙而有发所展；
　　　　《说苑》出"春秋"之名凡二十四。……刘向三传并用，无专经师法之说；
　　　　《说苑》引《孟子》者八，引《荀子》者四。这与《韩诗传》引《荀子》者五十四，成一明显的对照。[①]

　　徐建委则列表统计了《说苑》"事语类"故事的地域和时代分布情况，也得出了一些颇有学术意味的看法，比如：

　　　　孔子及其弟子的故事、齐故事、三晋故事、楚故事是《说苑》中收录最多，也是战国秦汉间流传最多的人物故事。……从地理上看，"说"类故事中春秋以后各诸侯国的故事，主要是齐、晋、楚、鲁四地故事；
　　　　春秋故事是这类故事的主体，尤其春秋末战国初的故事为多。……这些故事的主要人物往往是晏婴、叔向、赵简子、

---

①《两汉思想史》第三册，第47—55页。

智伯等卿大夫,最先的记录者很可能就是这些卿大夫的家史(或侍史)。①

姚娟的统计更细致,将互见文献分为本事互见和文本互见两类,认为"本事互见就是文献的主题、故事类型甚至情节同时出现于两书或两书以上,文本互见是指二文文字相同(除流传中出现的讹误),属于同一文本系统的文献"②。她据此法统计的情况是:《说苑》与《左传》、《国语》、《战国策》、《史记》等史书互见文献者分别有 38 章、20 章、17 章、54 章,但其中文本互见者却分别有 8 章、13 章、0 章、25 章(含《谈丛》的 6 章))③。这意味着《说苑》中涉及到史书有记载的历史故事约 120 章,但真正引用史书文字的却不多,对《战国策》几乎没有引用,对《史记》的引用较多。这应当与《说苑》的叙事方式与《国语》、《史记》比较接近,而与《左传》、《战国策》的叙事方式有较大差别有关吧。《说苑》故事具有情节完整,情节集中,多有评语而赋予故事意义等特点,而《国语》以外的史书多无此特点。

《说苑》里与子书相关的故事很多。据姚娟统计,其与《韩诗外传》、《晏子春秋》、《吕氏春秋》、《韩非子》、《淮南子》文本互见者,分别为 44 章、40 章、23 章、9 章、7 章;另外,与《孔子家语》、八角廊《儒家者言》、阜阳一与二号木牍、汉简《说类杂事》等文本

① 徐建委:《〈说苑〉研究——以战国秦汉之间的文献累积与学术史为中心》,北京大学出版社,2011 年,第 261—262 页。
② 姚娟:《〈新序〉〈说苑〉文献研究》,华中师范大学博士学位论文,2009 年,第56 页。
③ 《〈新序〉〈说苑〉文献研究》第五章。

互见者分别是 103 章、16 章、33 章、30 章①。这表明，《韩诗外传》、《晏子春秋》、《吕氏春秋》、《孔子家语》四书与《说苑》以及《新序》的关系极为密切，多有传承关系。也就是说，《说苑》与这四部子书互见的文献在文字上极为相近，存在着因承关系。特别是《韩诗外传》、《晏子春秋》，其中的主要故事都被《说苑》或《新序》吸纳进去了；《说苑》中涉及孔子的故事绝大部分被《孔子家语》采用了。在《说苑》人物轶事中，孔子及其门徒的故事、晏子的故事占有绝对的分量，盖与儒家学派的文化传播有关，出土文献《儒家者言》、《说类杂事》等已经清楚地显示出这种传播的轨迹。

以上三位论者的统计情况可以说明，《说苑》里的历史故事数量应当最多，史书 120 章以外，子书中的故事多是被改造了的历史故事，推算起来至少有 200 章，故其总数不下于 300 章。数量第二多的是人物轶事故事，与前者互有交叉。

至于《说苑》的寓言故事，陈蒲清统计有 423 则。这个统计标准可能比较宽，这可以从其对寓言的定义可以看出②。比如陈蒲清列入《说苑》故事总目的"子石子不学诗"条曰："子贡问子石："子不学《诗》乎？"子石曰："吾暇乎哉？父母求吾孝，兄弟求吾悌，朋友求吾信。吾暇乎哉？"子贡曰："请投吾《诗》，以学于子。"③没有所谓故事情节，更没有形象比喻以及寄托，故不太像寓言。

----

① 《〈新序〉〈说苑〉文献研究》绪论及各相关章节。
② 陈蒲清：《中国古代寓言史》附《〈说苑〉故事总目》，湖南教育出版社，1983 年，第 101—108 页。陈蒲清认为：中国古代寓言"必须具备两个基本条件：第一是有故事情节；第二是有比喻寄托。"（同前，第 2 页）公木以为：先秦寓言是诸子百家在讲学论道、陈情说理时"自觉引述或编制出的一种有故事情节，有性格形象的比喻"（《先秦寓言概论》，齐鲁书社，1984 年，第 22 页）。
③ 《说苑校证》，第 529 页。

其实严格地来说,《说苑》中的寓言故事至多300条,陈氏所列中许多对话性的故事多可以剔除。

《说苑》中的民间故事可能不少,只是不太容易从500多则故事里区分出来。一来是因为先秦的民间故事经过多种古籍的记载,减弱了其民间故有的色泽;二来《说苑》所录16则汉代事情,除上引东海孝妇故事,多无民间传说。故寻找民间故事,还需从《说苑》所录先秦旧典中去寻找。例如《理政》云:

> 古之鲁俗,涂里之间,罗门之罗,妝门之渔,独得于礼,是以孔子善之。夫涂里之间,富家为贫者出;罗门之罗,有亲者取多,无亲者取少;妝门之渔,有亲者取巨,无亲者取小。

此条不详所出。向校证引《荀子·儒效》:"(孔子) 居于阙党,阙党之子弟罔不分('罔不'即'網罘'),有亲者取多,孝弟以化之也。"[1] 此盖为该风俗传说之张本。《新序·杂事》一、五记载也同,"罔不"分别作"畋渔"、"罔罟",解作打猎、捕鱼,故"罗",也当解作网罗。又《正谏》曰:

> 吴王欲从民饮酒,伍子胥谏曰:"不可。昔白龙下清泠之渊,化为鱼,渔者豫且,射中其目,白龙上诉天帝。天帝曰:'当是之时,若安置而形?'白龙对曰:'我下清泠之渊,化为鱼。'天帝曰:'鱼固人之所射也,若是豫且何罪?'夫白龙,天帝贵畜也,豫且,宋国贱臣也,白龙不化,豫且不射。今君弃万乘之

---

① 《说苑校证》,第172页;赵善诒《说苑疏证》,华东师范大学出版社,1985年,第204页。"妝",当作"蚁"。

位,而从布衣之士饮酒,臣恐其有豫且之患矣。"王乃止。①

向校证颇详,指出此故事出自《庄子·外物》:"宋元君夜半而梦
人被发窥阿门,曰:'予自宰路之渊,予为清江使河泊之所,渔者余
且得予。'元君觉,使人占之,曰:'此神龟也。'君曰:'渔者有余且
乎?'左右曰:'有。'君曰:'令余且会朝。'明日,余且朝。君曰:'渔
何得?'对曰:'且之网得白龟焉,其圆五尺。'……"②《史记·龟
策传》所载略同,作"豫且"。又《楚辞·天问》"胡射夫河伯,而
妻彼雒滨"句,王逸注:"传曰:河伯化为白龙,游于水旁,羿见射
之,眇其左目。河伯上诉天帝,曰:为我杀羿。天帝曰:尔何故得
见射?河伯曰:我时化为白龙出游。天帝曰:使汝深守神灵,羿何
从得犯汝?今为虫兽,当为人所射,固其宜也。羿何罪欤?"③又
张衡《东京赋》云"白龙鱼服,见困豫且",也咏此事。《吴越春秋》
则又作吴王夫差便服出宫,欲观孔子,被人所伤,欲发兵杀人,伍
子胥用此白龙化作鲤鱼而被豫且射中的故事劝阻。看来这个故
事流传已久,由神话而仙话,再由仙话而民间传说,故情节、人物
多有衍变也不难理解。

其他如"鲁人善织屦"(《反质》)、"使狗国从狗门入"(《奉
使》)、"土偶与木梗"(《正谏》)等,盖也如此,此不详论。

《说苑》之故事大抵如上,其论议之情况又如何?从内容上
说,刘向是把《说苑》、《新序》和《列女传》等著述当做谏书来编
撰的,正如《汉书》本传所说:

① 《说苑校证》,第237-238页。
② 《庄子集释》,第933-934页。
③ [宋]洪兴祖:《楚辞补注》,中华书局,1983年,第99页。

向睹俗弥奢淫，而赵、卫之属起微贱，逾礼制。向以为王教由内及外，自近者始。故采取《诗》、《书》所载贤妃贞妇，兴国显家可法则，及孽嬖乱亡者，序次为《列女传》，凡八篇，以戒天子。及采传记行事，著《新序》、《说苑》凡五十篇奏之。数上疏言得失，陈法戒。①

出于这种编撰目的和他个人的政治遭遇，其《说苑》将关注的目光聚焦在现实和理想政治上、"以士为中心的各种问题"上②，是所必然。

大致说来，《说苑》之论议有三种基本形式。其一是"篇首论"，即在每篇第一章总论某一论题（唯第一篇例外），以解释篇题并统领以下各章的故事及论议。例如卷三《建本》第一章云：

孔子曰："君子务本，本立而道生。"夫本不正者末必陭，始不盛者终必衰。《诗》云："原隰既平，泉流既清。"本立而道生。《春秋》之义，有正春者无乱秋，有正君者无危国。《易》曰："建其本而万物理，失之毫厘，差以千里。"是故君子贵建本而重立始。③

此首立"贵建本而重立始"之大义，以下第二章"言国君必慎始也"，第三章"行身有六本，本立焉，然后为君子"，第四章"君以臣为本，臣以君为本，父以子为本，子以父为本，弃其本，荣华槁矣"

---

① 《汉书》，第 1957—1958 页。
② 《两汉思想史》第三卷，第 57—70 页。
③ 《说苑校证》，第 56 页。

等论议，即分别阐发"立始"、"建本"之义。第七章、第八章则以故事譬论孝之本：

> 　　曾子芸瓜而误斩其根。曾晳怒，援大杖击之。曾子仆地，有顷，乃苏，蘧然而起，进曰："曩者，参得罪于大人，大人用力教参，得无疾乎？"退屏鼓琴而歌，欲令曾晳听其歌声，令知其平也。……孔子曰："汝不闻瞽叟有子名曰舜？舜之事父也，索而使之，未尝不在侧，求而杀之，未尝可得，小棰则待，大棰则走，以逃暴怒也。今子委身以待暴怒，立体而不去，杀身以陷父不义，不孝孰是大乎？汝非天子之民邪？杀天子之民罪奚如？"
>
> 　　伯俞有过，其母笞之，泣。其母曰："他日笞子，未尝见泣，今泣，何也？"对曰："他日俞得罪，笞尝痛，今母之力衰，不能使痛，是以泣也。"[1]

前者又见《韩诗外传》卷八、《孔子家语·六本》、八角廊汉简《儒家者言》。五代丘光庭《兼明书》卷三引《孟子》曰："曾子之事父也，训之以小杖则受，谕之以大杖则走者，恐亏其体，非孝之道。常锄瓜，误伤蔓，乃以大杖殴之。"今本《孟子》无，或是佚文[2]。《初学记》卷九《帝王世纪》引舜受小杖、逃大杖事。后者向校证谓唐李瀚《蒙求旧注》引《韩诗外传》佚文，赵氏无此条。今检屈守元《韩诗外传佚文》有此条。《法苑珠林》、《艺文类聚》、《太平御览》等"伯俞"

---

① 《说苑校证》，第61—62页。
② 参见《说苑校证》，第61页。向之引文稍误，此据明抄本。

作"韩伯瑜"或"伯瑜"①。两则故事分别譬喻了如何尽孝,亦成为后世流传不已的著名孝子故事。

这种论议在文体上,上承《韩非子》《内外储说》的经文部分,但没有下文故事的提示,与《吕氏春秋》十二纪、八览、六论下的分篇之篇首论议相同;下启《论衡》各篇篇论。奇怪的是,今本《新序》、《孔子家语》却没有采用这种篇首论的结构。从来源上看,这些论议多为作者依据儒家众典写成,而非直接采录旧典文献。因此它们最能体现刘向的撰述意图和思想。

其二是"章论",即每篇中插入若干独立的章来阐发篇题主旨,与第一种篇首论直接相关,多为补充、辅助性的论议。例如《贵德》篇篇首论以外,第二章又曰:

> 仁人之德教也,诚恻隐于中,悃愊于内,不能已于其心。故其治天下也,如救溺人。见天下强陵弱,众暴寡,幼孤羸露,死伤系虏,不忍其然。是以孔子历七十二君,冀道之一行,而得施其德,使民生于全育,烝庶安土,万物熙熙,各乐其终。卒不遇,故睹麟而泣,哀道不行,德泽不洽,于是退作《春秋》,明素王之道,以示后人,思施其惠,未尝辍忘。……②

这段论议旧本连上为一章,向校证本、赵疏证本分开。又同篇第二十五章曰:"凡人之性,莫不欲善其德,然而不能为善德者,利败之也。故君子羞言利名。言利名尚羞之,况居而求利者也?"③此

---

① 《说苑校证》,第62页;《韩诗外传笺疏》,第465页。

② 《说苑校证》,第95页。

③ 《说苑校证》,第110页。

盖本《董子·玉英篇》,文字基本相同。其他如《理政》篇第三章、《尊贤》篇第二章、第五章,但不是每篇都有章论,如《复恩》篇。

从来源上考察,与篇首论不同,这些章论或直接采录旧典,或拼合旧典而成,刘向自己撰写的很少,但这些章论都能很好地体现作者的编撰意向。

其三是"譬论",即在大部分譬喻故事结尾处就事生发论议。这种论议往往能深化篇旨。对于那些没有附加论议的故事来说,由于有了篇首或章论,它们实际上也间接地获得了评论。例如《谈丛》篇首论曰:

> 王者知所以临下而治众,则群臣畏服矣;知所以听言受事,则不蔽欺矣;知所以安利万民,则海内必定矣;知所以忠孝事上,则臣子之行备矣。凡所以劫杀者,不知道术以御其臣下也。

此论未见出处,盖为刘向所撰。以下集录历代善言嘉语、格言、警句等二百多条,大多没有附加评论,但它们都聚焦于为君王之道和为臣之道。比如:

> 必贵以贱为本,必高以下为基。天将与之,必先苦之;天将毁之,必先累之。(第四十章)
> 好称人恶,人亦道其恶。好憎人者,亦为人所憎。(第九十章)
> 为人上者患在不明,为人下者患在不忠。(第一百三十三章)
> 官尊者忧深,禄多者责大。积德无细,积怨无大,多少必报,固其势也。(第一百六十、一百六十一章)①

---

① 《说苑校证》,第 388—389、394、398、401 页;章号据赵善诒《说苑疏证》。

当然,最值得重视的还是"譬论"。其形式通常有二:一种是在故事的结尾加评论(划线部分):

1. 齐简公有臣曰诸御鞅,谏简公曰:"田常与宰予,此二人者甚相憎也,臣恐其相攻,相攻虽叛而危之,不可,愿君去一人。"简公曰:"非细人之所敢议也。"居无几何,田常果攻宰予于庭,贼简公于朝,简公喟焉太息曰:"余不用鞅之言,以至此患也。"<u>故忠臣之言,不可不察也。</u>(《正谏》)

2. 吴王阖庐为伍子胥兴师,复仇于楚。子胥谏曰:"诸侯不为匹夫兴师。且事君犹事父也,亏君之义,复父之仇,臣不为也。"于是止。其后因事而后复其父仇也。<u>如子胥可谓不以公事趋私矣。</u>(《至公》)

3. 齐桓公将伐山戎孤竹,使人请助于鲁。鲁君进群臣而谋。皆曰:"师行数千里,入蛮夷之地,必不反矣。"于是鲁许助之而不行。齐已伐山戎孤竹,而欲移兵于鲁。管仲曰:"不可! 诸侯未亲,今又伐远而还诛近邻,邻国不亲,非霸王之道。君之所得山戎之宝器者,中国之所鲜也,不可以不进周公之庙乎?"桓公乃分山戎之宝,献之周公之庙。明年,起兵伐莒,鲁下令丁男悉发,五尺童子皆至。<u>孔子曰:"圣人转祸为福,报怨以德。"此之谓也。</u>(《权谋》)

4. 赵襄子见围于晋阳,罢围,赏有功之臣五人,高赫无功而受上赏,五人皆怒。张孟谈谓襄子曰:"晋阳之中,赫无大功,今与之上赏,何也?"襄子曰:"吾在拘厄之中,不失臣主之礼,唯赫也。子虽有功,皆骄寡人,与赫上赏,不亦可乎?"<u>仲尼闻之曰:"赵襄子可谓善赏士乎! 赏一人而天下之人臣,莫敢失君臣之礼矣。"</u>(《复恩》)

例1,向校证说,此与《韩非子》之《难言篇》、《内储说下》,《吕氏春秋·慎势篇》,《史记·田完世家》文略同①。比较而言,与《慎势篇》最接近,其评论曰:"失其数,无其势,虽悔无听辙也与无悔同,是不知恃可恃而恃不恃也。"②谈君王不可失势,刘向之论则变为君王不可不听忠谏。例2,向校证引《公羊传》与《穀梁传》定公四年,谓事又见《越绝书》之《平王内传》、《吴王内传》,《新序·善谋篇》③,结尾均无评论,该条结尾论议显然为刘向所加。例3,未见相似古籍,《太平御览》卷四五〇引《战国策》伐山戎孤竹事,与此文几乎完全相同,不知是《战国策》的佚文,还是误录④。由于齐桓公与孔子不同时代,故孔子云云显然是后加的论议。其他章用"君子曰"之类引出的论议(共三例)也可作此类看。例4,向校证谓该故事与《吕氏春秋·义赏篇》、《韩非子·难一篇》、《淮南子》之《泛论》、《人间》二篇,文并略同。又引旧注云:"王厚斋云:'赵襄子事在孔子后,孔鲋已辨其妄。'"孔鲋语见《孔丛子·答问篇》⑤。如此,则孔子云云也是后加的论议。然而用孔子语作论议,《吕氏春秋》、《韩非子》已如此,并非始于《说苑》。又,其他篇章中,凡结尾用"某某闻之曰"的(约八例),也大多是论议。

另一种形式是直接利用故事中人物自己的语言对事件进行评论,并非另外附加。例如:

1.孙叔敖为楚令尹,一国吏民皆来贺;有一老父,衣粗衣,

① 《说苑校证》,第232页。
② 《吕氏春秋校释》,第1110页。
③ 《说苑校证》,第361-362页。
④ 《说苑校证》,第324-325页;《太平御览》,第2072页。
⑤ 《说苑校证》,第117-118页。

冠白冠，后来吊。孙叔敖正衣冠而出见之，谓老父曰："楚王不知臣不肖，使臣受吏民之垢，人尽来贺，子独后来吊，岂有说乎？"父曰："有说。身已贵而骄人者，民去之；位已高而擅权者，君恶之；禄已厚而不知足者，患处之。"孙叔敖再拜曰："敬受命，愿闻余教。"父曰："位已高而意益下，官益大而心益小，禄已厚而慎不敢取。君谨守此三者，足以治楚矣。"（《敬慎》）

2. 孔子见罗（雀）者，其所得者，皆黄口也，孔子曰："黄口尽得，大爵独不得，何也？"罗者对曰："黄口从大爵者，不得；大爵从黄口者，可得。"孔子顾谓弟子曰："君子慎所从，不得其人，则有罗网之患。"（《敬慎》）

3. 王孙厉谓楚文王曰："徐偃王好行仁义之道，汉东诸侯三十二国尽服矣。王若不伐，楚必事徐。"王曰："若信有道，不可伐也。"对曰："大之伐小，强之伐弱，犹大鱼之吞小鱼也，若虎之食豚也。恶有其不得理！"文王遂兴师伐徐，残之。徐偃王将死，曰："吾赖于文德，而不明武备；好行仁义之道，而不知诈人之心：以至于此。"夫古之王者，其有备乎！（《指武》）

例1，向校证谓与《荀子·尧问》、《列子·说符》、《韩诗外传》七、《淮南子·道应训》等文互有详略；父曰以下语，《荀子》、《列子》、《韩诗外传》皆以为孙叔敖语①。据此判断，该条结尾很可能是刘向根据需要更改的。因上文已有"身已贵"云云，所以它实际上起到了评论的作用。例2，《孔子家语》卷四《六本》篇本此，但结尾评论稍长："善惊以远害，利食而忘患，自其心矣，而以所从为祸福。故君子慎其所从。以长者之虑，则有全身之阶；随小者之戆，

---

① 《说苑校证》，第252页。

而有危亡之败也。"① 不如《说苑》本简明。孔子云云,显然是就小雀"尽得"、大雀"独不得"的现象生发的带有抽象意味的论议。

例3,《说苑校证》谓本《淮南子·人间篇》,《韩非子·五蠹篇》亦载此事,文稍异②。《淮南子》述事结尾云:"乃举兵而伐徐,遂灭之。<u>知仁义而不知世变者也。</u>"③《韩非子》最后云:"举兵伐徐,遂灭之。<u>故文王行仁义而王天下,偃王行仁义而丧其国,是仁义用于古不用于今也。</u>"④ 划横线的文字都是评议。由此知,《说苑》故事当至"残之"结束,"将死曰"以下当是论议。用徐偃王自己的话来说教训,较吕氏、韩子之论更为惊心。"夫古之王者,其有备乎"数字,也是叠加的论议。(因其数量少,不另外再设一种论议。)

　　比较起来,前一种外加论议比较普遍,是先秦诸子常用手法;后一种论议很少见于先秦诸子,应当是对前者的发展。这种论议能与故事打成一片,叙述视角没有转换,譬与论结合得更紧密,不像《左传》外加的"君子曰"或上引"孔子曰"之类,转换了叙述视角,有贴标签之嫌。这可以看做是从"譬"+"论"生成"譬论"的自然过程。

　　上述《说苑》的四种内容故事和三种论议,共同构成了若干譬论式的"说",再由若干的"说"共同构成了二十个主题的"论",即《君道》、《臣术》、《建本》、《立节》等等,从而构成作者关于政治、士节等问题的思想。此即徐复观等论者认为《说苑》是"著"而非"编"的主要理由。在笔者看来,《说苑》的这种结构便形成了"譬论"或"小说"的四种形态:

① 杨朝明、宋立林:《孔子家语通解》,齐鲁书社,2009 年,第 178 页。

② 《说苑校证》,第 366—367 页。

③ 《淮南鸿烈集解》,第 620 页。

④ 《韩非子新校注》,第 1092 页。

1. 一个譬喻故事＋论议，如上引"吴王阖庐为伍子胥兴师"章；

2. 一个譬喻故事论议，如上引"孔子见罗者"章；

3. 一段带有情境的对话＋间接论议（篇首论、章论），如上引"陈成子谓鸱夷子皮曰"章；

4. 一个譬喻故事＋间接论议（篇首论、章论），如上引"枭逢鸠"章。

这里之所以强调一个故事、一段对话，是因为在《说苑》的每一章中，极少出现两个故事和两段对话的情况，前论《说林》之乐羊与秦西巴条也见于《说苑·贵德篇》，但这章的确是个例外。两个故事本来也是分别流行的（见前论），《韩非子》为了强调有功见疑和有罪获益两种情况将之合到一起了，《说苑》也不过是沿袭其旧。

"小说"四种形态中，第1种是先秦以来的基本样式，上论《说林》中之非原始资料十余条都属于此类。这显示出自韩非子时代，甚至自《晏子春秋》时代，这种形态的"小说"已经形成，至《说苑》时代而定型。第2种形态相对更成熟些，在先秦极为少见，似乎是《说苑》时代的产物。第3、4种形态是第1种形态的演变形式，是由于论议方式的变化而产生的。这只要将《新序》与《说苑》稍微对读一下即可明了，《新序》里没有"篇首论"，个别的"章论"也不能统摄全篇，故没有第3、4种形态而都是第1、2种形态的"小说"。这也是笔者之所以选择《说苑》而非《新序》作为讨论样本的重要原因。

第五章
巫史之流：古小说叙事的温床

如果说汉代桓谭、班固所谓小说是"子部小说"，那么唐人刘知几所言小说则是"史部小说"。"子部小说"多关注于"说"，故偏重论议；"史部小说"多关注于"事"，故偏重叙事。

从章学诚所谓"六经皆史"的角度看①，中国古代对于经、史、子、集四部的划分是相对的，一方面泾渭分明，另一方面又混沌不清。以《汉书·艺文志》所列十五家小说而言，今有论者即谓或近于史、或近于子、或近于巫②。明代胡应麟认为："小说，子书流也。然谈说理道或近于经，又有类注疏者；纪述事迹或通于史，又有类志传者。"③而刘知几论史书，则干脆将小说与经、史打成了一片，以为小说即史之流别，他说：

> 昔在三坟、五典、春秋、梼杌，即上代帝王之书，中古诸侯之记，行诸历代，以为格言。其余外传，则神农尝药，厥有《本草》；夏禹敷土，实著《山经》；《世本》辨姓，著自周室；《家语》

---

① 《文史通义新编》，第1页。
② 袁行霈：《〈汉书·艺文志〉小说家考辨》，《文史》第七辑，中华书局，1979年。
③ 《少室山房笔丛·九流绪论下》，第374页。

载言,传诸孔氏。是知偏记、小说,自成一家;而能与正史参行,
其所由来尚矣。

爱及近古,斯道渐烦,史氏流别,殊途并骛。榷而为论,其
流有十焉:一曰偏纪,二曰小录,三曰逸事,四曰琐言,五曰郡
书,六曰家史,七曰别传,八曰杂记,九曰地理书,十曰都邑簿。
(《杂述》)①

这里所谓"正史",是指《尚书》、《春秋》、《左传》、《国语》、《史记》
和《汉书》,见卷一《六家》②。与"正史"相对而言的这十流,则属
于"杂史"。所谓"逸事"有"和峤《汲冢纪年》,葛洪《西京杂纪》,
顾协《琐语》,谢绰《拾遗》";"琐言"有"刘义庆《世说》,裴荣期《语
林》,孔思尚《语录》,阳玠松《谈薮》";"杂记"有"祖台《志怪》,
干宝《搜神》,刘义庆《幽明》,刘敬叔《异苑》"③。这里的《琐语》、
《世说》、《语林》等,《隋书·经籍志》入子部"小说"类;《志怪》、
《搜神》、《幽明》、《异苑》等,《隋书·经籍志》则入史部"杂传"
类。这些正是后世所谓志人小说、志怪小说、俳优小说等体式的
由来④。

因此,讨论中国早期小说,不可不注意史传的影响。而关注
史传之影响,其实是注意叙事之于古小说的生成。以往研究史书
与小说关系者,多留意二端:其一是史书如何采小说,其二是小
说如何从史书中汲取叙事的手法。这当然是经久弥新的研究课

① ［唐］刘知几撰,张振珮笺注:《史通笺注》,贵州人民出版社,1985年,第353–
354页。
② 《史通笺注》,第4页。
③ 《史通笺注》,第356–360页。
④ 详可参见熊明《汉魏六朝杂传研究》。

题。但叙事性小说(史部小说)的发生学模式并非是"故事——史书——小说",而是神话、巫话、仙话——故事、史书、小说。前者是原生层次的神圣叙事,后者是次生层次的世俗叙事。历史与小说并无孰先孰后的问题,只有"征实"与"凭虚"的区别。史部小说之源在于神圣叙事,而非源于史传叙事。由于"先秦神坛、政坛、文坛的一体化结构"①,文坛的言说也必然融和着神坛、政坛的言说方式,即神圣叙事与世俗叙事往往是交织在一起的,彼此相互依待。因此,笔者所留意的主要有二点:第一是传说故事如何出入史书、子书而成为叙事性的小说;第二是巫术的神圣叙事如何左右着史书、小说的世俗叙事。

一、从神圣叙事到世俗叙事

所谓神圣叙事,主要包括神话、巫话、仙话。神话是人类现存的原始叙事、人类变形的口述史。巫话和仙话相对而言应晚于神话②,从叙事发生的思维角度说,三者大致可以划分在"野性思维"的范畴中。而故事虽然有神话故事的提法,但其主要内容是世俗的历史、民间的传说等,因此故事可以与史书、小说大致划分在"理性思维"的范畴里,同属于世俗叙事。

古今小说论者指认先秦某书为某种小说"之祖"时,其实也体现或隐含着他们对小说发生之源的观点。这是我们思考古小说

---

① 赵辉:《先秦文学发生研究》,人民出版社,2012年,第1页。
② 关于"巫话"的提法,黄惠焜的观点颇契我心(参见黄氏《神话就是巫话——三论神话》,《云南民族学院学报》1994年第2期),但笔者认为:巫话、仙话可以是神话的部分内容,或者说是神话在巫术时代、求仙时代的变形产物,但三者不宜等同,混为一物。

发生的一个重要起点。

（一）

《清华大学藏战国竹简》（叁）收录有《赤鹄之集汤之屋》一文，姚小鸥、李永娜认为该文故事情节曲折复杂，是一篇引人入胜的中国早期小说①。稍后，黄德宽著文说，该文"无论从结构、内容和性质，还是从写作方法来看，《赤鹄之集汤之屋》都可以看做先秦的'小说'作品"。它具备了虚构、人物关系复杂、故事情节有起有伏、语言生动和文学功能显著五个特征②。

对照竹简释文，二家所言不虚。整理者公布的释文如下：

> 曰：古有赤鹄，集于汤之屋，汤射之获之，乃命小臣曰："旨羹之，我其享之。"汤往□。小臣既羹之，汤后妻纴疛谓小臣曰："尝我于尔羹。"小臣弗敢尝，曰："后其［杀］我。"纴疛谓小臣曰："尔不我尝，吾不亦杀尔？"小臣自堂下授纴疛羹。纴疛受小臣而尝之，乃昭然，四荒之外，无不见也；小臣受其余而尝之，亦昭然，四海之外，无不见也。汤返廷，小臣馈。汤怒曰："孰调吾羹？"小臣惧，乃逃于夏。汤乃□（咒？）之，小臣乃昧而寝于路，视而不能言。众鸟将食之。巫乌曰："是小臣也，不可食也。夏后有疾，将抚楚，于食其祭。"众鸟乃讯巫乌曰："夏后之疾如何？"巫乌乃言曰："帝命二黄蛇与二白兔居后之寝室之栋，其下舍后疾，是使后疾疾而不知人。帝命后土为二

---

① 姚小鸥、李永娜：《清华简中的志怪小说》，《人民政协报》2013年5月20日第C02版。
② 黄德宽：《清华简〈赤鹄之集汤之屋〉与先秦"小说"——略说清华简对先秦文学研究的价值》，《复旦学报》2013年第4期。

陵屯,共居后之床下,其上刺后之体,是使后之身疴,不可及于席。"众鸟乃往。巫鸟乃歃小臣之喉胃,小臣乃起而行,至于夏后。夏后曰:"尔惟谁?"小臣曰:"我天巫。"夏后乃讯小臣曰:"如尔天巫,而知朕疾?"小臣曰:"我知之。"夏后曰:"朕疾如何?"小臣曰:"帝命二黄蛇与二白兔,居后之寝室之栋,其下舍后疾,是使后梦梦眩眩而不知人。帝命后土为二陵屯,共居后之床下,其上刺后之身,是使后昏乱甘心。后如撤屋,杀黄蛇与白兔,发地斩陵,后之疾其瘳。"夏后乃从小臣之言,撤屋,杀二黄蛇与一白兔,乃发地,有二陵屯,乃斩之。其一白兔不得,是始为陴当诸屋,以御白兔。^①

整理者在该文前说明:"简文最引人注目的特点,是有浓郁的巫术色彩。"^②如说汤诅咒伊尹,使他"视而不能言",随后伊尹被称作"巫鸟"的鸟拯救,并由之知道夏王桀身患重病和原因,因而"杀二黄蛇与一白兔",解救了夏桀的危难。"这些可能与楚人好信巫鬼的习俗有关,应是在楚地传流的伊尹传说"。再有,汤王后喝了赤鹄之羹,竟能眼睛透彻一切,"四荒之外,无不见也",伊尹喝羹,也能如此。这里的巫术色彩在于:是赤鹄羹的神奇?还是伊尹厨艺的神奇?汤王的咒语为何有如此魔力?"巫鸟"是天帝的使者?居于寝室、床下的二蛇二兔为何能作祟于人?从当时迷信巫鬼的习俗看来,这是可以发生的故事;而在后世的理性眼光看来,这当然就是"志怪"的小说家之言了。巫术,正是在这样的灵物崇拜、

---

① 清华大学出土文献研究与保护中心编,李学勤主编:《清华大学藏战国竹简》(叁),中西书局,2012年,第167页。此采用通用字,未用异体字等。"鹄",原作"䐗",学者多拟定为"鹄"。

② 《清华大学藏战国竹简》(叁),第166页。

驱鬼祛魔、咒语法力等花招中建立起来的,而小说之奇异志怪也是在如此的氛围中发生的。

其实,伊尹本是个真实的历史人物,但被不断传奇化、巫术化了。《左传》里的记载极为简略,只有襄公八年"伊尹放大甲而相之,卒无怨色"一语。

《史记·殷本纪》记载了关于伊尹的两种比较含糊的传说:

> 伊尹名阿衡。阿衡欲奸汤而无由,乃为有莘氏媵臣,负鼎俎,以滋味说汤,致于王道。或曰,伊尹处士,汤使人聘迎之,五反然后肯往从汤,言素王及九主之事。汤举任以国政。伊尹去汤适夏。既丑有夏,复归于亳。入自北门,遇女鸠、女房,作《女鸠》、《女房》。①

前一传说是贬其为"奸",出身低贱。其实,伊尹出身厨师、媵臣的传说由来已久。墨子就说:"伊挚,有莘氏女之私臣,亲为庖人,汤得之,举以为己相,与接天下之政,治天下之民。"②孟子曾愤然斥道:"伊尹耕于有莘之野,而乐尧、舜之道焉。……吾闻其以尧、舜之道要汤,未闻以割烹也。"③

后一传说是赞其为"贤",虽有"去汤适夏"的犹豫,但最终归于汤。孔孟之徒以及诸子对此都很欣赏,子夏曰:"舜有天下,选于众,举皋陶,不仁者远矣;汤有天下,选于众,举伊尹,不仁者远矣。"④与皋陶并举,意谓不仁者远离,而仁者至也。孟子说

---

① 《史记》,第94页。
② 《墨子间诂·尚贤中》,第58—59页。
③ 《孟子译注·万章上》,第225页。
④ 《论语注疏》,第2504页。

"五就汤，五就桀者，伊尹也"，但与伯夷、柳下惠一样，都是"仁"者君子①。《鬼谷子》也说"伊尹五就汤，五就桀，而不能有所明，然后合于汤"，与吕尚一样，是"古之善背向者"②。也许"五就"的说法有些夸张，《韩非子·难一》说"成汤两用伊尹"，《战国策》则称："伊尹再逃汤而之桀，再逃桀而之汤，果与鸣条之战，而以汤为天子。"③

　　然而此说也有不好解释的地方，商汤三番五次地聘迎伊尹主政，他为什么还要如此徘徊，反复无常于夏、商国之间呢？孟子解释是"治亦进，乱亦进，伊尹也"，是因用世之心迫切④。孙子解释是为殷而入夏当间谍："昔殷之兴也，伊挚在夏；周之兴也，吕牙在殷。故惟明君贤将，能以上智为间者，必成大功。"⑤今论者李零、刘国忠详细钩沉史料，指出伊尹作间谍的一些史实⑥。伊尹是因为得宠于夏桀的元妃妹喜（或末喜），并以高超的巫术治愈过夏桀的重病而获得青睐的。《国语·晋语一》史苏曰："昔夏桀伐有施，有施人以妹喜女焉，妹喜有宠，于是乎与伊尹比而亡夏。"⑦妹喜之所以与伊尹有勾结，《古本竹书纪年》说得比较明白："后桀伐岷山，岷山女于桀二人，曰琬，曰琰。桀受二女，无子，刻其名于苕华之玉，苕是琬，华是琰。而弃其元妃于洛，曰末喜氏。末喜氏以与伊

①《孟子译注·告子下》，第 284 页。
②许富宏：《鬼谷子集校集注·忤合》，中华书局，2010 年，第 95 页。
③《战国策笺证》，第 1721 页。
④《孟子译注·公孙丑上》，第 63 页。
⑤解放军军事科学院战争理论研究部：《孙子兵法新注·用间》，中华书局，1981 年，第 141 页。
⑥刘国忠：《清华简〈赤鹄之集汤之屋〉与伊尹间夏》，《深圳大学学报》2013 年第 1 期。
⑦《国语集解》，第 250 页。

尹交,遂以间夏。"① 其中透露夏桀有了琬、琰两位新欢,遂冷落了妹喜,她转而与伊尹同谋间夏的故事。

　　回过头看,《赤鹄之集汤之屋》其实是用巫话变形的说法揭示了伊尹身世以及他去就殷夏之际的一些秘密:伊尹之所以听命于汤妻纴冘,私自动用汤的羹,是因为他本来就是纴冘的陪嫁仆人、厨师;伊尹的逃离、殷汤的咒语,其中隐含着二人之间不合的矛盾冲突;伊尹得"巫乌"启示而为夏桀驱虫祛疫,不过是他具有巫医法术而获得夏桀青睐的巫话表达。

　　《赤鹄之集汤之屋》竹简的出土时代约为战国后期,这表明对伊尹历史故事的巫话化、神奇化,至少从战国中期就开始了。今存一些资料显示,举凡伊尹的身世、厨艺、智慧、汤聘、逃殷、离夏、伐夏等传说,无不具有神奇、巫术的色彩。如其身世、汤聘,《吕氏春秋·本味》记载说:

　　　　有侁氏女子采桑,得婴儿于空桑之中,献之其君。其君令烰人养之,察其所以然,曰:"其母居伊水之上,孕,梦有神告之曰:'白出水而东走,毋顾。'明日,视白出水,告其邻,东走十里,而顾其邑尽为水,身因化为空桑。"故命之曰伊尹。此伊尹生空桑之故也。长而贤。汤闻伊尹,使人请之有侁氏。有侁氏不可。伊尹亦欲归汤,汤于是请取妇为婚。有侁氏喜,以伊尹为媵(送女)。……汤得伊尹,祓之于庙,爝以爟火,衅以牺豭。明日,设朝而见之。说汤以至味……②

---

① 方诗铭、王修龄:《古本竹书纪年辑证》,上海古籍出版社,2005 年,第 17 页。
② 《吕氏春秋校释》,第 739-740 页;标点参见许维遹撰,梁运华整理:《吕氏春秋集释》,中华书局,2009 年。

皇甫谧《帝王世纪》的记载又添了一个奇异的梦:"汤思贤,梦见有人负鼎抗俎,对己而笑。寤而占曰:'鼎为和味,俎者割截,天下岂有人为吾宰者哉?'初,力牧之后曰伊挚,耕于有莘之野,汤闻以币聘。有莘之君留而不进。汤乃求婚于有莘之君。有莘之君遂嫁女于汤,以挚为媵臣。至亳,乃负鼎抱俎见汤也。"[①] 汤聘过程中,《墨子·贵义》记载了一个有趣的小插曲:"昔者,汤将往见伊尹,令彭氏之子御。彭氏之子半道而问曰:'君将何之?'汤曰:'将往见伊尹。'彭氏之子曰:'伊尹,天下之贱人也。若君欲见之,亦令召问焉,彼受赐矣。'汤曰:'非女所知也。今有药[于]此,食之则耳加聪,目加明,则吾必说而强食之。今夫伊尹之于我国也,譬之良医善药也。而子不欲我见伊尹,是子不欲吾善也。'因下彭氏之子,不使御。"[②] 抑扬之间,伊尹的崇高地位被突出了。

又如伊尹之去汤间夏,《吕氏春秋·慎大览》又记载了一个足以令夏朝灭亡的异梦和失败原因:

> 桀愈自贤,矜过善非,主道重塞,国人大崩。汤乃惕惧,忧天下之不宁,欲令伊尹往视旷夏,恐其不信,汤由亲自射伊尹。伊尹奔夏三年,反报于亳,曰:"桀迷惑于末嬉,好彼琬、琰,不恤其众,众志不堪,上下相疾,民心积怨,皆曰:'上天弗恤,夏命其卒。'"汤谓伊尹曰:"若告我旷夏尽如诗。"汤与伊尹盟,以示必灭夏。伊尹又复往视旷夏,听于末嬉。末嬉言曰:"今昔天子梦西方有日,东方有日,两日相与斗,西方日胜,东方日不胜。"伊尹以告汤。商涸旱,汤犹发师,以信伊尹之盟,故令

---

① 《太平御览》卷三九七,第1834页。
② 《墨子间诂》,第441—442页。

师从东方出于国,西以进。未接刃而桀走,逐之至大沙,身体离散,为天下戮。①

汤王亲自用箭射伊尹,或许是《赤鹄之集汤之屋》中所谓汤以咒语使之动弹不得的真实记录;伊尹不仅带回来"上下相疾、民心积怨"的夏国情,更带回来致胜的办法,从西进攻。对于伊尹的治国诡诈或法术,《韩诗外传》卷三又有记载说:"有殷之时,穀生汤之廷,三日而大拱。汤问伊曰:'何物也?'对曰:'穀树也。'汤问:'何为而生于此?'伊尹曰:'穀之出泽,野物也。今生天子之庭,殆不吉也。'汤曰:'奈何?'伊尹曰:'臣闻妖者,祸之先;祥者,福之先。见妖而为善,即祸不至;见祥而为不善,则福不臻。'汤乃斋戒静处,夙兴夜寐,吊死问疾,赦过赈穷。七日而穀亡,妖孽不见,国家昌。"②

至于汤问伐桀故事二条,则纯是小说家之言了:

汤欲伐桀。伊尹曰:"请阻乏贡职,以观夏动。"桀怒,起九夷之师以伐之。伊尹曰:"未可!彼尚犹能起九夷之师,是罪在我也。"汤乃谢罪请服,复入贡职。明年,又不供贡职。桀怒,起九夷之师,九夷之师不起。伊尹曰:"可矣!"汤乃兴师伐而残之,迁桀南巢氏焉。③

汤将伐桀,因卜随而谋。卜随曰:"非吾事也。"汤曰:"孰可?"曰:"吾不知也。"汤又因瞀光而谋,瞀光曰:"非吾事也。"

---

① 《吕氏春秋校释》,第843—844页。
② 《韩诗外传笺疏》,第122页。
③ 《说苑校证》,第328—329页。

汤曰："孰可？"曰："吾不知也。"汤曰："伊尹何如？"曰："强力
忍垢，吾不知其他也。"汤遂与伊尹谋伐桀，克之……①

此段文字与《吕氏春秋·离俗》所载全同，未知孰是。其一再铺
垫之写法，正是后世小说之"三复"笔法。

反观《史记》所录伊尹小传，殊觉司马迁下笔没有底气，他只
撷取了关于伊尹诸多传说中一两个片段，并没有写出伊尹的真实
历史。其原因正在于先秦关于伊尹的故事大多是巫话或神奇化
的产物，但这恰恰为后世志怪小说开辟了道路。

巫术所开辟的志怪之疆域不止如此。1986 年在天水放马滩
发现的秦简中有一篇《墓主记》，该文讲述了一个死而复活的故
事。其整理文字如下：

八年八月己巳，邸丞赤敢谒御史：大梁人王里樊野曰丹报
（？）：今七年，丹束（刺）伤人垣雍里中，因自刺殹，弃之于市，
三日，葬之垣雍南门外。三年，丹而复生，丹所以得复者，吾
犀武舍人，犀武论其舍人尚命者，以丹未当死，因告司命史公
孙强，因令白狐穴屈（掘）出丹，立墓上三日，因与司命史公孙
强北之赵氏之北地柏丘之上。盈四年，乃闻犬狋（吠）鸡鸣而
人食，其状类（颣）益（嗌）、少麋、墨、四支不用。丹言曰：死者
不欲多衣。死人以白茅为富（福），其鬼贱（荐）于它而富（福）。
丹言：祠墓者毋敢□，□，鬼去敬（惊）走。已收腏而厘之，如此
鬼终身不食殹。丹言：祠者必谨骚（扫）除。毋以□（酳）□（洒）

_____

① 《庄子集释》，第 985–986 页。

祠所。毋以羹沃腏上,鬼弗食殹。^①

李学勤认为该故事和《搜神记》中许多志怪故事类似,但发生年代要早五百多年(前299或前269),值得小说史研究者重视^②。该记后来出版时因此更名为《志怪故事》。该记虽有不少文字漶漫不清,但看得出它似乎是一个低级官吏的志异性报告,其中讲述的死而复活的故事主题值得重视。

2005年,伏俊琏又以《战国早期的志怪小说》为题,指出了更早的一篇死而复活的志怪小说^③。其文曰:

> 周穆王姜后昼寝而孕,越姬嬖,窃而育之。毙以玄鸟二七,涂以彘血,置诸姜后,遽以告王。王恐,发书而占之,曰:"蜉蝣之羽,飞集于户。鸿之戾止,弟弗克理。重灵降诛,尚复其所。"问左史氏,史豹曰:"虫飞集户,是曰失所。惟彼小人,弗克以育君子。"史良曰:"是谓关亲,将留其身,归于母氏,而后获宁。册而藏之,厥休将振。"王与令尹册而藏之于椟。居三月,越姬死,七日而复,言其情曰:"先君怒予甚,曰:'尔夷隶也,胡窃君之子,不归母氏? 将置而大戮,及王子于治。'"^④

---

① 转引自方勇《读放马滩秦简〈志怪故事〉札记》,"复旦大学出土文献与古文字研究中心网",2009年11月6日发布。方勇的释文吸收了李学勤、秦简整理小组的释文成果。

② 李学勤:《放马滩简中的志怪故事》,《文物》1990年第4期。后有诸多媒体又称之为"第一篇志怪小说",似过当。

③ 伏俊琏:《战国早期的志怪小说》,《光明日报》2005年8月26日。

④ 《全上古三代秦汉三国六朝文》,第109页。

该文据说原出西晋初年汲冢出土的竹书《古文周书》（已散佚），严可均辑录于《全上古三代秦汉三国六朝文》卷一五。伏文说该故事有两个叙述层面：一是讲越姬以玄鸟偷换王子，是现实中的真实故事；二是说越姬死而复活以及在阴间的遭际，是虚构的幻想世界。二者虚实结合。其中呈现的"狸猫换太子"、"死而复活"母题影响深远。需要补充的是，这两个叙述层面的沟通，其实是源自于中间叙述层面史豹与史良的巫术性的施法。在西周春秋时代，巫、政已经分离，巫术性的占卜、解梦、祭祀、咒祝等，多为史官的职责。《左传》、《国语》中记载的许多巫术活动，多是由史官主持的。因此，该志怪故事理解为三个叙述层面似乎更切合原意。比较《墓主记》，这篇文字更有志怪小说的趣味。

（二）

　　以上三篇文字是散见的单篇志怪故事或志怪小说，至于整本成编的志怪，则可推《汲冢琐语》、《山海经》、《穆天子传》。它们都是巫文化背景下的产物。如《汲冢琐语》，《晋书·束皙传》是说"诸国卜梦妖怪相书"，今存二十多条故事中，有十五六条与占卜、解梦有关，显然与巫术活动中所产生的神奇故事有关。就其曲折生动的叙事而言，明人胡应麟称之为"古今小说之祖"，是很准确的。廖群以为《汲冢琐语》"与'说体'中的先秦'小说'十分接近又略有不同"①，确有发明，但又有将子部小说与史部小说混淆之嫌。至于《山海经》，本身就是部"巫书"，可能是据巫术图写成的。它为后世志怪小说提供了无数的怪神、异人、奇事、灵境（诸如西王母、无头民、穿胸国、昆仑山等），但它本身只是酵母。故胡应麟又

---

① 廖群：《〈汲冢琐语〉与先秦"说体"考察》，《理论学习》2012 年第 4 期。

称之为"古今语怪之祖"。或许陶渊明是在"流观山海图"之后才创作出《搜神后记》的。这里不拟详说，只打算对《穆天子传》多说几句。

《穆天子传》又称《周王游行》，是晋武帝咸宁五年在汲郡战国魏王墓中出土的古书，约为"春秋末到战国初"或"战国中期前后"，王家台秦简《归藏》可确证其成书在战国初，故有学者说它"实是战国初魏方士敷衍周穆王故事而成"①。历代史志书目或列入起居注，或列入别史传记，或列入小说，体现出该书体制上的复杂性、模糊性②。故古今论者或以之为实录信史，或以之为小说。明人胡应麟既说"《穆天子》，起居注也"，又以为《周穆王美人盛姬死事》一篇"文极赡缛，有法可观，三代前叙事之详，无若此者，然颇为小说滥觞"③。综合各家考论而言，《穆天子传》多有纪实，但也有大量的虚构④。如周穆王与西王母宴会于瑶池情节，是神话与仙话的结合，直启《汉武故事》、《汉武内传》等小说描绘。曹道衡、刘跃进认为，"在先秦文学史上，此书尤有其特殊的地位，因为它标志着我国的小说脱胎于史书的特点"⑤；熊明认为《穆天子传》是"传记体之雏形"，其单篇形式"也是后世杂传中散传一类的先

---

① 曹道衡、刘跃进：《先秦两汉文学史料学》，中华书局，2005 年，第 185 页。赵逵夫：《先秦文学编年史》下册，商务印书馆，2010 年，第 972 页。朱渊清：《王家台〈归藏〉与〈穆天子传〉》，《周易研究》2002 年第 6 期，第 9—13 页。

② 各家观点，可参看熊明《汉魏六朝杂传研究》所引，第 48—53 页。

③ 《少室山房笔丛》卷一三乙部，第 169 页；卷三四戊部，第 456 页。

④ 陈丽平：《〈穆天子传〉的现代解读——建国后〈穆天子传〉研究状况》，《辽宁大学学报》2000 年第 6 期。朱渊清据王家台秦简《归藏》用穆天子西征卜、入观夏后启之所居事，以为《穆天子传》前半是据实而作。

⑤ 《先秦两汉文学史料学》，第 185 页。

导"①,堪为卓识。

《穆天子传》中的穆王形象,最为后人诟病的是其肆意西征,而最为人艳羡的是其与西王母宴会。对前者,诸家多不作深入阐释,而对后者却颇津津乐道。个中缘由值得探讨。

关于穆王西征,《左传·昭公十二年》、《国语·周语》都记载了祭公谋父的谏阻,不同的是《左传》载"王是以获没于祇宫",起到了效果;而《周语》开篇说"王不听,遂征之,得四白狼四白鹿以归。自是荒服者不至"②,没有奏效。《论语》、《孟子》、《荀子》均不提穆王。屈原《天问》所谓:"穆王巧梅,夫何为周流?环理天下,夫何索求?"③遂成对穆王"欲肆其心,周行天下"的普遍批评。但从今存一些史料看,周穆王并非只是一个不恤国事民生、肆意远游的帝王,史籍子书对他的评价,也并非一边倒的抨击之声。《逸周书》卷一〇《周书序》记载:

> 穆王遭大荒,谋救患分,□《大匡》。
> 周公云殁,王制将衰,穆王因祭祖不豫,询其守位,作《祭公》。穆王思保位惟难,恐贻世羞,欲自警悟,作《史记》。④

"遭大荒"条,卢文弨以为"穆王"为"文王"之误,孙诒让则以为卢说非。此有争议,可不论。"周公"以下云云,确是指穆王执政心态而言。《逸周书汇校集注》引陈逢衡云:"此穆王晚年自悔之作,较之卫武公九十箴警于国,尤为悚惕。"又引朱右曾云:"鉴古

---

① 《汉魏六朝杂传研究》,第54—55页。
② 《国语集解》,第9页。
③ 《楚辞补注》,第110页。
④ 《逸周书汇校集注》,第1199、1215页。

事以自警觉也。"[1] 又《国语·齐语》记齐桓公问政：

> 管子对曰："昔吾先王昭王、穆王，世法文、武、远绩以成名，合群叟，比校民之有道者，设象以为民纪，式权以相应，比缀以度，𫍙本肇末，劝之以赏赐，纠之以刑罚，班序颠毛，以为民纪统。"[2]

这段话又见于《管子·小匡》，文字几乎相同，可见确有来历，非编造之言。管子作为春秋著名的改革派政治家，能对穆王作出这样高的评价，值得今天论者注意。

周穆王的重要政绩之一是改革刑法，即变蚩尤之重刑为轻刑（史称"吕刑"）。对此，《尚书·吕刑》有云：

> 吕命，穆王训夏赎刑，作《吕刑》。《吕刑》，惟吕命，王享国百年，耄荒，度作刑以诘四方。[3]

据孔氏传说，吕侯被任用周穆王司寇，奉穆王之命改刑法，称作"吕刑"，后又称"甫刑"（案：可能因封地关系）。对这场改革的政治效果，《论衡·非韩篇》评论说：

> 周穆王之世，可谓衰矣，任刑治政，乱而无功。甫侯谏之，穆王存德，享国久长，功传于世。夫穆王之治，初乱终治，非知

---

① 《逸周书汇校集注》，第 1215 页。
② 《国语集解》，第 218 页。
③ 《尚书正义》卷一九，第 247 页。

　　昏于前，才妙于后也，前任蚩尤之刑，后用甫侯之言也。[①]

此中"甫侯"即《尚书》中的吕侯。所谓"享国久长"，据孔颖达疏云：
《史记·周本纪》说穆王即位年已五十，在位达五十余年。所谓"功
传于世"，盖指《尚书》所载之《吕刑》、《管子》所说之"设象以为
民纪"等而言。王充作为著名思想家、社会的激烈批判者能如此
夸赞穆王，可见穆王之德的确有值得称道之处。

　　从上述评论看来，历史上的周穆王大概还算不上是个昏庸荒
政、淫游失德的天子。那么周穆王的恶名从何而来？是因为他不
听蔡公谋父劝谏而远征北国？还是他贪心无厌（"巧梅"）而周流
天下？其实都不是。理由主要有二。其一，中国上古三代帝王向
有巡狩天下的制度。《大戴礼记·少间》曰："昔虞舜以天德嗣尧，
布功散德制礼，朔方幽都来服，南抚交趾，出入日月，莫不率俾，西
王母来献其白琯，粒食之民，昭然明视，民明教，通于四海，海外肃
慎、北发、渠搜、氐、羌来服。"[②] 又《尚书·周官》云：

　　　　成王既黜殷命，灭淮夷，还归在丰，作《周官》。惟周王抚
　　万邦，巡侯甸，四征弗庭，绥厥兆民。六服群辟，罔不承德。归
　　于宗周，董正治官。王曰："若昔大猷，制治于未乱，保邦于未
　　危。……六年，五服一朝。又六年，王乃时巡，考制度于四岳。
　　诸侯各朝于方岳，大明黜陟。"[③]

① 《论衡校释》，第 441—442 页。
② ［清］王聘珍撰，王文锦点校：《大戴礼记解诂》，中华书局，2004 年，第 216 页。
③ 《尚书正义》卷一八，第 234—235 页。

四方来服、贡献于舜，与其四方巡狩、布功散德有关。舜最终也命殒九疑。所谓"时巡"，《正义》云：《周礼·大行人》云"十有二岁王巡守殷国"，是"周制十二年一巡守"也。如《舜典》所云春东、夏南、秋西、冬北以四时巡行，故曰"时巡"。如此说，周穆王之游行，其实也是巡狩四方之意，其"欲肆其心，周行天下"并非越制背礼的行为。蔡公谋父的劝阻，应当另有原因。方艳认为，穆王周游天下是游牧文化的遗留，世人对他的指责则是农耕文化与游牧文化的冲突而造成的误解①。其说前一层颇有道理，但后一层还可以再讨论。

其二，西王母是神话、传说中的人物，人间帝王与她相交往的传说起源很早②，且多圣贤。《荀子·大略》：圣人不学不成，故"尧学于君畴，舜学于务成昭，禹学于西王国"（又见《新序·杂事》）③，《尚书大传》卷一："舜之时，西王母来献白玉琯。"④《淮南子·览冥训》曰"羿请不死之药于西王母"，贾谊《新书·修政语》云：帝尧"身涉流沙"，"西见王母"⑤，《论衡·无形》说："禹、益见西王母，不言有毛羽。"⑥既然尧、舜、禹、益等儒家推崇的圣贤都能与西王母交往，穆王与西王母相会当然也不会构成罪责。

那么，周穆王到底是为何留下"恶名"的呢？笔者推测，个中缘由有二。一是《穆天子传》以方士的笔法过分张扬了周穆王的

① 方艳：《被误读的王者之巡——论〈穆天子传〉所体现的文化差异》，《南京师范大学文学院学报》2013年第1期。

② 《汉魏六朝杂传研究》，第54页。

③ 《荀子集解》，第489页。

④ ［清］皮锡瑞：《尚书大传疏证》卷二，中华书局，2015年，第31页。

⑤ 《新书校注》，第360页。

⑥ 《论衡校释》，第67页。

西征、游行,所以给不语"怪、力、乱、神"的儒家留下了不齿的恶
名。周穆王可以在儒家经典《尚书》中留名,但从《论语》、《孟子》、
《荀子》到《韩诗外传》,却绝口不提周穆王,没有留下关于他的只
言片语。这种奇怪现象恰恰印证了笔者的揣测。其二,周穆王肆
意周游的目的,本意或是"巡守"四方,但被方士描绘成了"求仙";
或者是周穆王借"巡守"的名义而实现其求仙的真正意图。《列
子·周穆王》的一段仙话故事或可揭露五十岁方登基的穆王心底
的真实欲望:

　　周穆王时,西极之国有化人来,入水火,贯金石;反山川,
移城邑;乘虚不坠,触实不破。千变万化,不可穷极。既已变
物之形,又且易人之虑。穆王敬之若神,事之若君。推路寝以
居之,引三牲以进之,选女乐以娱之。……居亡几何,谒王同
游。王执化人之袪,腾而上者,中天乃止。暨及化人之宫。化
人之宫构以金银,络以珠玉;出云雨之上,而不知下之据,望之
若屯云焉。耳目所观听,鼻口所纳尝,皆非人间之有。王实以
为清都、紫微、钧天、广乐,帝之所居。王俯而视之,其宫榭若
累块积苏焉。王自以居数十年不思其国也。化人复谒王同游,
所及之处,仰不见日月,俯不见河海。光影所照,王目眩不能
得视;音响所来,王耳乱不能得听。百骸六藏,悸而不凝。意
迷精丧,请化人求还。化人移之,王若殒虚焉。既寤,所坐犹
向者之处,侍御犹向者之人。视其前,则酒未清,肴未晞。王
问所从来。左右曰:"王默存耳。"由此穆王自失者三月而复。
更问化人。化人曰:"吾与王神游也,形奚动哉?且曩之所居,
奚异王之宫?曩之所游,奚异王之圃?王间恒有,疑暂亡。变
化之极,徐疾之间,可尽模哉?"王大悦。不恤国事,不乐臣妾,

肆意远游。……遂宿于昆仑之阿,赤水之阳。别日升昆仑之丘,
以观黄帝之吕;而封之以诒后世。遂宾于西王母,觞于瑶池之
上。西王母为王谣,王和之,其辞哀焉。[①]

这里所谓与幻化人之"神游",极尽人间所未有之欢乐,恰如佛经
所谓极乐世界、梵天净土,正是后世如《幽明录》之"杨林梦"、唐
传奇之"黄粱梦"的张本,其实都是人类内心愿望的一种幻化、变
形的流露。而周穆王从此"不恤国事,不乐臣妾,肆意远游"云云,
或许正准确地揭示了他肆意周游的心底秘密。

在周穆王之前,还有一个淫游好色、追求登仙不死的帝羿。
历史、文人对他的评判是"愈来愈恶"(详下文),并成为佛教典籍
(如《魏书·释老志》、《法苑珠林》)不断拉来证明佛教自西周已
入华的"虎皮"。《颜氏家训·止足》中的一段议论也许能说明周
穆王因求仙拜神而带来的历史罪名:

> 天地鬼神之道,皆恶满盈。谦虚冲损,可以免害。人生衣
> 趣以覆寒露,食趣以塞饥乏耳。形骸之内,尚不得奢靡,己身
> 之外,而欲穷骄泰邪?周穆王、秦始皇、汉武帝,富有四海,贵
> 为天子,不知纪极,犹自败累,况士庶乎?[②]

这是说周穆王的追求鬼神之道不仅"败累"了周代政治(如"自是
荒服者不至"),还给后来的齐威王、秦始皇、汉武帝等帝王的大肆

---

① 杨伯峻:《列子集释》卷三,中华书局,1979 年,第 90–98 页。论者多认为,《列
　子》成书时代很晚,但其中有不少材料来源很早。
② 《颜氏家训集解》,第 317 页。

求仙带了个坏头。

如此说来,围绕着《穆天子传》以及周穆王所产生的神话、仙话、故事和小说,正生动地体现了所谓神坛、政坛和文坛交织而催生的种种言说,也形象地体现了神圣叙事到世俗叙事的生成、衍化和兴衰的过程。

二、子史对故事传说的模塑

李零在《简帛古书与学术源流》一书中根据出土文献,把史书重新分成四类:(一)谱牒类的史书,是纪传体的来源;(二)纪年类的史书,是编年体的来源;(三)档案类的史书;(四)故事类的史书,是纪事本末体的来源[①]。其中最值得笔者关注的是第四类史书。李零认为:故事类史书中最有特点的东西,"其实是诸子百家引用的故事传说","是一种貌似口语,但实为文学创造的史书"。这些故事传说包括"三皇五帝故事"、"唐虞故事"、"三代故事"(夏商周)、"春秋战国故事",传世标本是《国语》、《战国策》等,重要出土文献如上博楚简《容成氏》、马王堆帛书中的黄帝书、郭店楚简《唐虞之道》、马王堆帛书《春秋事语》和《战国策纵横家书》。这类古代史书是"数量最大也最活跃的一种",上博楚简中和《春秋事语》、《战国策纵横家书》类似的古书约二十种,如《叔百》、《子玉治兵》、《两棠之役》、《简大王泊旱》、《景公疟》等。《左传》"肯定是利用事语类的古书,即与今《国语》类似的材料编成"。事语类的古书也与诸子百家语有关,"诸子书,今多视为哲学或政论,

---

① 《简帛古书与学术源流》,三联书店,2004 年,第 261-267 页。

但在古代，却是私家之史乘，即后世所谓的稗官野史"①。这一论断与胡应麟、章学诚的宏观判断有近似之处。从这一角度说，笔者在绪论中所谓故事是贯通子、史之桥梁的观点是可以成立的。

故事可以贯穿经、史、子书（如第三章所述），反过来，也可以从经、史、子中钩沉故事。这一现象表明，史书与小说在文体上差别并不大。二者的生成往往是相互的，并非非此即彼的关系。

（一）

伍子胥作为春秋时代的风云人物，曾引起战国时期史学家和思想家的广泛注意和深刻思考。其故事不仅见录于先秦史籍，而且也见载于诸子著作。《韩非子》、《吕氏春秋》给伍子胥故事增加了一些新的情节和人物，丰富了伍子胥故事；《荀子》、《庄子》等对伍子胥的品格给予了道德评判，形成了忠贤、强谏的人物形象。这些引述和评价具有两方面的意义：在思想内容上促使伍子胥的忠臣形象成为后来故事发展的内在灵魂；在表现形式上，推动了伍子胥故事的小说化和文学传播，显示出史书与子书的连通，也体现出子书向小说转变的趋向。

先看先秦史书的记载②。

不同于虚构臆设的神话传说，历史故事多植根于真实的历史环境中，记载有史可考的历史人物和历史事件。然而，限于年代久远、主观创作意识的增强和载录手段的制约，诸多古老的历史故事早已背离其本来面目。以吴越争霸为背景，春秋年间曾广为

① 《简帛古书与学术源流》，第 267—278 页。
② 此节参考姚瑶《伍子胥故事研究》，徐州师范大学硕士学位论文，2008 年。笔者指导。

流传的伍子胥故事即是如此，经过历史的沉淀、文学的加工，早已
与历史真实相去甚远。约成书于战国中期的史书《左传》、《国语》
去春秋未远，是有关伍子胥记载的最早信史，最接近伍子胥史实
原貌。二者成为后世对此故事进行加工、敷衍的基本素材。

　　《左传》共有六处记伍子胥事；《国语》则有八处记伍子胥之言
或与之相关的言论。就具体记载而言，分属编年体、国别体的两
部史书均是零星散记该事。对于《左传》的记载，条分缕析后尚
能理清事件的来龙去脉；而《国语》只记言辞，事件缺乏贯彻始终
的完整性。因此，要清晰准确地了解伍子胥史实就必须将二书结
合起来，互为补充，不仅要肯定相同史实存在的合理性，而且要以
审慎的态度对待二者的偏差之处，才能把握伍子胥及其故事相对
可信的历史原貌。

　　《左传》有六处记载伍子胥其人其事。其一，昭公二十年记载
伍子胥奔吴事件的缘起：

　　　　（费无极谗害太子建、伍奢叛国。）王信之，问伍奢。伍奢
　　对曰："君一过多矣，何信于谗？"王执伍奢，使城父司马奋扬
　　杀大（太）子，未至而使遣之。三月，大子建奔宋。……无极曰：
　　"奢之子材，若在吴，必忧楚国，盍以免其父召之。彼仁，必来。
　　不然，将为患。"王使召之，曰："来，吾免而父。"棠君尚谓其弟
　　员曰："尔适吴，我将归死。吾知不逮，我能死，尔能报。闻免
　　父之命，不可以莫之奔也；亲戚为戮，不可以莫之报也。奔死
　　免父，孝也；度功而行，仁也；择任而往，知也；知死不辟，勇也。
　　父不可弃，名不可废，尔其勉之！相从为愈。"伍尚归。奢闻员
　　不来，曰："楚君、大夫其旰食乎！"楚人皆杀之。
　　　　员如吴，言伐楚之利于州于（吴王僚）。公子光曰："是宗为

戮，而欲反其仇，不可从也。"员曰："彼将有他志。余姑为之求士，而鄙以待之。"乃见鳣设诸焉，而耕于鄙。[①]

其二、三，昭公三十、三十一年记载伍子胥伐楚国：

吴子（吴王阖闾）问于伍员曰："初而言伐楚，余知其可也，而恐其使余往也，又恶人之有余之功也。今余将自有之矣。伐楚何如？"对曰："楚执政众而乖，莫适任患。若为三师以肆焉，一师至，彼必皆出。彼出则归，彼归则出，楚必道敝。亟肆以罢之，多方以误之。既罢，而后以三军继之，必大克之。"阖庐从之，楚于是乎始病。

秋，吴人侵楚，伐夷，侵潜、六。楚沈尹戍帅师救潜，吴师还。楚师迁潜于南冈而还。吴师围弦，左司马戍、右司马稽帅师救弦。及豫章，吴师还。始用子胥之谋也。[②]

其四，定公四年记载，伍子胥覆楚国：

秋，楚为沈故围蔡。伍员为吴行人以谋楚。……伯州犁之孙嚭为吴太宰以谋楚。楚自昭王即位，无岁不有吴师。……

（冬十一月）庚辰，吴入郢，以班处宫。……

初，伍员与申包胥友。其亡也，谓申包胥曰："我必复楚国。"申包胥曰："勉之！子能复之，我必能兴之。"[③]

---

①《春秋左传正义》，第 2090—2091 页。
②《春秋左传正义》，第 2126 页。
③《春秋左传正义》，第 2136—2137 页。

其五,哀公元年记载,伍子胥谏夫差不许越国之求和,遭吴王拒绝:

> 吴王夫差败越于夫椒,报檇李也。遂入越。越子以甲楯五千,保于会稽,使大夫种因吴大宰嚭以行成。吴子将许之,伍员曰:"不可。臣闻之:'树德莫如滋,去疾莫如尽。'……"弗听。退而告人曰:"越十年生聚,而十年教训,二十年之外,吴其为沼乎!"①

其六,哀公十一年记载,伍子胥谏伐齐而与越国交好,夫差赐死:

> 吴将伐齐,越子率其众以朝焉,王及列士皆有馈赂。吴人皆喜,惟子胥惧,曰:"是豢吴也夫!"谏曰:"越在,我心腹之疾也,壤地同而有欲于我。夫其柔服,求济其欲也,不如早从事焉。得志于齐,犹获石田也,无所用之。越不为沼,吴其泯矣。使医除疾,而曰'必遗类焉'者,未之有也……"(吴王)弗听。使于齐,属其子于鲍氏,为王孙氏。反役,王闻之,使赐之属镂以死。将死,曰:"树吾墓檟,檟可材也。吴其亡乎!三年,其始弱矣。盈必毁,天之道也。"②

《左传》的作者力求真实地记载春秋史实,不遗漏某一个细节、不偏好某一个人物,在忠于历史真实的基础上为后人呈现一幅清晰

---

① 《春秋左传正义》,第2154—2155页。
② 《春秋左传正义》,第2167页。

的历史画卷。伍子胥史实就是在撰者平铺直叙的过程中展开的，他的出身、经历、谋略都在作者有意无意的叙述中较为完整地呈现出来。虽然伍子胥史实在《左传》中的几处记载还较为散乱、不成系统，但经过梳理后，其人生线索仍较为清晰：士大夫阶层出身——父、兄含冤被杀——逃楚而奔吴——复仇楚国——直谏夫差——赐死。作为伍子胥故事发展演变的源头，后世相关题材的杂史杂传、小说戏曲均是在此基础上敷衍演进的。因此，《左传》中伍子胥史实的记载对于我们了解故事原貌意义重大。

《国语》没有涉及伍子胥的家世及其与楚国的个人恩怨，主要记载伍子胥在吴国政治、外交活动中的言辞以及与之相关的言论。《吴语》记载主要有三，一是谏不许越之求成：

> 吴王夫差乃告诸大夫曰："孤将有大志于齐，吾将许越成，而无拂吾虑。若越既改，吾又何求？若其不改，反行，吾振旅焉。"申胥谏曰："不可许也。夫越非实忠心好吴也，又非慑畏吾兵甲之强也。大夫种勇而善谋，将还玩吴国于股掌之上，以得其志。夫固知君王之盖威以好胜也，故婉约其辞，以从逸王志，使淫乐于诸夏之国，以自伤也。使吾甲兵钝弊，民人离落，而日以憔悴，然后安受吾烬。夫越王好信以爱民，四方归之，年谷时熟，日长炎炎。及吾犹可以战也，为虺弗摧，为蛇将若何？"[1]

二是谏伐齐而警惕越：

---

[1]《国语集解》，第 539—540 页。申胥，旧指伍子胥。韦注："(伍) 员奔吴，吴子与之申地，故曰申胥。"此说颇谬，详下文。

　　吴王夫差既许越成,乃大戒师徒,将以伐齐。申胥进谏曰:"昔天以越赐吴,而王弗受。……越之在吴也,犹人之有腹心之疾也。夫越王之不忘败吴,于其心也伬然,服士以伺吾间。今王非越是图,而齐、鲁以为忧。夫齐、鲁譬诸疾,疥癣也,岂能涉江、淮以与我争此地哉? 将必越实有吴土。……"王弗听。十二年,遂伐齐。齐人与战于艾陵,齐师败绩,吴人有功。①

三是以自杀面对吴王责斥:

　　吴王反自伐齐,乃诔申胥曰:"昔吾先王体德圣明,达于上帝,譬如农夫作耦,以刈杀四方之蓬蒿,以立名于荆,此则大夫之力也。今大夫老,而又不自安恬逸,而处以念恶,出则罪吾众,挠乱百度,以妖孽吴国。今天降衷于吴,齐师受服。孤岂敢自多,先王之钟鼓,寔式灵之,敢告于大夫。"申胥释剑而对曰:"……员不忍称疾辟易,以见王之亲为越之擒也。员请先死。"遂自杀。将死,曰:"以悬吾目于东门,以见越之入,吴国之亡也。"王愠曰:"孤不使大夫得有见也。"乃使取申胥之尸,盛以鸱夷,而投之于江。②

又吴王临死祭告伍子胥:

　　夫差将死,使人说于子胥曰:"使死者无知,则已矣。若其

---

① 《国语集解》,第540—543页。
② 《国语集解》,第544—545页。

有知，吾何面目以见员也！"遂自杀。[①]

又《越语》记载了伍子胥直谏不许越求成一事：

> 夫差将欲听与之成，子胥谏曰："不可。夫吴之与越也，仇
> 雠敌战之国也。三江环之，民无所移，有吴则无越，有越则无
> 吴，将不可改于是矣。员闻之，陆人居陆，水人居水。……夫
> 越国，吾攻而胜之，吾能居其地，吾能乘其舟。此其利也，不可
> 失也已，君必灭之。失此利也，虽悔之亦无及已！"[②]

这段谏言与《吴语》第二章所谏同为一事，但所谏之语却比前者
更深刻、惊醒，"三江环之，民无所移"，是吴越相争的必然性；"陆
人居陆，水人居水"，则是舍齐而灭越的文化缘由。同时，两段不
同的记载也显示出史料来源的差异。

从内容上而言，《国语》重在记言辞，故其叙事成分较少，但它
更侧重于展现伍子胥深谋远虑的政治才能、忠言直谏的气魄胆识
以及忠臣惨死的悲剧结局，从而在人物形象的勾画上略胜《左传》
一筹。

《左传》、《国语》保存了伍子胥故事在早期史料记载中的基本
面貌。对相关史实和伍子胥故事在《左传》、《国语》中的差别之处，
这里做出四点考论。

第一，关于伍子胥家世。伍子胥生年不详，卒于鲁哀公十一
年（前484）。《左传》记伍子胥于鲁昭公二十年（前522）奔吴，此

---

① 《国语集解》，第561—562页。
② 《国语集解》，第568—569页。

时子胥已然是谋略满腹、智勇双全的青壮年,据此推测,其生年约在公元前 550 年之前。

伍子胥父伍奢虽位高权重,但伍氏一族并非世袭名门。据《左传·宣公十二年》记载,伍子胥曾祖伍参是楚庄王的"嬖人"[1],身份卑微,因深受庄王宠爱且有才智,遂升为士大夫阶层。《古今姓氏书辩证》亦有"伍氏,出自春秋时楚庄王嬖人伍参,以贤智升为士大夫"之言[2]。伍参之后,伍氏一门声望骤起,成为簪缨世家。

伍子胥的父祖皆为楚国忠直敢谏的士大夫。《左传·宣公十二年》记载伍子胥曾祖伍参正确分析形势并且坚持己见,改变了楚庄王和令尹孙叔敖的决策,赢得了春秋时期楚晋交战中最伟大的胜利——邲之战;伍子胥祖父伍举曾奉事楚灵王,亦是屡屡进谏的忠臣;据《左传·昭公十九年》记,楚平王即位后,使子胥父伍奢为太子建师(太傅),可见当时伍奢亦颇受平王所信赖。家族先辈遗留下来的直谏传统,对伍子胥的政治理念产生了深刻的影响。

关于伍子胥的亲眷和后代情况,史书较少提及。有史可考的伍子胥的同辈仅有兄长伍尚一人,其他眷属情况先秦史料鲜有记载。虽《左传·哀公十一年》有"属其子于鲍氏,为王孙氏"之言,但子女亲眷的具体情况未言明,故后代《伍子胥变文》中出现的伍妻形象应纯属虚构。又据《通志·氏族略》、《古今姓氏书辩证》、《元和姓纂》等记载,伍子胥的子孙为避祸,有更改"伍"氏为"五"氏或"五相"的情况,个中情形较为复杂,其后世子孙繁衍情况更难考定,不便妄测。

---

① 《春秋左传正义》,第 1880 页。
② [宋]邓名世:《古今姓氏书辩证》,中华书局,1985 年,第 335 页。

　　第二，关于伍子胥姓氏名字。见于《左传》、《国语》的伍子胥称呼有三种，历代均赞同"伍子胥，名员，字子胥的说法"，而《国语》所涉子胥之处必以"申胥"代之，汉竹简《盖庐》①、东汉杂史《越绝书》亦以"申胥"称之。究竟子胥以何为氏？世称"伍氏"的他为何以"申氏"冠之？其中缘由，至今难以定论。

　　上古以来，我国姓、氏一直呈分离状况。据《史记·五帝本纪》集解引郑玄注曰："姓者，所以统系百世，使不别也。氏者，所以别子孙之所出。"②就是说，姓用来表示家族的族号，而氏用来表示家族的分支。姓作为集合名词，不能用作个人标记，而氏则可以冠于名前。诸侯虽无权赐姓，但可赐氏。这种做法在周武王立国之后十分常见。《通志·氏族略序》郑樵云："三代之前，姓氏分而为二，男子称氏，妇人称姓。氏所以别贵贱，贵者有氏，贱者有名无氏。"③可知，在周朝诸侯国内，只有地位高贵之家族才有被赐氏的权利。结合伍氏的家世背景，出身楚国士大夫家族的伍员应是以"芈"为姓，以"伍"为氏，氏冠名前，称为"伍员"。此说可印证《通志·氏族略四》中所谓"伍氏（芈姓，楚大夫伍参之后也）"④的说法。

　　"伍员，字子胥"的说法世皆认同⑤。两周时代，男人的字一般是加两个衬字，前面表排行，后面表美称，如仲尼父、伯禽父；或省

----

① 张家山二四七号汉墓竹简整理小组：《张家山汉墓竹简》，第99页。

② 《史记》，第45页。

③ ［宋］郑樵撰，王树民点校：《通志二十略》，中华书局，1995年，第1—2页。

④ 《通志二十略》，第139页。

⑤ 杨琳《伍子胥事迹的新发现》一文从训诂学的角度考证了伍子胥名与字的联系。其结论：伍员结合自身经历，截取《诗经·小雅·雨无正》中"勋（音员）胥以铺"为名字，意为伍氏一家清白无辜，寄托报仇雪恨的志向。其说可信。文载《社会科学战线》2000年第4期。

去排行，将美称前移，一般加"子"，如子胥、子产、子渊；而当氏和字连称时，"子"可以省略，如颜回字子渊，可称"颜渊"。据此可以推知，《国语》称伍子胥为"申胥"也应是氏、字连称。伍子胥又为何以"申"为氏？东汉应劭有"或氏于国，或氏于官，或氏于字，或氏于居"的说法[1]。又据《古今姓氏书辩证》记伍参"生举，食邑于椒，谓之椒举，其子曰椒鸣、伍奢。椒鸣得父邑"[2]可知，伍子胥祖父伍举、伯父伍鸣都因食邑于椒地，故冠居地"椒"为氏，又称椒举、椒鸣。伍胥被称申胥，亦应以居地称之。《通志·氏族略》郑樵注有明言："申为旧国名，后为楚之邑，申公居之，又为申氏，是以邑为氏也。"[3]据《春秋战国地图》考察，可知申地为今河南南阳附近，为春秋楚地，与古代吴国相去甚远，故韦昭注《国语·吴语》时称"员奔吴，吴与之申地，故曰申胥"的说法谬误。《左传·襄公十六年》记载，子胥祖父伍举曾与申公子牟结亲，后牟、举流亡于国外，因有人说情才得以复国。据此推测，可能是伍举归国时，牟的申邑亦归之，故伍氏又以居地申邑为氏。此见仅为推论，因去古久远，难以查证，但"申胥"是以楚地申邑氏于字前，则毋庸置疑。

　　第三，关于自杀情节。《左传》、《国语》二书虽体式不同，但成书年代相近，因此在记载同一内容时差异不大，如伍子胥直谏夫差之言，二书都有撰录，虽具体言辞不同、详略不一，但劝谏角度相近，相差不远。二书在内容上最大的差异是伍子胥自杀情节的相关记载。据上引文献，《左传·哀公十一年》和《国语·吴语》

---

① 《风俗通义校注·佚文》，第 495—496 页。

② 《古今姓氏书辩证》，第 335 页。

③ 《通志二十略》，第 63 页。

都载有伍子胥自杀的情节,然其自杀意愿和临终遗言均有差别,主要有两点:

一是意愿之别,即被动赐死和主观求死之别。《左传》记夫差得知伍子胥托孤于齐后,怀疑子胥有二心,盛怒之下赐子胥属镂剑以死;《国语·吴语》记夫差斥子胥"妖孽吴国",子胥痛感吴王"播弃黎老",不忍见吴国被越所灭,主动"请先死",遂自杀。二史所记虽都以子胥自杀为终结,但被动赐死和主动求死的两种结局让我们对历史事件、历史人物的认识和了解只能是将信将疑、模棱两可,但伍子胥对吴王夫差的绝望之情则毋庸置疑。即使是被动赐死也是早有心理准备的,从其托孤于齐国亦可看出其必死之心,在这一点上又与《国语》中的主动求死有相通之处。

二是遗言之别,即言辞表述之别。《左传》说子胥将死时曰:"树吾墓槚,槚可材也。吴其亡乎! 三年,其始弱矣。盈必毁,天之道也。"《国语》言子胥将死曰:"以悬吾目于东门,以见越之入,吴国之亡也。"二者表达看似毫无关系,实则内涵一致。《左传》中伍子胥的遗言带有预言的色彩,他早已预知吴国不出三年就会转盛为衰,终难逃灭亡噩运;《国语》中"悬目东门"的遗言,亦是表达子胥对吴国将亡于吴越之争的预见。二书中针对这一情节的言辞表达虽似相去甚远,但却有异曲同工之用。而《国语》中吴王取"申胥之尸,盛以鸱夷,投之于江"的记载,更直接影响了后代同类题材文学作品中神怪形象的虚构创作。

先秦时代由于书写工具等客观条件的制约,以及载史人身份和地域的限制,许多故事都是由瞽史记诵,诸多具体细节都是口耳相传保存下来,故两本史书在具体细节处产生上述差异亦不足为奇。这种差别所隐含的一个事实是:在《左传》、《国语》之前,伍子胥故事尚无定型化、情节化的书面记载,只有口传的形态。

　　第四，关于人物形象。见于史书的伍子胥史实如前所言，只是零星散记，只有把伍子胥在不同年代的事迹联系起来，才能得到一个比较完整的人物形象。由于《左传》《国语》以记事、记言为主，因此我们鲜少在书中看到有关人物形象的正面描写，只能通过具体的事件和对话，大致推断早期史料记载中伍子胥的性格和形象。

　　首先，才识卓绝，富有远见。伍子胥的才干和远见一直贯彻事件始终，他既显现出卓越的军事家才能，为吴王攻打楚国出谋划策，又表现出政治家的精明与老道，不仅在自己的复仇之路上步步为营，而且能够清晰地认识吴越之间不可调和的矛盾。他还具有敏锐独到的政治眼光，既能预见公子光将取代吴王僚成为吴国未来的主宰，又能预见到刚愎自用的夫差必将导致吴国亡于吴越争霸的历史漩涡中。

　　其次，不畏险境，忠直敢谏。伍子胥对吴王一片赤诚之心，多次不顾杀身之祸，上谏夫差。文中伍子胥旁征博引，引譬连喻，以古证今的强谏之辞较多，谏臣形象深入人心。

　　再次，坚忍不拔，能屈能伸。背负血海深仇去楚奔吴的伍子胥具备了一个成熟政治家应有的素质，坚韧的性格是其报仇成功的关键。他以政治家的眼光预见到公子光的未来后，没有立即联手公子光有所作为，而是高瞻远瞩、静待时机，以推荐勇士的方式扶助公子光登上王位，为颠覆楚国做好了政治上的铺垫。

　　史传中的伍子胥形象，虽然只是依附于历史事件的人物符号，不似后代同题材文学作品中的人物形象光鲜生动，但简单朴素的叙述也是最值得信赖的。认识历史上真实的伍子胥其人其事正是笔者撰述的初衷。

　　不可否认，《左传》《国语》的某些片段必定含有想象、虚拟的成分。瞽史为求所讲史实生动细致，经常根据情理和自己的生活经验进行合理想象，或增添一些细节，或摹拟当时人物说话，使之惟妙惟肖，以便更好展现当时的情景。钱锺书先生论《左传》之记事说："史家追述真人的实事，每须遥体人情，悬想事势，设身局中，潜心腔内，忖之度之，以揣以摩，庶几入情合理。"[①]正是看到了这一点，甚至有学者认为先秦历史散文中已经蕴含了小说因素。从《左传》、《国语》的记载来看，笔者认为作史者是在实录的基础上进行合理的想象和虚拟。《左传》中的个别情节和片段甚至为追求实录，而未能大胆想象，由于过分尚简而有时交代不清，给人仅有骨架而缺乏血肉的感觉。作为记载伍子胥事件最早的史料，且距伍子胥生活年代较近，《左传》、《国语》的真实性是能够让人信赖的，其间的文献记载也给后世的创作提供了基本的素材，诸多未加详细交代的梗概内容也给后世文人提供了想象和创作的空间。

再看先秦子书中的伍子胥故事[②]。

说理不离事是先秦子书的一个重要特点。成书于战国晚期的《韩非子》、《吕氏春秋》尤其如此，大量的历史故事、寓言故事和民间传说等，常常只是作者说理的事例，甚至为此还专门搜集储备了几百个未经加工的各类故事，如《韩非子》的《说林》、《储说》诸篇。然而，与历史学家不同，作为思想家的韩非子、吕不韦及其门徒，并不谋求真实地再现历史的本来面貌，而只求能形象生动地阐明自己的观点。这就使他们很难局限于某一种史籍、某

---

① 钱锺书：《管锥编》，中华书局，1979 年，第 166 页。
② 参见陈洪、姚瑶：《先秦子书与伍子胥故事》，《徐州师范大学学报》2008 年第 4 期。

一个故事，只能综合各种记载，杂糅众说，甚至不惜张冠李戴、移花接木地援事论理。因此，在他们的笔下，许多故事不但思想倾向发生了变化，连情节、细节也往往比原始素材更为完整、丰富，甚至某些精彩片段已经具备了小说的特点。伍子胥的传说故事在《韩非子》和《吕氏春秋》中的发展和丰富正体现了这一点。

《韩非子》多处提及伍子胥史实，其中三处关系到故事的变化。

其一，《说林上》第二十二则记子胥使计骗过边候，得以脱身楚国：

> 子胥出走，边候得之。子胥曰："上索我者，以我有美珠也。今我已亡之矣，我且曰子取吞之。"候因释之。①

其二，《说林下》第二十三则记子胥以溺人者自比，显示其覆灭楚国决心：

> 阖庐攻郢，战三胜，问子胥曰："可以退乎？"子胥对曰："溺人者一饮而止，则无遂者，以其休也。不如乘之以沉之。"②

其三，《内储说下》第三十一则记吴楚之战过程中，子胥骗使楚国临阵换将，完败于吴：

> 吴政荆，子胥使人宣言于荆曰："子期用，将击之；子常用，

---

① 《韩非子新校注》，第465页。
② 《韩非子校注》，第219页。《韩非子新校注》第519页该则"遂"作"逆"，"休"之前有"不"衍字，文字和标点似有误。

将去之。"荆人闻之,因用子常而推子期也。吴人击之,遂胜
之。①

引文中提及的边候遇阻、计换子常等内容都是原来史书记载中
没有的情节,具有鲜明的小说化倾向,它摈弃了史籍故事中对人
物形象较为呆板的叙述,突出了伍子胥机智灵活、善于谋略的性
格特点,显示出他誓志覆楚的决心。其中子胥骗边候故事,又见
《战国策·燕三》:"张丑为质于燕,燕王欲杀之,走,且出境,境吏
得丑。丑曰:'燕王所为将杀我者,人有言我有宝珠也,王欲得之。
今我已亡之矣,而燕王不我信。今子且致我,我且言子之夺我珠
而吞之,燕王必当杀子,刳子腹及子之肠矣。夫欲得之君,不可说
以利。吾要且死,子肠亦且寸绝。'境吏恐而赦之。"②张丑是战国
著名策士,约与张仪同时。抑或是韩非子张冠李戴? 抑或是《战
国策》作者致错?

《吕氏春秋》记载的伍子胥故事,与《左传》、《国语》所记相比,
虽然大致情节一样,但其具体内容几乎面目全非。其中,"伍员奔
吴"和"伍员鞭坟"的情节较之以前文献有较大出入,显示出虚构
的小说化倾向。

其一,《吕氏春秋·孟冬纪十·异宝》记载了伍子胥奔吴的曲
折过程:

> 五员亡,荆急求之,登太行而望郑曰:"盖是国也,地险而
> 民多知,其主俗主也,不足与举。"去郑而之许,见许公而问所

---

① 《韩非子新校注》,第 651 页。"政"与"征"通,伐也。
② 《战国策笺证》,第 1773—1774 页。

之。许公不应,东南向而唾。五员载拜受赐曰:"知所之矣。"因如吴。过于荆,至江上,欲涉,见一丈人,刺小船,方将渔,从而请焉。丈人度之,绝江,问其名族,则不肯告,解其剑以予丈人,曰:"此千金之剑也,愿献之丈人。"丈人不肯受曰:"荆国之法,得五员者,爵执圭,禄万檐,金千镒。昔者子胥过,吾犹不取,今我何以子之千金剑为乎?"五员过于吴,使人求之江上则不能得也,每食必祭之,祝曰:"江上之丈人!……"①

《左传》中仅以"员入吴"三字概括地交代了伍子胥径直入吴的事件,至《韩非子》,则增加了"边候遇阻,用计脱身"的情节;发展至《吕氏春秋》,史书中的寥寥三字更被发展至数百言,对伍子胥的奔吴情节作了详细的加工和补充。文中不仅载录了伍子胥历经郑、许等国,终遇明主的艰辛过程,而且设置了全新的人物角色——江上丈人。这一人物首见于《吕氏春秋》,《左传》未提,其真实性颇受质疑,极有可能是编者搜集来的民间道听途说。这一人物的设置亦有可能与编者所处时代崇侠尚剑的社会风气相关。江上丈人不重名利、义助子胥之事已使其与传统的渔夫形象区别开来,成为世外高人的代名词。西晋皇甫谧《高士传·江上丈人》中即有转述:"丈人遗俗,鼓枻江隈。楚胥求济,夜乱芦漪。笑辞星剑,意进鲍鱼。匆匆戒别,何用名为。"②虽后代文章又对此人物和情节进行了加工、补充,与《吕氏春秋》所记已渐趋不一,但是据序言所讲,此传确是为《吕氏春秋》中的"江上丈人"立传无疑。在后代作品中,随着这一形象的不断丰富和最终确立,其亦成为

---

① 《吕氏春秋校释》,第551—552页。
② 〔晋〕皇甫谧:《高士传》,中华书局,1985年,第21页。

伍子胥故事中不可或缺的重要人物。

其二，《吕氏春秋·孝行览二·本味》记载了伍子胥引吴兵覆楚、为父兄报仇的过程：

> 伍子胥欲见吴王而不得。客有言之于王子光者，见之而恶其貌，不听其说而辞之。……客以闻伍子胥，伍子胥曰："此易故也。愿令王子居于堂上，重帷而见其衣若手，请因说之。"王子许。伍子胥说之半，王子光举帷，搏其手而与之坐。说毕，王子光大说。伍子胥以为有吴国者必王子光也，退而耕于野七年。王子光代吴王僚为王，任子胥。子胥乃修法制，下贤良，选练士，习战斗；六年，然后大胜楚于柏举，九战九胜，追北千里，昭王出奔随，遂有郢，亲射王宫，鞭荆平之坟三百。乡之耕，非忘其父之仇也，待时也。①

《左传》中伍子胥的复仇，是借国与国之间的利益冲突为突破口，以实现吴国的最大利益为借口，未将个人复仇落实到细微之处，更没有具体突出体现他对楚国、楚平王的仇恨之心。这给好事者提供了发挥和想象的充分空间。至《吕氏春秋》，随着"鞭坟"情节的出现，伍子胥的复仇体现了浓郁的个性色彩，其孝子复仇的形象亦渐趋明朗。然而"鞭坟"一说是前所未闻的，前代典籍文献中均未提及。《春秋》定公四年对吴兵入郢这件事的记载却极为简略，以"庚辰，吴入郢"寥寥五字一笔带过。《左传》记春秋楚事较为详备，作者用近三千字的篇幅再现了定公三年至定公五年间吴兵入郢的前因后果、外部环境和具体战况，甚至主要当事人

---

① 《吕氏春秋校释》，第767—768页。

的心理活动等,却未见任何与"鞭坟三百"有关的字样。《国语》作为较为完整保存列国史书原貌和素材的文献,无论是《楚语》,还是《吴语》,均没有一字提及"鞭坟三百"的情节。因此,"鞭坟"以及后来的"鞭尸"细节应当是虚构的,极有可能来源于民间的道听途说①。战国末年和两汉之际,是复仇之风炽盛的时代,世人亦皆崇剑尚侠。为报父兄之仇而颠覆祖国的伍子胥是先秦两汉之世血亲复仇的极致典型。其有勇有谋、背负血债的形象符合当世对侠士的定义,故时人将"鞭坟"、"鞭尸"等游侠意味浓厚的复仇情节附加至其身上,并且借助民间系统广为流传。《吕氏春秋》的编者向有杂糅众说的传统,故收纳于笔下也不足为奇。

综合上述对《韩非子》、《吕氏春秋》的分析,笔者认为二书虽记春秋伍子胥事,但已脱离史实范围,出现了小说化倾向,这皆与诸子著书"寓理于事"的宗旨相关。诸子著书援引历史故事、民间传说、寓言故事以达到忠言劝谏、批判现实、启迪人生的目的。他们经常取材于历史,但又不限于简单地引述史实作为佐证,而是根据表达思想的需要,改编历史,并用形象化的手法,补充历史细节,这就使得他们笔下的历史故事,变成了不尽可靠的小说家言了,促使一成不变的历史史实向富有层次性的历史故事转变,为后世伍子胥故事的最终定型和小说文本的形成提供了丰富的养料。因此,诸子散文的补充和加工对伍子胥传说故事的形成起到了至关重要的作用。

再次看先秦诸子及先贤对伍子胥的评价。

---

① 张君《伍子胥何曾掘墓鞭尸》一文从历史背景、典籍记载、成说氛围等方面详
　细辨证地否定了"掘墓鞭尸"的真实性。其说可从。文载《武汉大学学报》
　1985 年第 3 期。

　　伍子胥故事在先秦时代流传广泛，诸子先贤如庄子、荀子及屈原等人都对其进行了精辟独到的点评。有的直接体现在本人的著述中，有的被后人搜集成文，现简述如下。

　　在传世的儒家经典中，《论语》、《孟子》都没有提到伍子胥。最早提到伍子胥事迹的，是战国后期偏早的《荀子》。《宥坐》篇曰：

　　　　孔子(答子路)曰："……女以知者为必用邪？王子比干不
　　见剖心乎！女以忠者为必用邪？关龙逢不见刑乎！女以谏者
　　为必用邪？吴子胥而不磔姑苏东门外乎！夫遇不遇者，时也；
　　贤不肖者，材也。君子博学深谋不遇时者多矣。"①

其后，两汉《韩诗外传》卷七、《说苑·杂言》、《孔子家语·在厄》等都曾有类似的记载。如《韩诗外传》：孔子曰："由来！……子以义者为听乎？则伍子胥何为抉目而悬吴东门？……伍子胥前功多，后戮死，非知有盛衰也，前遇阖闾，后遇夫差也。"②

　　但这种以"不遇时"论伍子胥的话头是否真的来源于孔子？郭店出土的战国中期偏晚的楚简《穷达以时》一文为我们揭示了这种论调的来源。其文曰：

　　　　子胥前多功，后戮死，非其智衰也……遇不遇，天也。③

关于该文的作者和创作时代，学术界向有争议。或以为与孔子有

---

① 《荀子集解》，第 526—527 页。
② 《韩诗外传笺疏》，第 314 页。
③ 《郭店楚墓竹简》，第 145 页。引文用宽式。

关，是对《论语·卫灵公》孔子"在陈绝粮"一章的敷衍；或以为
与孔子无关，可能是荀子学派的作品[1]。就伍子胥被戮(前484)与
孔子卒年(前479)的时间看，该语不可能是孔子周游列国"在陈
绝粮"的时候所说，也不大会是孔子晚年对四五年前的伍子胥事
件所作的评价。如果郭店楚墓"年代为战国中期偏晚"之论成立，
该文的出现也不会晚到荀子(约前313– 约前230)时代。该文
也有可能出自孔子之后的七十子之手，《说苑·杂言》《史记·仲
尼弟子列传》所载孔子弟子子石、子贡对伍子胥的看法或可旁证。
前者有云："子石曰：'昔者，吴王夫差不听伍子胥尽忠极谏，抉目
而辜。……'"[2]后者记子贡之言："吴王为人猛暴，群臣不堪；……
子胥以谏死，太宰嚭用事，顺君之过以安其私；是残国之治也。"[3]

　　但先秦儒家学派评价伍子胥品行最集中者，当首推荀子。荀
子除了在《在宥》继承不遇时的论调以外，更多地强调了伍子胥
的忠贤品格和强谏行为。《荀子》各篇屡屡有云："吴有伍子胥而
不能用，国至于亡，倍道失贤也。"(《君子》)"世之祸，恶贤士，子
胥见杀百里徙。""欲衷对，言不从，恐为子胥身离凶。进谏不听，
刭而独鹿弃之江。"(《成相》)"虞舜、孝己孝而亲不爱，比干、子
胥忠而君不用，仲尼、颜渊知而穷于世。"(《大略》)[4]可能与荀子
一生坎坷有关，在这些字里行间，荀子肯定了子胥的忠贤之能，表
达了对子胥悲剧下场的无奈和同情。

　　而在《臣道》篇中，荀子更以理智的分析，对伍子胥的强谏行
为进行了更加细致的评价和定位：

---

① 王志平：《郭店楚简〈穷达以时〉丛考》，《新出简帛研究》，第290–306页。
② 《说苑校证》，第412页。
③ 《史记》，第2199页。
④ 《荀子集解》，第453、459、467、518页。

君有过谋过事,将危国家、殒社稷之惧也,大臣父兄有能进言于君,用则可,不用则去,谓之谏;有能进言于君,用则可,不用则死,谓之争;有能比知同力,率群臣百吏而相与强君拵君,君虽不安,不能不听,遂以解国之大患,除国之大害,成于尊君安国,谓之辅;有能抗君之命,窃君之重,反君之事,以安国之危,除君之辱,功伐足以成国之大利,谓之拂。故谏、争、辅、拂之人,社稷之臣也,国君之宝也,明君所尊厚也,而暗主惑君以为己贼也。故明君之所赏,暗君之所罚也;暗君之所赏,明君之所杀也。伊尹、箕子,可谓谏矣;比干、子胥,可谓争矣……

有大忠者,有次忠者,有下忠者,有国贼者:以德复君而化之,大忠也;以德调君而补之,次忠也;以是谏非而怒之,下忠也;不恤君之荣辱,不恤国之臧否,偷合苟容,……国贼也。……若子胥之于夫差,可谓下忠矣。[①]

荀子的这两段评价不再局限于伍子胥的性格特点和人生遭遇,而是从君臣关系出发,针对伍子胥的强谏行为提出了个人的观点和看法。对于伍子胥的进谏,荀子以"争"字概之,涵盖了伍子胥强谏、死谏的特点;对于前人普遍认可的"忠诚"之说,荀子结合古往今来的忠臣实例和伍子胥的政治后果,给予甚为细致、明确、合理的定位。先秦时期,儒家学派内部针对谏诤行为发生分歧,出现两个截然对立的学派:一派以孔子为代表重讽谏而轻强谏,另一派以荀子为代表提倡强谏而轻讽谏[②]。战国后期,随着时势的变化,儒学内部支持强谏的一派占据了上风。荀子在《臣道》篇中

①《荀子集解》,第250、254页。
② 韩维志:《上古文学中君臣事象的研究》,上海古籍出版社,2006年,第82页。

明确提倡强谏，并对于谏言不用则死、强君挢君、违抗君命的行为给予了前所未有的颂扬，肯定了强谏者在国家政治中中流砥柱的作用。对于屡谏夫差、至死方休的伍子胥，荀子自是不吝赞美之辞，将其视为先秦时期强悍型的直谏者之一。但是，荀子对于强谏者有更高的政治要求，希望强悍的直谏者通过个人的政治行为和道德品行影响国君、挽救国势，以收到良好的政治效果，最终落实到"与国有益"这一政治目的上。因此，荀子对于以德服人、力挽狂澜、于国有利的强谏忠臣推崇备至，而对于激怒吴王、最终枉死的伍子胥，仅以"下忠"概其半生功劳。荀子是从政治角度出发，重新定位了君臣关系，给予伍子胥的谏臣形象一个明确、细致的评价。

道家代表人物庄子及其后学也曾多次发表过对伍子胥史实的观点和看法。《庄子》各篇有曰：

　　昔者龙逢斩，比干剖，苌弘胣，子胥靡，故四子之贤而身不免乎戮。（《胠箧》）

　　故曰："忠谏不听，蹲循勿争。"故夫子胥争之以残其形，不争，名亦不成。诚有善无有哉？（《至乐》）

　　人主莫不欲其臣之忠，而忠未必信，故伍员流于江，苌弘死于蜀，藏其血三年而化为碧。（《外物》）

　　世之所谓忠臣者，莫若王子比干、伍子胥。子胥沉江，比干剖心，此二子者，世谓忠臣也，然卒为天下笑。自上观之，至于子胥、比干，皆不足贵也。

　　比干剖心，子胥抉眼，忠之祸也。（《盗跖》）[1]

────────

[1] 《庄子集释》，第346、610、920、999、1007页。

道家崇尚清净无为、自然高远，主张绝对虚无，鄙弃狭隘功利主义。因此，对于积极入仕的政治行为，道家甚为冷淡；那些为实现人生理想不惜以身殉道的强谏之士，与道家的人格理想格格不入。作为道家学派代表人物，庄子自然也会认为忠臣争谏引祸上身是不足为贵的，对于伍子胥直谏枉死的行为并不认可，但是，庄子将伍子胥与历史上的忠烈之臣比干、关龙逢等人并举，客观上亦是对其忠义之心、净谏之行的一种肯定。

孔子后学、荀子、庄子对伍子胥其人其事的评价，都遵从了各自的思想理论，能够较为全面地代表先秦诸子的观点和看法。除此之外，《鹖冠子》、《晏子春秋》、《慎子》等亦有对伍子胥史实的类似评价，散见于后世典籍的先秦文人策士如屈原、陈轸、李斯等人的言论语录，亦针对伍子胥的忠诚和直谏特点抒发过相似的个人感慨。尽管思想本源不一，但是他们都认可和肯定了伍子胥为臣忠贤的性格特点和人格魅力，并将其与比干、关龙逢等忠臣贤士并举，对其以死相谏、不得善终的悲惨遭遇更是寄予了无限同情。由此可见，在战国时期，伍子胥史实的流传已经甚为广泛，伍子胥的形象和经历在文人群体中已经形成了广泛而深刻的影响。

最后看先秦诸子引述、评价伍子胥故事的意义。

至东汉赵晔《吴越春秋》的出现，可以说伍子胥的历史故事已经演变成历史小说。在漫长的演变过程中，如果没有大量的情节、细节、人物形象的衍生，没有正面道德形象的确立，很难想象伍子胥历史故事能完成向历史小说的转变。先秦诸子引述、评价伍子胥故事的意义，正在于文学与思想这两个方面。如果说，《韩非子》、《吕氏春秋》对伍子胥史实的加工和补充，既丰富伍子胥的历史故事，又为后世小说文本的出现打下坚实基础的话，那么孔子后学、荀子和庄子等人的道德评价，就是使伍子胥忠谏的形象得以鲜明确立并永葆活力的秘密所在,同时也是推动伍子胥故事得以在文人文学和民间文学中得到广泛传播的道德力量。

就文学层面而言,上述《韩非子》、《吕氏春秋》中的伍子胥故事都是史籍记载中所没有的新情节、新细节和新人物。这些新因素无疑大大促进了历史记载的小说化。《韩非子》中伍子胥用计逃出楚国边关、使楚国临阵换将两条,都很好地体现了伍子胥善于计谋的性格;《吕氏春秋》里江上丈人的出现,则丰富了故事的情节和人物形象。这是显而易见的,无须冗言。

在这一层面上更值得注意的是,子书与民间传说、文人小说的关系。《韩非子》、《吕氏春秋》中所引述的几个故事片段,似乎都来自民间传说,特别是伍子胥"亲射王宫,鞭荆平(王)之坟三百"、"我且曰子取吞之(美珠)"骗过边候的细节。韩子、吕氏的引述,使这些民间的口头传说被书面凝定了下来,从而得以渗透到文人文学的系统,焕发出新鲜的活力;同时,这些活勃勃的民间传说也使子书本身趋向小说化了。《韩非子》、《吕氏春秋》在诸子著作中,其故事性最强是世人公认的。用譬喻故事来论说道理,正是"古小说"的基本特征:"小说家合丛残小语,以作譬论。"[1] 如《吕氏春秋》记伍子胥见王子光后,"退而耕于野七年",作者加论议说:"向之耕,非忘其父之仇也,待时也。"这种譬喻故事加论议的小说模式,不仅大量见于《韩非子》、《吕氏春秋》,而且在西汉末刘向的《说苑》、《新序》中也俯拾皆是。这大概是许多历史故事、民间传说转变为小说的关键所在吧。

就思想内容层面来说,孔子后学、荀子、庄子等用道德评判所塑造的忠贤、强谏的伍子胥形象,是促使后世伍子胥历史记载、传

---

① 《文选》,第 444 页。

说故事和历史小说健康成长的内在灵魂。有了这个灵魂,伍子胥形象才能正面树立起来,并不断地吸收无数的民间传说,不断吸引文士加入创作的行列。

伍子胥在《左传》、《国语》中的历史形象,可谓亦正亦邪。为抱楚王杀父之仇,他竟然不顾一切地借吴兵覆灭自己的宗国,可谓邪;为吴王出谋划策,鞠躬尽瘁,不惜冒死强谏,又可谓正。不过这里所谓的正邪还可以从历史的角度进一步具体分析。孔子是距离伍子胥时代最近的贤者,他与诸弟子的评价代表了当时儒家学派对伍子胥事件的态度和看法。他们谴责了吴王夫差刚愎自用的性格,肯定和强调了伍子胥忠义直谏的行为,并对伍子胥忠臣枉死的下场寄予了无限的同情。但是,崇尚“仁”、“礼”的孔子及其弟子对于伍子胥引兵覆楚的行为视而不见,的确引人深思。今日看来,纵使楚平王有负伍氏父子在先,但伍子胥颠覆宗国,似乎是天理难容。然而贤儒诸子对伍子胥这一激烈行为却未有微词,很是奇怪。联系春秋社会的历史、文化、思想背景后,可以发现,孔子等人对伍子胥的包容态度并不足为奇。这是因为,在中国春秋时代以前,血亲关系是最基本的人际关系,血缘宗法的联系高于君国之上。尽管在理论层面上,后来的儒学在讲忠孝之道时强调忠、孝统一,但在实践和世俗中,孝亲却仍然是忠孝观念的核心。见于《韩诗外传》的孔子贤弟子曾子、子路均有言论,传达出“孝大于忠”的观念。在这些贤士看来,事君的目的不是为了勤王,而是为了换取俸禄,供养双亲。一旦忠与孝、国家与宗族发生剧烈冲突时,弃忠求孝、维护宗族利益就成为大多世人的最终选择。因此,报血亲之仇遂成为被上古社会广泛认可和接受的一种文化现象。儒家经典所谓“杀人之父,人亦杀其父;杀人之兄,人亦杀其兄"①,"父之仇,弗与共戴天;兄弟之仇,不反兵;交游之仇,不同国"②,"君弑,臣不讨贼,非臣也;不复仇,非子也"等言论③,强有力地证明了传统儒家礼学思想对血亲复仇的大力提倡。伍子胥故事中,伍子胥虽应以忠道奉事楚平王,但平王无理杀害子胥的父兄,致使伍子胥对父兄尽孝悌的义务战胜了对君主尽忠的责任,最终引兵覆楚以报家仇。其行为虽过激,但其弃忠求孝的选择是被推崇"孝亲"之道的上古社会所普遍认同的,因此,包括儒家在内的各家学派对其行为不加诟病也是情理之中的。了解上古社会以"孝亲"为价值核心的历史文化背景后,后人对于楚国爱国大诗人屈原歌颂"楚国叛臣"伍子胥的作品《涉江》、《惜往日》、《悲回风》的真伪性的疑虑,也可以因此得以消解④。

　　先秦诸子及先贤对伍子胥正面的道德评判对后代历史记载、民间传说和文人文学中伍子胥形象的形成和塑造起到了指引、借鉴的作用。司马迁在《史记·伍子胥列传》诸篇章中杂糅前史、综合诸子评价,将伍子胥忍辱负重、刚烈不屈、隐忍复仇的形象刻画得淋漓尽致。当然,司马迁也根据《吕氏春秋》所谓的"鞭坟"情节,记载了伍子胥"鞭尸"的负面传闻。《吴越春秋》通过对史料的踵事增华和民间传说的融化,将伍子胥塑造成一位文武双全、忠孝节烈集于一身的神化英雄,成为后世伍子胥艺术形象的范本。《越绝书》、《伍子胥变文》以及宋元讲史话本、元明戏曲、明清小说中

① 《孟子译注》,第 327 页。

② 《礼记正义》,《十三经注疏》本,第 1250 页。

③ 《春秋公羊传注疏》,《十三经注疏》本,第 2210 页。

④ 《涉江》云:"忠不必用兮,贤不必以。伍子逢殃兮,比干菹醢。"《惜往日》云:"吴信谗而弗味兮,子胥死而后忧。"《悲回风》云:"浮江淮而入海兮,从子胥而自适。"《楚辞补注》,第 131、151、161 页。

出现的伍子胥故事,虽几经增饰附会,有的已脱离历史真实,但伍子胥积极进取的忠臣形象是历朝历代作者不曾舍弃的。这大多是因为先秦诸子对伍子胥形象的道德评判给后来者树立了正面的榜样,使这一形象在流传中不致发生较大偏离。

综上所述,先秦史书较为客观地记载了伍子胥的基本史实,为后世子书、民间传说和小说的叙事提供了张本;而先秦子书中的伍子胥故事及其道德评判则吸取了大量的民间传说和诸子思想,为后来的史书和小说提供了丰富的文学和思想养料,使伍子胥忠谏的形象得以鲜明地确立起来并得以广泛传播。由此可见,史书、子书与民间传说对伍子胥故事的形成各自发挥了其独特的作用。

(二)

不仅子书可以规范着历史的书写,而且古老的神话传说也在悄然左右着历史的叙述,并进而传递出叙事性小说(史部小说)的事件虚构、时空夸张等品格。著名的黄帝、尧、舜、大禹、西王母等神话传说的历史化、小说化,即透露出这方面的消息。这里以“嫦娥奔月”神话传说的早期衍变为例①,再作一点探索,以期对史部小说之生成的学术问题有所裨益。

“嫦娥奔月”是中国古代著名的神话传说,许多学者对其多有关注,这方面的研究成果也颇为丰硕。然而,由于王家台秦简等重要出土文献面世较晚,已有研究成果大多建立在传世文献的基础上,即使少数学者注意到了秦简所记载的“奔月”故事与传世文献的差异,也限于各自研究的侧重点不同,而没有继续探讨这

---

① 参见孙文起、陈洪:《“嫦娥奔月”故事探源》,《徐州师范大学学报》2009年第6期。

种文献差异的原因。其实,出土秦简不仅证明传世《归藏》的不伪,而且它还透露着一个重要信息,那就是"嫦娥"与"羿"在先秦本属于两个不相干的神话系统,二者直到秦汉时期才逐渐融为一体。经过研究,可以得出的结论是,嫦娥系从甲骨文的西母演化而来,后来在诋毁"羿"的语境下,秦汉的神仙方士本着自宣其理的目的,将"嫦娥"与"羿"撮合到一起,从而无意间"创造"了今天人们所熟知的嫦娥弃夫奔月的故事。

　　在传统学术视域下,"嫦娥奔月"之神话传说常被视为"怪、力、乱、神",并没有被严肃地讨论过。二十世纪以来,一批民间文学研究者开始借用"孟姜女传说"的研究方法,探寻"嫦娥奔月"的来龙去脉。这其中有一些前辈的成果较值得关注,如郭云奇的《中国诗歌中的嫦娥的由来及演变》,顾颉刚的《嫦娥故事之演化》以及袁珂的《嫦娥奔月神话初探》[①]。这类成果的共同特点有两个:一是重视文献整理,即将有关嫦娥奔月的早期传世文献收集无遗,使研究建立在扎实的史料基础之上;二是借助"小学"推演神话人物,例如"常羲"、"常仪"与"嫦娥"在文献记载中虽没有直接的联系,然其在字源上相通,故可视为一神。古汉语的"通假"规律可以使断裂的古史或神话记载重新"弥合"起来,这种方法在茅盾、孙作云等人的神话研究中已被广泛使用。不过,完全依赖"通假"来推演神话亦会显得缺乏说服力,只是在没有新材料的情况下,后人难以对此提出有力的质疑。

　　近年来,学界对"嫦娥奔月"的研究逐渐转入文化学、比较文学及人类学领域。一些研究成果,如贾雯鹤的《月神源流考》、游

---

① 分别见《行健月刊》1935年第3期,《书林》1979年第2期,《西北师范大学学报》1980年第4期。

佩娟的《嫦娥奔月神话研究》等①，开始系统地梳理"嫦娥奔月"的故事情节及其背后的文化意义。这些都显示出"嫦娥奔月"研究由散论走向整合的趋势②。然而，目前一个不容忽视的事实是：绝大多数的嫦娥研究成果都建立在现有传世文献的基础上，一些新近出土的文献未被广泛重视，这不能不说是个缺憾。新材料，比如甲骨文、敦煌文献，往往能推动一个时代的学术，这些四两拨千斤的例子同样昭示着"嫦娥奔月"另一种阐释的可能。

　　1993年出土的王家台秦简曾很快受到学界的广泛关注，然而，其中有关"嫦娥奔月"的记载却在一段时间里被人忽视。较早在秦简中发现"嫦娥奔月"记载的是洛阳文物局的戴霖先生，其与蔡运章共同发表的《秦简〈归妹〉卦辞与"嫦娥奔月"神话》一文③，依据王家台秦简，把"嫦娥奔月"传说上推至先秦，并指出"嫦娥"与"羿"本非夫妻，而是"两汉时人撮合的结果"。此论可谓一改成说，新人耳目。可惜，时至今日该成果却并未被学界广泛接受。其中原因，除了人们的习惯思维外，还在于问题的提出者没有继续追问"嫦娥"与"羿"是何以被"撮合"到一起的，即没有解决"为什么"的问题。

　　但凡新观点从被提出到被接受总要有个过程。这一过程不是消极的等待，而是要将新、老观点作反复的比较、论证。秦简的出现说明"嫦娥"传说远比我们想象得要古老，早期"嫦娥"传说

①《社会科学研究》2004年第2期，台湾"中央大学"硕士学位论文。

② 有关系统性研究"嫦娥奔月"神话的论文，主要还有东北师范大学刘术人的硕士学位论文《论嫦娥奔月神话的文本流变》（2008年），华中科技大学赵丹的硕士学位论文《嫦娥母题研究》（2006年）等。

③ 戴霖、蔡运章：《秦简〈归妹〉卦辞与"嫦娥奔月"神话》，《史学月刊》2005年第9期。

的形态也并非我们所熟知的"弃夫奔月"。然而,出土文献的作用,并不仅仅在于指明现象。在前人研究的基础上,我们能够且必须要解决的问题是,"嫦娥"如何从甲骨卜辞中的"西母"演化而来?"嫦娥奔月"如何吸收"羿"的传说,或者说后人为何要将"羿"与"嫦娥"撮合成夫妻?传说的定型大概要经历一个长期的演变过程,有关嫦娥传说渊源的探寻,也应从对新旧文献的综合考察人手。

　　早期文献记载中的嫦娥奔月,其故事情节与传世文献存在着重大的差异:

　　　1. 王家台秦简载《归藏》:"昔者,恒我窃毋死之□□奔月,而攴(枚)占□□□";恒我曰:"昔者,女娲卜作为缄□□。"(据秦简 201、306、476)①

　　　2. 今传本《归藏》:"昔常娥以西王母不死之药服之,遂奔,为'月精'。"(《北堂书钞》卷一五〇、《文选·月赋》注等)②

　　　3. 《淮南子·览冥训》:"譬若羿请不死之药于西王母,姮娥窃以奔月,怅然有丧,无以续之。何则?不知不死之药所由生也。是故乞火不若取燧,寄汲不若凿井。"高诱注:"姮娥,羿妻。"③

　　　4. 马骕《绎史》引《灵宪》:"嫦娥,羿妻也。盗西王母不死之药服之,奔月。将往,枚筮之于有黄。有黄占之曰:'吉。翩翩归妹,独将西行,逢天晦芒,毋惊毋恐,后其大昌。'娥遂托

---

① 《江陵王家台 15 号秦墓》,《文物》1995 年第 1 期。
② 《全上古三代秦汉三国六朝文》,第 104 页。
③ 《淮南鸿烈集解》,第 217 页。

身于月,是为蟾蜍。"[①]

以上文献需要作如下几点说明：

其一,秦简保存了先秦《归藏》的抄本,其中共有三处语涉"恒我"(即嫦娥),有关"嫦娥奔月"记载也与传世《归藏》基本相同。秦简476所载"恒我"乃卦名,其对应于今本《周易》之"恒"卦。《周易》"恒"卦言："女贞。"奔月之嫦娥又为女性,二者颇多相契之处。

其二,在王家台秦简出土前,今本传世《归藏》多被疑为伪作,于是《淮南子》便成为公认的记载嫦娥传说的最早文献。如今有了秦简的支持,嫦娥传说的生成年代至少可推前至战国中期,甚至更早[②]。这说明记载"嫦娥奔月"的最早文献不是《淮南子》,嫦娥与羿也本非夫妻。

其三,《淮南子·览冥训》有关嫦娥传说的记载已为人熟知,自不必多言。至于张衡《灵宪》佚文,据传取自《归藏》,但这种说法至少存在两个疑问：第一,《归藏》、《淮南子》皆未言嫦娥乃羿之妻,先秦有关羿的记载中也无嫦娥的身影,《灵宪》所谓"羿妻嫦娥"想必是后人演绎;第二,在《灵宪》之前记载"嫦娥奔月"的不仅有《归藏》,还有《淮南子》,这两种文献在嫦娥与羿的记载上存在出入。古之集佚者多好采掇新旧典籍对某一故事加以整合,这对于故事完整性确有裨益,然却容易掩盖故事情节的演变轨迹。因此,清人严可均断定"枚筮有黄"以后"当是《归藏》之文"[③]。至于"羿妻嫦娥"是否本自《归藏》旧说,则不敢论。

---

① ［清］马骕撰,王利器整理：《绎史》,中华书局,2002年,第163－164页。笔者案：《后汉书·天文志上》引张衡《灵宪》无"嫦娥,羿妻也"数字(第3216页)。

② 廖名春：《王家台秦简〈归藏〉管窥》,《周易研究》2001年第2期。

③ 《全上古三代秦汉三国六朝文》,第104页。

　　出土文献与传世文献互证,使得嫦娥传说在先秦的流传变得有据可凭。比较相关文献,不难发现,在先秦与两汉的文献记载中,"嫦娥奔月"的故事情节存在着重大差异。首先,秦简与《归藏》皆未提及羿,西汉《淮南子》开始把嫦娥与羿的传说相系在一处,而在东汉的《灵宪》及稍晚的《淮南子》高诱注中,羿则成了嫦娥的丈夫。其次,在先秦文献中,嫦娥是直接获得西王母不死之药而奔月的。此后,由于羿的加入,则变为嫦娥从羿的手中窃得仙药,成为"弃夫奔月"的主角。

　　文献记载的出入,往往能反映出故事传说情节在流传中的历时性变化。例如,楚辞《天问》云:"安得夫良药,不能固臧?"姜亮夫解释道:"此言姮娥何所得良药,而能固藏于月也?"[1]由于《天问》所涉神话传说乃以类归,"安得夫良药"一句不杂于羿的传说系统,故此句极有可能暗示羿与嫦娥在先秦本来并无关联。依此而论,早期的"嫦娥奔月"的故事衍变,至少可分为两大阶段:一是从"西母"、"常羲"向"嫦娥"的转变,二是"羿"形象的加入。

　　先看从"西母"到"嫦娥"。

　　甲骨文献大多与祭祀有关,对于月神起源研究而言,以下几则材料较值得关注:

　　　　1. 甲辰卜,贞,王占月;
　　　　2. 燎于东母九牛;
　　　　3. 屮于东母、西母,若。[2]

---

① 姜亮夫:《屈原赋校注》,云南人民出版社,2002年,第260页。
② 罗振玉:《殷墟书契后编》,大通书局有限公司,1976年,第29、53、28页。

甲骨卜辞中有许多关于"东母"、"西母"祭祀的记载，其祭法也有"坐"、"燎"、"禘"之分。《礼记·祭义》云："祭日于东，祭月于西。"①据此，不少学者认为东、西二母与日、月二神有关②。这种推测有一定道理，但就东、西二母的本源而言，其首先应是"地母"。《周易》"说卦"云："乾，天也，故称乎父；坤，地也，故称乎母。"③地母又称"社"，而且，社神本为女性，例如《礼记·郊特牲》云："社祭土而主阴气也。"④所谓"东社"、"西社"也便是由"东母"、"西母"演化而来。

古人对日、月的崇拜总与"地母"情结割舍不断。叶舒宪《甲骨文东母西母试解》一文以古埃及天母努特（Nut）神话为参照，认为"（日、月）诞生之处东方就成了东母，其回归之处西方就成了西母"⑤。其实，在《山海经》中也可以找到相关佐证，例如《大荒西经》记载："大荒之中，有山名曰日月山，……日月所入。"又云："有女子方浴月。帝俊妻常羲，生月十有二，此始浴之。"⑥其中，"浴月女子"即月神"常羲"，又有"羲和生日"也出于《山海经》之说。"常羲浴月"与"羲和生日"的神话之所以与"西母"、"东母"发生联系，当是初民看到日、月出于东而没于西的自然现象所产生的神话联想。这种神话联想蕴含着生殖崇拜的主题，尤其是月亮的盈亏周期更容易让人想到"死而复生"。《天问》曾云："夜光何德，死则又育？"大概就是初民用"死而复生"解释月之盈亏，月神常

---

① 《礼记正义》，《十三经注疏》本，第1595页。

② 如陈梦家：《商代的神话与巫术》，《燕京学报》1936年第12期。

③ 《周易正义》，《十三经注疏》本，第94页。

④ 《礼记正义》，《十三经注疏》本，第1449页。

⑤ 叶舒宪：《甲骨文东母西母试解》，《唐都学刊》1989年第1期。

⑥ 《山海经校注》，第402、404页。

羲也因之获得了"起死回生"的本领。

神话的思维往往不会因神话时代的终结而消亡。初民在常羲神话中寄托了对月亮的丰富情感。这情感既包括带有宗教意味的天体崇拜,也包括具有审美意味的自然物的人格化。这些情感相互交织,促成了常羲向嫦娥的衍变。并且,这种衍变是以传说的形式发生的,只是后人在解读这一衍变的过程时,似乎更愿意借助文字学。因此,在解释"嫦娥"字源时,就有了如是推断:《淮南子》中的"嫦娥"又称"姮娥",后因避汉武帝刘恒之讳而改为"嫦娥"。"恒"者,《说文》云:"常也。""娥"与"羲"古音相同,可互通。

"常羲"与"嫦娥"虽字源相通,却不能仅以音近形似断定其渊源。"常羲"向"嫦娥"衍变的过程首先是常羲神性减退的过程,在这个过程中包含着后人对神话的解构与重构。其中,解构的对象是一致的,即月神神话,而重构的指向又是多样的,至少就目前的文献看,常羲神话是沿着历史化与神仙化这两条途径衍变开来。

常羲神话之历史化是指月神常羲演变成历史传说。《吕氏春秋·勿躬》云:"羲和作占日,尚仪作占月。"[①]"占日"、"占月"乃古官职,古代农业社会以定历法为社稷大事,月神常羲衍变为"占月"之官,进而模糊了其神话色彩。

常羲神话除了被历史化,在新的时代背景下,好事者又以神仙思想对之加以阐解,是谓神仙化。常羲神话的神仙化,一方面是因其神话的艺术魅力,另一方面,还在于"常羲浴月"的神话有利于仙家"不死"思想的发挥。《山海经》所载常羲生月十有二,

---

① 《吕氏春秋校释》,第 1077 页。毕沅曰:尚仪即常仪。古读仪为何,后世遂有"嫦娥"之鄙言。奇猷案:《世本》作常仪。第 1082 页。

可理解为一年让月亮起死回生十二次。闻一多先生《天问·释天》在"夜光何德,死则又育"一句下注解道:"德读为得……问月何得?乃能死而复生,意盖谓其尝得不死药也。……死则又育犹言死而复生。"[1] 月神常羲既然能让月亮起死回生,定是得不死之药的帮助。《归藏》载嫦娥奔月化为"月精"也是借助西王母的仙药;而当嫦娥入月化为蟾蜍,或可看做是对月亮"死则又育"的重新阐释。这种阐释带有仙家色彩,它已走出"常羲浴月"的神话氤氲,但就思想渊源而言,"嫦娥奔月"则直接与"常羲浴月"乃至地神"西母"一脉相承。

再看嫦娥与羿的结合。

嫦娥奔月与羿的诸多传说本无关联。先秦有关羿的记载,只称羿的妻子为"纯狐",并不见一处提及"嫦娥"。《归藏》中语涉"姮娥"处,亦无"羿"的身影。西汉的《淮南子》将"羿"与"嫦娥"撮合到一起,但仍未言"羿妻嫦娥",直至东汉《灵宪》及《淮南子》高诱注才出现"嫦娥,羿之妻"的说法。

那么,嫦娥与羿两大传说是如何联系到一起的呢?梳理"羿"的传说,最棘手的莫过于辨析神话之"羿"与历史之"羿"。《左传》中的"夷羿"似为历史实有之人,而《山海经》、《离骚》关于"羿"的记载则充满了神话色彩。从探讨嫦娥传说早期衍变历史的角度出发,可暂且搁置"羿"的史实考证,把神话中的"羿"与历史中的"羿"纳入到广义的传说范畴中去,从而在"羿"形象的变迁中探知嫦娥与"羿"结合的原因。

在《山海经》中,帝俊、常羲、羲和与东夷部族的神话有着千

---

[1] 闻一多:《闻一多全集》,三联书店,1982 年,第 328 页。

丝万缕的联系。《天问》云："帝降夷羿,革孽夏民。"①《说文》曰:
"穷,夷羿国也。""帝"即帝俊。传说中,羿得帝俊之弓而到人间
铲除凶兽。"穷"为"穷石",其属东夷,故称"羿"为"夷羿"。上
古文献又有"羿"与"后羿"之别,二者记载颇为驳杂,然归结起来,
则神话中的"羿"的形象充满了神性,如射九日,杀凶兽;而"后羿"
传说近于历史,如《左传·襄公四年》所记"后羿"为有穷国国君,
因耽于游猎而失国。从时代的角度看,作为神话人物的羿多为正
面形象,如《山海经》云:"帝俊赐羿彤弓素矰,以扶下国,羿是始
去恤下地之百艰。"② 而作为历史人物的羿(或后羿)则是失国之
昏君,如《离骚》云:"羿淫游以佚畋兮,又好射夫封狐。"③ 到了《汉
书》,班固竟将羿与蚩尤一同置于"下下愚人"行列④。羿的形象由
善到恶的变化大约发生在战国至西汉,这期间,嫦娥与羿渐渐被
"撮合"成夫妻,相关演变试看图式:

　　在神话中,帝俊是天帝,常羲是月神,二者是夫妻关系。羿又
是承帝俊之命以扶助下国,故可视其为帝俊的化身。作为国君的

① 《楚辞补注》,第 99 页。
② 《山海经校注》,第 466 页。
③ 《楚辞补注》,第 21—22 页。
④ 《汉书》,第 881 页。

羿,有个不忠的妻子,名叫纯狐,《天问》有云:"浞娶纯狐,眩妻爰谋。"游国恩案曰:"言寒浞为羿相,与羿之嫦娥眩妻纯狐氏通,因谋杀而娶之也。"[1]因而,嫦娥本非羿妻,其与羿后来相系一处,于是便有了"弃夫奔月"的情节。

上述演变图示乃从文献记载中抽绎而出。至于羿与嫦娥何以被"撮合"到一起,则有两个潜在的条件:其一,神话中的帝俊与常羲为夫妻,且同属东夷部族神话系统,与之相对的,羿是帝俊在人间的化身,嫦娥又是从常羲演化而来,此二者在传说中被撮合为夫妻,也是顺理成章的事;其二,纯狐本为羿的妻子,其为寒浞所利用,最终背弃了自己的丈夫。嫦娥与纯狐的形象都涉及到一个伦理问题,即妻子对丈夫的忠诚,因而,弃夫奔月的情节里即含有纯狐的影子。明人凌义渠《湘烟录》云:"嫦娥,小字纯狐。"[2]此说虽晚出,不免有附会的成分,但却从深层揭示了嫦娥与纯狐形象的相似点,羿与嫦娥也因之可看做是羿与纯狐故事的新变。

以上两点使得羿与嫦娥的结合成为可能,然若追问羿与嫦娥何以结为夫妻,还要从羿的形象变迁入手。传说的聚合性,往往使不相干的故事情节围绕着人物的某个特性(如聪明、奸诈等)附着上去,形成所谓"箭垛式"的人物。例如,《淮南子·诠言训》云:"羿死于桃棓。"东汉许慎注曰:"棓,大杖,以桃木为之,以击杀羿。由是以来,鬼畏桃也。"[3]"桃木棒辟邪"本为民俗传说,其渊源与羿相系,成为击杀羿的法器。如是言之,羿岂不成了鬼一样的恶人?羿的形象愈来愈恶,种种贬讽羿的传说也便相踵而出。因此,

---

① 游国恩:《天问纂义》,中华书局,1982年,第227页。
② 《天问纂义》转引,第224页。
③ 《淮南鸿烈集解》,第464页。

嫦娥奔月的故事主体虽然是嫦娥,但就故事发生而言,嫦娥与羿的结合却不一定是好事者为了丰富嫦娥传说而使然。嫦娥弃夫与纯狐背夫的情节,恐怕都是射向羿的"箭",其目的在于勾画羿"下下愚人"的形象。

以此思路去看《淮南子·览冥训》又会得到另一番解读。在王家台秦简尚未出土时,学人研究嫦娥奔月多好摘举《淮南子》之文,但若将嫦娥奔月置于《览冥》全篇的语境之中,就会发现,嫦娥弃夫奔月的情节不过是讲述了一个求药不如造药的道理。嫦娥窃了羿的仙药,羿便"怅然有丧,无以续之"。所以然者,乃是因羿"不知不死之药所由生也"。制仙药是本,而求仙药是末,穷其本而逐其末是为"览冥",即体察万物根本之道。诸子之文多用神话传说以宣其理,嫦娥"弃夫奔月"的情节促使嫦娥与羿的故事相结合,其言语之中透露出来的是对羿的讽刺与嘲弄。一个连自己妻子都要盗他仙药、弃他而去的人,可谓众叛亲离,羿怅然有丧的样子甚为尴尬。这一故事岂不正是强化了羿"下下愚人"的形象么?

嫦娥"弃夫奔月"既属于丑化的系列传说之一,那么,它又是何人所造?如前所述,嫦娥故事的产生离不开求仙的文化背景,神仙家认为凡人能否成仙在于其是否有"仙根",帝王虽位极人君,如若不清心寡欲也断无仙缘。如《汉武内传》、《汉武故事》所记武帝亦想求得长生之术,西王母却认为其不绝奢欲而不能成仙。历史化的羿失国的根本原因在于"淫游",这倒与后世汉武帝颇有相似之处,此二人地位尊贵,易为神仙家所利用,以宣其清私欲求升仙之理论。由是言之,嫦娥"弃夫奔月"的情节,便是在贬斥羿的话语背景下,由神仙方士本着自宣其说的目的而确立下来的。

要之,嫦娥奔月故事的发生可分为两个阶段看,一是嫦娥由常羲神话蜕变而出；二是"弃夫奔月"情节的加入。两次嬗变皆在求仙的大背景下完成的。嫦娥奔月传说的发生年代不会晚于战国中期，嫦娥形象的渊源是甲骨文中的"西母"及《山海经》中的"常羲"神话。羿形象的来源是《山海经》中的"帝俊"、"射日"神话，羿的"淫游"是其历史不断丑化的结果。嫦娥服仙药而奔月的故事结构中本无"羿"，"嫦娥"与"羿"的糅合应是在秦汉，这个过程带有一定的历史偶然性，然却在客观上成就了奔月传说。

　　和中国许多古老、著名的传说一样，嫦娥奔月传说故事的发生，根源在于神话的酵母，嬗变在于仙话化和历史化的酝酿。历史叙事不过是其中短暂的片刻。

第六章
古小说生成的文化历史语境

有什么样的生活，便有什么样的故事；有什么样的思想，便有什么样的叙说。鲁迅论六朝志怪发生之原因时曾有一段精彩的概括："中国本信巫，秦汉以来，神仙之说盛行，汉末又大畅巫风，而鬼道愈炽；会小乘佛教亦入中土，渐见流传。凡此皆张皇鬼神，称道灵异，故自晋讫隋，特多鬼神之书。"①所言其实揭示了汉魏六朝诸多志怪、志人小说生成的文化历史语境：神仙说、道教、佛教等思想的流行。

一、道教与《列仙传》、《神仙传》

《列仙传》是第一部道教辅教小说。结合该传成书的最近研究成果和道教形成的时代背景分析，传中对仙人的塑造带有鲜明的道教烙印，体现出一定的辅教意图。《列仙传》是神仙志怪的开山之作。由于受史书和该书类传体制的直接与间接影响，六朝小说形成了两个明显的特点，即叙事的模式化和题材的类型化。《列

———————
① 《中国小说史略》，第183页。

仙传》开辟了魏晋游仙文学的新语境。《神仙传》对《列仙传》又
有所继承和发展[1]。

（一）

　　《列仙传》是我国中古史上具有多重文化价值的重要著作。
长期以来，由于受该传之作者和成书年代被遮蔽的困扰，海内学
术界对其性质的理解也多出现了偏差[2]，进而造成对其在道教史
和文学史上意义难以深入阐述的尴尬。这里基于《列仙传》成书
于东汉末年的最新考察成果[3]，试图从文本细读和文体考察等角
度，重新理解该传的性质，重新阐释该传对于六朝小说类传体制的
形成作用，并首次揭示该传对于魏晋游仙文学新语境的开拓意义。
　　《列仙传》是现存第一部道教辅教之作。
　　关于《列仙传》的作者和成书时代，古今论者向有争议。在
目前所见的国内道教史著作中，大多采用了西汉末刘向作《列仙
传》的说法，或者含糊其辞地回避了这一问题。因此，在讨论《列
仙传》之于中国道教史意义的时候，常常陷入两难的境地：若说
《列仙传》是道教辅教之作，则刘向编书与道教正式形成的时代
相矛盾；若说《列仙传》只是受战国秦汉以来方仙道等影响的产

---

① 陈洪：《〈列仙传〉的道教意蕴与文学史意义》，《文学评论》2010 年第 3 期。
② 国内的道教史和小说史通常都认为《列仙传》的作者是刘向，其性质是搜集古
　　来神仙事迹的传记。名家名著的意见有卿希泰主编《中国道教史》、任继愈主
　　编《中国道教史》、侯忠义《中国文言小说史稿》、李剑国《唐前志怪小说史》、
　　王枝忠《汉魏六朝小说史》等。其他，余嘉锡《四库提要辨证》认为"此书盖
　　明帝以后顺帝以前人所作（58－126）"，王明《道家和道教思想研究》认为此
　　书"疑当大抵作于汉桓帝灵帝之间（147－189）"（中国社会科学出版社，1990
　　年）。
③ 参见本书附录。

物,则对《列仙传》中许多明显宣扬道教法术的描述又不能视而不见,所以只好笼统地说,《列仙传》宣扬了神仙代代有、神仙处处有、人人可成仙、术术能登仙的思想;或者干脆把东汉中后期才产生的一些道教思想和法术,借助于《列仙传》的记载而提前到了西汉,如炼丹术[①]。但根据"古本"《列仙传》成书于东汉末年(约165–204)、"续定本"成书于曹魏时期(约204–263)的最近研究成果,笔者认为《列仙传》的性质是现存的第一部道教辅教之作,并非是刘向或方士撰集的一般神仙传记。理由主要有以下二端。

首先,东汉末年正是早期道教形成的时期,成书于此时的《列仙传》自觉或不自觉地保存并透露了东汉道教,以及战国秦汉以来的方仙道、黄老道,乃至魏晋玄学的诸多信息,是研究早期道教史不可多得的珍贵史料。传中所塑造的形形色色的仙人,其实是先秦以来诸多思潮激荡出来的结晶,体现出道教思想之渊源庞杂的特点。例如陵阳子明,东汉王逸《楚辞章句》注《远游》篇说:"《陵阳子明经》言:春食朝霞。朝霞者,日始欲出赤黄气也。秋食沦阴。沦阴者,日没以后赤黄气也。冬饮沆瀣。沆瀣者,北方夜半气也。夏食正阳。正阳者,南方日中气也。并天地玄黄之气,是为六气也。"[②]《汉书·司马相如传》卷五七引录《大人赋》"呼吸沆瀣兮餐朝霞"句注说:"应劭曰:'《列仙传》陵阳子言春(朗)[食]朝霞,朝霞者,日始欲出赤黄气也。夏食沆瀣,沆瀣,北方夜半气也。并

---

① 如陈国符据《列仙传》记载的任光"善饵丹"、主柱"饵丹沙"、赤斧"能作水涷,炼丹"等条,说"前汉或前汉以前,已有饵丹砂者"(《道藏源流考》下册,中华书局,1989年,第374页)。

② 《楚辞补注》卷五,第166页。

天地玄黄之气为六气。'"① 但今本《列仙传》有陵阳子明传,却没有此六气之说,其传云:

> 陵阳子明者,铚乡人也。好钓鱼于旋溪,钓得白龙。子明惧,解钩,拜而放之。后得白鱼,腹中有书,教子明服食之法。子明遂上黄山,采五石脂,沸水而服之。三年[白]龙来迎去,止陵阳山上,百余年……②

在王逸注引的《陵阳子明经》、应劭注引的古本《列仙传》中,子明成仙是靠"春食朝霞"、"夏食沆瀣"等六气而成的。这套呼吸导引的玩意,其实是战国以来方仙道士的拿手好戏。长沙马王堆出土的汉初文献可以证明,道家"六气"说已经在战国、秦汉之际变成了养气炼形的成仙术了。其中帛书《却谷食气》提到四季响吹六气之法说:

> 春食一去浊阳,和以[铣]光、朝霞,……夏食一去汤风,和以朝霞、行暨,……[秋食一去]□□、霜雾,霜雾和输阳、铣[光],……冬食一去凌阴,[和以]□阳、铣光、输阳、输阴。③

比较上引四条资料,显然,王逸注引的《陵阳子明经》盖是据《却

---

① 《汉书》,第2599页。
② 《列仙传校笺》,第158页。又参考了王照圆校正本《列仙传》(郑尧臣辑《龙溪精舍丛书》第四册,中国书店,1991年)。
③ 《马王堆汉墓帛书》(肆),第85—86页。编者原注:"一,皆也。以上铣光、朝霞、沆瀣、输阳、输阴、正阳,当即《庄子》、《楚辞》所云六气,与《陵阳子明经》对六气的解释略有不同。"今案,引文个别改用为今字;铣[光]处,补光字。

谷食气》此类古经书写成的,应劭所注引的古本《列仙传》中子明成仙故事,则又是根据王逸注引的《陵阳子明经》改写的,而续定本《列仙传》的子明成仙故事则又与王注、应注以及古经《却谷食气》均无关。其中值得注意的是,应劭所注引的古本《列仙传》将王注《陵阳子明经》成仙法改为子明成仙故事,意味着子明是以方仙道呼吸导引的古法而升霞的;而续定本《列仙传》说子明的"服食之法"是"采五石脂,沸水而服之",则意味着他是用"外丹"而轻举的。续定本《列仙传》这么一改,便使得子明具有了东汉的道士气,不再是古仙人了。陵阳子明的成仙方式被一改再改的过程和用意,实在是耐人寻味的。参照今本《列仙传》记载的任光"善饵丹"、主柱"饵丹沙"、赤斧"能作水渍,炼丹"等故事,则《列仙传》所记许多神仙的成仙方式,正是东汉道教所提倡的提炼服食"外丹",与西汉以前所记载的神仙成仙法术有明显的区别。

其次,《列仙传》中某些神仙故事在思想倾向上与东汉的道教理论趋同一致。例如朱璜的仙化故事,可谓是东汉末道教在理论上崇尚《老》、《黄》、《易》发展趋向的形象说明 ①。故事说:

> 朱璜,广陵人也。少病毒瘕,就睢山上道士阮邱,邱怜之。言:"卿腹中三尸,有真人之业可度教也。"……邱与璜七物药,日服九丸,百日病下如肝脾者数斗,……与《老君》、《黄庭经》。

---

① 任继愈主编《中国道教史》说:"有三部书对道教前期影响最大:一是《老子》,经改注后,成为道教神学理论基础;二是《参同契》一(亦)成为外丹之经;三是《黄庭经》成为内丹之经。"(上海人民出版社,1990年,第31页)笔者案,《老子想尔注》、《周易参同契》都作于东汉晚期顺帝、桓帝之间,《老子河上公注》、《黄庭内景经》作年不详,盖也两汉时期的产物。"一"疑为"亦"。

令日读三过,通之,能思其意。①

文中的修炼之法,正如《上清黄庭内景经》所说:"当清斋九十日,诵之万遍,使调和三魂,制炼七魄;除去三尸,安和六腑;五脏生华,色反孩童;百病不能伤,灾祸不得干。"②因此,这个帮人除"三尸"、教人读《黄庭经》的阮邱道士,绝非普通的有道术之方士,而是东汉末典型的道教徒。

又如《列仙传》涓子故事,也流露出道教推崇《黄庭经》的时代思潮。其文云:

> 涓子,齐人也。好饵术,接食其精,至三百年乃见于齐。著《天[地]人经》四十八篇。后钓于菏泽,得鲤鱼,腹中有符。隐于宕山,能致风雨。受伯阳《九仙法》。淮南山安,少得其文,不能解其旨也。其《琴心》三篇,有条理焉。③

此中所谓《天地人经》、《九仙法》的内容不得而知,但《琴心》与《黄庭内景经》的别名、内容都直接有关。《云笈七签》卷一一引务成子注序:"《黄庭内景》者,一名《太上琴心文》(琴,和也。诵之可

---

① 《列仙传校笺》,第153页。王照圆本原校:"老君",据《御览》应改为"老子"(第192页),王明引文标点作"与《老君黄庭经》",并认为"老君"应为"老子",与《旧唐志》著录《老子黄庭经》合,同时又疑"朱璜传载《老君黄庭经》一名,殆经改窜,非真实面目"(《道家和道教思想研究》,第332—333页)。但笔者认为,从上下文和赞语"心虚神莹,腾赞幽冥,毛颓发黑,超然长生"看,似仅窜入"老子"二字。
② [宋]张君房:《云笈七签》卷一一,齐鲁书社,1988年,第50—51页。
③ 《列仙传校笺》,第24页。

以和六腑、宁心神，使得神仙。此十七字，本经所注也）……"又引《黄庭内景经·上清章第一》云："琴心三叠舞胎仙，九气映明出霄间，神盖童子生紫烟。"[1]这个涓子后来被道书说成是传授道教仙经的大仙。

此外，东汉道教亦有崇尚房中术一派，如张陵五斗米道。《列仙传》女几（一作丸）故事对此"养性交接之术"也有表现。其传说：

> 女丸者，陈市上酤酒妇人也。作酒常美，遇仙人过其家饮酒，以素书五卷为质。丸开视其书，乃养性交接之术。丸私写其文要，更设房室，纳诸年少饮美酒，与止宿，行文书法。如此三十年，颜色更如二十时……[2]

结合道藏本传后所附东晋郭元祖赞语"玄素有要，近取诸身。彭聃得之，五卷以陈"云云，李零认为，"素书五卷"当是合素女、玄女、彭祖和老聃之术而成的房中书[3]。东汉天师道创始人张陵《老子想尔注》曾提到玄女、容成子等经法："道教人结精成神，今世间伪伎诈称道，托黄帝、玄女、龚子、容成之文相教，从女不施，思还精补脑，心神不一，失其所守，为揣悦不可长宝。""行《玄女经》龚子容成之法，悉欲贷……"[4]虽说张陵此意是反对房中术，但当时的道教教派和后来的道教徒却乐此不疲，至《抱朴子·遐览》即著录有《素女经》、《玄女经》、《彭祖经》、《容成经》等道教盛称的房中七经。观此，则卷上《容成公传》所谓"自称黄帝师……能

---

① 《云笈七签》卷一一，第50—53页。
② 《列仙传校笺》，第156页。
③ 李零：《中国方术续考》，东方出版社，2001年，第350—358页。
④ 饶宗颐：《老子想尔注校证》，上海古籍出版社，1991年，第11、36页。

善补导之事。取精于玄牝，其要，谷神不死，守生养气者也。发白更黑，齿落更生，事与老子同"的话①，也是讲盛行于两汉的黄老房中术的，故与女几故事一样，也带有道教宣教的明显痕迹。

当然，《列仙传》中所记载的七十来个神仙并不是都具有道教色彩，他们往往呈现出战国秦汉以来的方仙道、黄老道等多元宗教背景。这既与《列仙传》本身是一部编辑先秦两汉以来仙人事迹的撰写体制有关，也与早期道教形成的思想来源本来就非常驳杂有关，还与道教徒张皇其门庭的意图有关。这种情形直到东晋道教理论大师葛洪撰集的《神仙传》也还是如此。因此，根据上述粗略的考察，结合《列仙传》的成书年代和道教形成的时代背景，可以说《列仙传》中对古仙人陵阳子明的改造，对朱璜、涓子、女几、容成公等仙人的塑造，带有鲜明的道教烙印，体现出一定的辅教意图。

《列仙传》是神仙志怪的开山之作。

在道教盛行的汉魏六朝，表现神仙的故事必然会成为志怪小说中重要的一大宗。在现存的作品中，《列仙传》有幸成为神仙志怪的开山之作。因此，它的撰写体式及其传承，也理所当然地成为我们了解神仙志怪小说的叙事模式化和题材类型化形成、发展的原始分析样本。

将某些相近的人事合在一起记述的类传，是中国史书写作中早已成熟的一种传记方法。这与纪传体史书的出现有关。比如，在西汉中期成书的《史记》中，便出现了《仲尼弟子列传》、《循吏列传》、《儒林列传》、《酷吏列传》、《游侠列传》和《滑稽列传》等众多高度成熟的类传，并成为中华正史传记写作的重要体式之

_____

① 《列仙传校笺》，第14页。

一。可以说,中国历史上出现的每一种重要类型的文化人格,在史家的笔下都得到了很好的体现。正是在这种史官文化背景的强烈影响下,中国早期小说史上才会陆续出现像《列女传》、《列士传》、《列仙传》、《高士传》、《名士传》这样分门别类,既近于史书又近于小说的作品①。其中,《列仙传》的重要意义在于:在内容上它凝聚了先秦两汉以来神仙这类虚幻的文化人格,在体式上它完成了从史书类传到小说类传的基本转变。

这种类传体式不仅对神仙类志怪小说有着直接的影响,而且也间接地影响了其他类题材小说。在神仙类志怪小说中,葛洪《神仙传》自序中把《列仙传》的影响说得明白:

> 余今复抄集古之仙者,见于《仙经》、服食方及百家之书,先师所说,耆儒所论,以为十卷,以传知真识远之士。其系俗之徒,思不经微者,亦不强以示之矣。则知刘向所述殊甚简要,美事不举。此传虽深妙奇异,不可尽载,犹存大体,窃谓有愈于刘向多所遗弃也。②

这是说他有感于刘向《列仙传》记述的"殊甚简要,美事不举"、"多所遗弃",要写出一本更完备、更丰美的神仙传记来。尽管《神仙传》中所写的几乎都是新神仙,并没有照抄《列仙传》里的神仙故事,但它受到《列仙传》编撰体式、意图的直接启发则是毫无疑问的。在其他类题材小说中,如嵇康曾撰《圣贤高士传》,虽全书旨

① 《隋书·经籍志二》"杂传"所著录的二百余部古籍,大多具有这种类传的性质,其中"因其事类"而撰的小说也不少(第974—982页)。
② [晋]葛洪撰,胡守为校释:《神仙传校释》,中华书局,2010年,第1—2页。

在记载历代隐士、逸民,而不在于记录神仙事迹,但其中所记关令尹喜、广成子(即容成子)、涓子等人,却多与《列仙传》如出一辙。如涓子故事说:

> 涓子,齐人。(好)饵术,接食甚精,至三百年。后钓于河泽,得鲤鱼中符,后隐于岩石山,能致风雨,告伯阳《九仙法》。淮南王少得其文,不能解其旨。[①]

这条记载与上文所引《列仙传》的涓子故事几乎相同,只是少了点道教的标签罢了(如《天地人经》、《琴心》经,这反过来也可证《列仙传》对涓子形象的道教化改造)。两书之间的这种相似,只能说是嵇康撰写《高士传》时,曾充分地利用过《列仙传》中的故事,况且嵇康也是个神仙实有论者。概括而言,由于受史书和《列仙传》类传体式的直接与间接的影响,神仙志怪与其他汉魏六朝小说形成了两个明显的特点,即叙事的模式化和题材的类型化。

粗略说来,出于宣扬道教的目的,《列仙传》七十来个故事绝大多数在叙事上的深层模式,可以概括为两大部分:某人以某种方术成仙→成仙后的灵验。对应于这种模式,我们可以看到无数个叙事的表层故事。这里随手列举几个短例,以窥一斑:

> 1. 赤松子者,神农时雨师也。服水玉,以教神农,能入火自烧。往往至昆仑山上,常止西王母石室中,随风雨上下。炎帝少女追之,亦得仙俱去。高辛时,复为雨师。今之雨师本是焉。
>
> 2. 容成公者,自称黄帝师,见于周穆王。能善补导之事。

取精于玄牝,其要,谷神不死,守生养气者也。发白更黑,齿落更生,事与老子同。亦云,老子师也。

3.酒客者,梁市上酒家人也。作酒常美,而售日得万钱。有过而逐之,主人酒常酢败,穷贫。梁市中贾人多以女妻而迎之,或去或来。后百余岁,来为梁丞,使民益种芋菜,曰:"三年当大饥。"卒如其言,梁民不死。五年解印绶去,莫知其终焉。

4.黄阮邱者,睢山上道士也。衣裘被发,耳长七寸,口中无齿,日行四百里。于山上种葱薤,百余年人不知也。时下卖药,朱璜发明之,乃知其神人也。地动山崩道绝,预戒下人,世共奉祠之。①

例文中加点的部分指成仙的各种方术,划线的部分是指成仙后的各种灵验。如此看来,第1、2两例完全符合《列仙传》叙事的深层模式,两大部分都完整,这也是该书中大多数故事的标准写法;第3例则是叙事深层模式的省略,只有成仙后的灵验一个部分,这在该书中只有极少数的三四例;第4例其实也符合《列仙传》叙事的深层模式,只是成仙的方术没有明写,而是用"道士"、"卖药"暗示出来的,因为紧接的上一条故事中有黄阮邱用神药除去朱璜体中的"三尸"、令其读黄老的情节。

对于《列仙传》叙事上这种模式化的特点,可以用俄国故事学家普罗普的话来概括:"神奇故事的双重特性:一方面,是它的惊人的多样性,它的五花八门和五光十色;另一方面,它亦很吃惊的单一性。"②但也应当指出,《列仙传》毕竟是早期的、出于道教

———————————

① 《列仙传校笺》,第1、14、77、155页。
② [俄]普罗普著,贾放译:《故事形态学》,中华书局,2006年,第18页。

辅教目的而编撰的,因此它没有一般民间故事的那种形象生动、色彩丰富,正如葛洪所言是"殊甚简要,美事不举"。

《列仙传》所开拓的这种具有双重性的叙事模式,在历史的传承中,既具有深层叙事上的稳定性,又具有表层叙事上的活跃性。葛洪既认识到《列仙传》叙事的"殊甚简要,美事不举",故其《神仙传》能自觉地在表层叙事上下功夫,使之变得"形象生动、色彩丰富"起来。《神仙传》卷二皇初平的斥石成羊、卷三王远的麻姑搔痒、卷五茅君的饯别宴会、卷八左慈的万端变化、卷九壶公的悬壶隐身等,都写得生动奇幻或华丽张扬。从所列举这几篇看来,《神仙传》篇幅文字的拉长,手段主要有二:一是增加成仙的艰难或成仙后的灵验等情节,二是增加描写性的细节。如《王远传》写王远成仙后的经历,共写了世俗经历、寄居陈耽家、帮助蔡经尸解、驾临蔡经家、召见麻姑、授陈尉灵符、王远离开蔡经家等六七个情节。其中每个情节又都在铺叙,如王远召见神女麻姑一节云:

> 麻姑至,蔡经亦举家见之。是好女子,年十八九许,于顶中作髻,余发散垂至腰。其衣有文章而非锦绮,光彩耀日,不可名字,皆世所无有也。入拜方平,方平为之起立。坐定,召进行厨,皆金玉杯盘,无限也。肴膳多是诸花菓,而香气达于内外。擘脯而行之,如松柏炙,云是麟脯也。麻姑自说:"接待以来,已见东海三为桑田,向到蓬莱,水又浅于往昔,会时略半也,岂将复还为陵陆乎?"方平笑曰:"圣人皆言,海中行复扬尘也。"[1]

---

[1]《神仙传校释》,第 94 页。

文中对好女子、金玉杯盘的铺张描写,对沧海桑田变迁的极度夸张,都是《列仙传》中所没有的。

不过,《神仙传》中并非都是这样叙事形象生动、色彩丰富的长篇,其中还有许多像"太阳女"、"鲁女生"这样叙事简略的短篇,流露出与《列仙传》一脉相承的叙事模式:

> 太阳女者,姓朱名翼。敷演五行之道,加思增益,致为微妙,行用其道,甚验甚速。年二百八十岁,色如桃花,口如含丹,肌肤充泽,眉鬓如画,有如十七八者也。奉事绝洞子,丹成以赐之,亦得仙升天也。①

> 鲁女生者,长乐人也。服胡麻饵术,绝谷八十余年,甚少壮,一日行三百余里,走逐麞鹿,乡里传世见之。二百余年入华山中去。时故人与女生别后五十年入华山庙,逢女生乘白鹿,从后有玉女数十人也。②

汉魏六朝小说在题材上类型化的特点,既体现在某一部作品,也体现在某一类作品,或某些篇作品。这是与每部著作或每类著作撰集的目的性直接有关的。《列仙传》既意在通过神仙事迹宣扬道教,故其中的每条故事都与中国的神仙有关,与之无关的内容自然都在摒弃之列。因此,《列仙传》里旧说"七十四人已在佛经"的神仙③,应当原本就没有,而不是都被续定本、今本的整理者删去的。又,据说是王逸的《楚辞·天问》注说:"《列仙传》

---

① 《神仙传校释》,第155页。
② 《神仙传校释》,第360页。
③ [南朝宋]刘义庆著,余嘉锡笺疏:《世说新语笺疏·文学》刘孝标注引,上海古籍出版社,1993年,第213页。

曰：有巨灵之鳌，背负蓬莱之山而抃舞，戏沧海之中，独何以安之乎？"① 该条是写灵鳌，与《列仙传》题材不合，当然也非原书所有。出于同样的编撰目的，东汉末佚名《神仙传》②、东晋葛洪《神仙传》、南齐江禄《列仙传》，都是这种题材类型化的作品，它们与《列仙传》一起构成了道教辅教小说的系列。其他题材类型化的小说系列，如写名士的，则有《郭子》、《语林》、《世说新语》等；杂写鬼神怪异的，则有《列异传》、《灵鬼志》、《搜神记》、《搜神记后记》、《述异志》等。关于此点，只要翻翻《隋书·经籍志》杂史、杂传和杂记类的著录，即可明了，不待一一详说。

就单篇故事的传承来说，《列仙传》的某些著名故事亦成了后世的一些作品演化的"母题"。例如"江妃二女"传说之于六朝小说中一再演绎的人神恋故事，"邗子"寻犬进入仙洞故事之于后来优美的桃花仙源、天台仙境故事，都有着"酵母"的意义。学界对这方面的论述，最为热衷。

汉魏六朝小说在题材上类型化的特点，不可随意用"题材因袭"、"手法摹拟"等评价一概否定。客观地看，每一种题材类型化的小说系列，都有一个初创、发展、演变的过程；研究每一种小说系列，都必须在其传承的序列中才能给其中每一部作品的文学史价值以准确定位。《列仙传》之于神仙传类系列志怪的小说史开拓意义即在于此，汉魏六朝每一个系列小说的研究也应如是观。

（二）

同为神仙志怪小说的集大成之作，《列仙传》与《神仙传》相

---

① 《楚辞补注》卷三，第102页。
② 应劭《风俗通义·姓氏》引有三个片断，张华《博物志》也曾引用。

隔不过百年,前者风靡于魏晋士林,并对后者的创作产生了直接影响。葛洪自谓《神仙传》"有愈于向",这种超越立足于对《列仙传》长生修仙思想与虚实相生体蕴的继承,体现于对道教新变的形象诠释与故事情节的生动表达。两传渊源深厚,既有主题内容、叙事模式上的相似性,又有宗教意图、艺术审美上的延展性,共同成为后世仙传文学的经典范式。近人谈及这两部经典,语涉教理衍变者多,综合比对者少。因此,这里再从《列仙传》在魏晋的流传情况入手,一探《神仙传》对《列仙传》的承袭及新变。

《汉书·艺文志》云:"神仙者,所以保性命之真,而游求于其外者也。聊以荡意平心,同死生之域,而无怵惕于胸中。"[①] 早在春秋末叶,以长生不死、自由快活为宗旨的神仙思想就已产生,《左传·昭公二十年》载齐景公与晏子饮酒而发"古而无死,其乐若何"之慨叹。此后,燕齐君王寻访三神山、始皇帝封禅求不死药、汉武帝造仙境事方术,仙人传说累世愈盛。然综观早期仙话,多散存于《山海经》、《庄子》、《楚辞》等文籍,虽有较固定的仙人特征与事迹,但行文寥寥,不成体系;而少数留名史册以表列仙之趣的作品,如秦时的《仙真人诗》、《列仙图》等,早已难窥其貌。直至汉晋《列仙传》与《神仙传》出现,古往仙家才得以集中编排,后世稳定统一的神仙谱系由此形成。

先看《列仙传》在魏晋的流传情况。

今本《列仙传》载上古及三代、秦、汉仙家七十人(王照圆《校正本》另补羡门、刘安二则),是我国现存最早的仙传总集,旧题西汉末年刘向所作,葛洪《抱朴子内篇·论仙》亦称:"刘向博学,则

---

① 《汉书》,第 1780 页。

究微极妙，其所撰《列仙传》，仙人七十有余。"[①] 然《汉书·艺文志》对刘向作品载录甚详，独不见《列仙传》，故论者多疑是魏晋间方士所依托。对此，笔者在《〈列仙传〉成书时代考》一文中已有论证，此不赘言。作为道教初立与文学自觉的产物，《列仙传》既保存了早期道教方术的珍贵信息，又透露出新奇朴质的文学意味，一时风靡于士林。"是书魏、晋时流传最盛"[②]，不仅有鬷续及孙绰、郭元祖的赞文，还被史册、教派读物所吸收，更主要的是丰富了游仙文学的"语料库"，对诗赋小说产生了直接影响。

《列仙传》以赞诗系人，今本不载，唯《道藏》本有。而传后赞文一篇，却是《道藏》及今本俱有，乃赞诗之序。《隋书·经籍志二》著录："(1)《列仙传赞》三卷，刘向撰、鬷续、孙绰赞；(2)《列仙传赞》二卷，刘向撰，晋郭元祖赞；(3)《列仙传赞序》一卷，郭元祖撰。"[③] 究其偏差，王照圆有言："《传》本上下二卷，《赞》别为卷故也。"又说赞语："词旨疏散，诚为晋人无疑。"[④] 可知《列仙传》颇受当时名士青睐。郭元祖其人今已难考，而孙绰却是东晋一代文宗，尤以玄言诗擅长，玄学本乎道学，故《隋志》著录确有根由。再观赞诗本身，皆四言八句，起首概括仙家事迹，末尾评议仙法道理，功能上类似《史记》中的"太史公曰"。其文疏散神聚，辞采清丽，亦知作者对《列仙传》的用心。

基于该书的辅道性质，史学家以此释文，宗教家借此明理。据洪颐煊《列仙传校正序》，《列仙传》最早引用于东汉末应劭的《汉书音义》，此后学者为史籍作注常征引其中故事。而在道教勃

① 王明：《抱朴子内篇校释》（增订本），中华书局，2011年，第16页。
② 《列仙传校笺·序》，第1页。
③ 《隋书·经籍志》，第19页。
④ 《列仙传校笺》，第211、210页。

兴的汉魏六朝，《列仙传》既是演绎教派义理的"宣传片"，又是阐发教众新见的"档案库"。以葛洪《抱朴子内篇》为例，一方面，传中人物比较集中地现身于这部经典，如下文《释滞篇》，除"庄公"外，所述十一人皆出自《列仙传》：

> 昔黄帝荷四海之任，不妨鼎湖之举；彭祖为大夫八百年，然后西适流沙；伯阳为柱史，宁封为陶正，方回为闾士，吕望为太师，仇生仕于殷，马丹官于晋，范公霸越而泛海，琴高执笏于宋康，常生降志于执鞭，庄公藏器于小吏，古人多得道而匡世，修之于朝隐，盖有余力故也。[①]

另一方面，传中事迹经附会、改造成为新义理的佐证，如《对俗篇》有云：

> 昔安期先生龙眉宁公修羊公阴长生，皆服金液半剂者也。[②]

所谓"金液"，乃方士提炼的一种丹液。"安期先生"、"龙眉(山)宁公"(见"子主"条)与"修羊公"见于《列仙传》，并未言及炼丹制液；独"阴长生"出自《神仙传》，习《太清神丹经》，饵丹成仙。葛洪将诸人归总以证金液之效，是另有深意。

随着《列仙传》的普及与上层神仙道教的壮大，葛洪《神仙传》顺势而出。据《抱朴子外篇·自叙》载，《神仙传》约成书于东晋建武、太兴年间(317–321)，"盖于《抱朴子内篇》既成之后，因其

---

① 《抱朴子内篇校释》，第148页。
② 《抱朴子内篇校释》，第53页。

弟子滕升问仙人有无而作"①，"撰俗所不列者"共十卷②，其间或
杂以"古本"内容。现存《神仙传》的版本主要有文渊阁《四库全书》
所收毛晋辑本(凡八十四人)及《增订汉魏丛书》辑本(凡九十二
人)两种，后者"盖从《太平广记》所引抄合而成。《广记》标题
间有舛误，亦有与他书复见，即不引《神仙传》者，故其本颇有伪
漏"。因此，校释者选择"用心较为周密"的四库本与《列仙传》
略加比对③。

　　次看《神仙传》对《列仙传》的继承。

　　总体上，《神仙传》承袭了《列仙传》的类传体式，集古往仙人
异术明道教法理。具体到文本，除"彭祖"、"容成公"条与《列仙
传》重出外，"尹轨"条所引"尹喜遇老子授《道德经》"、"茅君"条
所引"秦始皇遣使蓬莱"等亦与《列仙传》同。两传仙家大多长生
久视、道术高明，主张救穷周急、积善立功，一定程度地反映出早
期道教思想及小说特征，为后世《洞仙传》、《墉城集仙录》等辅道
系列奠定了宗教与文学二重意义。

　　1. 沿传长生修仙的道教思想

　　神仙信仰发展至汉末，已具备了广泛的社会基础，上至帝王
贵胄，下至平民百姓，无不对成仙充满渴望。灵帝之际，社会上
出现了三股较大的民间势力，三辅骆曜教人缅匿法、东方张角兴
起太平道、汉中张修推行五斗米道，他们打着治世救民的旗号，奉
《太平经》为经典，掀起道教发展史上第一次高潮。成书于此时的
《列仙传》，不仅奉黄老、承民愿，更为仙道方说的理论化做足了准

---

① 《神仙传校释》，第 367 页。
② 杨明照：《抱朴子外篇校笺》，中华书局，1997 年，第 698 页。
③ 《神仙传校释》前言，第 5—6 页。

备,成为"现存第一部道教辅教之作"。而晚出的《神仙传》,则是黄巾起义失败后,道教经分化扬弃趋向成熟的产物。尽管该书掺进了一些士族情结,但总体上保存了《列仙传》长生修仙的世俗本色。这种传承主要体现在三个方面:

其一,力证神仙实有和仙人有种。在《列仙传》中,仙家或有非比寻常的形态特征,如"形体生毛,两目更方"的偓佺、"色黑而时白时黄时赤"的桂父;或懂变幻莫测的奇异法术,如"能入火自烧"的赤松子、"身轻如飞"的毛女;或像寇先一般混于市井;或像陆通一样匿于山林。较于《庄子·逍遥游》"乘云气,御飞龙,而游乎四海之外"的缥缈神人①,《列仙传》以人附事,显得真实可感。这种真实感在《神仙传》中得以延续:临摹相貌者如"著远游冠,朱服,虎头鞶裳,五色绶带剑"的王远;虚夸法术者如"能含墨,舒纸著前,嚼墨一喷之,皆成文字满纸"的班孟;有悬壶济世、能愈百病的壶公;有与曹操斗智斗勇、百战不殆的左慈……为证明神仙实有,作者甚至直呼:"子不夜行,不知道上有夜行人。故不得仙者,亦安知天下山林间,有学道得仙者耶?"②然而仙界之门并非大开,《太平经》有神人、真人、仙人、道人、圣人、贤人生各有命的说法,并称度世者"万未有一人"③。现将《列仙传》各家身份略一归总,叵得王室贵胄及与之交游者过半、生而为仙或由神化仙者近十。《神仙传》中,刘根、严青皆因"骨相合仙"度世,程伟妻更是坦言"得之(道)须由命者"。所谓仙人有种,便是如此。

其二,聚合修养法门,倡导仙人能致。道教修养之法出于老

────────

① 《庄子集释》,第 28 页。
② 《神仙传校释》,第 171 页。
③ 王明:《太平经合校》,中华书局,1960 年,第 438 页。

庄,而备见于《汉书·郊祀志》:

> 世有仙人,服食不终之药,遥兴轻举,登遐倒景,览观县圃,浮游蓬莱,耕耘五德,朝种暮获,与山石无极,黄冶变化,坚冰淖溺,化色五仓之术者,皆奸人惑众,……①

此谷永上疏汉成帝语,关涉存思、服食、炼丹、变化诸方,后之仙传所述,大约不出其外,如《列仙传》中"不食五谷,而啖百花草"的赤将子、"取精于玄牝,守生养气"的容成公、"善饵丹,卖于都市里间"的任光、"殡尸不冷而香,棺内但有丝履"的钩翼夫人、"去三尸而白发尽黑"的朱璜等。《神仙传》虽将服食金液还丹视作修仙的最高途径,但兼善众术者亦不在少数,代表性的有集导引行气、服食药物、思神守一之大成的彭祖,"专行服气断谷,为吞吐之事,胎息内视,吞阴阳符"的黄敬,"受气禁之术,断谷三年,尸解化仙"的介象等。秦汉以前,长生药乃仙人独享,故始皇帝求仙唯有入海登山。魏晋前后,道教神仙观发生重大变化,神仙衍变为修炼得道的长生者。《抱朴子内篇·论仙》云:"若夫仙人,以药物养身,以术数延命,使内疾不生,外患不入,虽久视不死,而旧身不改,苟有其道,无以为难也。"②言下之意,即人可致仙,只须同赤将子、黄敬这般遵循修养,成功与否不过是技术问题。

其三,列举典籍以明教派思潮。连同总赞在内,《列仙传》共提及十二部典籍,其中不乏《琴心》、《玉铃》、《九仙法》等仙家博识养性之作,而老子撰著的《道德经》、涓子所作的《天人经》、阮

---

① 《汉书》,第 1260 页。
② 《抱朴子内篇校释》,第 14 页。

丘令朱璜诵读的《黄庭经》以及《周易》等，则明确反映出早期道教的理论渊源、时代潮流与思想趋向。归结起来，即以神仙信仰结合方仙道、黄老道、象数易学等，内守虚静，外服丹药，摄生养性。至于《神仙传》，所涉教派典籍四十余部，唯《道德经》、《周易》与《列仙传》重，其余著作分属三类：一为《仙经》、《枕中鸿宝》等秘书；二为《五行记》、《河图》、《洛书》等古籍；三为《参同契》、《九丹金液经》等丹经，大都为方士阶层为宣扬仙道所造。这些道书既与《列仙传》互为补充，又透露出道教发展过程中对五行谶纬之说的汲取、对巫祝淫祀活动的抵制、对丹药金液之术的推崇等信息，是了解早期道教驳杂形态的绝好资料。

2. 继承虚实相生的文学意蕴

仙话脱胎于神话而渐趋为一种独立的文学样式。早期仙话极力渲染长生不死和自由飞升，例如《山海经》中的"不死民"、"不死国"、"羽人"等。到了庄子笔下，真人能与天地融为一体，"登高不栗，入水不濡，入火不热"[①]，并有一套吸风饮露、乘风御龙的本领。《楚辞·远游》的出现使仙话有了新突破，一方面所涉赤松子、王子乔等五位仙人"澹无为"、"餐六气"，呈现出鲜明的道学色彩；另一方面所营造的瑰丽仙乡集"飞泉"、"华英"，汇"丹丘"、"汤谷"，拉开了游仙文学的序幕。而较于上述只言片语，《列仙传》的意义则是第一次在内容上凝聚了先秦两汉以来神仙这类虚幻的文化人格，在体式上完成了从史书类传到小说类传的基本转变，并直接启发了《神仙传》的写作，无论故事情境、编撰体式还是寓言笔法，两者都有一脉相承之处。

孙昌武论及《列仙传》与《神仙传》在小说史上的特殊价值时

---

① 《庄子集释》，第 226 页。

曾说:"就利用所谓'虚构素材'和艺术想象方面看,魏晋以来佛、道二教的作品对于推动小说创作的发展起了关键作用。"①虽然《列仙传》故事多精要质朴,却也不乏江妃二女江湄赠佩的浪漫情致、萧史夫妇随风飞升的绚丽奇观、邗子寻犬宕入仙穴的超脱意境。仙家事本就令人惊叹,何况其中还透着一丝风雅玄妙,就更有志怪之趣了。《神仙传》中,此番情意经夸饰敷衍,多以仙人临驾时的阵仗或境象显现出来。例如"茅君"条对仙官接迎场面的描写,极尽华美气派,实有《大人赋》之气韵:

> 文官则朱衣紫带,数百人。武官则甲兵旌旗,器仗耀日,千余人。茅君乃与父母宗亲辞别,乃登羽盖车而去,麾幢幡盖,旌节旄钺,如帝王也。骖驾龙虎麒麟白鹤狮子,奇兽异禽,不可名识。飞鸟数万,翔覆其上。流云彩霞霏霏,绕其左右。②

又如"沈羲"条对天界景象的回顾,恢宏而不乏灵气,似有神魔小说之风采:

> 宫殿郁郁,有如云气,五色玄黄,不可名字。侍者数百人,多女子及少男。庭中有珠玉之树,蒙茸丛生,龙虎辟邪,游戏其间。③

如此看来,《神仙传》随《列仙传》之流而扬其波,维持仙家卓越品

---

① 孙昌武:《作为文学创作的仙传——从〈列仙传〉到〈神仙传〉》,《济南大学学报》2005 年第 1 期。
② 《神仙传校释》,第 183 页。
③ 《神仙传校释》,第 70 页。

格之余,将后者萌动的情怀、简约的想象铺展开来,令仙传小说虚而不幻、实而有味。

编撰体式上,两部仙传都受到史传的影响,主要表现在"神道不诬"的实录精神、以类相从的题材样式和身份落实的首尾格式方面,对此学者多有探讨。另外,《史记》开创的互文笔法也在两传中得以运用,如《列仙传》里为朱璜除三尸的睢山道士阮邱,书中另辟一传详作交代;《神仙传》里拜李少君为师的蓟子训,又成为王真的点化者;刘纲与樊夫人较量道术之事,在两人传中各有侧重等。互文的借用,使仙家事迹更真切完整,人物之间也更成谱系。具体到故事结构,《列仙传》虽然内容、篇幅各异,但大都按照这样的模式行文:

　　　　　人物身份——成仙方式——法术灵验

既有外在形态的变化多姿,又有内在思维的统一稳固。这种同中有异的构造贯穿在《神仙传》中,一目了然者如"董仲君"、"倩平吉"等,皆照搬《列仙传》的三分格局;情节繁复者如"介象"、"陈安世"等,多在原构造的基础上增减枝节,归结起来不外乎:

　　　　　某人有心求道——神仙指点——遭遇历炼——成仙得
　　　道——施展法术

叙事视角方面,两传都采取第三人称全知视角为主、限知视角为辅的笔法。一般地,作者以"史官式"记事者的身份旁观仙人历程,有时为了强化虚构场景的"真实性",又会站在亲历者(通常是凡人)的角度加以描述,如《列仙传》中的"服闾"、"邗子",《神仙传》中的"沈羲"、"王远"等。如此营造，虚构的神仙事迹便有了历史的真实感，仙传也就在叙事层面达成了小说特有的虚实相生。

此外，两传还延续了庄子以来的寓言笔法，虚造玄奇故事，假托历史人物以作教派之言。《四库》馆臣以"附会"、"虚诞"评价《神仙传》[①]，实则在《列仙传》中就已出现了穿越时空的著名人物及着意改编的历史事件，像破吴后齐地经商的范蠡、右手拳屈藏玉钩的钩翼夫人、拒绝殷汤而负石自沉的务光等。而《神仙传》不仅多次将秦皇、汉武作为附会对象，将张道陵、葛玄等道士列入仙班，也把刘安、曹操广招宾客方士等事件演绎为仙家故事。尤其是墨子，既能智退公输班，又能随赤松子仙游，还能谢官于汉武帝，时空跨度之大、游历之广，可谓极矣。这类故事的共通点在于，淡化历史背景，借帝王贤士之名彰显道教权威，虚实真假间，文学意味愈浓。

再次看《神仙传》对《列仙传》的发展。

作为魏晋神仙道教的代表人物，又熟谙经史百家的学者，葛洪撰写《神仙传》固然对《列仙传》多有借鉴、效仿，但在早期道教分化与志怪小说繁盛的新环境下，《神仙传》也呈现出俱进的时代特色。葛洪自谓此传"有愈于向"，这种超越不仅指仙家数量增多、时空跨度拉长与故事篇幅扩展，更指思想内涵与审美价值的进步。所谓"任何离奇的幻想都有现实依据，任何荒唐的观念也都体现着现实意味"[②]，在道教初成体系与小说走向成熟之际，《神

---

① 《神仙传校释》，第367页。
② 孙昌武：《作为文学创作的仙传——从〈列仙传〉到〈神仙传〉》，《济南大学学报》2005年第1期。

仙传》无疑具有兼容并蓄之意义,它对道教神学的形象诠释、对故事情节的生动表达都是《列仙传》不及的。

就其反映道教神学的新变化来说有三点。

其一,《神仙传》将《列仙传》倡导的"仙化可得,不死可学"思想人世化,主张"成仙人人可致"。从仙家身份上看,《列仙传》多权贵、方士及神异之人;而《神仙传》中,皇亲、道士十余人,此外大都为出生平凡、生活琐碎的普通人,如锄地者太山老父、烧炭者严青等,即便有些权势,也不过郎中、县令之类的小官。一方面,仙家身份的屈降反映了道教神仙观从异类到凡人的变化;另一方面,仙家可做官娶妻、可遁世遨游,说明道士的修行方式比较自由。然而,诚如上文提到的"仙人有种"、"得道命定"思想,虽然"仙种"开始投向凡间,但并非所有求仙者都能称心如愿,这和魏晋道教"采取师徒秘授制,传经前要对弟子严加考验"[①]有关。《神仙传》中,赵瞿、李少君皆是私受仙经丹术得道,师承关系得以强化。结伴修行者也明显增多,最典型的要数"与弟子三人入山作神丹"的魏伯阳。故事写到魏伯阳以毒丹试弟子,结果一人服丹假死化仙,二人因畏惧无缘成仙。《抱朴子内篇·勤求》有言:"非随师经久,累勤历试者,不能得也。"[②]其中"累勤历试",即学者常论的"试炼"情节。传中马鸣生对阴长生、李八伯对唐公昉等在授经传术前都有严酷的考验,意志坚定者甚至"可以举家皆仙"[③]。修仙方式上,"金丹大药,宝精行炁"在《神仙传》中最为突出,以此修炼者近半数,应了葛洪"欲求神仙,唯当得其至要,至要者在于宝精

---

① 胡孚琛:《魏晋神仙道教:〈抱朴子内篇〉研究》,人民出版社,1989 年,第 69 页。
② 《抱朴子内篇校释》,第 256 页。
③ 《抱朴子内篇校释》,第 90 页。

行炁,服一大药便足,亦不用多"的说法①。而《列仙传》中最常见的服食矿物、草实之道并不受《神仙传》倚重,"刘根"条有言:

> 药之上者,唯有九转还丹,及太乙金液,服之皆立便登天,不积日月矣。其次云母雄黄之属,能使人乘云驾龙,亦可使役鬼神,变化长生者。草木之药,唯能治病补虚,驻年返白,断谷益气,不能使人不死也,高可数百年,下才全其所禀而已,不足久赖矣。②

《仙药篇》亦云:"上药令人身安命延,升为天神,遨游上下,使役万灵,体生毛羽,行厨立至。""中药养性,下药除病,能令毒虫不加,猛兽不犯,恶气不行,众妖并辟。"③故服药有上下,仙人有数品,此魏晋仙道又一特色。

其二,《神仙传》对早期道教分化为民间和士族两大阶层做出了反映,较于《列仙传》有了更明确的神仙尊卑观念。汉末起义失败后,统治阶级或以武力镇压,或以利禄感化,迫使道教结社发生了民间"妖道"与上层仙道的分歧。"民间道教以治病却祸为务,适应下层劳苦大众的需要",多施符箓禁厌之术;"神仙道教以长生修仙为本,主要在皇帝和士大夫中间活动"④,推行养性饵服之方。随着魏晋门阀制度确立,士族仙道渐据上风,为后来道教维护统治阶段利益奠定了基础。《列仙传》中,为民医病祈禳者多,鱼腹藏符的情节也不少,但仙道方术混然不分,传达的仍是道教

---

① 《抱朴子内篇校释》,第149页。
② 《神仙传校释》,第300页。
③ 《抱朴子内篇校释》,第196页。
④ 《魏晋神仙道教:〈抱朴子内篇〉研究》,第75页。

初创阶段的观念；而《神仙传》中，民间与士族道术有了相对独立的展示，既有王远赐符治病、九灵子漫谈厌蛊等俗风，又有嵇康问道孙登、孙权礼待葛玄等雅事，守静者如彭祖、容成公，饵服者如玉子、伯山甫。甚至上层仙道的统治意识也开始显露出来，如张道陵恶战魔鬼、樊夫人檄召鬼神等。另外，《列仙传》尚未强调的分品思想，在《神仙传》中得以充分表现。葛洪曾明确提出仙人品位说，《金丹篇》称：

> 上士得道，升为天官；中士得道，栖集昆仑；下士得道，长生世间。①

《论仙篇》则云：

> 上士举形升虚，谓之天仙。中士游于名山，谓之地仙。下士先死后蜕，谓之尸解仙。②

此话亦引于《道教义枢·位业义》，且有按语："此即直取升天曰天仙（如麻姑、巫炎等）、游地曰地仙（如刘根、介象等）、蜕形曰尸解也（如董仲君、程伟妻等）。"③胡孚琛有言："魏晋神仙世界中对仙人品位的划分，本质上是中国传统的儒教尊卑观念在天上的投影，也是人间门阀等级制度在神仙世界的颠倒反映。"④一方面，"遂以儒学知名"的葛洪确曾将儒家伦理融入传中，除上述尊卑品

① 《抱朴子内篇校释》，第 76 页。
② 《抱朴子内篇校释》，第 20 页。
③ 李丰楙：《仙境与游历：神仙世界的想象》，中华书局，2010 年，第 14 页。
④ 《魏晋神仙道教：〈抱朴子内篇〉研究》，第 133 页。

第外,不少仙家学五经、举孝廉,以证"欲求仙者,要当以忠孝和顺仁信为本"[①];另一方面,葛洪对"徒有好仙之名,而无修道之实"的秦皇汉武予以否定[②],推崇意志坚定并最终兼享长生俗乐的地仙。"地仙理想"是上层神仙道教的伴生物,他们出入自由,能如天仙般遗世独立,又可尽食人间烟火,颇具当时士族风姿。于是一些修道者(帛和、马鸣生等)先服半剂金丹成为地仙,直到想做天仙时,再服余下半剂以飞升。而由此涉及的仙山岛屿更是风景绝好,王公道士自由出入,昭示仙境与人间并不遥远。这些理念、桥段、意象是《列仙传》所未铺展开的。

　　不仅如此,《神仙传》还注意强化仙传文学的艺术性。

　　人物形象上,《神仙传》化《列仙传》之共性为个性,仙家被安置在具体的生活场景中,显示出士族性情。为弥补《列仙传》"殊甚简要,美事不举"的缺陷,葛洪将原先粗陈梗概、大同小异的人物面貌做了具象描绘。例如"彭祖"条,《列仙传》只是对身份、事迹做了最精要的介绍,而《神仙传》却是陈性情、述遭际、讲道义,洋洋洒洒两千言,活现了一个恬静高深的仙家形象。又如上引"王远"条对麻姑样貌的特写:"是好女子,年十八九许,于顶中作髻,余发散垂至腰……"[③]女仙本不多见,何况外形如此鲜明,甚至细化到"麻姑手爪不如人爪",在同期志怪志人中也是难得的。相对《列仙传》所营造的崇高浪漫情境,《神仙传》要世俗琐碎得多,无论是王远邀麻姑共话蔡经家,还是老父操杖阻茅君升仙,都极富家常兴味。而"无所得而愚"的栾巴、失手摔泥婴的蓟子训、善于

唇枪舌剑的墨子等,更显示了仙传人物从无情到有情、从共性到个性的转变,强调了"人的精神"。受上层仙道与人物品评影响,《神仙传》诸家不仅有人之常情,细说起来还偏向于士族性情,例如"食草饮水,无衣履"的"狂痴人"焦先、"弟子数十年莫见其开目"的涉正等①,很容易让人联想到刘伶、阮籍之流,在艺术长廊中不无典型意义。

叙事方面,如上文所述,《神仙传》基本继承了《列仙传》的三分格局而有所发展,这种发展使作品观赏性更高、艺术性更强,具体表现在:其一,故事愈发连贯,例如"王远"条将主人公激恼桓帝、试炼陈耽、授道蔡经、诚邀麻姑等经历连并串起,人物众多而不杂乱,情节流畅而不拖沓,这是"殊甚简要"的《列仙传》远不能及的。其二,故事更具戏剧化,例如左慈三弄曹操,以酒障眼、化羊遁形、分身惑众,出出都精彩绝伦;又如樊夫人与刘纲斗法,使水火、咒桃树、变活物,场场都生动有趣,段落繁而不复、节奏轻快缜密,可读性大为增强。其三,情境转换错落有致,所谓"仙界一天,人世一年",在"壶公"、"吕恭"等故事中,作家借时间差造成仙境与凡间的对比、离家前后境况的对比,如此,仙境更显幻妙、人世更为沧桑、境象切换也愈加规律与自然,它们与《搜神记》中的"刘晨阮肇"典故一道,成为仙怪文学反复套用的手法之一。

此外,《神仙传》的新变与造诣还有很多,例如仙家道术纷繁炫目、变化多端,与佛经的繁缛构造颇为相似;或如张道陵、麻姑、壶公与费长房等故事为后世文学提供了经典素材;亦或者促就了"桑海沧田"、"壶中天地"、"杏林中人"等俗语的形成。这其中有宗教理念的支撑,有作家想象力的发挥,也少不了《列仙传》的先

---

① 《神仙传校释》,第235、234页。

导之功。后世仙传奇寓性增强，说教性减弱，神仙逐渐成为创作中的一种美学构想与艺术手段，将两传所蕴含的世俗信仰、本真精神和幻想魅力承继下来。

二、佛教与六朝小说

如果说佛教是棵长青树，那么它的每一粒种子都可能结出新的果实。中国佛教文学这一奇葩，是天竺佛教与汉化佛教共育的产物。故而在打量中国佛教文学这株异卉时，首先要了解其母本的构成特征。传统意义上的佛教，是指由佛、法、僧"三宝"综合构成的宗教实体。现代宗教学意义上的佛教则指由包括教主、教义、教徒、仪式、制度、信仰、情感和体验等复杂因素有机构成的综合体。从宗教要素角度说，佛教要素也可分成两大类：一是佛教意识方面的，二是佛教行为方面的。前者包括佛教的思想、观念、信仰、情感等要素；后者包括佛教的仪式、礼拜、体验、艺术造作等要素①。就其与中国佛教文学的关系而言，佛教意识方面的教义、信仰和佛教行为方面的仪式、艺术创造中的文学、造像几个要素最为紧要。

仅仅用"影响"来概括佛教对中国文学新变的作用，显然过于笼统。仔细剖析，佛教母本中的每一个基因，对于中国佛教文学生长的作用都有所不同。因此，探讨佛教基本要素的诸种规定性以及变异性，便成了这里讨论的重要内容和逻辑上的理论支点。

总的说来，佛教诸要素之于受其浸染的中古小说（汉唐志怪、志人）的规定性是：（1）佛经故事以其想象奇异、智慧诙谐等文学

---

① 关于宗教要素的区分，目前并无定说。这里参考诸书，姑且如是说。

色彩，直接或间接地博得了向有志怪、清谈逸事传统的六朝小说家的青睐，从而导致整篇或部分情节、细节等转化为志怪、志人小说及其某些特征；(2) 佛教理念有如酵母(或原型)，引发了数量众多的中古志怪与志人小说，并不同程度规定了这些小说的类型；(3) 佛教信仰作为核心要素，犹如纽带将枯燥的宗教理念与狂热的宗教激情以及迷狂的宗教行为紧紧联系起来，从而成为推动广大信徒进行奇迹故事(应验) 创造的强大内驱力；(4) 佛教仪式是宗教行为中最重要的规范性实践活动之一，周而复始的程式演示使之成为永久性的集体意识，于是仪式的程序、内容和活动本身，都深刻地左右了中古小说的内容、形式和题材，就像远古仪式之于原始神话；(5) 佛教造像是宗教艺术创造要素中最普遍、最虔诚的行为，每一尊像的制造都可能凝结着可歌可泣的真实故事，每一尊像的主题都可以凝固着神奇的佛教故事，每一尊像的膜拜者都可以诉说出动人的应验故事。正是这些佛教要素综合的规定作用，才使得中古小说的演变与佛教汉化的过程契合了起来，并弥漫着强烈的佛教精神。

另一方面，这些要素的作用也由于华夏民族特定土壤、气候的影响，而又必然地发生了许多变异：(1) 中土固有的尚实文学传统削弱了中国佛经文学的过度夸饰、想象；(2) 固有的宗教观改变了中国佛典文学的类型，局限或刺激了某些佛经理念在中古小说里的发展；(3) 尚实的民族品格左右着社会佛教信仰的趋向，进而影响到灵验故事分布上的多寡；(4) 固有的民族习俗改造了佛教某些仪式，使中古小说的有关表现产生了许多变形；(5) 土生土长的神灵改变了某些佛像的特定内涵和地位，因而导致了中古小说在描述重心上的转移。凡此变异，鲜明地折射出华夏民族的文化—心理特征，并由此形成中国佛教文学与印度佛教文学相区别的某些独立品格。

当然,这些要素的规定作用及其变异,只是一种理论形态上的区分,而在文学生长的原生态中,它们所起的作用又常常是综合的、不可分的。然而每种规定性和变异性,都会因具体的作品而呈现出主要或次要作用的区别,甚至单一性作用,所以,在具体的讨论时可以偏重于某种要素,但在总体的讨论中则不能忽视任何一种要素。

关于佛教五大要素与六朝小说的密切关系,笔者曾有专门研究[①]。这里只是选取与佛教仪式相关的几个问题作些讨论。

（一）

无论多么美妙的理论,多么坚定的信念,如果不付诸行动,也只能是空中的楼阁、中看不中用的画饼。在宗教学家看来,这种与宗教意识相对应并且被制度化或戒律化了的宗教行为,就是宗教诸要素中最重要的要素之一——仪式(礼仪)。詹姆士甚至把仪式在宗教中的地位抬得如此之高:"礼仪的历史就是宗教的历史。"[②]也许只有这样的夸张才能将仪式之于宗教的重要性突出出来。

仪式的具体内容和形式在各种宗教中固然是形形色色、五花八门的,但就其功能而言,不外乎献祭、祈祷、节庆、忏悔、布道等几大类。今天,要详尽地钩沉任何一种宗教所有仪式的起源、内容、方式和演变等情况,已是不可能的事,悠久的岁月早已泯灭了

---

① 参见陈洪:《佛教与中古小说》,学林出版社,2007 年。
② 詹姆士:《原始仪式与信仰》,转引自赖永海:《宗教学概论》,南京出版社,1989年,第 129 页。

许许多多宗教仪式的生动历史。所幸的是,具有浓厚史官文化传统的中国,为我们下面的讨论保留了一些关于佛教仪式的珍贵记载,使我们得以思考诸如唱导、浴佛、八关斋、盂兰盆会、水陆法会等仪式如何渗透、转变到中古小说中去的一系列问题。

将宗教仪式与文学放在一起讨论,早已不是新鲜的话题了。在西方十九世纪兴起的神话学理论中,仪式与神话的关系是极为紧要的,无论是把仪式看成神话的产物,还是视神话为仪式的记录或解释①,离开了仪式,似乎神话学家们便找不到神话的来龙去脉了。在中国的敦煌学研究里,学者们又纷纷醉心于俗讲与变文关系的讨论②。说不懂唐代的俗讲仪式(或称制度),便不懂唐代的变文,并不是过分的话。

不过有点令人遗憾的是,在我国国内从宗教仪式角度来探讨小说的论文颇为少见。笼统地说中国文学曾受到佛道教的深刻影响,并不是件困难的事,但要具体地指出某种宗教与文学相联系的契合点、中介,就不那么容易了。找不到宗教与文学之间契合点、中介的跨学科比较研究,毕竟是"两张皮"式的研究。有感于此,佛教诸仪式与中古小说关系的问题,便自然地进入了我们的视野。

在笔者看来,当某种宗教至于成熟的阶段,其理念、信仰、情感等意识与仪式行为之间,是不会产生神话学中那种闹不清是鸡生蛋、还是蛋变鸡的疑惑的。仪式行为只能是宗教意识在实践上的产物。同理,当某种宗教仪式确立的时候,它只能是某些与之

① 各派观点请参见[美]约翰·维克雷编,藩国庆等译:《神话与文学》,上海文艺出版社,1995年。
② 详情参见周绍良、白化文编《敦煌变文论文录》有关论文,上海古籍出版社,1982年。

相关的文学作品的原型(或是全部作品,或是部分情节)。换句话说,某些文学作品的全部或部分内容、形式,是某种或某些宗教仪式的置换、变形①。

值得注意的是,宗教仪式与文学作品之间的这种生成关系,一般说来是属于表层的联结。但透过这种表层的联结,便可以看到文学作品的某些深层含义了,即它们的核心乃是宗教的某种观念、信仰、情感。当然,在其核心以外,并不排除其他某些与之相应的附加意义。

汉魏六朝时期,外来的佛教逐渐为华夏民族所接受,因而在佛教教义、信仰浸入人心的过程中,佛教的诸多仪式也日益风行黄河、长江流域。这里只能选择一些具有代表性的、影响较大的佛教仪式,来探讨其与中古小说的生成关系。

先看八关斋与六朝小说②。

汤用彤论南朝诸帝王所倡导的释教十项大事,以八关斋首当其冲③。根据唐道世撰集《法苑珠林》征引众经所述,八关斋之意谓于斋日奉行八戒,即不杀生,不邪淫,不妄语,不偷盗,不饮酒,不坐卧安稳好床,不著华璎珞、为歌舞伎乐,过中午不食④。这一仪式是在古印度原始佛教僧团生活中的五戒基础上发展而来的。据说佛陀创立的斋日仪式中有僧众背诵戒律:"犯戒的比丘当众坦白交代"等内容⑤。汉地的八关斋仪式,大抵是依据三国支谦所

① 叶舒宪:《神话——原型批评》,陕西师范大学出版社,1987年。
② 参见陈洪:《佛教八关斋与中古小说》,《江海学刊》1999年第4期。
③ 汤用彤:《汉魏两晋南北朝佛教史》第十三章,中华书局,1983年。
④ [唐]释道世:《法苑珠林》卷八八"八戒部",上海古籍出版社1991年据《影印宋碛砂藏经》一百卷本缩叶影印。
⑤ [英]沃德著,王世安译:《印度佛教史》,商务印书馆,1988年,第59—60页。

译的《斋经》和南朝宋代沮渠京声所译的《佛说八关斋经》而行的。在其传入中土的初期，斋会旨在施食济众，并无严格的八戒束缚，并且与中国某些传统的斋祀相混，给人以"虽有斋忏，事同祠祀"的感觉①。《三国志·吴书四》谓笮融：

> 每浴佛，多设酒饭，布席于路，经数十里，民人来观及就食且万人，费以巨亿计。②

在浴佛节这样重大斋会上摆酒，显然不合"不饮酒"的经义。约至东晋时期，八关斋仪式才完备起来。东晋名士郗超为在家居士所写的《奉法要》一文已经全面地转述了该仪式的具体内容，除八戒之说外，文中还详细提到了"岁三月六"的斋期规定和"斋日唯得专惟玄观，讲颂法言"的要求③。演至南朝，斋会日盛，奉行也颇为严格。《高僧传·竺道生传》里记载一段颇有趣的事：

> 后太祖（宋文帝）设会，帝亲同众御于地筵，下食良久，众咸疑日晚，帝曰："始可中耳。"生曰："白日丽天，天言始中，何得非中？"遂取钵便食，于是一众从之，莫不叹其枢机得衷。④

---

① 周叔迦：《周叔迦佛学论著集》，中华书局，1991年，第8页。
② 《三国志》，第1185页。
③ 岁三月六，即"岁三斋者：正月一日至十五日，五月一日至十五日，九月一日至十五日。月六斋者：月八日，十四日，十五日，二十三日，二十九日，三十日"（[南朝梁]释僧祐撰，李小荣校笺：《弘明集校笺》，上海古籍出版社，2013年，第712页）。
④ [南朝梁]释慧皎撰，汤用彤校注，汤一玄整理：《高僧传》，中华书局，1992年，第255–256页。

要不是宋文帝金口玉言，要没有名僧竺道生双关的妙语，恐怕参与斋会的众人没有一个敢吃这顿过午的饭菜。但是，并非每位皇帝都能这么灵活。宋孝建元年（454），刚刚龙袍加身的孝武帝刘骏率领群臣百官到中兴寺进食八关斋。吃完午饭以后，袁粲与张淹两人大约嫌吃素的填不饱肚子，又偷偷"更进鱼肉食"。不料，这事让"奉法素谨"的尚书令何尚之知道了，他密报了孝武帝。于是，二人一并被摘了乌纱帽（《宋书》卷八九）。至于佞佛的梁武帝更有断肉食之举。

东晋、南朝之所以奉行八关斋，汤用彤先生以为原因有二：一为兴善止恶，二为致太平[1]。前者是宗教的目的，意在追荐善福于先亡人、拔救地狱孤魂、免除来世苦难。对此，郗超《奉法要》说得分明：

> 斋者，普为先亡、见在知识、亲属并及一切众生，皆当因此至诚，玄想感发，心既感发，则终免罪苦。是以忠孝之士，务加勉励，良以兼拯之功，非徒在己故也。[2]

后者是出于政治上的目的，让群臣百姓在宗教的迷狂中变为驯服的羔羊，易于和平地放牧。何尚之答宋文帝的一段话便泄露个中的天机：

> 百家之乡，十人持五戒，则十人淳谨矣；千室之邑，百人修

---

① 《汉魏两晋南北朝佛教史》，第318页。
② 《弘明集校笺》，第712页。

十善，则百人和厚矣。传此风训，以遍宇内，编户千万，则仁人百万矣。……夫能行一善，则去一恶；一恶既去，则息一刑。一刑息于家，则万刑息于国。四百之狱，何足难错？雅颂之兴，理宜倍速。即陛下所谓坐致太平者也。①

此如《颜氏家训》所说，以释氏五戒当儒家之仁义礼智信五行。

统治者的思想也常常是被统治者的思想。正由于八关斋具有上述的功能，它才被那个时代的僧俗、贵贱各阶层而普遍奉行的。这样，八关斋仪式无论是作为一种社会现象，还是作为时代精神（心理、情感、信仰等）的象征，它都会与文学发生必然的种种纠葛。

从东晋开始，这一仪式便相继渗入诗苑。残存至今的几首咏八关斋诗，隐约表露出这类诗在当日曾作为一种宗教体验题材的消息。东晋沙门名士支道林曾作《八关斋诗三首》。其诗序曰："间与何骠骑期，当为合八关斋。以十月二十二日，集同意者在吴县土山墓下。三日清晨为斋始，道士、白衣凡二十四人。清和肃穆，莫不静畅。至四日朝，众贤各去。……"序中"三日"、"四日"当是二十三日、二十四日的承上省，如此才符合二十三日为"月六斋"之一的斋期规定。第一、二首诗详细地咏出"清和肃穆，莫不静畅"的过程和感受。其一云：

　　建意营法斋，里仁契朋俦。相与期良晨，沐浴造闲丘。穆穆升堂贤，皎皎清心修。窈窕八关客，无楗自绸缪。寂默五习真，亹亹励心柔。法鼓进三劝，激切清训流。凄怆愿弘济，阖堂皆同舟。明明玄表圣,应此童蒙求。存诚夹室里,三界赞清休。嘉祥归宰相,蔼若庆云浮。①

此首与第二首"三悔启前朝,双忏暨中夕"句,依次点出了沐浴洁身、讲诵经典(法鼓句)、专心玄思(寂默句)、忏悔等八关斋仪式内容。与郗超《奉法要》一文相比,堪称为形象的再现。另外,支道林又有《五月长斋诗》,是写"岁三"长斋的。此种斋仪多为出家人而奉行,与"月六"短斋为僧俗共同奉行有所区别。故在家居士多写八关短斋,而少有咏及八关长斋的。"赋月圣手"谢庄,宋齐梁三代文士领袖沈约,就只写过《八月侍华林曜灵殿八关斋诗》、《八关斋诗》(《艺文类聚》卷七六)。

诗毕竟是文学的精华,诗人们也不肯轻易将粗俗的东西作为吟咏对象。相形之下,本来就不登大雅之堂的小说,却不捐细流,一古脑地把一切汇聚进自己的河床中去。正因为如此,六朝小说才有意无意地融汇了大量的八关斋故事。读读下面全录或摘抄的几则故事,便会产生这种印象了:

> 晋孝武世,有一沙门至庙,神像见之,泪出交流,因标姓氏,则是昔友也。自说:"我罪深,能见济脱不?"沙门即为斋戒诵经。(《幽明录》)②
>
> 郑鲜,字道子,善相法。自知命短,念无可以延。梦见沙门问之:"须延命也,可六斋日放生念善,持斋奉戒,可以延龄

---

① 序与诗原出《广弘明集》卷三〇,此据逯钦立编《先秦汉魏两晋南北朝诗·晋诗》卷二〇,中华书局,1983 年,第 1079 页。

② [南朝宋]刘义庆撰,郑晚晴辑注:《幽明录》,文化艺术出版社,1988 年,第168 页。

得福也。"因尔奉法,遂获长年。(《宣验记》)①

　　晋周珰者,会稽剡人也。家世奉法。珰年十六,便菜食持斋,讽诵成具。及顷转经。正月长斋竟,延僧设受八关斋。至乡市寺,请其师竺僧密及支法阶、竺佛密,令持《小品》,斋日转读。至日,三僧赴斋,忘持《小品》。至中食毕,欲读经,方忆。意甚惆怅。……至人定烧香讫,举家恨不得经。……(《冥祥记》)②

　　(元稚宗在冥间)见有蚁类数头,道人曰:"此虽微物,亦不可杀,微复论巨此者也。鱼肉自可啖耳。斋会之日,悉著新衣;无新,可浣也。"(《祥异记》)③

　　有寡妇姓李,凉州人。家本事佛,恒随遂斋会。每听经罢,辄诵之。(《系观世音应验记》)④

如果需要的话,这类条目还可以抄上百十条。不过,稍为留心便会发现,写及佛教斋会的故事在分布上似乎有点规律:志人小说罕见,而志怪小说夥众;魏晋志怪小说少见,而南朝志怪小说俯拾皆是;杂记志怪小说凤毛麟角,而释氏辅教之书连篇累牍。比如宋临川王刘义庆及其门客所撰集三部小说即如此,《世说新语》虽记载了不少与佛教相关的人事,却未及八关斋;《幽明录》固然是志怪小说,然其内容十分庞杂,写巫术洁斋、道教斋仪的不少,涉及释氏斋仪的却寥若晨星;《宣验记》因是刘氏晚年奉佛时期的作品,所以记八关斋的条目明显增多。从这种分布的特点中,我们

---

① 鲁迅:《鲁迅全集》第八卷《古小说钩沉》,人民文学出版社,1973年,第558页。
② 《古小说钩沉》,第583页。笔者案:宋碛砂藏本《法苑珠林》卷六四引作《冥报记》。
③ 《古小说钩沉》,第545页。
④ 董志翘:《〈观世音应验记三种〉译注》,江苏古籍出版社,2002年,第102页。

也可以体会到八关斋仪式浸入小说，是与时代的宗教风尚以及撰集者的宗教信仰息息相关的。

　　仅仅指出八关斋仪式进入小说的现象，是远远不够的。我们所关注的是，这种仪式到底与小说有什么内在的联系？换句话说，它究竟是如何从宗教仪式转化为小说的内容和形式的？这个问题需要从八关斋仪式的功能、性质和程式等方面为考察基点。

　　如前所说，古印度佛教斋仪的功能表现在劝僧奉戒、忏悔方面，与世俗宗教生活的联系不太紧密；早期汉化斋会的功能似在于施食济众，成为劝教的一种手段；而演至南朝，八关斋仪式的主要功能则变成超度亡灵了。人生万事，生死为大。八关斋这一功能的突出，使它更贴近了佛教那些关怀人生终极问题的理念（如因果报应、六道轮回），因而也更贴近了人们的普遍宗教信仰和宗教感情；同时，又由于这种功能是宗教实践层次上产生的，因而这种斋仪更易于为世俗所接受，更易于转化成艺术表现的对象，并升华为艺术表达的形式了。

　　显而易见，由超度亡灵这一主要功能而激发出来的艺术创作冲动，首先将八关斋仪式转化为"游冥"小说了。死亡是人类有史以来不可违背的自然规律，然而人们却往往坚信"不死"的存在，企图用种种手段去同死神抗争。南北朝八关斋的功能转变以及信奉上的风行，都是时代特定文化的一种选择。而游冥小说则用一个个神话般的故事宣扬这种仪式的神奇灵验。于是，仪式与小说在消释人们对死亡的恐惧和丧失亲人的痛苦这一点上联系在一起了。《高僧传》卷一〇说，宋长沙寺僧慧远行般舟得神异之术，"能分身赴请（行斋），及预兴亡等"。《冥祥记》对此记载颇为详尽：

　　或一日之中，赴十余处斋，虽复终日竟夜行道转经，而家
家悉见黄迁（即慧远俗名）在焉。众稍敬异之，以为得道。孝
建二年，一日，自言死期，谓道产曰："明夕，吾当于君家过世。"
至日，道产设八关，然灯通夕。……（远死后）阖境为设三七斋，
起塔，塔今犹存。死后久之，现形多宝寺，谓昙珣道人云："明
年二月二十三日，当与诸天共相迎也。"言已而去。昙珣即于
长沙禅房设斋九十日，舍身布施，至其日，苦乏气，自知必终，
大延道俗，盛设法会。①

这段故事真切描述了当日以八关斋为僧俗超度仪式的情况。所
谓分身受请设斋的神异，不过是对一个忙碌不停、善于主持斋会
的高僧行迹的夸张表述而已。在更多的游冥小说里，八关斋被
视为救死兴亡的法宝。赵泰在地狱中曾问狱吏："未奉佛时，罪过
山积，今奉佛法，其过得除否？"曰："皆除。"于是，复活的赵泰让
全家"大小发意奉佛，为祖、父母及弟悬幡盖、诵《法华经》作福
也"②。上引郑鲜以持斋奉戒"遂获长年"的奇迹，即为灵验一例
（《宣验记》）。刘萨荷（即慧达）游历冥间，亲听了观音大士对八关
斋妙用的一席高论：

　　凡为亡人设福，若父母兄弟，爱至七世姻媾亲戚，朋友路
人，或在精舍，或在家中，亡者受苦，即得免脱。七月望日，沙
门受腊；此时设供，弥为胜也。若制器物，以充供养，器器摽题，
言为某人亲奉上三宝，福施弥多，其庆逾速。沙门白衣，见身

---

① 《古小说钩沉》，第 632—633 页。
② 《幽明录》，第 181 页。

为过，及宿世之罪，种种恶业，能于众中尽自发露，不失事条，勤诚忏悔者，罪即消灭。如其弱颜羞惭，耻于大众露其过者，可在屏处，默自记说，不失事者，罪亦除灭。若有所遗漏，非故隐蔽，虽不获免，受报稍轻。若不能悔，无惭悔心，此名执过不反，命终之后，克坠地狱。[①]

观音菩萨想得十分周到，连那些羞于忏悔的薄脸人该怎么做都考虑到了，这是郗超《奉法要》论设斋时所不及的。八关斋既有如此兴善止恶的神效，所以其风行于世和关于它的神奇志怪的大量产生，都是十分自然的事。

其次，从八关斋仪式宗教性质激发出来的艺术创作冲力，还较为具体地制约有关小说的描写内容。按照那位观音大士的说法，设斋会是作福、兴善的行为。从善有善报、恶有恶报的佛教业报根本教义讲，自然有"福施弥多，其庆愈速"、"勤诚忏悔者，罪即消灭"的逻辑。郗超说"心既感发，则终免罪苦"，魏收称奉持五戒（八关斋之部分内容）"则生天人胜处，亏犯则坠鬼畜诸苦"[②]，即是这种逻辑的延伸。因此，以八关斋性质为依托，有关小说的描写便自觉或不自觉地向着奉斋者得福、破戒者得咎两大方向展开了。

一方面，奉斋者或身后被亲友施斋者得到了必然的善报。郑鲜虽然命短，但由于能"持斋奉戒"，"遂获长年"。赵泰在地狱听狱鬼传令说："有三人，其家事佛，为其于寺中悬幡盖，烧香，转《法华经》，咒愿救解生时罪过，出就福舍。"宣敕刚完，即见三人已自

---

① 《古小说钩沉·冥祥记》，第597页。
② ［北齐］魏收：《魏书》，中华书局，1974年，第3026页。

然着了衣服,往"开光大舍"的福地去了①。晋赵人阙公则生时"恬放萧然,唯勤法事"。死后,"道俗同志,为设会于白马寺中。其夕转经,宵分,闻空中有唱赞声。仰见一人,形器壮伟,仪服整丽,乃言曰:'我是阙公则,今生西方安乐世界,与诸菩萨共来听经。'"②

另一方面,那些破斋犯者则遭到了必然的恶报。赵泰在地狱"受变形城"曾目睹犯五戒者的恶报:"杀生者云当作蜉蝣虫,朝生夕死;若为人,常短命。偷盗者作猪羊,身屠,肉偿人。淫逸者作鹄鹜蛇身。恶舌者作鸱鸮鸺鹠恶声,人闻皆咒令死。抵债者为驴马牛鱼鳖之属。"③《宣验记》所载一则较此说教生动些:"天竺有僧,养二悖牛。日得三升乳,有一人乞乳,牛曰:'我前身为奴,偷法食;今生以乳馈之。所给有限,不可分外得也。'"④生平好渔猎的阮稚宗受报最惨:身魂被冥神捉去,"皮剥脔截,具如治诸牲兽之法。复纳于深水,钩口出之,剖破解切,若为脍状。又镬煮炉炙,初悉糜烂,随以还复,痛恼苦毒,至三乃止。问:'欲活不?'稚宗便叩头请命。道人令其蹲地,以水灌之,云:'一灌除罪五百。'稚宗苦求多灌,沙门曰:'唯三足矣。'"⑤

除此两方面之外,由于佛教在南北朝时期的进一步独立,八关斋的性质已被当时的佛教信奉者,从中国本土的一些传统斋仪、祭祀中区别了出来。由此,又引发了不少八关斋与异教斋祀争胜的故事。巫师舒礼病死,被土地神送往太山阴府。"太山府君问礼:'卿在世间皆何所为?'礼曰:'事三万六千神,为人解除

① 《幽明录》,第 180 页。
② 《古小说钩沉·三宝感通录》,第 578 页。
③ 《幽明录》,第 181 页。
④ 《古小说钩沉》,第 553 页。
⑤ 《古小说钩沉·冥祥记》,第 625 页。

祠祀,或杀牛犊猪羊鸡鸭.'府君曰:'汝佞神杀生,其罪甚重,上
热鏊!'付吏牵去。礼见一物,牛头人身,捉铁叉,又礼投铁床上,
身体焦烂,求死不得。经累宿,备极冤楚"。舒礼复活,"不复作巫
师"①。此则表面是说道教观念,但骨子里却是释氏的五戒之说。
《述异记》载"胡庇之"条,先把释道斋祀搅和到一起,然而曲终以
斋戒转经为上。故事大意说,宋人胡庇之以元嘉二十六年(449)
任武昌郡丞,所住宅舍老是闹鬼。两年下来,全家都得了病。庇
之"乃请道人斋戒,竟夜转经",但不起作用;又"迎祭酒上章,施
符驱逐,渐复歇绝"。然过了一年,鬼闹得更厉害。后有一善鬼告
曰:此舍本是沈宅,因来看宅,遭君及仆婢骂詈、无礼,"复令祭酒
上章,苦罪状之,事彻天曹。沈今上天言:君是佛三归弟子,那不
从佛家请福,乃使祭酒上章? 自今唯愿专意奉法,不须兴恶,鬼
当相困"。于是,"庇之请诸读经,仍斋讫",遂无闹鬼事。文中强
调了"能归诚正觉,习经持戒,则群邪屏绝"的主旨②。起先胡氏
请道人(即僧人)斋戒转经,是由于其心不诚,故无灵验。至于请
道教祭酒上章悔过,更是事奉杂神的表现。经此两度曲折,故事
将斋戒的性质生动地突现出来。《冥祥记》"李旦"条则以李旦
死而复活,宣扬释教斋戒的法力。故事结尾是点睛之笔:"旦本
作道家祭酒,即欲弃箓本法,道民谏制,故遂两事,而常劝化,作
八关斋。"③所谓两事而常作八关斋,又体现了佛道两教相融合的
时代消息。

　　其三,与八关斋的功能、性质一样,其特定的操作程序也给志

---

① 《幽明录》,第170页。又参见《法苑珠林校注》,文字出入较大,第1849页。
② 《古小说钩沉》,第295—296页。
③ 《古小说钩沉》,第616页。

怪小说带来了艺术冲力，并且主要作用于艺术形式方面。八关斋的进行程式，众经并无统一规定。依《法苑珠林》的概括，大致是"严饰道场，澡浴尘垢，着新洁衣，内外俱净。对说罪根，发露悔过。举体投地，如太山崩。五体殷重，归依三宝，敬诚回向"①。根据上引《八关斋诗》和《冥祥记》中周珰设斋、刘萨荷冥间听观音说斋等故事，则知汉化八关斋有澡浴更衣、素食、烧香礼佛像、转唱经典、诚心忏悔等名目；南朝以来斋仪，由于多为超度亡灵的关系，又增加了冥器供养、发愿度亡等环节。虽然八关斋的操作程式在不同国度、社会、时代的各自条件下可以有所变化，但其中有两环节却能超越时空而沿续不变，这就是转经与忏悔。八关斋程式上的这些特征，一一体现在南北朝小说的"情节结构"和"叙述结构"上。

　　叙事文学是西方形式主义文学理论家高度重视的文学样式。这一理论通常宏观地把文学史上描写某类事件所有作品的情节构成视为情节结构，同时又微观地将单个作品中表现这种情节构成的描写称作叙述结构②。如果我们从这一分析角度出发，可以得到与八关斋相关小说的情节结构和叙述结构。

　　在笔者看来，早期的、最短的小说实际上已经包括或暗含了某类题材小说的情节结构，不必从所有的同类小说中去作归纳而得之（事实上由于文本的大量散失，不可能做到穷尽式的归纳）。经选择，具有这种意义的作品有二：一则为上文引《宣验记》"郑鲜"条，另一则全文如下：

---

① 《法苑珠林校注》，第 2533 页。又卷八八引《智度论》曰：是日作斋，得福最多，因为六斋日"鬼神逐人，欲夺人命，疾病凶衰，令人不吉"（第 2535 页）。

② 参见［俄］维克托·什克洛夫斯基等著《俄国形式主义文论选》所载《主题》、《故事和小说的结构》两文，三联书店，1992 年。

蒲城李通死来云：见沙门法祖为阎罗王讲《首楞严经》。
又见道士王浮身被锁械，求祖忏悔，祖不肯赴。[1]

两则故事原本见《辩正论》卷八、卷六陈注。出于注书体例，陈氏
引征小说必然会大删狂剪。然而，他却保留了故事最基本的骨架，
即这种删节在实质上变成了对原始作品的抽象。这一点，只要将
《辩正论》卷八注所载"郑鲜"条与《法苑珠林》卷六所记"郑鲜"
之条稍加对比即可知[2]，虽然《法苑珠林》所引也非完整。根据陈
氏的概括文本，我们可以进一步抽绎出其中的叙述结构，即"郑
鲜"条、"李通"条分为：

　　　灾难 → 入梦 → 教作斋 → 忏悔 → 消灾
　　　死亡 → 游冥 → 讲经 → 见受报 → 忏悔 → 复活

如果将灾难与死亡、入梦与游冥、教作斋与讲经、消灾与复活分别
视为同类故事在叙述上的变形（或置换），则可以得到其共同的情
节结构，即：

　　　死亡 → 游冥 → 转经（说法） → 忏悔 → 复活

这一情节结构与八关斋的超度亡灵功能、兴善止恶性质正相适
应，涉及斋仪部分更与八关斋最基本的两个环节——转经、忏

---

[1] 《幽明录》，第 169 页。

[2] 郑鲜即郑鲜之，《宋书》、《南史》均有传。《辩正论》与《法苑珠林》所引当是
同一故事的异抄本。宋碛砂藏本注"郑鲜"之条出《冥报记》，误；鲁迅辑入《冥
祥记》，方诗铭辑校《冥报记》不收（中华书局，1992 年），均是。

悔——契合无间。因此，我们清晰地看到了八关斋操作程式对于
南北朝某些志怪小说情节结构的生成作用。

　　如果说八关斋程式是一种宗教喜剧表演的话，那么它带给志
怪小说情节结构的，则是一种"大团圆"式的欢乐。比如，在那些
充满灾难威胁、死亡悲哀和地狱恐怖的游冥小说里，主人公或其
他人物的结局，几乎都是千篇一律的喜剧收场。巫师舒礼死入冥
间，"见数千间瓦屋，皆悬竹帘，自然床榻，男女异处。有诵经者，
呗偈者，自然饮食者，快乐不可言"。他自己受了一番铁叉叉、烈
火烧烤后（实是忏悔的变形表述），复活了，不再做巫师（亦是忏悔
的表现）①。康阿得死入冥间，因生时"家起佛图塔寺，供养道人"，
三天后即复活②。赵泰魂游地狱，曾见两大奇迹：真人菩萨只说"今
欲度此恶道中及诸地狱中人"一声，立时有成千上万的受难者脱
出地狱，升空而去；又有三人，因家中事佛，"为其于寺中悬幡盖，
烧香，转《法华经》，咒愿救解生时罪过"，故被放出而就福舍③。孙
敬德被劫贼诬告，"禁于京狱，不胜拷掠，遂妄承罪。并断死刑，明
旦行决。其夜，礼拜忏悔，泪下如雨。启曰：'今身被枉，当是过去
枉他，愿偿债毕，誓不重作。'"又发大愿云：愿一切众生所有横祸，
弟子代受！说完，便依稀如梦，见一沙门教他诵《观世音救生经》，
谓念诵经中佛名满千遍，即可度苦难。于是，戏剧的场面出现了：

　　　　敬德欻觉，起坐缘之，了无参错，比至平明，已满一百遍。
　　有司执缚向市，且行且诵，临欲加刑，诵满千遍。执刀下斫，折

---

① 《法苑珠林校注》，第 1849 页；参见《幽明录》，第 170 页。
② 《幽明录》，第 171–172 页。
③ 《幽明录》，第 180 页。

为三段,不损皮肉,易刀又折。凡经三换,刀折如初。……遂得免死。[①]

这种种喜剧的收场,正是此类小说情节结构得以生成的时代心理愿望,也是八关斋的基本程式能够超越时空而不变的人性需求。人生充满了形形色色的灾难,需要有某种形式的演习来安慰自己,也需要某种形式的诉说来宣泄自己。这正是某些小说情节结构得以与八关斋基本程式相投合的根本原因和深层含义。

如果展开讨论,便会发现,围绕八关斋转经、忏悔两个基本程式,尚有形式更丰富的程式;以此类小说情节结构为中心,还有更生动、丰满的叙述结构。在作这种对比时,当然不能忘记文学文本常常是宗教仪式的变形的原则。

《冥祥记》为这里的讨论提供了三个标本。(1)宋沙门道志守殿塔而自盗帐盖、珠宝等物,因而不出一月便得怪病,常见异人以戈矛刺之,痛苦不堪。"同寺僧众,颇疑其有罪,欲为忏谢,始问犹讳而不言,将尽二三日,乃具自陈列,泣涕请救,曰:'吾愚悖不通,谓无幽途,失意作罪,招此殃酷。……并烦请愿,具为忏悔。'"道志既死,诸僧合资赎得被盗买的宝珠,"并设斋忏"。但安放宝珠于佛像眉间时,终不安。"众僧复为礼拜烧香,乃得著焉"。后道志于冥中传音说:"自死以来,备萦痛毒,方累年劫,未有出期;赖蒙众僧,哀怜救护,赎像相珠,故于苦酷之中,时有间息。……"[②]故事紧扣忏悔释罪一意,以道志自忏、诸僧设斋忏和烧香礼拜请罪三层,铺陈而下,在斋仪上、叙述结构上,隐去了转经环节(只以

---

① 《古小说钩沉·旌异记》,第 656 页。
② 《古小说钩沉》,第 637—638 页。

"设斋忏"一语带过），同时又增加了烧香、礼拜等名目。（2）如上文所引《冥祥记》"周珰"一条，叙述结构大致按照八关斋程式展开，提到了素食、中食、烧香、转经等程序，但略去了忏悔一环，而以僧人忘持佛经、神人传经的奇异，强调了转经的重要。（3）第三个标本是"智达"条。该故事的全部曲折来自于斋事的启迪：

> （智达病死，冥间）贵人见达，乃敛颜正色谓曰："出家之人，何宜多过？"达曰："有识以来，不忆作罪。"问曰："诵戒废不？"达曰："初受具足之时，实常习诵，比逐斋讲，恒事转经，故于诵戒，时有亏废。"复曰："沙门时不诵戒，此非罪何为？可且诵经！"达即诵《法华》三契而止。贵人敕所录达使人曰："可送置恶地，勿令太苦。"……二人执达，掷置囷上，囷里有火，焰烧达身，半体皆烂，痛不可忍，自囷坠地，闷绝良久。二人复将达去。见有铁镬十余，皆煮罪人，人在镬中，随沸出没，镬侧有人，以扠刺之，或有攀镬出者，两目沸凸，舌出尺余，肉尽炘烂，而犹不死。诸镬皆满，唯有一镬尚空，二人谓达曰："上人即时应入此中。"达闻其言，肝胆涂地，乃请之曰："君听贫道，一得礼佛。"便至心稽首，愿免此苦。伏地食顷，祈悔特至。既而四望，无所复见，唯睹平原茂树，风景清明。……（达于是）斋戒愈坚，禅诵弥固。①

背诵戒律是古印度原始佛教斋仪中最重要的节目之一，也是后来佛教戒、定、慧"三学"之首。所以，智达于斋会只转经而不诵律经，被视为罪过。故事竭力描状地狱受报之恐怖，即是为了劝人要重

---

① 《古小说钩沉·冥祥记》，第639—640页。

视诵律、守戒。"至心稽首"以下情节,则又是从礼佛、发愿、忏悔的斋仪关系而生。故此篇较上两篇更能说明小说与斋仪在形式上的紧密关系。

要之,八关斋仪式从其功能、性质和程式三大方面都赋予了南北朝某些志怪小说以佛教精神,并且还模铸、制约了有关小说的艺术内容和形式。根据这一结论,我们可以说,佛教仪式是佛教文化影响六朝小说生成的重要中介环节之一。

(二)

南北朝斋会风行,而尤以盂兰盆会和浴佛节的场面最为盛大,气氛最为热烈。之所以如此,盖与它们形成的社会和时代背景密切相关,概括而言,浴佛节的热烈气氛,是天竺纪念佛祖神奇诞生狂欢的绵延;盂兰盆会的盛大排场,是中印悼亡仪式共同支撑的结果。当然,个中更深刻的原因还在于:不同时代、不同国度的人们,对生命都有着炽热的偏爱,而对死亡都有着顽强的抗拒[1]。

无论是圣贤达人,还是凡夫俗子,都不能面对生死而无动于衷。所不同的是,智者是用哲学的沉思来解脱自己或宽慰别人,佛陀说生是烦恼、死为涅槃,和庄周所谓"以生为附赘县疣,以死为决疢溃痈"[2],语歧而义同;愚者是用信奉的盲从去麻醉自己或蒙蔽同伴,他们在浴佛节的狂欢和盂兰盆会的庄严里,尽情地宣泄着对一生、一死的敬畏情绪,然后又在不能忘怀的记忆中,用精致或粗俗的诗歌、小说和戏曲来再现那些铭心彻骨的种种体验。

---

① 参见陈洪:《盂兰盆会起源及有关问题新探》,《佛学研究》第 8 期,1999 年刊。
② 《庄子集释·大宗师》,第 268 页。

就这样,哲学、宗教、仪式与文学溶汇到了一起,虽然某些关节尚须讨论。

浴佛(灌佛)是佛教信徒纪念佛陀诞生的仪式。佛陀本来是个真实的历史人物,但逐渐被后世佛教徒神话了。根据汉译《过去现在因果经》卷一、《大唐西域记》卷六的记载,他的出生竟是如此的神奇:摩耶夫人临近分娩,一日出游蓝毗尼园,行至无忧树下,见枝叶茂盛、花色香鲜,举手欲采之,悉达多太子便于右胁降生了。太子刚落地,便向四方各走七步,一手指天,一手指地,说:"天上天下,唯我独尊。"随足所走,绽开大莲花。这时,有二龙跃出,于空中吐一冷一暖之水,为太子灌浴。后世信徒因此传说,用香水灌浴悉达多太子或佛陀雕像,以示庆祝和供养。沿习久之,遂成浴佛仪式 ①。

浴佛仪式的起源,亦与古印度一种净洁的宗教风俗有关。《大宝积经》卷一〇〇有这样一个故事:舍卫城波斯匿王的女儿无垢施,于二月八日和五百婆罗门一道,持瓶水出城,欲洗浴天像。这时许多婆罗门见诸比丘在门外立,认为不吉祥,其中一位长者要求无垢施回到城内,但遭到了她的拒绝。于是展开辩论,无垢施终于感化了五百婆罗门皈依了佛陀……据此,林子青认为:佛教以外,婆罗门教早有一种浴像的风俗,和印度人使精神清净的思想有关。浴佛即缘此风俗而来 ②。

林先生的判断十分准确。在婆罗门教祭司掌握的教律与法律的手册——《摩奴法典》里,我们可以读到关于"再生族"的"净

---

① [唐]玄奘、辩机著,季羡林等校注:《大唐西域记校注》,中华书局,1995年,第523页。

② 中国佛教协会:《中国佛教》第二辑,知识出版社,1986年,第370页。

法"条文。其中一条要求处在梵志时期的再生族成员：

> 每天沐浴后，身体已清净时，要向诸神，诸圣，诸祖灵浇奠
> 清水。①

无疑，这种"敬礼神明"的奠水仪式（叫做多尔钵那）就是浴佛仪式的来源。不仅如此，"清净仪式"可以说是婆罗门、刹帝利和吠舍三个种姓普遍奉行的宗教仪式。《摩奴法典》又说："净化再生族肉体的净法，受胎净法，以及消灭今生与来世一切污点的其他净法，应当与吠陀规定的清净仪式一并举行。"②在这种古老风俗的强烈影响下，几乎所有关于佛陀生平的释典，都记载了佛祖诞生、悟道、涅槃等重大人生时期的清净故事，或神龙吐水，或跳进尼连禅那河，或香汤沐浴……《譬喻经》说：佛于腊月八日以神通降服六师外道，外道心悦诚服地说："佛以法水洗我心垢，我今请僧洗浴，以除身秽。"于是，佛陀生前受人延请沐浴"仍为常缘也"③。

不过，浴佛仪式的兴起肯定没有婆罗门教浴神像习俗那么古老。尽管某些佛典，如《灌洗佛形象经》已经明确地提到了于佛诞、离家、成道和涅槃的四月八日灌洗佛像的无量功德事④，但并不能有效地表明浴佛仪式的成立年代。印度的年代学一向是令诸方面专家最头痛的事。然而印度佛教雕塑艺术史却为我们的

---

① ［法］迭朗善译，马香雪转译：《摩奴法典》第二卷第 176 条，商务印书馆，1996年，第 46 页。
② 《摩奴法典》第 2 卷第 26 条，第 28 页。
③ 《法苑珠林校释》卷三三引，第 1051 页。
④ 宋碛砂藏经收有"西晋沙门释法炬译"《佛说灌佛经》（一名《灌洗佛形象经》），"乞伏秦沙门圣坚译"《佛说灌佛经》各一卷。

溯源提供了一些蛛丝马迹。既然佛陀诞生的浴佛仪式必须借助佛陀的雕像进行，那么佛陀本尊像的出现时代便有助于我们的考察了。根据佛教艺术史家的说法，由于原始佛教、早期部派佛教不主张偶像崇拜，只强调佛祖以"法"的形式存在，所以最初反映佛传故事的作品从不直接雕刻出佛陀本人的形象，通常只以莲花、菩提树、法轮、足迹等象征物来暗示佛祖的永恒。据考为公元前二世纪建造的巴尔胡特(或译帕鲁德)塔上的浮雕《窣堵波崇拜图》，公元前二世纪至公元一世纪建造、增修的山奇(或译桑奇)大塔上的《出家逾城》、《初转法轮》等浮雕，便是佛陀从诞生、悟道、说法到涅槃一生重要大事的艺术象征①。但是到了始于公元一世纪前后的犍陀罗艺术时代，伴随着大乘思潮的兴起，佛陀的尊容相继浮现在世人的面前，并以种种神的姿态，供人顶礼膜拜。于是，我们在犍陀罗第二艺术时期(约200—300)的作品中，终于发现了《佛诞生沐浴》的雕像②。那正是浴佛仪式已经确立的有力证据。又由于公元二世纪末，浴佛仪式已从印度本土传至遥远的东方中国，所以推测其成立的时代在公元一世纪前后，大致是不错的。

　　佛教东渐一百多年后，浴佛仪式亦在东汉灵、献帝年间传入震旦。《三国志·吴书·刘繇传》和《后汉书·陶谦传》都记载了笮融浴佛活动的事迹。《刘繇传》说：丹阳人笮融聚众数百，往依徐州牧陶谦，"大起浮图祠，以铜为人，黄金涂身，衣以锦采，垂铜槃九重，下为重楼阁道，可容三千余人，悉课读佛经，令界内及旁

----

① 吴焯：《佛教东传与中国佛教艺术》，浙江人民出版社，1991年，第47—49页；陈聿东：《佛教与雕塑艺术》，天津人民出版社，1992年，第7—11页。
② ［美］H.因伐尔特著，李铁译：《犍陀罗艺术》图12，上海人民美术出版社，1991年，第26—27页。

郡人有好佛者听受道，……每浴佛，多设酒饭，布席于路，经数十里，民人来观及就食且万人，费以巨亿计"①。这是汉地浴佛仪式开展的最早记录。据《后汉书·陶谦传》知，陶谦亦丹阳人，黄巾起义时（约184）任徐州刺史，董卓被杀后（192）领徐州牧，初平四年（193）被曹操逼出彭城，次年病死。故笮融在徐州弘教之事当在公元184—193年间。从当日的社会局势看，笮氏浴佛之举很可能就在陶谦大破黄巾军后"境内晏然"和董卓尚未乱天下之际，即公元185—189这五年中。其时，释教传入汉地已一个半世纪矣。又笮融能于徐州大兴立寺、造像、浴佛之事，盖与汉明帝时楚王刘英在徐州、丹阳一带打下的奉佛群众基础不无关系②。

　　至两晋南北朝时代，浴佛仪式逐渐流行于朝野士庶。《高僧传》卷九《佛图澄传》记载，后赵国主石勒（319—332年在位）为儿子祈福，曾举行浴佛：

　　　　（石）勒诸稚子，多在佛寺中养之。每至四月八日，勒躬自诣寺灌佛，为儿发愿。③

《佛祖统纪》卷三六谓宋孝武帝曾于大明六年（462）四月八日"于内殿灌佛斋僧"。又《宋书》卷四七《刘敬宣传》说："四月八日，敬宣见众人灌佛，乃下头上金镜以为母灌，因悲泣不自胜。"④也许是为了适应这种宗教活动的规范化需要，有关经典被陆续译介过来。西晋惠、怀帝之际（291—313），释法炬译出了《佛说灌佛经》；

---

① 《三国志》，第1185页。
② 参见《汉魏两晋南北朝佛教史》上册，第58页。
③ 《高僧传》，第348页。
④ ［梁］沈约：《宋书》，中华书局，1974年，第1409页。

南朝宋武帝世（420－422），圣坚据同本再次译出了《佛说灌佛经》（一名《佛说摩诃刹头经》）。这样，浴佛仪式终于在汉地形成了一种新的传统。

任何一种宗教仪式都有其特定的程式和功能。一般而言，浴佛仪式主要有香水浴、净水淋、揩拭、烧香、奏乐、供鲜花、诵偈等环节。义净《南海寄归内法传》卷四详细地描述了古印度的灌佛仪式，其文曰：

> 但西国诸寺，灌沐尊仪，每于禺中之时，授事便鸣揵稚。寺庭张施宝盖，殿侧罗列香瓶。取金银铜石之像，置以铜金石木盘内。令诸妓女，奏其音乐。涂以磨香，灌以香水（原注："取游檀沉水香木之辈，于础石上，以水磨使成泥，用涂像身，方持水灌。"），以净白氎而揩试之。然后安置殿中，布诸花彩。此乃寺众之仪，令羯磨陁那作矣。①

这是由授事主持的寺中众僧共同进行的灌洗殿堂主尊的仪式。另外，众僧各自又有为自己居室内佛像灌沐的个人行为。义净接着写道：

> 然于房房之内，自浴尊仪，日日皆为，要心无阙。但是草木之花，咸将奉献，无论冬夏，芬馥恒然。市肆之间，卖者亦众。②

---

① ［唐］义净著，王邦维校注：《南海寄归内法传校注》，中华书局，1995 年，第 172 页。"羯磨陁那"，即授事之梵语音译，旧译维那。
② 《南海寄归内法传校注》，第 172 页。

在各种材料的佛像中，以铜像灌洗最费功费时，亦最有功德。故义净又特别说道："至于铜像，无问大小，须细灰砖末，揩拭光明，清水灌之，澄华若镜。大者月半月尽，合众共为。小者随己所能，每须洗沐。斯则所费虽少，而福利尤多。其浴像之水，举以两指，沥自顶上，斯谓吉祥之水，冀求胜利。"[①]至于东土寺僧及居士如何灌佛，义净仅隐约提到了唐初灌佛以四季鲜花供养一点：

> 且如东夏，莲华石竹，则夏秋散彩，金荆桃杏，乃春日敷荣。木槿石榴，随时代发，朱樱李柰，逐节扬葩。园观蜀葵之流，山庄香草之类，必须持来布列，无宜遥指树园。冬景片时，或容阙乏，剪诸缯彩，全以名香，设在尊前，斯实佳也。[②]

这段生动的描述，饱蘸着义净在遥远的天竺对故国的追思之情。东夏更早时期的浴佛方法，盖以南朝宋武帝世圣坚翻译的《佛说摩诃刹头经》为准则。经中云：

> 四月八日浴佛法，都梁、藿香、艾纳，合三种草而渍之，此则青色水，若香少可以绀黛秦皮权代之矣。郁金香手挼之渍之于水中，挼之以作赤水，若香少若乏无者，可以面色权代之。丘隆香捣而后渍之，以作白色水，香少可以胡粉足之，若乏无者，可以白粉权代之。白附子捣而后渍之，以作黄色水，若乏无白附子者，可以栀子权代之。玄水为黑色，最后为清净。今见井华水名玄水耳。右五色水灌如上疏，以水清净灌像讫，以

---

① 《南海寄归内法传校注》，第173页。
② 《南海寄归内法传校注》，第172页。

白练若白绵拭之矣。断后自占更灌,名曰"清净灌",其福与第一福无异也。①

西晋法炬译的《佛说灌佛经》虽较此早一百余年,惜未见其关于浴佛方法的文字,抑或是今存本有所残阙。初盛唐天竺寺高僧宝思惟所译《浴像功德经》交待浴佛方法更为清楚:欲浴像,先以牛头旃檀、紫檀等十一种妙香做汤水置净器中,再作方坛,敷妙床座置佛像,以香水浴之,最后用净水淋洗。浴像时应"烧种种香以为供养","初于像上下水之时,应诵以偈:'我今灌沐诸如来,净智功德庄严聚;五浊众生令离垢,愿证如来净法身。'"②

　　从浴佛的起源来说,应先有作为庆祝佛陀诞生的诞日浴佛,然后才逐渐演变成作为供养的日常浴佛。所以,佛诞日的浴佛格外隆重庄严,非常日之灌佛可比。公元二世纪末笮融在徐州所举行的浴佛,以那种"布席于路,经数十里,民人来观及就食且万人,费以巨亿计"的宏大排场推测,当是汉地"浴佛会"的滥觞。著名史学家胡三省即在"浴佛"二字下注曰:"释氏谓佛以四月八日生,事佛者以是日为浴佛会。"③至于前述石勒、宋孝武帝等帝王贵族参与的四月八日浴佛会,文献虽语焉不详,然其富丽堂皇之情形,千载之下犹可想象。

　　必须说明的是,由于古印度对佛陀诞辰记载不一,汉地举行浴佛会的日期也因此而不同。根据林子青的考察,梁代以前,特

---

① [日]高楠顺次郎等编:《大正新修大藏经》,大正一切经刊行会1922—1932年,第16册,第798页。
② 《大正藏》第16册,第799页。
③ [宋]司马光编著,[宋]胡三省音注:《资治通鉴》卷六一,中华书局,1956年,第1974页。

别是北朝,多于四月八日浴佛;自梁经唐至于辽初,大抵遵用二月八日;宋代北方改用腊八(十二月八日),南方则用四月八日。总体上说,我国浴佛以四月八日最为流行,二月八、腊八为阶段性或地域性的①。

我们说浴佛会最为富丽堂皇,并非凿空想象。相反,由于"行像"(又称"行城"、"巡城")仪式必不可少的介入,我们看到,一年一度的浴佛会就如西方狂欢的"圣诞节"在东方再现。那是浴佛仪式的高潮阶段,那是信徒们宗教情感的高峰体验和淋漓宣泄!

五世纪初,东晋高僧法显漫游西天诸佛国时,曾以惊异的目光参观了浴佛会的盛大庆典:

> 其国中十四大僧伽蓝,不数小者。从四月一日,城里便扫洒道路,庄严巷陌。其城门上张大帏幕,事事严饰,王及夫人、采女皆住其中。瞿摩帝僧是大乘学,王所敬重,最先行像。离城三四里,作四轮像车,高三丈余,状如行殿,七宝庄校,悬缯幡盖。像立车中,二菩萨侍,作诸天侍从,皆金银雕莹,悬于虚空。像去门百步,王脱天冠,易著新衣,徒跣持华香,翼从出城迎像,头面礼足,散华烧香。像入城时,门楼上夫人、采女遥散众华,纷纷而下。如是庄严供具,车车各异。一僧伽蓝则一日行像。白月一日为始,至十四日行像乃讫。行像讫,王及夫人乃还宫耳。②

在恒河中游的佛教胜地摩竭提国巴连弗邑,法显再次感受了"正

---

① 详见《中国佛教》第二辑,林子青撰"浴佛"词条。
② [晋]释法显撰,章巽校注:《法显传校注》,上海古籍出版社,1985年,第14页。

宗"浴佛会的热烈气氛:那里"年年常以建卯月八日行像",也作四轮像车,七宝庄校,"可有二十车,车车庄严各异。当此日,境内道俗皆集,作倡伎乐,华香供养。婆罗门子来请佛,佛次第入城,入城内再宿。通夜然灯,伎乐供养。国国皆尔"[①]。

东夏浴佛会早有,然而何时加入印度、西域之行像仪式,不得而知。据现存文献记载,行像当始于东晋、十六国时期,盛行于南北朝以降历代。《魏书·释老志》说:"世祖初即位(424),亦遵太祖、太宗之业,每引高德沙门,与共谈论。于四月八日,舆诸佛像,行于广衢,帝亲御门楼,临观散花,以致礼敬。"[②]

北魏武帝拓跋珪开国创帝号,时在公元 398 年(天兴元年),比法显西行求法观礼早一年。或许法显在于阗目睹浴佛大典时,拓跋珪正在城楼向佛像尊仪撒花。关于北魏行像之典礼,《洛阳伽蓝记》卷三有段极为生动的描绘:

> 景明寺,宣武皇帝所立也。景明年中立,因以为名。……时世好崇福,四月七日京师诸像皆来此寺,尚书祠部曹录像凡有一千余躯。至八日,以次入宣阳门,向阊阖宫前受皇帝散花。于时金花映日,宝盖浮云,幡幢若林,香烟似雾,梵乐法音,聒动天地。百戏腾骧,所在骈比。名僧德众,负锡为群,信徒法侣,持花成薮。车骑填咽,繁衍相倾。时有西域胡沙门见此,唱言佛国。[③]

---

① 《法显传校注》,第 103 页。
② 《魏书》,第 3032 页。
③ [魏]杨衒之撰,周祖谟校释:《洛阳伽蓝记校释》,中华书局,1987 年,第 113-115 页。

江南之行像，约起于东晋。《法苑珠林》卷九一引《冥祥记》说：东晋咸康三年（337）四月八日，太中大夫孙祚在武昌见"沙门于法阶行尊像，经家门"。又同书卷三一引《高僧传》说：刘宋岷山通灵寺有沙门邵硕，"至四月八日，成都行像，硕于众中匍匐作师子形"。故至梁朝，行像已成风俗。成书于梁代的《荆楚岁时记》曰：

> 二月八日，释氏下生之日，迦文成道之时。信舍之家，建八关斋戒、车轮宝盖、七变八会之灯。平旦执香花绕城一匝，谓之"行城"。①

梁朝人以二月八日为佛诞日，故行像日期与旧时不同。同书又谓"四月八日诸寺设斋，以五色香水浴佛，共作龙华会"②，即是这种浴佛会日期变更留下的痕迹。

浴佛与行像之合流，实因行像也源起于浴佛。所谓城楼散花于佛像，乃是灌佛的一种象征；众宝车载像行于城街，取庆祝之意，与众人共浴一像寓意相同。想来在浴佛与行像的盛大热烈的日子里，人们的宗教情感普遍被升华了。这正是引发文学创作所需要的艺术动力。

（三）

如果说浴佛会是"圣诞节"的话，那么盂兰盆会则是"复活节"了。宗教总是好在生与死的终极问题上寻求人们的寄托和信仰的。

---

① ［南朝梁］宗懔撰，宋金龙校注：《荆楚岁时记》，山西人民出版社，1987年，第31页。

② 《荆楚岁时记》，第43页。

　　周叔迦先生曾给盂兰盆会下过一个定义:"盂兰盆会是汉语系佛教地区,根据《佛说盂兰盆经》而于每年七月十五日举行的超度历代宗亲的佛教仪式。"以下,周先生又考察了《盂兰盆经》的存佚、注解、经题解释、历代奉行情况,颇为翔实,足供参考。不过某些问题尚须辨正。

　　《盂兰盆经》之经题解释向有二义:一说盂兰是梵音,义为倒悬;盆是华言,指盛食供僧的器皿。唐人慧净、宗密即持此说(见《盂兰盆经赞述》、《盂兰盆经疏》)。一说盂兰盆三字均为梵语音译。唐人慧琳《一切经音义》卷三四引玄应注云:

　　　　盂兰盆,此言讹也。正言乌蓝婆挐,此译云倒悬。案西国法,至于众僧自恣之日(案:指七月十五日),云先亡有罪,家复绝嗣,亦无人飨祭,则于鬼趣之中受倒悬之苦。佛令于三宝田中俱(案:当作供)具奉施,佛僧祐资彼先亡,以救先亡倒悬饥饿之苦。旧云盂兰盆是贮食之器者,此言误也。[1]

两说大同小异,且无关本文宏旨,故可不谈。但玄应所谓"西国法"的意见,却促使我们去进一步思考这样的问题:盂兰盆会到底是西国法还是东国法?抑或是东西合璧?该仪式所据之《盂兰盆经》是真还是伪?它何时舶来或土产于中国?这几个问题盘根错节,牵涉面十分广泛,解释起来非常棘手。但出于论题的需要,这里还须不惮冗辞,作一番考索说明。

　　据考察,盂兰盆会确是一种"西国法"。在古老的婆罗门祭仪

---

[1] 〔唐〕释慧琳撰,徐时仪等校注:《一切经音义三种校本合刊》,上海古籍出版社,2008年,第1109页。

中,有一种叫做"祖灵祭"的祭仪,便是佛教超度仪式的原型。《摩奴法典》明确地说:"悼念亡灵的祭仪叫做祖灵祭,这一法定祭仪,对于新月之日准确举行它的人,不断带来各种幸福。"法典规定的仪式是极为庄严而复杂的,其中类似于盂兰盆会的食物祭供,是必不可少的重要程序之一。为了准确起见,这里将有关条款摘抄下来:

> 于是按照这一顺序取过献于先父、先祖父和先曾祖父的祖灵的三块糕点的各一份,首先按照规定,使代表祖父和曾祖父坐着的三位婆罗门吃此份食。(笔者案:代表下显然脱"先父"二字,着重号原有。)
>
> 于是两手捧持满盛米饭的器皿,追忆祖灵,静穆地将它放在婆罗门面前。
>
> 要清净和小心翼翼地先将羹汤,蔬菜,和其他适于下饭的东西,牛奶,乳酸,酥油,蜜,各种糖果,各类奶制食品,根和果实,美味的肉和芳香的饮料放在地上。从容地将所有这些食品端出来,说明它们的性质,敬谨而清净地,依次进献于各位宾客①。

显然,除了时间以外,婆罗门法典中的祖灵祭仪与盂兰盆会极为相似。

这一仪式在佛教中演变成所谓"腊佛"仪式。《一切经音义》卷五九释佛陀耶舍等译《四分律》卷一二"百腊"云:"案《风俗通》曰:汉曰腊,猎也,猎取禽兽祭先祖也,此岁终祭神之名也。经

---

① 《摩奴法典》,第78、79页。

中言腊佛者,即此义也。或曰猎者,接也,新故交接也。诸经律中亦名岁,如《新岁经》等也。……案天竺多雨,雨安居从五月十六日至八月十六日也。土火罗诸国以十二月安居,北方言夏安居,从四月十六日至七月十五日,各就其事制名也。"又同书卷六四释《四分僧戒本》"腊佛"一词说:"腊佛,谓坐腊。腊,饼也。今七月十五日夏罢献供之饼也。"① 据此,则腊佛是指七月十五日夏坐毕僧俗所举行的一种献供仪式,且带有祭供祖先亡灵的性质。

　　在古代印度的佛教生活中,腊佛的仪式是十分普遍的,并且是佛教盛大的典礼之一。五世纪初的《法显传》就曾记载了腊佛仪式:

　　　　(竭叉国)其地山寒,不生余谷,唯熟麦耳。众僧受岁(今案,即受腊,增法腊)已,其晨辄霜。故其王每赞(一本作"每请")众僧,令麦熟后受岁。

　　　　(摩头罗国众僧)安居后一月,诸希福之家劝化供养僧,作非时浆。众僧大会说法。说法已,供养舍利弗塔,种种香华,通夜然灯。……大目连、大迦叶亦如是。……众僧受岁竟,长者、居士、婆罗门等各持种种衣物、沙门所须,以布施僧,众僧亦自各各布施。佛泥洹已来,圣众所行威仪法则,相承不绝。②

文中的"一月",据下文"受岁竟"看,疑为"一日"之误。此两条记述都是指腊佛仪式,唯时间上似含糊些。其中提及供养大目连一事,大约也是后来《盂兰盆经》中目连救母情节的张本。

　　至于唐代,中国西行高僧的记载就更为明确、详尽了。玄奘

---

① 《一切经音义三种校本合刊》,第 1556—1557、1642 页。
② 《法显传校注》,第 20—21、55 页。

《大唐西域记》卷八云：“(摩竭陁国) 每岁比丘解安居，四方法俗，百千万众，七日七夜，持香花，鼓音乐，遍游林中，礼拜供养。……传译有谬，分时计月，致斯乖异，故以四月十六日入安居，七月十五日解安居也。”① 唐代另一位著名西行求法高僧义净的《南海寄归内法传》卷二“随意成规”条，也描述了解安居之时僧俗进行“随意布萨”与“和集”供养的盛况：

> 凡夏罢岁终之时，此日应名随意，即是随他于三事(今案：指身、口、意) 之中任意举发，说罪除愆之义。旧云自恣者，是义翻也。必须于十四日夜，请一经师，升高座，诵佛经。于时俗士云奔，法徒雾集，燃灯续明，香华供养。明朝惣出，旋绕村城，各并虔心，礼诸制底。棚车舆像，鼓乐张天，幡盖萦罗，飘扬蔽日，名为三摩近离，译为和集。凡大斋日，悉皆如是，即是神州行城(行像) 法也。禺中始还入寺，日午方为大斋。过午咸集，各取鲜茅可一把许，手执足蹈，作随意事。……②

从法显、玄奘和义净的记述中不难看出，从解安居的七月十五日起，世俗倾出供养诸僧，乃是印度由来已久的“四方法俗”。作为一年中最大的斋会(每月的十五日本身也是月六斋之一) 之一，它亦带有祭祖奠亡的性质，就如婆罗门教的“祖灵祭”。世俗设斋供僧，目的是为活着和先亡的家人宗亲求福除罪，如前述之八关斋。义净所记印度“受斋轨则”中，便有不可少的祭亡程序：斋僧进食既毕，“又复将食一盘，以上先亡及余神鬼应食之

---

① 《大唐西域记校注》，第 698 页。
② 《南海寄归内法传校注》，第 113–114 页。

类。……可将其食,向上座前跪,上座乃以片水洒而咒愿曰:'以今所修福,普沾于鬼趣。食已免极苦,舍身生乐处。菩萨之福报,无尽若虚空。施获如是果,增长无休息!'持将出外,于幽僻处,林丛之下,或在河池之内,以施先亡矣。"紧接着,义净又附带言及汉地之斋:"江淮间设斋之次,外置一盘,即斯法也。"①此祭祖悼亡之意甚明。普通斋供尚如此,更何况腊佛之日。

带着上述的观点来读《盂兰盆经》下面这段话,则不难理解其来源了。经曰:

> 国王太子王子大臣宰相,三公百官万民庶人,行慈孝者,皆应先为所生现在父母,过去七世父母,于七月十五日,佛欢喜日,僧自恣日,以百味饭食安盂兰盆中,施十方自恣僧。乞愿便使现在父母寿命百年无病,无一切苦恼之患,乃至七世父母离饿鬼苦,得生人天中福乐无极。②

显然,盂兰盆会的施食自恣僧,近源于腊佛,远肇于婆罗门教的祖灵祭,非汉语系佛教地区所新创。玄应谓之"西国法",良不误。

安居与自恣,作为佛教僧众的宗教生活仪轨,在原始佛教时期就开始了。汉译律藏典籍里,如《摩诃僧祇律》卷一一、《十诵律》卷五四、《四分律》卷三七、三八,都详尽地规定了出家人的安居法、自恣法。至于腊佛,是在家居士的行为,佛教三藏中无明确规定,但施食供养却被诸多经典视为功德无量的事,正如一位受了佛陀教诲的婆罗门所说:"佛陀你值得享用祭品。你是最高的功德

---

① 《南海寄归内法传校注》,第 57 页。
② 《大正藏》第 16 册,第 779 页。

之地,全世界的供奉对象。向你布施会带来大功果。"①法显、玄奘和义净关于腊佛方俗的诸记载,正是这种宗教信仰的生动体现。

在上述这种由来已久的风俗传统中,产生像《盂兰盆经》这样以宣扬施舍功德为主旨的经典,按理说是顺理成章的事。然而,由于语言、观念、伦理等方面的原因,该经被现代一些学者视为伪经。在我们看来,在目前文献、考古资料还不充足的情况下,匆忙论断其或真、或伪,都失之轻率②。

《盂兰盆经》被现存最早的《祐录》列入"失译",这是证伪者的重要证据之一。其实,这种论证方法本身就存在着或然性等弱点。因为:(1)它只能排除《盂兰盆经》不出自以严谨著称的译经大师竺法护之手笔,却不能排除"失译"经典亦有真经的可能性;(2)《祐录》谓该经为"失译"说虽早出,但《释教录》谓之译自竺法护的晚出之说不一定就错;(3)更重要的是它忽视了译经史中所存在的同经异名、同本异译、同本异抄等种种复杂的现象。勘对有关经录,我们可以得出《盂兰盆经》与《盂兰盆缘记》、《目连问经》、《目连所问经》、《犯戒罪报轻重经》等,均为同本异译或异抄的结论③。据此,则《祐录》卷四所录《盂兰经》、《犯戒罪报轻重经》、《目连所问经》和卷一二所录《盂兰盆缘记》、《目连问经》等

---

① 郭良鋆译:《经集:巴利语佛教经典》,中国社会科学出版社,1990年,第66页。

② 金克木曾说:"至今我尚未见到印度语言或中亚语言的本子。"(《比较文化论集》,三联书店,1984年,第92页)朱恒夫《目连戏研究》第一章引日本学者岩本裕意见,论《盂兰盆经》为伪经有四点理由(南京大学出版社,1993年,第8页)。

③ 如《祐录》卷一二"盂兰盆缘记"条下原注:"出《目连问经》",《释教录》卷一"犯戒报应轻重经"条下原注:"出《目连问毗尼经》,亦云《犯戒罪报轻重经》,或云《目连问经》,见《长房录》。"

"失译"经典之性质、内容可以推知。

根据上述译经史上的复杂现象,我们似可推论出《盂兰盆经》出自竺法护手译的结果。《祐录》卷二明确记载竺法护所译有关目连的经典至少有三部:(1)《舍利弗目连游诸国经》,(2)《目连上净居天经》,(3)《摩目犍连本经》。稍作勘对,便可知(1)、(2)两部系《阿含经》之摘译,均与目连救母故事无关,第(3)部当是《盂兰盆经》或《目连所问经》、《目连问经》等同本异译或异抄。近人丁福保撰《佛学大辞典》于宋法天所译"目连所问经"条说:"大周刊定疑经目录有摩诃目连经一卷,即此本钦。但当世之藏,皆削疑经,故无由检之。引用疑经,诸师之例甚多。"① 案,《大周刊定众经目录》之《摩诃目连经》,当是《祐录》卷二之《摩目犍连本经》、《长房录》卷六之《摩诃目犍连本经》之简称。如此,则《摩目犍连本经》之于《盂兰盆经》之关系可明。以竺法护"言准天竺,事不加饰"的译经态度推测,《摩目犍连本经》(或《盂兰盆经》)似为西传之真经,而非本土所造之伪经。

《盂兰盆经》被斥为伪经的论据还有关于观念、伦理方面的。论者在这方面也似失察。有学者指出《盂兰盆经》中"道眼"、"六亲眷属"等说法与印度佛教的"天眼"、"五亲眷属"等观念不相符。其实,这种"不合"大概是由于译语汉化或传抄误改的结果,其本身并不能证明译经的真伪问题。今通行本固然都有"六亲眷属"字样,但现存最早的经文却写作"五种亲属"(见宋碛砂藏本《经律异相》卷一四"目连为母造盆"条)。另外,五代义净撰《释氏六帖》所引"目连母死,以悭(吝)过,故生地狱"(卷三引《盂兰盆经》、卷一四引《目连经》)的情节,也是今通行本《盂兰盆经》

---

① 丁福保:《佛学大辞典》,文物出版社,1984年,第441页。

所没有的。至于有论者说《盂兰盆经》中强调"孝顺"的伦理观与古印度佛教的伦理观、目连的事迹不符,以证该经为伪造,更嫌牵强。天竺自古向有祭祖传统(见前述)固可不论,就以佛教而言也没有不孝敬父母的戒律,只是中印孝顺父母、先辈的方式有所差异而已。《杂宝藏经》之"弃老国缘"、《闪摩经》之睒子供养盲父母、《增一阿含经》之难陀救悭母乃至佛陀升都率天净土为母说法,无不浸透着赤子对双亲的一片孝心。否认这些文献而侈谈"不孝"是不行的。

至于说除汉语以外,至今尚未见到印度语言或中亚语言的本子与《盂兰盆经》相同,貌似证伪有力,实则苍白。在汉语《大藏经》中,找不到梵文、巴利文及中亚各种胡语对应本子的经、论、律还很多。治佛学不得不大量利用汉语经典这一事实,早已为世界各国学者所公认。在这种情况下,以无"原本"来证明《盂兰盆经》之伪,岂非苛求?

即使从上述三点而言,《盂兰盆经》的真伪公案,现在还不是真相大白的时候。它还有待于考古新资料的发现。作为影响中国盂兰盆会宗教仪式达千余年之久的《盂兰盆经》的真伪问题,理应得到继续深入的探讨。

那么,腊佛仪式到底何时传入并流行于汉地的呢?我们认为,考虑这一问题应与坐夏仪式在中土开始的时间结合起来,有关经典的翻译时代应与仪式的实践时代区别开来。

东晋末年,是佛教律学在理论上和实践上全面深入展开的时期。其时,天竺几部重要的律典如《摩诃僧祇律》、《四分律》、《十诵律》等都已由佛陀耶舍、法显、佛陀跋陀罗、鸠摩罗什等译成汉语。这些律典的译介,有力地推动了汉地戒学的发展。《高僧传》所记"明律"僧传,肇自刘宋初以下,是不可辩驳的事实说明。

就戒律中的坐夏仪式而言，现存最早的记录似为成书刘宋初年的《法显传》(或称《佛国记》等)。据《祐录》、《高僧传》之《法显传》说，法显之西行佛国，是"慨经律舛阙"而"誓志寻求"的。《佛国记》真实生动地记载了法显、道整等人历尽艰辛西行求法的经历。在极端艰难的悠悠十四个春秋中，法显从没有放弃过坐夏的戒律生活。即使在归国途中航船屡经没顶风浪的情况下，他还在安居! 真正做到了"志行明洁，仪轨整肃"(在船上坐夏，已失去其本来意义而徒剩其形式了)。

法显的坐夏，意味着在东晋末，与解安居(汉地为七月十五日)相联系的"腊佛"仪式，已经开启。《佛国记》之所以记录到汉地青州崂山一带的民间"腊佛"消息，并非出于偶然。其文曰：

> 法显先安慰之(今案：指青州长广郡两猎人)，徐问："汝是何人?"答言："我是佛弟子。"又问："汝入山何所求?"其便诡言："明当七月十五日，欲取桃腊佛。"

章巽《法显传校注》说"腊佛"是"谓于夏末七月十五日举行法会，施斋供僧，以求救济死者，即所谓'盂兰盆'(ullambana)也"，确解[1]。法显在崂山地区登陆遇猎人之时，当东晋义熙八年(412)。据此可以推知，汉地流行"腊佛"(或"盂兰盆")仪式的时间，至少在五世纪末。

国内通行的盂兰盆会始于梁武帝大同四年(538)的说法，是沿袭《佛祖统纪》(宋人志磐撰，约成书于宋咸淳五年，即公元

---

[1] 《法显传校注》，第173—174页。

1269 年) 卷三七的错误记载而来的。即使排除法显的记录,至少
有几条材料足以纠正大同四年的谬误:

其一,僧祐编撰《出三藏记集》所录《盂兰经》、《目连问经》、
《犯戒罪报轻重经》等同本异译经典固可不考虑,但《祐录》卷四
的《七月十五日腊法经》,显然是具有实际用途的单品抄经;又《祐
录》卷一二的《盂兰盆缘记》,是僧祐有感于当世"僧众恒仪,日用
而不知其始"的状况而记录的"旧事"之一(卷一二《法苑杂缘原
始集目录序》),即是专为谈盂兰盆会仪式缘起而作的,并且,该记
本身也属于带有论述性的抄经(详可参见同卷诸"缘记",此略)①。
以僧祐生卒年(445–518)而言,则他所见之盂兰盆会至少比梁大
同四年早出二十年。

其二,五代义楚编撰《释氏六帖》(成书于公元 954 年,比《佛
祖统纪》早出三百余年) 卷二更明确记载:齐高帝(479–482 年
在位)"四月八日常铸金佛,七月十五日普寺送盆,供养三百名
僧"。这又比梁武帝"送盆"至少先行半个世纪。又同书卷二二说:
"弘明云:梁武每于七月十五日普寺送盆供养,以车日送,继目连
等。"② 若此果真出自僧祐编撰的《弘明集》(今粗检未得),则《弘
明集》所记梁武帝送盆时间,也比《佛祖统纪》记载的时间早二十
余年(理由同上)。

所以,从译经时代、夏坐仪式肇始、文献记载诸方面看,盂兰
盆会仪式应始于东晋年间,保守地说,也应在南朝萧齐初年。

大致了解浴佛会、盂兰盆会的来龙,对于进一步探讨这两种

---

① ［南朝梁］释僧祐撰,苏晋仁、萧鍊子点校:《出三藏记集》,中华书局,1995 年,
　第 476、479 页。
② ［五代］释义楚撰:《释氏六帖》,浙江古籍出版社,1990 年,第 22、454 页。

仪式在志怪小说中的去脉，是大有裨益的。尽管在唐代以前的小说里这方面的材料还很少，但毕竟为深入考察唐代以降关于目连救母的诸多文学作品的成因提供了张本。比如，有些论者说目连变文中的母悭情节是后人增饰的结果，若一读《释氏六帖》所引《盂兰盆经》、《目连问经》，则知此说出于臆断。

　　小说家最早写及浴佛仪式的，当首推刘义庆。《宣验记》记载了一则关于吴主孙皓令人啼笑皆非的故事：孙皓"与婇女看治园地，土下忽得一躯金像，形相丽严。皓令置像厕旁，使持屏筹。到四月八日，皓乃尿像头上，笑而言曰：'今是八日，为尔灌顶。'对诸婇女，以为戏乐。在后经时，阴囊忽肿。疼痛壮热，不可堪任。自夜达晨，苦痛求死。名医上药，治而转增。……敕令祈祷灵庙；一祷一剧。上下无计"。中宫有一"常敬信佛"宫女劝他尽心供养前日所得像。"皓以痛急，即具香汤，手自洗像，置之殿上，叩头谢过，一心求哀。当夜痛止，肿即随消。即于康僧会受五戒，起大市寺，供养众僧也"[1]。孙皓污佛、叛教，史无其载，此恶作剧显系小说家杜撰。然吴时江东已有释教流传，则是事实。这样，在当时浴佛仪式已经兴起的真实背景上，作者虚构的故事情节才得以顺利地展开。因此，在这些故事产生的背后，宗教仪式对小说生成的某种推动作用便裸露了出来。

　　作者借此虚构故事宣扬浴佛功德的宗教意图是一目了然的。这种"记经像之显效，明应验之实有，以震耸世俗，使生敬信之心"的故事，对于释教信徒来说，是难得的真实事例。故它又被志咸之《彻心记》、慧皎之《高僧传·康僧会传》和殷芸之《小说》等一再采录。经众手这样转录、摘抄，最后竟连其由浴佛仪式所铸成

――――――――――

[1]《古小说钩沉》，第554—555页。

的痕迹也渐被磨却了，只剩下一点蛛丝马迹可寻。这里不妨全录殷芸《小说》里的全文，以供对读：

> 孙皓初立，治后园，得一金像，如今之灌顶佛。未暮，皓阴痛不可堪。采女有奉法者，启皓取像，香汤浴之，置殿上，烧香忏悔，痛即便止。①

四月八日的关键时间没有了，大量的细节被枝剪了。于是，浴佛会的原型被拆毁了。但是，正是由于这种流传过程中的不断拆毁，才使得宗教仪式向文学作品转化的过程呈现出来了。

只不过这样一来，许多南北朝文学作品与宗教之间的血缘关系也被掩盖了，从而给后世的研究者留下了诸多的难题和遗憾。比如，《俗说》所载谢混好男宠一事，就难以看出其本来面目了：

> 王高丽年十四五时，四月八日在彭城佛寺中，谢混见而以槟榔赠之。执王手，谓曰：“王郎，谢叔源可与周旋否？”②

本来，四月八日浴佛会是个盛大的节日，其“幡幢若林，香烟似雾，梵乐法音，聒动天地”、“信徒法侣，持花成薮。车骑填咽，繁衍相倾”的种种热闹场面（《洛阳伽蓝记·景明寺》），是可以大书特写的，但这里只以四月八日在佛寺数字轻轻带过了。是作者有意求简，还是摘抄者将之剥落了？现在当然已不得而知。不过，谢混

---

① ［南朝梁］殷芸编纂，周楞迦辑注：《殷芸小说》，上海古籍出版社，1984年，第129页。
② 《古小说钩沉》，第197页。

赠槟榔、执王郎手的轻佻举止,似乎是在乐如潮、花似海、人若云的热烈背景中进行的。陈郡谢氏家族固然向有风流之传统,谢混也好以倜傥自标,但还不至于在光天化日之下平白无故地干出戏男宠的荒唐事。不过,这些现在只能从"四月八日"在佛寺一语中去猜测了。想来有浴佛会仪式作出发点,这种揣度不会离题太远吧?

又如《宣验记》一条,只有简短的二十余字:"张导母王氏,素笃信。四月八日,斋食,感得舍利,流光出口,辉映食盘。"(据《辩正论》卷八注)① 这大约也是摘抄的结果。不过,它还是显示出了四月八日为佛教重要斋会日的消息。也就是说,四月八日作斋食所获功德,较之一般的月六斋(八关斋)更为远胜。遗憾的是,文学性的成分也被摘除了。

浴佛不仅在四月八日,平时也有坚持浴佛仪式的。《冥祥记》不仅记载了佛教这一时尚,而且还较好地将灌佛的功德"显效"融入了故事的情节:刘萨荷经过数次轮回,生于晋地。这年暴病而死,身入地狱,见其从伯。从伯对他说:"昔在邺时,不知事佛。见人灌像,聊试学之;而不肯还直,今故受罪。犹有灌福,幸得生天。"② 就是说,刘萨荷的从伯因生前学灌佛积下了功德,故此身虽在地狱受罪,但还有转生天堂的善报。这一现身说法,既加强了宗教的感染力,又增加了整个故事情节的曲折性,是成功的一笔。

相比之下,盂兰盆会仪式在六朝小说中消褪得更为严重。检鲁迅精心钩沉的古小说,只得两条直接与腊佛相关的材料。一条见于齐梁王琰撰集《冥祥记》刘萨荷故事(即"慧达"条),文曰:

---

① 《古小说钩沉》,第 558 页。
② 《古小说钩沉》,第 597 页。

萨荷游历地狱，观世音"菩萨具为说法，可千余言，末云：'凡为亡人设福，若父母兄弟，爰至七世姻媾亲戚，朋友路人，或在精舍，或在家中，亡者受苦，即得免脱。七月望日，沙门受腊；此时设供，弥为胜也。若制器物，以充供养，器器摽题，言为某人亲奉上三宝，福施弥多，其庆逾速。……'"①文中加点部分，与《盂兰盆经》宛然相映，二者相互关系自不待言说。刘萨荷即东晋僧人慧达，《高僧传》卷一三录其生平事迹甚详，谓之"精勤福业，唯以礼忏为先"；《法苑珠林》卷一二、一三、三一也多载其事。据今人考订，刘萨荷(亦作刘萨河、萨何)即当年与法显一同游历佛国的同伴之一慧达，曾参与莫高窟的兴建，著名于今陕、甘一带②。由此可见，这则故事是以真人"真事"为原型的，具有相当的说服力和代表性。同时，"腊佛"事正可与《法显传》所载相互参证。故这则故事具有弥足珍贵的宗教史料价值，从中可探知东晋末年腊佛仪式(或即盂兰盆会)的开展情况。

另一则也载于《冥祥记》。《古小说钩沉》本据《法苑珠林》卷九一辑"晋孙稚"故事说：

晋孙稚，……幼而奉法，年十八，以咸康元年八月病亡。(父)祚后移居武昌，至三年四月八日，沙门于法阶行尊像，经家门。夫妻大小出观，见稚亦在人众之中，随侍像行。见父母，跪拜问讯，随共还家。……其年七月十五日，复归，跪拜问讯，悉如生时。说其外祖父为太山府君，……到五年七月七日，复归。……又云："先人多有罪谪，宜为作福。我今受身人中，

①《古小说钩沉》，第597页。
②《法显传校注·附录》，第184页。

不须复营,但救先人也。愿父兄勤为功德。作福食时,务使鲜洁。——如法者,受上福;次者,次福;若不能然,然后费设耳。当使平等,心无彼我,其福乃多。"①

孙稚以幼年就开始奉法之福力,故得死后转生人中,于四月八日佛祖圣诞日随天神出游,侍卫行像。七月十五日是佛教上的"复活节",故孙稚又能归家,跪拜问讯父母,"悉如生时"。咸康五年七月七日,当是七月望日之变形,似与中国道教中所说的"中元节"、"鬼节"(此也源起于盂兰盆会或腊佛仪式)有关,所说作福会"但救先人"云云,即《盂兰盆经》所宣扬普救先亡父母及七世父母、五种亲属的主旨。语焉虽不详,但二者之间的血脉却隐约可见。此一故事将善生与救死之浴佛会和腊佛会关联起来了,是今存六朝古小说中唯一的实例。它为我们了解当日佛教这两大仪式的功能转变为普救亡灵的情况,提供了生动、形象的原始资料。

　　孙稚故事似比慧达事迹更早。孙稚志怪,《太平广记》卷三二〇据《法苑珠林》全文抄录。但宋人为唐代法琳《辩正论》所作的注文中(卷八)又据刘义庆《宣验记》引该条故事,唯裁去了七月十五日与七月七日两次归家的情节。推想,王琰所录故事,当来自《宣验记》。若刘、王二氏所记孙稚事年代无误,则孙稚咸康三年(337)所说之腊佛,当早于刘萨荷故事所言之腊佛数十年。据载,刘萨荷生于公元345年,三十一岁死而复活,故事中反映之腊佛当在公元376年前后。另外,刘萨荷事发生在他广游长江下游南岸地区,孙稚事发生在长江中游武昌一带,再参见《法显传》

----

① 《古小说钩沉》,第584页。

所记青州崂山猎人称腊佛,似可大致推测出该仪式在中国广大地域上普遍流行的轮廓。

由于文本流传过程的失传、摘抄和作品产生过程的变型等诸种因素,直接有关腊佛的古小说现在已经很难再找到更多。然而某些六朝小说的叙述中,还是间接地流露了与腊佛仪式的关系。同载于《幽明录》、《冥祥记》中的赵泰游冥故事即如此。赵泰死入地狱,曾见其祖父母及二弟在狱中受苦报。赵泰复活后,便作福会,营救先亡。此细节,诸本记载有异:

> 由是大小发意奉佛,为祖及弟悬幡盖,诵《法华经》作福也。(《太平广记》卷一○九)①
>
> 由是大小发意奉佛,为祖父母及弟悬幡盖,作福会也。(《辩正论》卷七注)②
>
> 时晋太始五年七月十三日也。乃为祖父母二弟延请僧众,大设福会。皆命子孙改意奉法,课劝精进。(《法苑珠林》卷七,《太平广记》卷三七七)③

比较而言,第三条异文似更接近原始文字。此条所谓为祖父母及二弟大设福会云云,或指腊佛而言。至少为祖父母设福这一点与盂兰盆会有相近之处。

降及唐代,盂兰盆会仪式由于皇家的不断提倡,它与赋、小说、变文、戏剧等文学样式的关系越来越紧密。这已有不少专文、

---

① [宋]李昉等编:《太平广记》,中华书局,1961年,第741页。
② 《大正藏》第52册,第539页。
③ 《法苑珠林校注》,第258页。

论著讨论,此不赘述。

(四)

　　唐代佛教俗讲仪式的形制及其文学(变文等)之间的关系,因敦煌文献的出土而昭然于世。向达、孙楷第、傅芸子、周一良等著名学者的论文考之甚详①。然而对于俗讲之前身的六朝唱导,却因资料缺少,学术界罕见专文讨论。

　　唐代俗讲的发达,并非是突如其来的勃兴。它是在六朝以来唱导的丰厚基础上形成的。有些学者已经谈到了俗讲与唱导的渊源关系。向达先生以为:"俗讲者,疑当溯其渊源于唱导,而更加以恢弘扩大耳。"傅芸子先生更直接了当地说:"所谓俗讲,渊源颇古,可以说是六朝以来,由转读、赞呗、唱导三种混合而成的佛教宣传教义的新方法。"②这种意见提示我们:在考察唱导时,可以适当借鉴唐代俗讲制度来逆推;唱导与俗讲制度一样,和文学存在着深刻的生成关系。

　　这里试钩稽有关资料,对唱导的起源、特征和意义等大致情况及其与小说之生成关系作一考察③。

　　不同系统文化之间的精神交流,是极为艰难的旅程。东汉初年白马东来以后,大批佛教三藏典籍被陆续传递于震旦。于是,如何把这些产生于异域文化土壤的宗教文献里的精髓、真谛,传达给对之相对陌生的另一个文化传统中的民众,便成为摆在传教

---

① 参见周绍良、白化文编《敦煌变文论文录》上册有关论文,上海古籍出版社,1982年。
② 《敦煌变文论文录》,第56、184页。
③ 参见陈洪:《佛教唱导与六朝小说》,《文学评论》丛刊第1卷第2期,江苏文艺出版社,1998年。

者面前的艰巨任务。这是两种古老而又高度成熟文化的大碰撞。其融合过程的艰难，并不在于不同语言转译上，而在于如何调和那些在道德、伦理、习俗诸方面都必然存在彼此冲突、相互对立的一系列观念上。佛教东传过程中之所以会经历依傍黄老祭祀、借助玄学清谈、独立门户并合一于儒道等几大阶段，原因即在于此。佛教曾被混同于方术、被视为"入国破国，入家破家"的魔教以及屡遭毁禁的汉化历史，也充分证明了这一点。

　　简要了解佛教汉化过程中的艰难背景，对于理解唱导的产生、作用及其意义是十分有益的。毫无疑问，任何一种宗教的核心要素是教义。因此，作为教义的最重要载体的文献（当然不只在文献，还有音乐、雕像、寺庙建筑等），便成为传教者着重利用的宣传工具了。就佛教而言，对于异域语言经典的汉译，只是使三藏文献汉化的第一步。慧皎《高僧传》所记载的第一代弘法大师，多为"译经"高僧（参见卷一、二、三），即是这一历史过程的必然现象。对于汉译经典的注释、"合本"（见《祐录》卷八支敏度《合维摩诘经序》、卷七《合首楞严经记》、释道安《合放光光赞略解序》）的处理，则是使三藏文献易于阅读的汉化第二步。《高僧传》所收录的第二代弘教大师，多是"义解"高僧，即是这一文化进程的必然结果。对于汉译经典的口头宣传、讲解，便是三藏文献得到普及、深入汉化的第三步了。《高僧传》于"译经"、"义解"之外，又设"经师"、"唱导"两类僧传，则是对第三代传教士群体品格的概括。

　　上述以文献为载体的佛教教义的汉化过程，可以说是佛教逐渐融合于汉民族文化体系历史的三部曲。虽然在个别阶段、个别传教者那里，这三部曲会同时交响（例如鸠摩罗什就曾译经、注经、开讲同时进行），但就其总体大势而言，是三部曲依次奏响。

在这一进程中,唱导是佛学汉化三部曲里最浑厚、最深沉、最具特色的旋律。三藏文献的汉译,只是序曲;"六家七宗"和"顿渐"两派对于般若学、涅槃学的"格义"式的"义解",固然辉煌灿烂,遗憾的是,其响只回荡在社会的上层士林中,"经师"们只是用优雅的歌喉和乐曲"照本"吟诵,这种口头翻译的性质实属书面翻译的回响,它只忠实于梵音梵义,容不得自由的发挥;而"唱导"是口头性的"义解",是书面"义解"的变奏,它平易流畅,充满着"六经注我"的自由精神,因而赢得了最广泛的听众,获得了最普遍的共鸣。在这一意义上说,唱导的产生,是佛教教义不断汉化过程中的必然产物,其作用在于以最通俗的方式争取到了最广泛的信徒,其意义在于找到了使佛教教义深入民心、融入汉文化体系的重要手段。正如《高僧传》卷一三论唱导之本旨、品格所说:

> 唱导者,盖以宣唱法理,开导众心也。……虽于道为末,而悟俗可崇。①

当然,对于唱导的上述宏观认识,还有待于对其详细内容、特征和形式的具体了解,即微观剖析。

作为口头宣教活动,唱导宣传的主要内容甚为明了。《高僧传》卷一三记载凿凿:

> 唱导者……或杂序因缘,或傍引譬喻。……商榷经论,采撮书史,博之为用也。……如为出家五众,则须切语无常,苦陈忏悔。若为君王长者,则须兼引俗典,绮综成辞。若为悠悠凡

---

① 《高僧传》,第521页。

庶,则须指事造形,直谈闻见。若为山民野处,则须近局言辞,
陈斥罪目。凡此变态,与事而兴。可谓知时知众,又能善说。[①]

这是说唱导师围绕着法理(教义),广泛地引用内外经典、论律、子
史以及日常见闻,来开导上至帝王下至山民不同层次的众心。唱
导宣讲内容的广泛性,从《高僧传》对唱导师行事的记述中,也可
以看出:

　　(释道照)披览群典,以宣唱为业。吐音寥亮,洗悟尘心,
指事适时,言不孤发,独步于宋代之初。宋武帝尝于内殿斋,
照初夜略叙百年迅速,迁灭俄顷。苦乐参差,必由因召。如来
慈应六道,陛下抚矜一切,帝言善。[②]

　　(释慧璩)读览经论,涉猎书史。众技多闲,而尤善唱导。
出语成章,动辞制作,临时采博,罄无不妙。[③]

　　(释昙宗)少而好学,博通众典。唱说之功,独步当世。辩
口适时,应变无尽。尝为(宋)孝武唱导,行菩萨五法礼(案,据
《菩萨五法忏悔文》而来,主要有忏悔、劝请、随喜、回向、发愿
五事偈)竟,帝乃笑谓宗曰:"朕有何罪,而为忏悔?"宗曰:"昔
虞舜至圣,犹云予违尔弼。汤武亦云万姓有罪,在予一人。圣
王引咎,盖以轨世。陛下德迈往代,齐圣虞殷,履道思冲,宁得
独异?"帝大悦。后殷淑仪薨,三七设会,悉请宗。宗始叹世
道浮伪,恩爱必离。嗟殷氏淑德,荣幸未畅,而灭实当年,收芳

① 《高僧传》,第521页。
② 《高僧传》,第510页。
③ 《高僧传》,第512页。

今日,发言凄至。①

　　(释法愿)又善唱导,及依经说法,率自心抱,无事宫商,言语讹杂,唯以适机为要。②

这些记载,充分印证了慧皎对唱导内容概括的准确。

　　唱导内容的广泛性,来自于这一形式在不同场合下运用的随机性。释道照的"指事适时",是以历史的沧桑巨变来启悟宋武帝明了"苦乐参差,必由因召"的因果法理的。释昙宗的"辩口适时,应变无尽",体现他在忏悔斋会和悼亡斋会上运用不同的方法宣教。南齐御史中丞袁愍孙自视甚高,常称道人偏执,未足与议,特令人觅高僧辩论。会释慧芬南来,"袁先问三乘四谛之理,却辩老庄儒墨之要。芬既素善经书,又音吐流便。自旦之夕,袁不能穷"③。"研习唱导,有迈终古"的释法镜既遭齐竟陵文宣王厚礼相待,遂"誓心弘道,不拘贵贱,有请必行,无避寒暑"④。宋僧释昙颖"属意宣唱,天然独绝。凡要请者,皆贵贱均赴,贫富一揆"⑤。面对不同的斋会,不同的开导对象,唱导的内容自然会丰富多彩了。

　　但有一点必须说明,唱导内容的广泛性是与这一形式本身的随机性分不开的。如上已提及,唱导这一说法虽然在总体上不能背离法埋,但在具体讲经方式上却允许相当大的自主性(正如注释经典),故有"六经注我"的精神。通常作唱导,大概是有本可依的,但为了适时、随机的需要,有不少导师往往临场发挥、现时

①《高僧传》,第513页。
②《高僧传》,第518页。
③《高僧传》,第515页。
④《高僧传》,第520页。
⑤《高僧传》,第511页。

自编。例如：

> 释道照"指事适时，言不孤发"；
>
> 释慧璩"出语成章，动辞制作，临时采博，罄无不妙"；
>
> 释昙宗"辩口适时，应变无尽"；
>
> 释法愿"及依经说法，率自心抱，无事宫商，言语讹杂，唯以适机为要"；
>
> 释道儒"凡所之造，皆劝人改恶修善，远近宗奉，遂成导师。言无预撰，发响成制"（上均见《高僧传》卷一三）。

唱导师通常都是出家僧人，但也有例外的情况。释慧重就是一个显例。《高僧传》卷一三曰：

> （慧重）早怀信悟，有志从道，愿言未遂，已长斋菜食。每率众斋会，常自为唱导，如此累时，乃上闻于宋孝武。大明六年（462）敕为新安寺出家，于是专当唱说。……言不经营，应时若泻。[1]

这种身份的例外，当然和唱导形式的随机性相关。而《高僧传》所记载的"经师"，则无此例外。经师的"讲经"，被经文牢牢地束缚住了，全无唱导师的那种挥洒自如。

唱导的特征，可以从它与转读、唱呗的比较中看出。慧皎将口头传教区分为"经师"与"唱导"二科，表明经师与唱导师的布教方法有所不同。按照他的说法，经师之宣教，一为转读，一为梵

---

① 《高僧传》，第 516 页。

呗。转读者即以微妙之音律咏经，"贵在声、文两得"；梵呗者即以
管弦歌赞(唱偈)，"宜以声、曲为妙"①。二者正如汉地传统之吟诵
和诗歌入乐。所以，汉地梵呗的首唱者竟肇自佛教的"门外汉"、
曹魏诗人曹植，然后才是三国吴的僧人支谦和康僧会等人的承
传。经师宣法之特征，在于发声送音，处处不离经文、经偈。《高
僧传》经师传中三十余人的故事，无一出此右者。若经师第一人
帛法桥，经过绝食忏悔七天七夜、祈请观世音后，声音大畅，"于是
作三契，经声彻里许，远近惊嗟，悉来观听。尔后诵经数十万言，
昼夜讽咏，哀婉通神"②。此正以作契和诵经对举(即梵呗和转读)。
而唱导之特征，则在"声辩才博"四字，正如慧皎在《高僧传·唱
导总论》里所概括：

> 夫唱导所贵，其事四焉：谓声辩才博。非声则无以警众，
> 非辩则无以适时，非才则言无可采，非博则语无依据。③

其中，除"声"略与转读、梵呗相同外，"辩"、"才"、"博"的特点都
与之有别。换句话说，唱导内容上的广泛性、随机性与转读、梵呗
对经偈的依赖性，存在很大的差别。

弄清唱导的主要内容及其基本特征，有助于进一步讨论其起
源和形式。

唱导的远源来自于古代印度佛教特殊的传教方式。根据文
献记载，古代印度及其周边国家、地区的传教方式，一直良好地保

---

① 《高僧传》，第 508 页。
② 《高僧传》，第 497 页。
③ 《高僧传》，第 521 页。

持着口口相传的古老传统。即使在著名的三次经典集结以后,这一传统也未丧失。正如我国著名高僧严佛调和释道安所说:

> 昔在佛世,经法未记,言出尊口,弟子诵习,辞约而义博,说鲜而妙深。①
>
> 外国僧法,学皆跪而口受。同师所受,若十、二十转,以授后学。若有一字异者,共相推校,得便摈之,僧法无纵也。②

东晋末法显西行求法时,也屡屡记载了西域和天竺诸邦国的口头传教情况。《法显传》说:"法显本求戒律,而北天竺诸国皆师师口传,无本可写,是以远步,乃至中天竺。"但中天竺亦然,如巴连弗邑这样的佛教胜地,"亦皆师师口相传授,不书之于文字",可以抄写的经律并不多。所以,法显只好"住此三年,学梵书、梵语,写律"③。《法显传》还提到南传佛教亦是口口相传的情况。在师子国(即今斯里兰卡),法显曾亲聆"天竺道人于高座上诵经"。法会后,法显"欲写此经,其人云:'此无经本,我止口诵耳'"④。

　古代印度佛教口头传播的传统,必然地导致了讲经法会的兴盛。在此背景下,传授经、律、论三藏本文的"诵经"和解说三藏的"唱导",也因此发达起来。法显在师子国亲聆天竺道人的诵经,正相当于汉地的"转读";元魏释昙学(亦作慧觉、昙觉)等在于阗大寺中亲与的般遮于瑟会,便有汉地称之为"唱导"的说经讲律。后者,有《贤愚经》诸譬喻故事和僧祐的《贤愚经记》可证。至于

---

① 《出三藏记集》,第 368 页。
② 《出三藏记集》,第 221 页。
③ 《法显传校注》,第 120 页。
④ 《法显传校注》,第 138 页。

《祐录》、《高僧传》所载外域高僧说法事例,如鸠摩罗什传等,不暇一一摘引。

佛教东渐初期,外来高僧也将口头传教的方式带进了汉地。法音初传的先声正是口受的:

> 天竺又有神人,名沙律。昔汉哀帝元寿元年,博士弟子景卢受大月氏王使伊存口受《浮屠经》……①

汉明帝世,善讲《金光明经》的中天竺人摄摩腾,自称能诵经论数万章的中天竺人竺法兰,开启了汉地讲经、译经的先风。至东汉末年,安世高、支谶、竺佛朔、康僧会、支谦等天竺、西域高僧相继东来,更掀起了佛教汉化的第一次高潮。正是在这种浓郁的讲经气氛熏陶下,汉地才遂渐出现众多专以唱导或转读、赞呗为能事的导师和经师的。

慧皎以为,唱导始于佛法初传时期,至东晋末释慧远,"遂成永则"定制的。他说:

> 昔佛法初传,于时齐集,止宣唱佛名,依文致礼。至中宵疲极,事资启悟,乃别请宿德,升座说法。或杂序因缘,或傍引譬喻。其后庐山释慧远,道业贞华,风才秀发。每至斋集,辄自升高座,躬为导首。先明三世因果,却辩一斋大意,后代传受,遂成永则。②

---

① 《三国志·魏书·乌丸鲜卑东夷传》注引鱼豢《魏略·西戎传》,第859页。笔者案:汤用彤、吕澂、任继愈三先生在各自编、撰的佛教史中,对此记载各有不同意见。汤、任主是,吕主非。
② 《高僧传》,第521页。

验证僧传,慧皎的意见可谓语焉不详。其实,作为口头传教,在慧远以前,并无唱导师与经师这样专门的分工,许多法师往往一身兼善唱导、转读和梵呗。安世高既能赞呗,又会"口解"经典(《高僧传》卷一、《祐录》卷一〇);康僧会既为孙皓"叙报应近事,以开其心","又传泥洹呗声,清靡哀亮,一代模式"(《高僧传》卷一);西晋高僧帛远能"诵经日八九千言,研味《方等》,妙入幽微","以讲习为业,白黑宗禀,几且千人"(《高僧传》卷一)。这种不分工现象意味着当初的讲经,常常包括唱导、转读和梵呗三种表达方式,只有彼此表现分量上的不同而已。而慧远的宣法,在于他强调、突出了唱导这一方式,或者说使唱导明确地与转读、赞呗并驾齐驱地成为讲经中的第三种方式了。细读《高僧传》,慧远以前,转读与赞呗有定名,但唱导有其实而无其名。慧皎说慧远所成就的"永则",其实应是指法师们在讲经中的分工,但其语焉不详,使现代不少学者误以为是慧远开创了一种崭新的讲经仪式。

所以,严格说来,唱导只是一种宣讲经律的方法,并不是一种完整的讲经仪式。然而由于自慧远以后,传教者有了导师与经师的明确分工,并且导师充当了说法活动中的主角,所以久而久之,人们遂将唱导与转读、梵呗混同了起来,以致于现代的某些学者把魏晋南北朝的讲经仪式笼统地称之为唱导了。这样做,当然不准确。我们从下面的这段话里可以看出将唱导理解为讲经仪式的偏差:

　　至如八关初夕,……尔时导师则擎炉慷慨,舍吐抑扬,辩出不穷,言应无尽。……爰及中宵后夜,钟漏将罢。则言星河易转,胜集难留。又使人迫怀抱,载盈恋慕。当尔之时,导师之为用也。其间经师转读，事见前章。①

导师在八关斋讲坛上的主席地位，一望便知。经师的转读只起辅助作用。而且，导师与经师既有分工又有合作的情况，表明唱导与转读或梵呗是同一种讲经仪式中的不同程序或组成部分。因此，应将唱导看成一种讲经方式。把唱导放在仪式里讨论，一则是因为唱导本身可以视为讲经仪式的一部分，二则是为了行文的方便，三则是为了与现代学术界的某些成说接轨。当我们讨论唱导形式时，其实是用一个姑且的概念来指魏晋南北朝时期的佛教讲经仪式，而尽量不用"唱导仪式"的提法。

　　魏晋南北朝时期的讲经仪式，初无定制，至释道安（约312–385）始定其法度。《祐录》卷一五《道安法师传》说：

　　　初，经出已久，而旧译时谬，致使深义隐没未通。每至讲说，唯叙大意，转读而已。安穷览经典，钩深致远。其所注《般若》、《道行》、《密迹》、《安般》诸经，并寻文比句，为起尽之义，及《析疑》、《甄解》，凡二十二卷。序致渊富，妙尽玄旨。条贯既叙，文理会通，经义克明，自道安始也。②

文中主要是说道安注经精湛，然无意中也流露出道安讲说，不是"唯叙大意，转读而已"的情况，大约他的讲经也如注经一样，能"条贯既叙，文理会通，经义克明"的。参见同书卷八所载道安撰《摩诃钵罗若波罗蜜经抄序》，可知这里的推测不错。其序曰：

----

① 《高僧传》，第521–322页。案：前章指《高僧传》卷一三《经师》而言。
② 《出三藏记集》，第561页。

昔在汉阴十有五载,讲《放光经》岁常再遍。及至京师,渐
四年矣,亦恒岁二,未敢堕息。然每至滞句,首尾隐没,释卷深
思,恨不见护公、叉罗等。①

据此两条材料,可知道安的讲经程序中有转读、唱导项目,而且以
唱导为主。

道安在讲经中融入唱导方法,与他早年随著名高僧佛图澄讲
经有关。《高僧传》卷五记载:道安入邺事佛图澄为师,倍受赏识。
"澄讲(经),安每覆述,众未之惬,咸言:'须待后次,当难杀昆仑子
(道安面黑,故称)。'即安后更覆讲,疑难锋起,安挫锐解纷,行有
余力",时人有"漆道人,惊四邻"之语②。所谓"覆讲",大概是对主
讲内容的解释,其中疑难、辩解,性质正如唱导特征之"辩"、"博"。
这是他后来发明唱导法的基础。

道安在长期的佛教实践中,确立了不少佛教制度,讲经仪式
即是其中之一。《高僧传》卷五又说:

> 安既德为物宗,学兼三藏,所制《僧尼轨范》、《佛法宪章》,
> 条为三例:一曰行香定座上讲(金陵本等无"讲")经上讲之法;
> 二曰常日六时行道饮食唱时法;三曰布萨差使悔过等法。天
> 下寺舍,遂则而从之。③

《僧尼轨范》、《佛法宪章》二文早已失传,道安所定诸仪式不得详

---

① 《出三藏记集》,第 289 页。
② 《高僧传》,第 177—178 页。
③ 《高僧传》,第 183 页。

知。作者曾据有关现存文献及唐代讲经仪式,对道安之讲经法度作一大致蠡测,认为道安所定讲经之例,确有行香、定座、上经、上讲诸环节,而且每一环节都以唱导师的唱导活动为主,与慧远所制唱导"永则"差别不大①。鉴于此,又因向达、孙楷第、周一良等先生讨论唐代俗讲仪轨时已略有涉及,故此处从略。

魏晋六朝讲经仪式对于文学的影响是多重的。以往诸多研究成果已经表明:转读和赞呗对于中国诗歌迈向格律化,起了巨大的推动作用②;唱导对于忏文、愿文和唱导文的兴起,起了直接的刺激作用③;讲经仪式经由俗讲仪轨的承传,更导致了敦煌文学的灿烂④。然而,关于魏晋六朝讲经仪式,特别是唱导部分,与中古小说的关系,却很少出现在学者的视野中。这一缺憾,正是笔者试图弥补的内容。

魏晋六朝讲经仪式作为一种产生广泛社会影响的宗教活动,其本身就是一个文学创作题材,其中包含着丰富的故事。讲经仪式的广泛社会影响,可以从它流布的社会阶层的多样性和地域的广阔性中看出。如上述,在佛教汉化的进程中,由于口头传教的世俗性质(特别是唱导),讲经仪式愈来愈成为布教的重要手段。利用这种手段,僧侣们把佛教渗透到了汉地社会的各个阶层,

---

① 参见陈洪:《汉化佛教首例讲经仪轨考释》,《徐州师范大学学报》1999年第1期。

② 参见陈寅恪《金明馆丛稿初编·四声三问》(上海古籍出版社,1982年)及饶宗颐《梵学集》所载《印度波你尼仙之围陀三声论略》、《文心雕龙声律篇与鸠摩罗什通韵》二文。饶前文对陈文有不同意见(上海古籍出版社,1993年)。

③ 佛教总体上对于各种文体的影响,可参见[日]加地哲定著《中国佛教文学》,孙昌武著《佛教与中国文学》。前者提及忏文、愿文和破魔文等。

④ 参见《敦煌变文论文录》上册诸文。

无论帝王、贵族、官僚、士大夫、平民百姓。这正如慧皎在《高僧传·唱导论》中所概括：

> 如为出家五众，则须切语无常，苦陈忏悔。若为君王长者，则须兼引俗典，绮综成辞。若为悠悠凡庶，则须指事造形，直谈闻见。若为山民野处，则须近局言辞，陈斥罪目。①

宣法方式上的"与事而兴"、"知时知众"的种种"变态"，正是赢得广大信徒青睐的秘密。当然这和法师们个人的弘教精神有关。《高僧传·唱导》又有传云：

> （昙颖）性恭俭，唯以善诱为先。故属意宣唱，天然独绝。凡要请者，皆贵贱均赴，贫富一揆。
>
> （法镜）既得入道，履操冰霜。仁施为怀，旷拔成务。于是研习唱导，有迈终古。齐竟陵文宣王厚相礼待，镜誓心弘道，不拘贵贱，有请必行，无避寒暑。财不蓄私，常兴福业。②

贫富一揆与不拘贵贱，实在宜乎佛法之广入人心。与此同时，讲经仪式展开的地域空间，也由于主客观的诸多原因而广阔起来。如果把《高僧传》中有讲经活动的地点联系起来，便会看到一幅辽阔的图景了：

三国吴康僧会于建业，"传泥洹呗声，清靡哀亮，一代模式"（卷一）；

---

① 《高僧传》，第 521 页

② 《高僧传》，第 511、520 页。

西晋帛远"于长安造筑精舍,以讲习为业,白黑宗禀,几且千人","初祖(帛远)道化之声,被于关陇,崤函之右,奉之若神"(卷一);

东晋僧伽提婆与法和"俱适洛阳"。四五年间,研讲《阿含》、《毗昙》、《广说》等经,后游江南,于建业、庐山讲《阿毗昙》等经(卷一);

姚秦鸠摩罗什,被君王贵族屡请"于长安大寺讲说新经,续出《小品》、《金刚波若》……于时,四方义士,万里必集,盛业久大,于今咸仰"(卷二);

东晋卑摩罗叉"南适江陵,于辛寺夏坐,开讲《十诵》"(卷二);

三国魏朱士行"尝于洛阳讲《道行经》"(卷四);

东晋康法畅于豫章山立寺,"常持《心梵经》,空理幽远,故偏加讲说。尚学之徒,往还填委"(卷四);

东晋竺法雅,能将"外典佛经,递互讲说。……后立寺于高邑,僧众百余,训诱无懈"(卷四);

东晋竺法潜"优游讲席三十余载,或畅方等,或释老庄",无论隐迹剡山,还是"暂游宫阙"(建康),常开讲《大品》,"上及朝士并称善焉"(卷四);

东晋支遁足履吴兴、剡山、山阴、建康一带,善讲《维摩诘经》、《道行波若经》(卷四);

东晋道安于邺,佛图澄开讲,道安"每覆述"、"更覆讲";"后于太行恒山创立寺塔",常受请开讲;又南下襄阳,"每至讲说,唯叙大意转读而已";后振锡长安,确立了"行香定座上讲经上讲之法"(卷五);

东晋释昙徽"未及立年,便能讲说"。在荆州止上明寺,"每法轮一转,则黑白奔波"(卷五)①。

　　信手拈来的数例,便足以展示法音广被大江南北、关中东西的浩洞了。

　　因此,来自四面八方、不同层次的共鸣也是洪大而经久的。于是,文士们在回味那些理思精湛、优雅动听的宣唱之余,又将其深刻的记忆和印象写进了自己的作品。志人小说《世说新语》率先写道:

　　　　支道林、许掾诸人共在会稽王斋头。支为法师,许为都讲。支通一义,四坐莫不厌心。许送一难,众人莫不抃舞。但共嗟咏二家之美,不辩其理之所在。②

据刘孝标注说,支遁所讲乃是"不二法门"的圣典《维摩诘经》。支氏以僧人而出入清谈胜场,全在于他能将内典外书以格义之法打成一片。佛教讲经能与清谈辩理相当,似肇自支遁。故一代清谈领袖王濛比之为正始云风人物王弼、何晏:

　　　　王、刘听林公讲,王语刘曰:"向高坐者,故是凶物。"复东听,王又曰:"自是钵釪后王、何人也。"

刘孝标注引《高逸沙门传》,更道出了林公讲经时的风致:"王濛恒寻遁,遇祇洹寺中讲,正在高坐上,每举麈尾,常领数百言,而情理

————————

① 以上各条,分见《高僧传》第18、26、37—38、52、64、145、151、152—153、156、161、177—183、202页。
② 《世说新语笺疏》,第227页。

俱畅。预坐百余人,皆结舌注耳。"① 末句写众人陶醉倾心,极为传神,与《世说》"莫不厌心"、"莫不抃舞"云云可同读。

东晋末,罽宾沙门僧伽提婆南游庐山宣经布教,江东一时为其所唱小乘毗昙学所风靡,致有论者竟视大乘《方等》之经为"魔书"(《弘明集》范泰《致生、观二法师书》)。感此风气,《世说新语》又记载:

> 提婆初至,为东亭第讲《阿毗昙》。始发讲,坐裁半,僧弥便云:"都已晓。"即于坐分数四有意道人,更就余屋自讲。提婆讲竟,东亭问法冈道人曰:"弟子都未解,阿弥那得已解? 所得云何?"曰:"大略全是,故当小未精核耳。"②

这次为东亭侯王珣迎请讲经,事在隆安(397-401)初年,上距提婆南来之太元十六年(391),已有十年的光景,故其名望早已传至京师。王珉(小字僧弥,一说"弥"是"珍"之误,僧珍与僧弥非一人)听讲至半即解其意,盖是说提婆善讲、王珉捷悟也。刘孝标注引《出经叙》说得分明:"提婆于隆安初游京师,东亭侯王珣迎至舍讲《阿毗昙》。提婆宗致既明,振发义奥,王僧弥一听便自讲,其明义易启人心如此。"当然,这里不免有点溢美之词,好佛学的王珣就"未解"其意。

道安高足慧远植锡庐山后,足不出门、影不现尘世达三十余年,唯精勤修持弘法,终成晋宋之际江南佛学重镇。《世说新语》记其精进,即以讲经事迹为例:

---

① 《世说新语笺疏》,第 478-479 页。
② 《世说新语笺疏》,第 242 页。

> 远公在庐山中,虽老,讲论不辍。弟子中或有堕者,远公曰:"桑榆之光,理无远照;但愿朝阳之晖,与时并明耳。"执经登坐,讽诵朗畅,词色甚苦。高足之徒,皆肃然增敬。①

正是有了这种桑榆未晚的精神,慧远才能成为创立唱导"永则"的大师。

讲经既为世风所尚,故有关的故事也多了起来。《世说新语》不少有趣的花絮即取材这一活动:

> 于法开始与林公争名,后精渐归支,意甚不忿,遂遁迹剡下。遣弟子出都,语使过会稽。于时支公正讲《小品》。开戒弟子:"道林讲,比汝至,当在某品中。"因示语攻难数十番,云:"旧此中不可复通。"弟子如言诣支公。正值讲,因谨述开意。往反多时,林公遂屈。厉声曰:"君何足复受人寄载!"②

讲经善否既为僧人声望高下之重要标志,故争名者、褒贬者也莫不以此作成毁口实。于法开与支道林争名不胜,只好灰溜溜遁迹而去,但又不甘心,因此生出这段蓄意刁难、逼倒支道林的逸事。林公厉声喝逼,实是理屈词穷的色厉内荏。与支道林不同,道安当年为其师佛图澄作覆讲,也曾遭不服者要"难杀昆仑子"的围攻,但道安却因此得"漆道人,惊四邻"之誉。又于法开为"识含宗"创立者,支道林为"即色宗"之主将,二人争名,亦"六家七宗"教

---

① 《世说新语笺疏》,第572页。李慈铭云:"案'堕'当作'惰'。"
② 《世说新语笺疏》,第229页。李慈铭云:"案精当是称之误,忿当是伏或是平之误。"(第230页)

派之争也。同书同篇又载：

> 有北来道人好才理，与林公相遇于瓦官寺，讲《小品》。于时竺法深、孙兴公悉共听。此道人语，屡设疑难，林公辩答清析，辞气俱爽。此道人每辄摧屈。孙问深公曰："上人当是逆风家，向来何以都不言？"深公笑而不答。林公曰："白旃檀非不馥，焉能逆风？"深公得此义，夷然不屑。[①]

刘孝标注引《成实论》曰："波利质多天树，其香则逆风而闻。"孙绰称深公为逆风家，余嘉锡笺疏道："言法深学义不在道林之下，当不至从风而靡。"道林之答，余嘉锡以为是"道林以为虽法深亦不能抗己"之意[②]，精当。此中林公风发之意气、深公先是后又不屑的神情，一一毕现。

　　志人小说写讲肆逸事，虽有些溢美之词，然大致不失真实。至于志怪小说，则往往张皇其事，甚而神乎其神了。《幽明录》记载沙门法祖在地狱"为阎罗王讲《首楞严经》"一条，如前所说，只是注家删剪后的残篇，已看不出故事的来龙去脉。幸而《祐录》、《高僧传》采录了帛远（字法祖）传，并引用了这则故事，这才给我们提供了一个理解的背景。据传说：法祖为西晋惠帝时高僧，在长安立寺，"以讲习为业，白黑宗禀，几且千人"。法祖"道化之声，被于关陇，崤函之右，奉之若神"。羌胡曾以五千精骑东下讨秦州刺史张辅，欲迎法祖西归。中途闻其遇害，悲恨不及，众人愤激而杀张辅，"共分祖尸，各起塔庙"。在这样"奉之若神"的氛围中，

---

① 《世说新语笺疏》，第 218 页。
② 《世说新语笺疏》，第 219 页。

神话便产生了：

> 后少时有一人，姓李名通，死而更苏，云："见祖法师在阎罗王处，为王讲《首楞严经》。云讲竟应往忉利天。……"①

作为释氏辅教小说，《冥祥记》所载许多故事宣扬了讲经的功德和灵异。南朝宋沙门昙远故事说：

> 远时请僧，常有数人，师僧含亦在焉。……至（元嘉）十年二月十六日夜，转经竟，众僧已眠，四更中，忽自唱言歌诵，僧含惊而问之，远曰："见佛身黄金色，形状大小，如今行像，金光周身，浮焰丈余，幡华翼从，充牣虚空，瑰妙丽极，事绝言称。"②

同书又云：

> 宋路昭太后，大明四年，造普贤菩萨乘宝辇白象，安于中兴禅房，因设讲于寺。其年十月八日，斋毕解座，会僧二百人。……尔日僧名有定，就席久之，忽有一僧，预于座次，风貌秀举，阖堂惊瞩，斋主与语，往还百余言，忽不复见。列筵同睹，识其神人矣。③

与此条紧接的道温故事亦曰：

---

① 《出三藏记集》，第 559—560 页。
② 《古小说钩沉》，第 619 页。
③ 《古小说钩沉》，第 633 页。

（道温之讲斋）噱会有限，名簿索定，引次就席，数无盈减。转经将半，景及昆吾，忽睹异僧，预于座内，容止端严，气貌秀发，举僧瞩目，莫有识者。……言对之间，倐然不见。阖堂惊魂，遍筵肃虑，以为明祥所责……①

此与上一条当是同一机杼。案：讲经的规模有大有小，视法会的性质而定。规模大者达上万人，如《法显传》提到的浴佛会、般遮越（五年）大会，都是倾国倾城的大集会，其讲经场面想来是不小的。规模小者仅几个人到几百人，一般的八关斋、观音斋、普贤斋、七七斋等，人数都不太多，场面也不大，但最为流行。路昭太后的普贤斋也仅会僧二百人。《冥祥记》"昙远"等三条所表现的，即是流行于民间、宫庭的普通斋会上的讲经灵异。此类记载由于斋会的盛行（如前述"八关斋"），而于志人、志怪小说中层出不穷。

与《幽明录》"李通"条写经师（导师）的故事一样，《冥祥记》"魏世子"、"仑氏"两条还反映了比丘尼成为讲师的曲折。前条说：

宋魏世子者，梁郡人也。奉法精进，儿子遵修；唯妇迷闭，不信释教。元嘉初，女年十四，病死，七日而苏。云可安施高座，并《无量寿经》。世子即为具设经座，女先虽斋戒礼拜，而未尝看经，今即升座转读，声句清利，下启父言："儿死，便往无量寿国，见父兄及己三人，池中已有芙蓉大华，后当化生其中；唯母独无，不胜此苦乃心，故归启报。"语竟，复绝，母于是乃敬信法教。②

---

① 《古小说钩沉》，第 633—634 页。
② 《古小说钩沉》，第 613 页。

女儿病死七日而复活转经，恐怕是魏世子的梦中事。或者此女只是昏迷七日，在弥留人间的回光返照的最后一刻，日常家中耳濡目染的宗教生活，一一从潜意识的深处涌现了出来。笔者向来不谙弗洛伊德之说，不敢从心理学角度对这一奇特现象妄加评论。不过说这则故事，是一个少女因受家庭、社会讲经活动长期影响而成为善于转经的比丘尼的，大约不会错。

后一条略云：宋人仑氏二女，姊年十岁，妹年九岁，里越愚蒙，未知经法。忽以二月八日并失所在，三日而归，粗说见佛。九月十五日又失，一旬还，作外国语，诵经及梵书，见西域沙门便相开解。明年正月十五日，忽复失之，田间作人云：见其从风飘扬上天。经月余乃返，已剃发为尼，自说见佛及比丘尼，度之出家，取法名法缘、法彩。"女既归家，即毁除鬼座，缮立精庐，夜齐诵经，夕中，每有五色光明，流泛峰岭，若灯烛。二女自此后，容止华雅，音制诠正，上京风调，不能过也。刺史韦朗、孔默等，并迎供养，闻其谈说，甚敬异焉。于是溪里皆知奉法"①。二女三次失踪而得讲唱之功的经历颇为奇特，这大约是从比丘尼自己或小说作者神化其事的结果。

剥落神秘的色彩，魏氏女、仑氏女的故事乃是佛教史上所谓"尼讲"的描绘。赞宁《僧史略》卷上"尼讲"条说：

> 东晋废帝大和三年戊辰岁，洛阳东寺尼道馨俗姓羊，为沙尼时，诵通《法华》、《维摩》二部。受大戒后，研穷理味，一方道学所共师宗，尼之讲说，道馨为始也。②

---

① 《古小说钩沉》，第620页。
② 《僧史略》，《大正藏》第54册，第239页。

据此则东晋中期已有尼讲活动。然而刘宋时期,因"尼媪出入宫禁及贵人闺闼,为刘宋政治上颇显著之事"(汤用彤语),故尼讲之盛行也可推知。《冥祥记》所记录的,只是其一斑而已。

讲经与诵经既有联系又有区别。讲经是面向公众的宣教行为,诵经是个人修习经典的个人行为。南北朝以来,由于传统学风和政治格局等方面的差异,在佛教史上逐渐形成了南朝重义学、北朝尚修持的不同风气。由此也形成了江南好讲经、江北多诵经的不同趋势。二者之间的联系与区别,志怪小说也有所表现。陆杲《系观世音应验记》"李寡妇"条说:

> 有寡妇姓李,凉州人也。家本事佛,恒随遂斋会。每听经罢,辄诵之。[①]

后因收留房公主妇,被捕下狱。"便至心诵《观世音经》",终得脱难。看来讲经对于诵经的普及和推动是颇为有力的。另一方面,那些经师莫不是通过千百遍的诵读而登上高座的。宋尚书令傅亮编集的《光世音应验记》帛法桥有云:

> 沙门帛法桥,中山人也。精勤有志行,常欲讽诵众经,而为人特乏声气,每不称意,意常愤然。谓同学曰:"光世音菩萨能令人现世得愿,今当至心祈求。若微诚无感,宿罪难消,与其无声久在,不若舍身更受。"言卒,闭心不食,唯专心致诚。三四日中,转就赢顿。……至七日朝,晓然开目,如有悦色。谓弟子曰:"我得善应。"索水盥洗,因抗声作三偈,音气激高,

----

① 《〈观世音应验记三种〉译注》,第102页。

闻二三里外。村落士女，咸共惊骇，不知寺中是何异音，皆崩
腾来观，乃桥公之声也。①

《高僧传》略载此事，并将帛法桥列入经师篇。观经师诸传，知桥
公故事颇有代表性。

《冥祥记》所录"智达"条，则又传达出讲经与诵经在功德上
的区别。据说，益州沙门智达"行颇流俗，而善经呗"。宋元徽三
年六月病死后，在地狱被贵人审问："出家之人，何宜多过？"达曰：
"有识以来，不忆作罪。"问曰："诵戒废不？"达曰："初受具足之时，
实常习诵，比逐斋讲，恒事转经，故于诵戒，时有亏废。"复曰："沙
门时不诵戒，此非罪何为？可且诵经！"达即诵《法华》，三契而
止。受罪报复活后，遂"斋戒愈坚，禅诵弥固"②。从表面看，智达受
报是因不爱诵读戒律，但结合时代背景看，乃是义学与禅诵之争。
《洛阳伽蓝记》卷二"崇真寺"条云：崇真寺比丘惠嶷死，经七日还
活，说："过去之时，有五比丘同阅，一比丘云是宝明寺智圣，以坐
禅苦行得升天堂。有一比丘是般若寺道品，以诵经四十卷《涅槃》，
亦升天堂。有一比丘云是融觉寺昙谟最，讲《涅槃》《华严》，领众
千人。阎罗王曰：'讲经者心怀彼我，以骄凌物，比丘中第一粗行。
今唯试坐禅、诵经，不问讲经。'其昙谟最曰：'贫道立身已来，唯好
讲经，实不谙诵。'"最后被送往非好处。"自此以后，京邑比丘悉
皆禅诵，不复以讲经为意"③。汤用彤《汉魏两晋南北朝佛教史》在
引录该条后说："此故事或虽伪传，然颇可反映当时普遍僧人之态

① 《〈观世音应验记三种〉译注》，第7页。
② 《古小说钩沉》，第639—640页。
③ 《洛阳伽蓝记校释》，第75—78页。

度。后魏佛法本重修行。自姚秦颠覆以来,北方义学衰落。一般沙门自悉皆禅诵,不以讲经为意,遂至坐禅者或常不明经义,徒事修持。"① 如此,智达故事的史料价值也可明了。

可以说,讲经仪式中的每一个组成部分,无论是讲师、转经、唱呗、功能和社会好恶等,都或多或少地成了小说家创作的素材。至于讲经的内容,特别是唱导的内容,更将众多的佛经故事和与佛教相关的民间故事传递给了小说家。这一点,更值得注意。

以上讨论表明:唱导具有内容广泛、方法随机两大特征。根据这两大特征,结合《高僧传·唱导论》,我们可以概括出唱导内容可能变形、生成为小说的大致范围,即:

1. 佛教因缘、譬喻故事;

2. 日常"闻见"故事;

3. 犯戒的"罪目"故事;

4. 因果报应故事;

5. 历史变迁、兴亡故事。

这里所说的可能性在于:一方面唱导中运用的这些故事本身就往往带有很强的文学性,另一方面这些故事具有很强的感染力。因此,它们在形式上和情感上都极易蜕变成小说。对此《高僧传·唱导论》中有段话极富启示性:

> 尔时导师则擘炉慷慨,含吐抑扬,辩出不穷,言应无尽。谈无常,则令心形战栗;语地狱,则使怖泪交零。征昔因,则如见往业;核当果,则已示来报。谈怡乐,则情抱畅悦;叙哀戚,则洒泪含酸。于是阖众倾心,举堂恻怆。五体输席,碎首陈哀。

---

① 《汉魏两晋南北朝佛教史》,第560页。

各各弹指，人人唱佛。①

从如此惊心动魄、栩栩如生的唱导活动中，我们不难悟出：宗教的观念是如何激发人们的宗教感情、启发人们的宗教信仰，又是如何逼进文学艺术殿堂的。

虽然唱导到底将哪些宗教故事转变成了小说作品无可详说，但是从今天还残存的小说文献里我们还可以探知一、二。

其一，唱导援引因缘、譬喻故事，文献有明确记载。《高僧传·唱导论》就说："或杂序因缘，或傍引譬喻。"这类故事的形态，可以从今存的许多"譬喻经"中看出。著名的《贤愚经》是元魏僧人昙学等八僧在于阗听法时的笔记，它间接地表明了汉地高僧是如何杂序因缘、傍引譬喻的。僧祐《贤愚经记》交待等该书来源、性质时说：

> 河西沙门释昙学、威德等凡有八僧，结志游方，远寻经典。于于阗大寺遇般遮于瑟之会。……三藏诸学，各弘法宝，说经讲律，依业而教。学等八僧随缘分听，于是竞习胡音，析以汉义，精思通译，各书所闻，还至高昌，乃集为一部。……以为此经所记，源在譬喻；譬喻所明，兼载善恶，善恶相翻，则贤愚之分也。②

该书六十九则故事今俱存。其中《波斯匿王女金刚品》、《儿误杀父品》、《檀腻鞞品》等，都影响到了中国的变文、寓言、杂剧、小说。

---

① 《高僧传》，第 521–522 页。
② 《出三藏记集》，第 351 页。

虽然现在还没有明确找到该书与中古小说的直接关系,但是彼此间存在着相互影响则是可以推定的。

其二,唱导中不仅从佛经中引用现成的因缘、譬喻故事,而且还从日常生活里汲取大量的传闻故事。《高僧传·唱导论》说:"若为悠悠凡庶,则须指事造形,直谈闻见。"这种直谈闻见的随机唱导手段,必然抟聚了大量的民间故事(当然是适用的部分),同时,又反过来传达给了更广泛的听众。关于这一点,我们可以找到一些确凿的证据。六朝志怪小说中,释氏辅教之书不少。这类志怪为了取信于人,多在每则故事的结尾点明其来源。值得注意的是,这些故事的传播者恰恰以僧人居多,而且其中又有善于讲经的高僧。仔细清理这样的一些线索,唱导、闻见故事与小说之间的内在关系便可裸露了。

一类线索较为显露。此摘录四条:

> (于)法兰即名理法师见宗者也,有记在后卷传。兰以语于弟子法阶,阶每说之,道俗多闻。(《冥祥记》"抵世常"条)
> 自竺长舒至义六事,并宋尚书令傅亮所撰。亮自云,其先君与义游处,义每说其事,辄懔然增肃焉。(同上"竺法义"条)
> 元嘉末,有长安释昙爽来游江南,具说如此也。(同上"王胡"条)[1]
> 郢州僧统僧显,尔时亲受其请,具知此事,为杲说之。杲舅司徒左长史张融、从舅中书张绪同闻其说。(《系观世音应验记》"唐永祖"条)[2]

---

① 《古小说钩沉》,第 575、589、631 页。
② 《〈观世音应验记三种〉译注》,第 135—136 页。

于法兰事迹《高僧传》卷四有录,乃义解高僧。其弟子于法阶每为道俗说抵世常见神僧事,当是斋讲中所说。"竺法义"条又见《光世音应验记》、《述异记》、《高僧传》卷四。故事说:竺法义得病积时,因至心诚请光世音,而于梦中见一道人来为之剖腹洗肠,治愈多年疾病。据僧传说,东晋宁康三年(375),孝武皇帝曾遣使征请法义入京讲说。作为一个著名唱导师,法义的"每说其事",当是现身说法吧。若不是为了说法,编造这么个谎诞的故事就毫无意义了。释昙爽事迹无考,想来其千里南下,不会只为观光吧。又王胡入地狱故事颇为曲折,正是说法的好材料。"唐永祖"条说唐氏因藏盗被捕下狱,至心念诵观世音,脚镣寸断,宋孝武帝以不违佛意,释放了他。唐氏因舍宅为寺,请众僧为斋谢佛恩。释僧显当时亲受其请赴斋,对陆呆等众人说之,当也是斋讲的性质。

另一类线索较为隐晦。说故事的虽然多为僧人,但"说"的性质不甚分明。不过从这类线索中,我们至少可以得出那些僧人之"说",是受当日风行的斋讲、唱导的影响而来的。俗话说"三句话不离本行",用在这里倒也不失其深刻。此也胪列数条:

1. 道壹在邺亲所闻见。(《光世音应验记》"邺西寺三胡人"条)

2. 道山后过江,为谢庆绪具说其事。(同上"窦傅"条)

3. 荣后为会稽府督护,谢庆绪闻其自说如此。与荣同舟者,有沙门支道蕴,谨笃士也,具见其事。后为余说之,与荣同说。(同上"徐荣"条)

4. 后人见之,已年册四,具自说如此。(《续光世音应验记》"道泰道人"条)

5. 蒋山上定林寺阿练道人释道仙,在蜀识裴,恒闻其自序此事,为杲具说。(《系观世音应验记》"裴安起"条)

6. 上定林道仙道人即汪公弟子,尔时正同行,为杲说之。(同上"释道汪法师"条)①

7. (妇人)说所闻见,与安居悉同。受五戒师字僧吴,襄阳人也,末居长沙,本与安居同里,闻其口说。安居之终,亦亲睹,果九十三焉。(《冥祥记》"陈安居"条)②

8. 法端及道俗皆说云尔。(《冥报记》"唐释道英"条)③

道壹乃东晋著名高僧,《世说新语·言语》、《高僧传》卷五均载其事。据说他"思彻渊深,讲倾都邑",名士孙绰赞称他是"驰词语言,因缘不虚"。邺西寺三胡人故事,不过是他说法中所叙"闻见"之一耳。道山、道蕴事迹不详。谢庆绪即名士谢敷,是《光世音应验记》的初撰者(见傅亮序)。道泰事迹,见《续高僧传》卷二五,《高僧传》卷三也略见。道仙疑即《续高僧传》卷二六所载之释道仙,事迹颇奇异。其师释道汪为刘宋著名义解高僧,善于讲说,《高僧传》卷七有传。道仙一人说两条故事,亦见其善说。法端所说故事,《冥报记》亦载两条,皆道俗共知之事,其中有唱导传播的原因。

将上述两类线索结合起来,再考虑到故事传播者的身份,大致可以推定这类小说与唱导的关系。退一步说,唱导以闻见故事为开导众心的手法,至少亦被上述几部"释氏辅教之书"的作者采用来作宣教故事了。

---

① 《〈观世音应验记三种〉译注》,六条依次为第 12、16、22、41、155、168 页。
② 《古小说钩沉》,第 609 页。
③ 《冥报记》,第 9 页。

其三,至于犯戒的罪目故事、因果报应故事,更是充斥六朝志怪小说集。所谓罪目故事,即犯戒受报的故事。在佛教律典中,每条戒律后往往附有若干因缘、譬喻故事,用以解释条文。例如题为东晋失译的《佛说目连问戒律中五百轻重事经》有条说:欠负佛物不还,罪入地狱。下面引验说:过去有一比丘用佛法僧物,各一十万钱。而此比丘极聪明,自知罪行深重,便欲偿还。"即诣沙佉国乞,大得钱物还欲偿之。道路山中为七步蛇所螫。比丘知七步当死,六步里便向弟子处,分偿物,遣还本国言:'汝偿物已还,我住此待汝。'弟子偿物讫还报之,即起七步便死,堕阿鼻地狱中。初入温暖未至苦热,谓是温室,便大举声经呗咒愿,狱中诸罪人鬼闻经呗者,无数千人得度。狱卒大嗔,便举铁权打之,命终生三十三天。以此验之,负佛法僧物不可不偿"[1]。

唱导中所说罪目,盖同此类。久而成习,遂为小说所模仿、移植。只不过俗人的罪目多为五戒,远少于比丘戒律。例如,《幽明录》和《冥祥记》都记载的赵泰游冥故事说:杀生者,当做朝生夕死的虫子,即使受变成人,也常短命;偷盗者,作猪羊身,屠肉偿人;淫逸者,作鹄鹜蛇身;恶舌者作鸱鸮,恶声人闻,皆咒令死;抵债者为驴马牛鱼鳖之类。这些罪目下,每条都有若干故事可述。《宣验记》"天竺僧"条说抵债者故事云:

　　天竺有僧,养二悖牛。日得三升乳,有一人乞乳,牛曰:"我前身为奴,偷法食;今生以乳馈之。所给有限,不可分外得也。"[2]

---

[1]《大正藏》第 24 册,第 973 页。
[2]《古小说钩沉》,第 553 页。

又说杀生者罪报云：

> 沛国周氏有三子，并喑不能言。一日有人来乞饮，闻其儿声，问之，具以实对。客曰："君有罪过。可还内思之。"周异其言，知非常人。良久乃云："都不忆有罪过。"客曰："试更思幼时事。"入内，食顷，出曰："记小儿时，当床有燕窠，中有三子，母还哺之，辄出取食。屋下举手得及，指内窠中，燕子亦出口承受。乃取三蒺藜，各与之吞，既皆死。母还，不见子，悲鸣而去。恒自悔责。"客变为道人之容曰："君即自知悔，罪今除矣！"便闻其儿言语周正，即不见道人。①

这类不胜枚举的例子通常都有因果报应的色彩，只不过作为罪业，都是恶报而趋于地狱一端罢了。

因果报应还有善报、趋于天堂的一端。如果说恶报故事注意禁戒，那么善报故事就在于劝诱了。唱导师的宣教手段无非此两途。郑鲜"自知命短，念无可以延。梦见沙门问之：'须延命也，可六斋日放生念善，持斋奉戒，可以延龄得福也。'因尔奉法，遂获长年"②。《冥祥记》"史世光"条则将善、恶报应与天堂、地狱挂起了钩，其文略云：晋史世光死，沙门支法山转《小品》，疲而微卧。闻灵座上如有人声。史家婢女张信听世光对她说："我本应堕龙中（一作狱中），支和尚为我转经，昙护、昙坚迎我上第七梵天快乐处矣。"后支和尚复为转《大品》，世光又得直入天门。在冥间，世光对张信说："舅在此（地狱），日见榜挞，楚痛难胜。省视还也。舅

---

① 《古小说钩沉》，第552—553页。
② 《古小说钩沉》，第558页。

生犯杀罪,故受此报。可告舅母:会僧转经,当稍免脱。"①这种极
端的对立结局,劝、戒之意愈加分明。

其四,历史变迁、兴亡的故事,也为唱导师常用。《高僧传·释
道照传》说:

> 宋武帝尝于内殿斋,照初夜略叙百年迅速,迁灭俄顷。苦
> 乐参差,必由因召。②

"必由因召"四字表明这类故事也属因果报应之列。又同书《释
昙宗传》还简略地记载了昙宗为宋武帝所说的千年迁灭史和帝王
应及时忏悔理由:

> 宗曰:"昔虞舜至圣,犹云予违尔弼。汤武亦云万姓有罪,
> 在予一人。圣王引咎,盖以轨世。陛下德迈往代,齐圣虞殷,
> 履道思冲,宁得独异?"③

这类唱导的对象,多为帝王贵族。因此,以因果报应说历史,与方
士邹衍用阴阳五行推导帝王代兴,亦大同小异。邹衍之术造就了
干宝《搜神记》一类小说,因果报应之说则造就了六朝以下的众
多历史小说。后者从《伍子胥变文》、《张义潮变文》、《李陵变文》、
《王昭君变文》等作品中可以看出。中古志怪小说中以因果报应
为底蕴的作品不多,但也有一些。东晋末年的桓温是个时刻觊觎

---

① 《古小说钩沉》,第 580—581 页。
② 《高僧传》,第 510 页。
③ 《高僧传》,第 513 页。

皇位的大阴谋家。他之所以没有最终篡权,在佛教信徒看来,是惧怕罪报。《幽明录》说:

> 桓温内怀无君之心。时比丘尼从远来,夏五月,尼在别室浴,温窃窥之。见尼裸身,先以刀自破腹,出五藏,次断两足及斩头手。有顷浴竟,温问:"向窥见。尼何得自残毁如此?"尼云:"公作天子,亦当如是。"温惘怅不悦。①

此条《太平御览》卷三九五引作《幽明录》,《法苑珠林》卷三三引作《冥祥记》,较详。历史就在如此怪异的传说中被改变了。恐怕这也是唱导师援用的好材料。

或许,这里讨论的唱导与小说的关系还有诸多疏漏和置疑之处,但有一点则是可以肯定的:唱导引用各类故事作为灵验的思维方式,营造了一个时期普遍祈求灵验的民众甚至民族心理,这正是志怪小说,特别是释氏辅教之书,得以迅速滋生的温床。这只要稍微翻检一下《光世音应验记》、《续光世音应验记》、《系观世音应验记》、《冥祥记》和《冥报记》那些故事结尾处附记的传播者的身份,就会明白了。

同时,也正是这种祈求灵验的社会心理,有意无意地把唱导以及整个讲经的方式,悄然地溶化为中古小说的某些结构、情节和细节了。正如唐临《冥报记·序》所说:"释氏说教,无非因果,因即是作,果即是报,无一法而非因,无一因而不报。"②这是基于佛学中所谓"业"的观念而来的。作为因果报应的场所,天堂成

---

① 《幽明录》,第156—157页。
② 《冥报记》,第2页。

为善报的极端,地狱成为恶报的另一极端。佛的法力在此两个极端中以超验的方式时时展现着,诱人敬畏膜拜。《高僧传·唱导论》中所谓说无常、语地狱、谈怡乐、叙哀戚的种种动人情形,其实质都不出此二极端。因此,与之相关的中古小说也就在"天堂—地狱"这一结构中展开其丰富的想象了。

这种结构形式主要表现为两类:一是由整部小说集的各个故事在总体类型上构成两个极端,二是在某些单篇故事内构成两个极端。前者可以从上面提及的释氏辅教之书的统计中看出(大体上地狱的故事稍多),后者可从《冥祥记》王胡、史世光、赵泰、石长和等故事里见得。

关于情节与细节的问题,前面已经列举了许多围绕唱导或讲经而形成的故事。这里试举一例以重申。唐临《冥报记》"北齐仕人梁"条说:北齐豪富仕人梁死,以奴婢殉葬。四天后,奴婢复活了,讲冥间见闻曰:

> 奴从屏外窥之,见官问守卫人曰:"昨日押脂多少乎?"对曰:"得八升。"官曰:"更将去押取一斛六升。"主即被牵出,竟不得言。明日又来,有喜色,谓奴曰:"今为汝白也。"及入,官问脂乎,对曰:"不得"。官问所以,主司曰:"此人死三日,家人为请僧设斋,每闻经呗声,铁梁辄折,故不得也。"[1]

押油铁杠变弯的细节,完全是从转经唱呗的福力中生发出来的。这种奇特的想象,大约只有宗教的力量办得到。又王琰《冥祥记》"慧达"(刘萨荷)条说萨荷在地狱中见观音事云:

_____

[1] 《冥报记》,第51页。

荷作礼毕。菩萨具为说法,可千余言,末云:"凡为亡人设
福,若父母兄弟,爰及七世姻媾亲戚,朋友路人,或在精舍,或
在家中,亡者受苦,即得免脱。……"所说甚广,略要载之。[①]

　　显然,菩萨说法这一情节的设定,与唱导活动的普遍开展相
关;菩萨的说法,当是唱导师唱导的翻版。这里的角色、场景等,
无一不是世间讲经仪式的置换。

---

① 《古小说钩沉》,第 597—598 页。

结　语

　　写结语时候的心情既是愉快的又是遗憾的。个中甘苦是许多笔耕者都曾体会过而又不尽相同的。

　　愉快的是，经过数年艰苦的努力，在古小说研究苑囿终于有了点收获。"稗官"究竟何指，是困扰很多探讨古小说起源问题者的"拦路虎"。笔者借助出土的秦汉竹简文献初步弄清，"稗官"在战国秦汉时期是指县、乡等低级官员的属官，不是天子的"士"或无正式官职的人员；"稗官"因其身份的低下而成为"街谈巷语"、"道听途说"的主要搜集者，他们本身并不是"小说家"，充其量只是"丛残小语"的传播者、整理者。澄清"稗官"迷雾的意义在于，分清了"稗官"与"小说家"的差别，划分了"丛残小语"与"小说"的差别，为最终理解古小说的根源、理解小说家的构成扫清了一些障碍。

　　古小说的基本特征，可能是古小说研究首要的、最重要的问题。借助于学界对先秦"言"、"语"、"说"的新近研究成果，基于笔者对"街谈巷语"、"道听途说"、"论议"（"议论"）形成和分类的仔细考察，以及对它们与"小说"既相联系而又区别的理解，特别是基于对桓谭小说观"譬论"的理解，提出了子部小说的基本特征是"譬论"，其核心职能是论议，其发生学的模式是譬喻故事＋论议等看法，明确了子部小说（"譬论"式小说）形成于战国后期、定型于西汉末的生成路径。与以往论者多将"街谈巷语"、"道听途说"、"论议"（"议论"）仅仅看成是百姓的言论不同，笔者还将这些言论看成某些官员、某些文士对社会政治的初步评价、批评和感受，即这些言论是社会各个阶层对社会政治的看法。如此理解的意义在于，对古小说发生根源的阐释能够在更为宽广的社会群落中进行，而不是或偏重于老百姓，或偏重于官员文士等某一类群体。

与此同时，笔者借助于对"故事"的考察，阐明了"故事"也植根于"街谈巷语"、"道听途说"，它不仅广泛渗透于经书、子书、史书和巫书中，而且其叙事职能是沟通子部与史部等各类古书的关键，是史部小说得以发生、形成的关键，即古小说的母体。在此基础上，笔者提出了史部小说发生学的模式是神话、巫话、仙话——故事、史书、小说，并指出史部小说的主要特征——神奇性、志怪性以及娱乐性，是形成后世志怪小说、俳优小说的主要根源。

笔者对"故事"和史部小说发生模式、基本特征的考察，一方面得到了古代小说理论家如胡应麟的启迪，得到了诸多现代论者如李剑国、陈文新等的启发；另一方面更得到了章学诚、李零等学者关于要打破"经史子集"藩篱观点的启示。借助于此，笔者产生了"小说不必是史书之流"的想法，史书之前还有大量的神话、巫话、仙话在，史书的许多"蓝本"其实是《山海经》、《汲冢琐语》之类巫书、故事书，这些口头的传说故事、后来写定的巫书，远比史书发生得早！因此，史部小说，更准确地说是"叙事性小说"的发生远早于史书！幸运的是，《赤鹄之集汤之屋》等竹简文献的出土有力地证明了这一观点。与以往的研究不同，在讨论叙事性小说的时候，笔者更留意于巫话、仙话、传说故事，而略于对史书如何影响古小说的形成的论述，其原因也正在此，不是因为疏忽。

从发生学的观点看，原始思维早于理性思维、形象思维先于抽象思维是世人的共识。因此，叙事性小说(史部小说)早于譬论式小说(子部小说)也应当是可以成立的观点。从上述的具体讨论讲，古小说发生并形成于先秦应当是可以成立的判断。此外，对子部小说和史部小说的发生学研究，还使笔者意外地感觉到，古小说研究的意义和价值绝不仅仅在于小说史本身，对先秦经、史、子、集，甚至对中国早期文化史的发生和发展，都有一定的启发意义和标示价值。如譬论式的古小说与论说性的子书、经书的关系就十分密切；叙事性的古小说与原始宗教、早期史书的形成也关系紧密；古小说还与中国早期的俗赋、叙事诗、传记文学、讲唱文学等的生成密切相关。

思想与文学的关系在西方学者那里研究得比较丰厚，而在中国学者的讨论中似乎还比较晚，还不够充分。从古小说发生、生成的角度说，各种思想是古小说的内在和外部的渊源。从中国早期的原始思想特别是宗教思想而言，神话思维、巫术思维、阴阳五行思想当然是神话、巫话、仙话以及神奇故事、志怪小说生成的内在根源，但从道教形成、佛教东渐的时间看，佛道教又是"辅教小说"生成的外部原因，因为此时子部、史部两种小说已经生成了，佛道教只是使这两种小说的内容、手法等方面发生了一些变化而已。不过，这种影响带来的变化却是深刻的。这在笔者着重讨论道教与神仙系列小说、佛教与六朝小说的过程中是可以看到的，即宗教的各种要素都可以左右小说的内容与形式。

遗憾的是，限于课题研究的时限，目前学界对古小说整体研究的现状，更限于许多先秦资料特别是出土文献的匮乏，还有不少题中应有的话题来不及或谈不上了。比如，关于"小说家"的构成，由于《汉书·艺文志》所列十五家小说的失传，我们现在只能大致推测小说家中有巫师、方士、史官、诸子等,而更多的小说家,如"瞽史"、"俳优"、"小知者"、"说书者",是如何造就小说的,详情便不得而知了。又比如,由于目前学界对许多传世文献的系年表和撰述性质还难以较精准确定,诸如《晏子春秋》、《左传》、《国语》、《山海经》、《穆天子传》、《燕丹子》、《孔子家语》等,所以古小说发生的时间、生成的序列亦因此而难以准确定位。又比如,由于与小说相关的出土文献还不够丰富,《赤鹄之集汤之屋》、《春秋事语》、《战国纵横家帛书》与《穆天子传》、《左传》、《战国策》之间的关系还是很模糊的,因此,笔者关于"古小说生成早于史书"的观点,也许会遭到某些论者强烈的批评。又比如,关于阴阳五行、谶纬等思想与古小说之生成关系,是笔者颇感兴趣的话题,限于课题的时限和个人的能力、精力,也来不及、谈不上了。

这些遗憾或不足,只能留待今后或时机成熟时再弥补了。

附录

《列仙传》成书年代
及其小说史意义考论

　　《列仙传》是一部道教辅教之作,也是一部早期志怪小说的重要作品。考证其成书过程,对于认识神仙志怪小说的形成背景和发展序列,理解魏晋游仙文学高潮的兴起,都具有积极的意义。本文试图从文献学的角度,通过对《楚辞》王注、《汉书》古注和《文选》古注引用《仙传》情况的考辨,重新判断其成书过程及其文学史意义。

（一）

　　关于《仙传》的成书时代,古今论者聚讼纷纭。古代学者已经大致形成西汉末、东汉和魏晋三说。西晋至北宋,都认为是出自西汉末年刘向之手,如葛洪《神仙传序》、《抱朴子·论仙篇》、《隋书·经籍志》、《旧唐书·经籍志》、《新唐书·艺文志》等。南宋至清代,则不断有人对刘向作说提出质疑,如宋陈振孙《直斋书录解题》卷一二、明胡应麟《少室山房笔丛·四部正讹下》说该书文字不类西汉文章,或是东汉人作。清纪晓岚等《四库全书总目提要》卷一四六认为《汉书·艺文志》不载,或说是魏晋间方士伪托①。

　　对此,现代学者则形成赞同或质疑刘向作说两派。赞同一派
主要有鲁迅、侯忠义、李剑国、王枝忠和欧阳健等先生。鲁迅认为:
现存汉人小说皆伪托,"惟此外有刘向的《列仙传》是真的"②,但
没有提出理由。侯忠义《中国文言小说史稿》采此说③。李剑国判
断:"《列仙传》是刘向晚年作品。"其主要理由是:"东汉末王逸《楚
辞·天问》注及应劭《汉书音义》,均引《列仙传》,但不云撰人;最
早称刘向作《列仙》者则是葛洪……其确信《列仙传》为向作必有
所据。"④以后有关小说史专著多赞同此论及其理由⑤。反对一派主
要有杨守敬、余嘉锡和王青等先生。杨守敬《日本访书志》卷六据
《世说新语·文学》注引《仙传序》称"七十四人在佛经"、仙传中
多有东汉时地名(如太邱、钜鹿、甯等),怀疑该书"似东汉人所作"。
余嘉锡更据王逸、应劭均注引《仙传》,并综合诸说,认为"是书已盛
行于东汉,不自魏晋始……此书盖明帝以后顺帝以前人之所作"⑥。
最近,王青又从《仙传》所载东汉的地名、时间考证,认为该书是在
流传过程中逐渐形成的,并形成古本与今本的差别,今本《仙传》
的基本定型在东汉永和五年(140)至西晋太安二年(303)⑦。

―――――――――――

① 详见余嘉锡:《四库提要辨证·子部十》卷一九,云南人民出版社,2004 年,第
　　1018—1026 页。
② 鲁迅:《鲁迅全集》第九卷《中国小说的历史的变迁》,人民文学出版社,1981
　　年,第 305 页。此说与其《中国小说史略》意见似有不同。
③ 侯忠义:《中国文言小说史稿》上册,北京大学出版社,1990 年,第 15 页。
④ 李剑国:《唐前志怪小说史》,南开大学出版社,1984 年,第 193、188 页。
⑤ 如王枝忠《汉魏六朝小说史》(浙江古籍出版社,1997 年,第 46 页)、欧阳健《中
　　国神怪小说通史》(江苏教育出版社,1997 年,第 50 页)等。
⑥ 《四库提要辨证·子部十》卷一九,第 1020—1022 页。
⑦ 王青:《〈列仙传〉成书年代考》,《滨州学院学报》2005 年第 1 期,第 42—44 页。

围绕《仙传》成书时代问题,古今学者持论的依据不外乎四点。一是古籍目录方面的著录,如《汉志》、《隋志》等;二是《仙传》的文字风格;三是《仙传》中涉及到的东汉地名和可以推算出的东汉时间;四是早期文献注引,如东汉《楚辞章句》、《汉书音义》注引。比较而言,这四点依据的可靠性有悬殊的高下之别:其一、二方面的理由极不可靠,余嘉锡、姚振宗等对《汉志》、《隋志》所漏载古籍多有补充,至于从文字风格判断所属时代,更是因人而异的模糊感觉;其三关于地名、时间方面的依据有一定的参考价值,但由于许多古籍本身多有后代不断增补的现象,因此从这条路径判断成书年代,具有相当的冒险性;其四方面依据的可靠性是相当高的,但如何运用早期文献所征引的材料却也会因人而异,如余嘉锡据王逸《楚辞》注、应劭《汉书》注,谨慎地判断《仙传》已盛行东汉,成书于汉明帝至顺帝之间,而李剑国则据此径直判断该书为西汉末刘向作。

在此,本文主要从早期文献注引的角度切入论题,即重新考察王逸、应劭旧注所引《仙传》三条资料的可靠性。根据笔者的检视,这几条似乎"过硬"的资料本身都存在着问题,据此可以得出《仙传》并非刘向作的相反结论。

（二）

先看诸家所据第一条资料的真伪问题。王逸《楚辞章句》卷三《天问》"鳌戴山抃,何以安之"句下注:

鳌,大龟也。击手曰抃。《列仙传》曰:有巨灵之鳌,背负蓬莱之山而抃舞,戏沧海之中,独何以安之乎？[①]

对于这条重要的材料,应当谨慎地问一下:王逸是否采用过《仙传》? 该条注释是否《章句》原有的注释? 有三点理由使我们可以得出否定的结论:

其一,该条注释与《章句》的体例不合。《章句》引《仙传》,全书独存此一条,而且巨鳌背负蓬莱山的故事不见于今存本《仙传》,这是很奇怪的事。因为王逸在《天问》、《远游》、《七谏》和《九思》篇中,还注释过王子乔、彭祖、赤松子、韩终、黄帝和安期生等赫赫有名的仙人故事,但都没有引用过专门记载神仙事迹的《仙传》,而这些大仙的事迹大多见于今本《仙传》。揆《章句》体例,引同一本书并不省略书名,如其《离骚》、《天问》篇注引《淮南子》至少有六、七条,都注明了书名;卷三《天问序》里还特地提到刘向、扬雄等注释过《天问》的事。因此,如果王逸真的见过著名学者刘向的《仙传》,他不可能只注引一例,也不可能只在一处注明书名,而在其他地方又不注明书名;也不可能在自己的作品《九思》中简单地自注(或其子王延寿注):"安期生,仙人名也。"所以,合理的解释是,王逸没有采用过所谓的刘向《仙传》,《天问》巨鳌条注是后人注文羼入王逸《章句》的。

其二,西晋至初唐的著名注家所见《章句》中,都看不出有"列仙传曰有巨灵之鳌"之注。据现存资料看,最早引用《仙传》注释"巨鳌抃舞"典故的,是西晋人刘渊林,然后是初唐人李善、李贤。请看下面三条注文:

---

① ［宋］洪兴祖撰,白化文点校:《楚辞补注》,中华书局,1983 年,第 102 页。

1．（刘渊林注：）《列仙传》曰："鳌负蓬莱山，而抃沧海之中。"……善曰："……《玄中记》曰：'鳌，巨龟也。'王逸《楚辞》注曰：'击手曰抃。'音卞。"（《文选·吴都赋》注）①

2．（旧注：）"抃，手搏也。"善曰："《列仙传》曰：'巨鳌负蓬莱山，而抃于沧海之中。'"（《文选·思玄赋》注）②

3．（李贤注：）"鳌，大龟也。《列子》曰：'勃海之东有大壑焉，……仙圣诉于帝，使巨鳌十五举首而戴之，迭为三番，六万岁一交焉，五山始不动。'抃音皮媛反。《楚辞》曰：'鳌戴山抃。'《说文》：'抃，拊手也。'"（《后汉书》张衡《思玄赋》注）③

稍稍分辨第 1 条注文各部分的所属可知，刘渊林首先引《仙传》注左思《吴都赋》，李善又引《列子》、《玄中记》、《章句》加以补注，其中属于王逸的注文只有"击手曰抃"四字。否则，李善应当在第 2 条直接说"王逸《楚辞》注曰：'击手曰抃。《列仙传》曰：……'"。

仔细比较第 2、3 条注文可知，初唐人所见《章句》中也没有王逸引用《仙传》注释"鳌戴山抃"的注文。否则，无法理解李贤为何在该赋结尾注引《仙传》赤松子、王子乔故事以及全赋注中多处引用王注，但在该条注中偏偏不引《仙传》、王注的现象，也无法理解一向好引用王注的李善，为何偏偏在该条注中不直接引用《章句》的现象。综合这三条注文看来，用《仙传》故事注释屈原"鳌

---

① 《文选》卷五，第 84 页。
② 《文选》卷一五，第 213、216 页。《思玄赋》题下有"旧注"二字，李善说："未详注者姓名，挚虞流别云衡注。……疑非（张）衡明矣。但行来既久，故不去。"又五臣注《文选》在"抃，手搏也"之前有"衡曰"二字。
③ 《后汉书》卷五九《张衡列传》，第 1920 页。

戴山抃"句并屪入《章句》的时代,应当是在李善以后。

其三,今本《章句》已非原始面貌,其中的王注不尽可信。楚辞研究专家汤炳正指出,"王逸《楚辞章句》本亟待整理",个中问题很多,"通行《章句》本或已多有后人校文切语杂入其中";洪兴祖《楚辞补注》问世之后,《章句》传本"几乎绝迹",故又产生不少将洪注与王注相互误认、将洪氏"补曰"前的注文都看做王注的错误①。至于今本与古本《章句》之篇次不同的大问题,更为学界所共知。在这种背景下,本文说所谓王逸引《仙传》注条是窜入《章句》的,应当不无道理,更何况《补注》该条注本身就存在着疑问:

> 鳌,大龟也。击手曰抃。《列仙传》曰:有巨灵之鳌,背负蓬莱之山而抃舞,戏沧海之中,独何以安之乎? 戴,一作载。抃,《释文》作拚。[补]曰:鳌,音敖。抃,音卞。《列子》云:五山之根,……五山始峙而不动。张衡赋云:登蓬莱而容与兮,鳌虽抃而不倾。《玄中记》云:即巨龟也。一云:海中大鳖。②

据《补注》注释体例,"补曰"以下大多是洪氏注,"补曰"以上多是王注、五代王勉《楚辞释文》、洪兴祖《楚辞考异》以及其他二十余家校释③。然而该条注释可疑者有二:"戴一作载",不详出自哪家旧校,但肯定不是王注、《释文》;"即巨龟也"、"一云海中大鳖"

---

① 汤炳正:《楚辞类稿》第三十条,巴蜀书社,1988年,第92—97页。

② 《楚辞补注》卷三,第102页。

③ 参见《楚辞类稿》第三十一条"洪兴祖《楚辞考异》散附《楚辞补注》问题",第98—101页;姜亮夫:《洪庆善楚辞补注所引释文考》,文载《楚辞学论文集》,上海古籍出版社,1984年,第402—421页。

两语,上均无所承,疑此因杂抄《思玄赋》李贤、李善旧注(见上引)而造成文字脱误或位置错落。有此二疑并结合前述考证,似可判断:"曰抃"之后的文字,都不是王逸的手笔;"列仙……一作载"数字,都是李善之后、王勉之前的校注家手迹。

再看诸家所据第二、三条资料的来源问题。东汉末应劭曾作《汉书音义》,其中明确注引到《仙传》的还残存两条:

> 应劭曰:"《列仙传》曰崔文子学仙于王子乔,[王子乔]化为白蜺,文子惊,引戈击之,俯而见之,为王子乔之尸也,须臾则为大鸟飞而去。"[1]
>
> 应劭曰:"《列仙传》陵阳子言春(朗)[食]朝霞,朝霞者,日始欲出赤黄气也。夏食沆瀣,沆瀣,北方夜半气也。并天地玄黄之气为六气。"[2]

这两条注其实都来自王逸《章句》的注文,前一条同于卷三《天问》王注,后一条接近于卷五《远游》王注,只是文字上稍为简略些。这里有两点值得注意:

其一,应劭这两条注改变了王逸注文的出处。前一条王逸没有交代注文出处,只是说:"言崔文子学仙于王子乔,化为白蜺……"后一条王逸则明确交代了注文出处:"《陵阳子明经》言:春食朝霞。朝霞者,日始欲出赤黄气也……"在这种情况下,应劭是根据什么改说是出自《仙传》的? 很可能是采用了王逸之

---

[1]《汉书》卷二五上《郊祀志五上》,第 1204 页。
[2]《汉书》卷五七下《司马相如传》,第 2599 页。

后、东汉末年（约165—204）才产生的《仙传》①。其中后一条改造或误引的痕迹比较明显。《文选》李注中多次引到《陵阳子明经》，尤其是卷一二《江赋》注、卷一五《思玄赋》注两处所引该经文字，正与应劭注引文字相同；又《文选·甘泉赋》有曹魏时人张揖的旧注："《陵阳子明经》曰：倒景气去地四千里，其景皆倒在下。"②据此，则应劭所谓"《列仙传》陵阳子言"的产生有两种可能：如果不是误引书名，就是根据所见的《仙传》而改变书名的。

其二，应劭这两条注所引文字，均不见于今本《仙传》中的王子乔、崔文子、陵阳子明三传。对此现象，汤炳正认为，"王逸注盖引之古本《列仙传》"，又根据蔡邕《王子乔碑》记有大鸟迹见于王子乔墓上之事，认为崔文子学仙于王子乔的故事，可能是先秦时期就已流行的传说③。按，蔡邕碑写于延熹八年（165），其中有"（古碑）曰王子乔者，盖上世之真人，闻其仙，不知兴何代也。博问道家，或言颍川，或言产蒙"云云④。如果此时已经有刘向《仙传》行世，则蔡邕似不应有"博问道家"而不得其解的疑惑。应劭在初平二年（191）开始撰写的《风俗通义》卷二"叶县令"条，专门批驳"俗说"的汉明帝时王乔仙话故事云："何有仆□飞凫而建其

---

① 据《后汉书·文苑传》，王逸注《楚辞》可能是在汉元初（114—119）年间任校书郎时，顺帝在位时（126—144）官至侍中。陆侃如推考，其卒约在165年（《中古文学系年》上，中华书局，1985年，第225页）。应劭生卒年不详，曹道衡、沈玉成推考说："其生年或在顺帝末（144），至建安九年（204）前卒。"（《中古文学史料丛考》，中华书局，2003年，第31页）

② 《文选》卷七，第113页。

③ 汤炳正：《屈赋新探》，齐鲁书社，1984年，第166—167页。

④ 王国维：《水经注校》卷二三，上海人民出版社，1984年，第754页。

处乎！世之矫诬岂一事哉！"①但应劭所言，只涉及到"《周书》称灵王太子晋"死后、"传称王子乔仙"事，也没有提到《仙传》。应劭对于当时流行各种神仙传说的这种态度，使我们产生两种疑问：应劭没有见过《仙传》？应劭只是直录所见的当时《仙传》王子乔故事，并非有意改造王逸注？

那么，上述两种可能、两种疑问哪种更接近于事实呢？《汉书·王褒传》有一条珍贵的古注恰可以澄清我们的疑惑：

> 如淳曰："《五帝纪》彭祖，尧舜时人。《列仙传》彭祖，殷大夫也，历夏至商末，寿年七百。"②

案，唐代颜师古《汉书叙例》说："如淳，冯翊人，魏陈郡丞。"据此，则如淳当是应劭同时代稍后的《汉书》著名注家。又，如淳所引《仙传》文字已经十分接近今本《仙传》③。所以，该条注文可以证明，应劭的确可以看到并采用某种《仙传》。

（三）

如果本文上节考论的观点成立，则《仙传》是东汉末年（约165—204）的产物了。但还有两个问题没有解决，即有没有所谓

---

① 郑尧臣：《风俗通义》，《龙溪精舍丛书》本，中国书店，1991年，第3册，第560—561页。据吴树平先生《〈风俗通义〉杂考》（《文史》第七辑）说，该书始撰于191年，成书于194年后。

② 《汉书·王褒传》王褒对宣帝问"何必偃印诎信若彭祖，呴嘘呼吸如侨、松"句注，卷六四下，第2828页。

③ 《列仙传校笺》："彭祖者，殷大夫也。姓籛，名铿，帝颛顼之孙，陆终氏之中子。历夏至殷末，八百余岁。常食桂芝……"（第38页）

的古本《仙传》存在？如果有，它与后来的续定本（或曰"飊续"
本）、今本是什么关系？我们认为，这些问题是由于《仙传》在成
书、流传过程中，被不断增饰、删改和误抄等造成的，这也是早期
古书形成定本以前常有的现象，正如余嘉锡《四库提要辨证》所
考、《古书通例》所论。

　　《仙传》在成书、流传过程中的复杂现象，从史志记载即可看
出端倪。《隋书·经籍志二》杂传类云："《列仙传赞》三卷，刘向撰，
飊续，孙绰赞。"又云："《列仙传赞》二卷，刘向撰，晋郭元祖赞。"①
这里有三卷、二卷本的差别，有续作本、无续作本的不同，还有不
同人作赞的区别。因此，如果《隋志》记录不错的话，则流传到梁
代或唐代的《仙传》，应当是一个原作、续作和赞混杂在一起的本
子，至于流传到今天的《仙传》，则早已不是古本的原来面目了。

　　《仙传》成书、流传过程中最重要的问题，也许是《隋志》所谓
"飊续"的问题。这个问题的实质，不在于考证出到底谁是《仙传》
的续作者，而在于求证出《仙传》续定本的时代。《四库提要》认
为，飊是名，脱去姓。姚振宗《隋书经籍志考证》卷二〇说："飊是
姓，非名，魏有奉车都尉飊弘，辽东人，见《魏志公孙度传》。此盖
飊下敚去一字耳。"②此说可从，同时具有启发性。在汉末应劭卒
年（204）到东晋孙绰卒年（371）之间，姓飊而又有成就的人很少，
查《三国志》、《晋书》、《元和姓纂》等，只有飊弘这一个。这里
是否可以推测，《隋志》所记的"飊续"有没有可能是指飊弘？检
《三国志·魏志·公孙度传》裴注引夏侯献表可知，这个飊弘的确

----

① 《隋书》卷三三，中华书局，1987年，第979页。
② 转引自《四库提要辨证》子部十，第1025页。中华书局本《隋书》校勘记已采
　用姚说。

不简单，是个文武双全的人物。表云：

> 奉车都尉甄弘，武皇帝时始奉使命，开通道路。文皇帝即
> 位（220），……身奉使命。公孙康遂称臣妾，以弘奉使称意，
> 赐爵关内侯。……（弘）冠族子孙，少好学问，博通书记，多所
> 关涉，口论速捷，辩而不俗，附依典诰，若出胸臆。①

按照表中所说，则甄弘在曹操时代开始奉使，并活跃到明帝太和
（228–233）时期，其年辈应当稍晚于应劭。同时，他还有"少好学
问，博通书记，多所关涉"的文才。因此，这个甄弘很有可能就是
续作《仙传》的作者。

除了甄弘有适合的时代、文才条件以外，推测可能是他续作
《仙传》的旁证理由还有两点：曹魏文人集团有好小说风气；《仙
传》在嵇康作《答难养生论》时（263 年以前）已经基本形成。这
里先谈后一理由，前者下文再说。

根据对魏晋作品用典和《文选》旧注的考察，可知《仙传》在
魏景元四年（263）以前已有了基本定型的本子，其形成时代正好
与"甄续"的时代重叠。在现存的魏晋诗赋文中，以嵇康《答难养
生论》用《仙传》典故最为集中，时代也较早。其文曰：

> 故赤斧以练丹赪发，涓子以术精久延，偓佺以松实方目，
> 赤松以水玉乘烟，务光以蒲韭长耳，邛疏以石髓驻年，方回以
> 云母变化，昌容以蓬蔂易颜，若此之类不可详载也。……彭祖

---

① 《三国志》卷八，第 257–258 页。

七百,安期千年,则狭见者谓书籍妄记。①

这里一口气提到了赤斧、涓子、偓佺、赤松子、务光、邛疏、方回、昌容、彭祖和安期等十来个仙人,而且所概括的主要事迹无不见于今本《仙传》,如赤斧"能作水澒、炼丹与消石服之,三十年反如童子,毛发生皆赤";涓子"好饵术,接食其精,至三百年乃见于齐";偓佺"好食松实,形体生毛,长数寸,两目更方";邛疏"煮石髓而服之,谓之石钟乳,至数百年";务光"耳长七寸,好琴,服蒲韭根"……② 在此以前,这些仙人的名字或能见于以往的史传、诗赋中,但他们的事迹从来没有被这样集中而准确地表现过,因此可以判断,嵇康不是一般沿袭性的用典,而是直接引用了与今本大致相同的《仙传》故事。换言之,在嵇康被杀以前(263),《仙传》在曹魏时期已经形成了基本定型本!

　　稍后,左思《三都赋》征用《仙传》典故的情况,也印证了嵇康采用《仙传》的事实。

　　左思赋中所写的仙人,共有山图、赤斧、江妃二女、朱仲、桂父、赤须子、昌容、犊子、元俗、木羽、琴高、师门和啸父等十三位,也都见于今本《仙传》③。更重要的是,《文选》所载西晋刘渊林、张载等旧注中引录的有关十三个仙人的文字,都与今本《仙传》基本相同,仅有简略、文序颠倒和个别字词脱误方面的差异,但不属于上述的古本与今本那样的差异(其中"鳌戴蓬莱"条除外)。这里对录一条,以见一斑:

---

① 殷翔、郭全芝:《嵇康集注》,黄山书社,1986 年,第 180、185 页。
② 《列仙传校笺》,第 146、24、11、40、33 页。
③ 这里参考了王青的意见(上注引),但论证、结论稍有不同。

(刘渊林曰)《列仙传》曰高后时,会稽朱仲献三寸、四寸珠。①

(今本《列仙传》)朱仲者,会稽人也。常于会稽市上贩珠。高后时,下书募三寸珠。仲读购书,笑曰:"直值汝矣。"赍三寸珠诣阙上书……金鲁元公主,复以七百金,从仲求珠。仲献四寸珠,送置于阙即去……②

从中显然可以看出,刘注出于注书体例并据与今本相同的《仙传》,对朱仲两次献珠以及其他情节作了合并、删节的处理。《蜀都赋》刘注中所谓"见《列仙传》"、"语在《列仙传》"云云③,宛然可见据本处理而留下的痕迹。《三都赋》初稿写成时间向有公元280年前、291年和303年三说,其中公元280年前说比较可信,但不排除后来有所修改④。如此,该赋距离嵇康撰论的时间不过二十年左右,两人所依据的当是同一种《仙传》。

这样,我们从嵇康、左思作品中共找到了二十一个"定型"的仙人,这一数字已占今本七十二人的近三分之一。如果再加上以往学者指出有东汉地名、时间问题的六条(太邱文宾、高邑商邱子胥、甯人瑕邱仲、吴地负局先生、毛女和刘渊林已引"巨鳌"条)⑤,则达到二十七条,超过了今本的三分之一。据此可以确证,《仙传》在曹魏时期已经形成基本定型的本子,而且很可能就是"翻续"

---

① 《文选》卷五,第93页。
② 《列仙传校笺》,第88页。
③ 《文选》卷四,第76、80页。
④ 参见《中古文学系年》,第803页,《中古文学史料丛考》,第166-168页。
⑤ 参见《四库提要辨证·子部十》卷一九"《列仙传》"条,王青《〈列仙传〉成书年代考》。

本;也可以间接证明,汉末古本存在的可能性很大。从这个数据回过头来重新思考古本、续定本(或称"覼续"本)和今本之间的关系问题,就比较明朗了。一是明确属于古本的只有应劭注文两条,可能属于古本的有两条(所谓王逸注引"巨鳌"条、如淳注引"彭祖"条),因此,古本与续定本之间有一定的联系和区别,其中文宾与木羽、负局先生、赤斧等六条很可能是续作的;二是明确见于续定本的至少有二十二条或二十七条,其中大都见于今本,只有"巨鳌"一条不见,因此,续定本与今本的关系极为密切,今本大体上应是续定本的延续,但也删去了如巨鳌这类动物性的条目。

(四)

以上考证表明,古本《仙传》成书是在东汉末年(约 165—204),其续定本形成的时代是在曹魏时期(204—263)。根据这一成书过程和历史时代的重新定位,我们可以进一步思考《仙传》之于汉魏晋小说史的意义了。

首先,东汉末正是早期道教形成的时期,因此,《仙传》的性质应当是第一部道教辅教小说。基于这一性质,所以传中所塑造的仙人,往往带有鲜明的道教烙印。如陵阳子明,在应劭所引古本《仙传》中,是靠"春食朝霞"、"夏食沆瀣"等六气而成仙的。这套呼吸导引的玩意,其实是战国以来方仙道士的拿手好戏。马王堆出土的汉初文献可以证明,道家"六气"说已经在战国、秦汉之际变成了养气炼形的成仙术了。其中帛书《却谷食气》提到四季呴吹六气之法说:

> 春食一去浊阳,和以[锐]光、朝霞,……夏食一去汤风,

　　和以朝霞、行暨，……［秋食一去］□□、霜雾，霜雾和输阳、
　　銚［光］，……冬食一去凌阴，[和以]□阳、銚光、输阳、输阴。①

王逸注引的《陵阳子明经》盖是据此类古书写成的，所以古本将
王注改进《仙传》，意味着子明是以方仙道呼吸导引的古法而升霞
的，而今本卷下说陵阳子的"服食之法"是"采五石脂，沸水而服
之"，则意味着他是用"外丹"而轻举的。今本这么一改，便使得
陵阳子具有了东汉的仙气，再不是古仙人了。参照续定本、今本
《仙传》记载的任光"善饵丹"、主柱"饵丹沙"、赤斧"能作水涷，
炼丹"等条，则陵阳子成仙方式被一改再改的过程和用意，实在是
耐人寻味的。又如朱璜的仙化故事，则是东汉末道教在理论上"参
同"《老》、《黄》、《易》发展趋向的形象说明：

　　　　朱璜，广陵人也。少病毒痕，就睢山上道士阮邱。邱怜之。
　　言："卿腹中三尸，有真人之业可度教也。"……邱与璜七物药，
　　日服九丸，百日病下……与《老君》、《黄庭经》，令日读三过，通
　　之，能思其意。②

现代研究表明："有三部书对道教前期影响最大：一是《老子》，经
改注后，成为道教神学理论基础；二是《参同契》一成为外丹之经；
三是《黄庭经》成为内丹之经。"③因此，这个帮人除"三尸"、教人
读黄老的道士，绝非古书所说的有道之士，或有道术之方士，而是

---

① 《马王堆汉墓帛书》（肆），第85–86页。
② 《列仙传校笺》，第153页。
③ 《中国道教史》，第31页。

东汉末典型的道教徒!

其次,陵阳子明、朱璜等仙人的塑造,不仅为我们理解第一部道教辅教小说的形成提供了极好的范本,而且也为了解小说之序列、类型的形成提供了原始的样本。从《仙传》到东汉末佚名《神仙传》、西晋葛洪《神仙传》,再到南齐江禄《列仙传》,共同形成了一个发展的序列。佚名《神仙传》也是东汉末产物,应劭《风俗通义·姓氏》引有三个片断,张华《博物志》也曾引用。《风俗通义·佚文》云:"《神仙传》:沃焦,吴人。""《神仙传》有东陵圣母。""《神仙传》有帛和。"①据葛洪《神仙传》卷七《帛和传》知,帛和当是汉末人。虽然此传太简短,看不出其特点,但它的产生,很可能受到了《仙传》的影响。根据葛洪《神仙传》自序及《帛和传》可知,葛氏传受到了《仙传》、佚名《神仙传》的深刻影响。从《仙传》"殊甚简要,美事不举"的质朴记录,到葛洪《神仙传》记事详尽、情节较复杂的叙述,可以看出汉魏六朝小说演变的一个特点:由诸多同类小说一起构成某种系列,共同推动某种题材的发展。其他如裴启《语林》、郭氏《郭子》与《世说新语》,也构成系列发展的态势。

将某一类人事合在一起叙述的娄传,是中国史籍书写中早已成熟的一种传记方法。《仙传》是最早采用这一体式的小说之一。这种体式不仅对神仙类志怪小说有着直接的推动作用,而且也间接地影响到其他题材小说。汉魏六朝小说在体式上的一个特点,正是叙述和编辑上的类型化。与编撰真实人物逸事的小说如《语

---

① 吴树平:《风俗通义校释》,天津人民出版社,1980年,第465、469、471页。王利器《风俗通义校注·佚文》亦引有一条:"赤氏,帝喾师赤松子之后,见《神仙传》,单姓赤。"(中华书局,1981年,第557页)

林》、《高士传》之类直接移用史籍传记方法不同,神仙、鬼怪都是子虚乌有的事物,在叙述上有着"画鬼难"的障碍。因此,《仙传》借用史籍类传的方法,需要更多的虚构和更大的想象,这正是它在志怪小说体式上的首倡意义。

再次,《仙传》续定本(或曰"羼续"本)形成于曹魏时期的事实,从一个侧面反映了曹魏文人集团有好小说的风气。关于曹魏文人集团好小说风气,学术界以往对此似乎认识不足。其实,史传中有关的题录、记载即可见一斑。如杂传、志怪和逸事类小说有邯郸淳《笑林》、王粲《英雄记》、曹丕《列异传》、无名氏《海内先贤传》、周济《汝南先贤传》、苏林《陈留耆旧传》、嵇康《圣贤高士传赞》等(《隋书》经籍二、三)。曹魏集团崇尚通脱,所以《魏志》裴注多记有召俳优戏言小说之事:曹操好"倡优在侧,常以日达夕","每与人谈论,戏弄言诵,尽无所隐";曹丕知王忠"尝啖人,因从驾出行,令俳取冢间髑髅系著忠马鞍,以为欢笑";植初见邯郸淳,即"诵俳优小说数千言";吴质酒酣,欲尽欢,"时上将军曹真性肥,中领军朱铄性瘦,质召优,使说肥瘦"①。是故,刘勰论魏晋"谐谑"文学之盛,即指出此通脱时尚与俳优、小说之关系②。《谐讔》篇云:"至魏文因俳说以著笑书,薛综凭宴会而发嘲调,虽抃笑衽席,而无益时用矣。……魏晋滑稽,盛相驱扇。"③又曹魏集团虽不信神仙实有,但对道教和方士采取较为宽容、调笑的态度。曹植《辨道论》云:"世有方士,吾王(曹操)悉所招致,……自家王

---

① 《三国志》,第54、18、603、609页。
② 详见陈洪、孟稚:《论汉魏六朝俳优小说》,载《徐州师范大学学报》2005年第1期,第26—31页。
③ 詹锳:《文心雕龙义证》,上海古籍出版社,1999年,第533—536页。

与太子及余兄弟,咸以为调笑,不信之矣。"[①] 这样的文学和宗教背景,正是小说诞生的适宜温床。从这个意义上说,是不是郾弘续作了《仙传》,又变得无关紧要了,紧要的是曹魏集团中有这么一个续作者。

最后,关于《仙传》对魏晋游仙文学蓬勃发展的直接推动作用,只要读一读曹植、嵇康,尤其是郭璞等人的《游仙诗》,即可明白,这里不用赘言了。

(原载《文献》2007年第1期,文字少有修订)

---

① 赵幼文:《曹植集校注》,人民文学出版社,1984年,第187—188页。

主要参考文献

一、著作部分(按责任者姓名汉语拼音顺序)

班　固:《汉书》,中华书局,1962年

仓修良:《文史通义新编》,上海古籍出版社,1993年

曹道衡、刘跃进:《先秦两汉文学史料学》,中华书局,2005年

常　森:《先秦文学专题讲义》,山西教育出版社,2005年

陈国符:《道藏源流考》,中华书局,1989年

陈　洪:《中国小说理论史》,天津教育出版社,2005年

陈　洪:《佛教与中古小说》,学林出版社,2007年

陈奇猷:《吕氏春秋校释》,学林出版社,1995年

陈奇猷:《韩非子新校注》,上海古籍出版社,2006年

陈瑞庚:《晏子考辨》,台湾长安出版社,1980年

陈　寿:《三国志》,中华书局,1985年

陈振孙:《直斋书录解题》,上海古籍出版社,1987年

丁　敏:《佛教神通——汉译佛典神通故事叙事研究》,台湾法鼓文化事业
　　股份有限公司,2007年

董乃斌:《中国古典小说的文体独立》,中国社会科学出版社,1991年

段玉裁:《说文解字注》,浙江古籍出版社,1998年

范　晔:《后汉书》,中华书局,1965年

方诗铭:《冥报记》,中华书局,1992年

房玄龄等:《晋书》,中华书局,1974年

傅修延:《先秦叙事研究》,东方出版社,1999年

高　亨:《周易古经今注》,中华书局,1984年

[日]高楠顺次郎等辑:《大正新修大藏经》,大正一切经刊行会,1922—
　　1933年

过常宝:《先秦散文研究——早期文体及话语方式的生成》,人民出版社,
　　2009年

郭庆藩:《庄子集释》,中华书局,1993年

韩非子校注小组:《韩非子校注》,江苏人民出版社,1982年

韩自强:《阜阳汉简〈周易〉研究》,上海古籍出版社,2004年

何清谷:《三辅黄图校注》,三秦出版社,1998年

胡平生:《长江流域出土简牍与研究》,湖北教育出版社,2004年

胡守为:《神仙传校释》,中华书局,2010年

胡应麟:《少室山房笔丛》,中华书局,1958年

黄怀信:《〈逸周书〉源流考辨》,西北大学出版社,1992年

黄怀信等:《逸周书汇校集注》,上海古籍出版社,1995年

黄　晖:《论衡校释》,中华书局,1990年

洪兴祖:《楚辞补注》,中华书局,1983年

侯忠义:《中国文言小说史稿》,北京大学出版社,1994年

季羡林等:《大唐西域记校注》,中华书局,1995年

荆门市博物馆:《郭店楚墓竹简》,文物出版社,1998年

黎翔凤:《管子校注》,中华书局,2004年

李昉等:《太平御览》,中华书局影印,1960年

李昉等:《太平广记》,中华书局影印,1961年

李丰楙:《六朝隋唐仙道类小说研究》,台湾学生书局,1986年

李　圃:《古文字诂林》,上海教育出版社,1999年

李剑国:《唐前志怪小说史》,南开大学出版社,1984 年

李镜池:《周易探源》,中华书局,1991 年

李　零:《中国方术续考》,东方出版社,2001 年

李　零:《郭店楚简校读记》,北京大学出版社,2002 年

李　零:《简帛古书与学术源流》,三联书店,2004 年

李学勤:《简帛佚籍与学术史》,江西教育出版社,2001 年

李学勤等:《清华大学藏战国竹简》(叁),中西书局,2012 年

梁启雄:《韩子浅解》,中华书局,1982 年

[法]列维－布留尔著,丁由译:《原始思维》,商务印书馆,1995 年

[法]列维－斯特劳斯著,李幼蒸译:《野性的思维》,商务印书馆,1987 年

刘文典:《淮南鸿烈集解》,中华书局,1989 年

刘　钊:《郭店楚简校释》,福建人民出版社,2005 年

鲁　迅:《古小说钩沉》,《鲁迅全集》第八卷,人民文学出版社,1981 年

鲁　迅:《中国小说史略》,《鲁迅全集》第九卷,人民文学出版社,1981 年

逯钦立:《先秦汉魏晋南北朝诗》,中华书局,1983 年

吕思勉:《先秦学术概论》,东方出版中心,2008 年

罗振玉:《殷墟书契后编》,大通书局有限公司,1976 年

马承源:《上海博物馆藏战国楚竹书》(六),上海古籍出版社,2007 年

马王堆汉墓帛书整理小组:《马王堆汉墓帛书》(叁),文物出版社,1983 年

马王堆汉墓帛书整理小组:《马王堆汉墓帛书》(肆),文物出版社,1985 年

马振方:《中国早期小说考辨》,北京大学出版社,2014 年

[瑞士]皮亚杰著,王宪钿等译:《发生认识论原理》,商务印书馆,1995 年

骈宇骞:《银雀山竹简〈晏子春秋〉校释》,台湾万卷楼图书有限公司,2002 年

[俄]普罗普著,贾放译:《故事形态学》,中华书局,2006 年

卿希泰:《中国道教史》第一卷,四川人民出版社,1988 年

邱　渊:《"言""语""论""说"与先秦论说文体》,云南人民出版社,

2009 年

饶宗颐:《老子想尔注校证》,上海古籍出版社,1991 年

屈守元:《韩诗外传笺疏》,巴蜀书社,2012 年

任继愈:《中国道教史》,上海人民出版社,1990 年

阮　元:《十三经注疏》,中华书局,1980 年影印

僧旻、宝唱等:《经律异相》,上海古籍出版社,1988 年

尚秉和:《焦氏易林注》,光明日报出版社,2005 年

沈　约:《宋书》,中华书局,1974 年

石昌渝:《中国小说源流论》,三联书店,1994 年

释慧皎:《高僧传》,中华书局,1992 年

释僧祐:《弘明集》,上海古籍出版社,1991 年

释僧祐:《出三藏记集》,中华书局,1995 年

释义楚:《释氏六帖》,浙江古籍出版社,1990 年

睡虎地秦墓竹简整理小组:《睡虎地秦墓竹简》,文物出版社,1990 年

司马迁:《史记》,中华书局,1983 年

孙诒让:《墨子间诂》,中华书局,2001 年

汤炳正:《屈赋新探》,齐鲁书社,1984 年

汤用彤:《汉魏两晋南北朝佛教史》,中华书局,1983 年

陶宗仪:《说郛》,中国书店,1986 年

万晴川:《巫文化视野中的中国古代小说》,中国社会科学出版社,2003 年

王邦维:《南海寄归内法传校注》,中华书局,1995 年

王国维:《观堂集林》,中华书局,1961 年

王利器:《风俗通义校注》,中华书局,1981 年

王利器:《颜氏家训集解》,中华书局,1986 年

王利器:《文子疏义》,中华书局,2000 年

王聘珍:《大戴礼记解诂》,中华书局,2004 年

王　青：《西域文化影响下的中古小说》，中国社会科学出版社，2006 年

王叔岷：《列仙传校笺》，中华书局，2007 年

王先谦：《荀子集解》，中华书局，1988 年

王子今：《睡虎地秦简〈日书〉甲种书证》，湖北教育出版社，2003 年

魏　征：《隋书》，中华书局，1987 年

［英］渥德尔著，王世安译：《印度佛教史》，商务印书馆，1995 年

吴树平：《风俗通义校释》，天津人民出版社，1980 年

吴则虞：《晏子春秋集释》，中华书局，1982 年

吴　曾：《能改斋漫录》，上海古籍出版社，1979 年

向宗鲁：《说苑校证》，中华书局，2000 年

萧　统：《文选》，中华书局，1981 年

熊　明：《汉魏六朝杂传研究》，中华书局，2014 年

徐建委：《〈说苑〉研究——以战国秦汉之间的文献累积与学术史为中心》，
　　北京大学出版社，2011 年

徐元诰：《国语集解》，中华书局，2002 年

徐中舒：《甲骨文字典》，四川辞书出版社，2003 年

许维遹：《韩诗外传集释》，中华书局，1980 年

严可均：《全上古三代秦汉三国六朝文》，中华书局，1985 年

阎振益、钟夏：《新书校注》，中华书局，2000 年

杨伯峻：《列子集释》，中华书局，1979 年

杨伯峻：《孟子译注》，中华书局，1984 年

杨朝明等：《孔子家语通解》，齐鲁书社，2009 年

杨　义：《中国古典小说史论》，中国社会科学出版社，1995 年

叶舒宪：《神话——原型批评》，陕西师范大学出版社，1987 年

殷翔、郭全芝：《嵇康集注》，黄山书社，1986 年

银雀山汉墓竹简整理小组：《银雀山汉墓竹简》(壹)，文物出版社，1985 年

银雀山汉墓竹简整理小组:《银雀山汉墓竹简》(贰),文物出版社,2010 年

尹文撰,仲长统校定:《尹文子》,上海古籍出版社,1990 年

永瑢等:《文渊阁四库全书》,台湾商务印书馆,1986 年

游国恩:《天问纂义》,中华书局,1982 年

余嘉锡:《世说新语笺疏》,上海古籍出版社,1993 年

余嘉锡:《四库提要辨证》,云南人民出版社,2004 年

虞世南:《北堂书钞》,中国书店,1989 年

俞志慧:《〈国语〉韦昭注辨正》,中华书局,2009 年

袁　珂:《山海经校注》,上海古籍出版社,1980 年

詹　锳:《文心雕龙义证》,上海古籍出版社,1999 年

张纯一:《晏子春秋校注》(诸子集成本),世界书局,1935 年

张恒寿:《庄子新探》,湖北人民出版社,1983 年

张振珮:《史通笺注》,贵州人民出版社,1985 年

赵逵夫等:《先秦文学编年史》(上中下),商务印书馆,2010 年

赵善诒:《说苑疏证》,华东师范大学出版社,1985 年

赵幼文:《曹植集校注》,人民文学出版社,1984 年

郑良树:《竹简帛书论文集》,中华书局,1982 年

郑晚晴:《幽明录》,文化艺术出版社,1988 年

周叔迦:《周叔迦佛学论著集》,中华书局,1991 年

周勋初:《韩非子札记》,江苏人民出版社,1980 年

朱谦之:《老子校释》,中华书局,1987 年

二、论文部分 (按作者姓名汉语拼音顺序)

艾春明:《〈韩诗外传〉研究》,东北师范大学博士学位论文,2008 年

毕桂发:《略论先秦两汉时期的小说理论》,《许昌学院学报》1986 年第
　　2 期

陈　洪：《盂兰盆会起源及有关问题新探》，《佛学研究》1999 年，总第 8 期

陈　洪：《古小说史三考》，《中国古代小说研究》（第二辑），人民文学出版社，2006 年

陈　洪：《论〈楚辞〉的神游与游仙》，《文学遗产》2007 年第 6 期

陈　洪、姚瑶：《先秦子书与伍子胥故事》，《徐州师范大学学报》2008 年第 4 期

陈　洪：《譬论：先秦诸子言说方式的转变——以〈韩非子·内外储说〉之异闻为例》，《南京师范大学学报》2009 年第 3 期

陈桐生：《〈国语〉的性质和文学价值》，《文学遗产》2007 年第 4 期

陈文新：《"小说"与子、史——论"子部小说"共识的形成及其理论蕴涵》，《文艺研究》2012 年第 6 期

定县汉墓竹简整理小组：《〈儒家者言〉释文》，《文物》1981 年第 8 期

杜贵晨：《先秦"小说"释义》，《泰安师专学报》2000 年第 3 期

段庸生：《采：小说发生与古小说民族特征的文化成因》，《重庆师范大学学报》2009 年第 2 期

李剑国：《小说的起源与小说独立文体的形成》，《锦州师范学院学报》2001 年第 3 期

廖　群：《"说"、"传"、"语"：先秦"说体"考索》，《文学遗产》2006 年第 6 期

陆　林：《试论先秦小说观念》，《安徽大学学报》1996 年第 6 期

陆永品：《庄子是中国小说之祖》，《河北大学学报》1993 年第 3 期

庞金殿：《中国小说起源说概论》，《宁夏大学学报》2002 年第 3 期

谭　帆：《小说学的萌兴——先唐时期小说学发覆》，《文学评论》2004 年第 6 期

谭帆、王庆华：《"小说"考》，《文学评论》2011 年第 6 期

王齐洲、伍光辉：《"稗官"新诠》，《南京大学学报》2013 年第 3 期

夏德靠:《先秦"说体"的生成、类型及文体意义》,《河南师范大学学报》
　　2013 年第 2 期

徐克谦:《论先秦"小说"》,《社会科学研究》1998 年第 5 期

叶　　岗:《论中国小说发生期的期限》,《浙江社会科学》2004 年第 3 期

俞志慧:《〈国语〉"周、鲁、郑、楚、郑语"的结构模式及相关问题研究》,《汉
　　学研究》第 23 卷第 2 期(2005 年 12 月)

俞志慧:《语:一种古老的文类——以言类之语为例》,《文史哲》2007 年
　　第 1 期

袁行霈:《〈汉书·艺文志〉小说家考辨》,《文史》第七辑,中华书局,1979 年

张同胜:《关于中国小说起源的思考》,《汕头大学学报》2006 年第 6 期

张政烺:《春秋事语解题》,《文物》1977 年第 1 期

赵逵夫:《论先秦时代的讲史、故事和小说》,《文史哲》2006 年第 1 期

后　记

　　写后记时的心情是十分复杂的,其中要感谢的人不少,不能忘记的事亦太多。

　　我与古小说研究结缘算起来竟有三十个年头了。1989年初,学校派我到复旦大学中文系做访问学者,蒙陈允吉先生不弃,亲自担任指导老师。先生硕学潜思,在佛教与唐诗研究领域造诣尤为深厚,其《唐音佛教辨思录》享誉海内外。研读先生惠赠大作,聆听先生"佛教与中国古代文学"等课程,受益颇多,得以初窥佛教与古代文学研究门径。其间,又经先生介绍,得以登门问学于王运熙、王水照、章培恒、黄霖、陈尚君等名师,颇受启迪。此后撰写一些文章,因而多与佛教文学研究有关。这本小册子中的佛教与小说部分,即植根于这段求学经历。

　　1994年夏,我考取苏州大学博士研究生,有幸拜在钱师仲联先生门下。先生为一代国学大师,誉满天下。读博三年,蒙先生厚爱,不弃我驽钝,不烦指教,不断鞭策,感铭至深。其间,又得严迪昌、杨海明、吴企明、王锺陵、王英志诸师点拨,以及"三马一钱"等诸多师兄师友帮助,获益匪浅。1996年初,欲以"佛教与中古小说"为博士毕业论文选题,惴惴求问于先生。先生略作沉思,便欣然同意说:"我年轻时蛮喜欢读文言小说。时下研究佛教与诗歌者多,从佛教研究古小说者少。这个方向和选题蛮好咯。"还当即指示了不少参考书目。得到先生的鼓励，我才安心撰写该选题。1997年夏终于以良好的毕业论文获得答辩委员会的一致通过，并得到了章培恒、吴功正、杨海明等座师的赞赏。让我感激不已的是，先生以九十高龄，不顾正在住院医疗，毅然抱病出席答辩会！毕业辞行之时，先生关切地问及我今后的学术研究打算，并亲笔题写了"中国文言小说史研究"书签。遗憾的是，直到先生鹤去，我也未能完成先生期望的扩充写作任务，只修订出版了《佛教与中古小说》(学林出版社，2007年)。所幸该书获得江苏省社科优秀成果二等奖，聊以祭告先生之灵。

2008年，我以"中国早期小说生成史研究"为题申报国家社科基金项目，有幸得到专家垂青(批准号08BZW025)，得以顺利进行古小说史研究。我试图利用新旧出土文献与传世文献，从生成史的角度，进一步探讨唐前小说与经史子巫的源流、衍变和生成关系，完成先生的期望。不料写作过程异常艰难，这一写竟近十年！个中有个人疏懒、当时学界不太认可、新出土文献不齐全等诸多原因。从申报选题伊始，李昌集教授给予鼓励、启发颇多。其中有不少想法，还是在2005、2006年我与昌集先生为拍摄"全国名师皆我师"(百家)研究生视频课程，一起访问海内名家的途中研讨的结果，也是受周勋初、傅璇琮、罗宗强、刘世德、孙昌武、李剑国、陈洪(南开)、李时人、项楚、赵逵夫等著名专家治学经验启迪的结果。2014年，我终于提交了结题申请，感谢有关专家的肯定和鼓励，课题鉴定获得了"优秀"等级。

在该书即将面世之际，我还要感谢江苏师范大学文学院诸位领导的大力支持，感谢李昌集先生的慨允题签，感谢中华书局编辑部李忠良、王传龙等同仁的悉心审阅,精心校改,感谢无数知名与不知名帮助过我的同仁!

2019 年 6 月 27 日